说畜话禽

张敏 项朝荣 李志华 主编

中原农民出版社
·郑州·

图书在版编目（CIP）数据

说畜话禽 / 张敏，项朝荣，李志华主编. — 郑州：中原农民出版社，2023.3

ISBN 978-7-5542-2712-1

Ⅰ. ①说… Ⅱ. ①张… ②项… ③李… Ⅲ. ①故事 – 作品集 – 中国 – 当代 Ⅳ. ① I247.81

中国国家版本馆 CIP 数据核字（2023）第 024338 号

说畜话禽

SHUO XU HUA QIN

出 版 人：刘宏伟
策划编辑：朱相师
责任编辑：侯智颖
责任校对：尹春霞
责任印制：孙　瑞
装帧设计：薛　莲

出版发行：中原农民出版社
地址：郑州市郑东新区祥盛街 27 号　邮编：450016
电话：0371-65788199（发行部）　0371-65788655（编辑部）
经　　销：全国新华书店
印　　刷：新乡市豫北印务有限公司
开　　本：710mm × 1010mm　1/16
印　　张：23
字　　数：280 千字
版　　次：2023 年 3 月第 1 版
印　　次：2023 年 3 月第 1 次印刷
定　　价：68.00 元

本书编委会

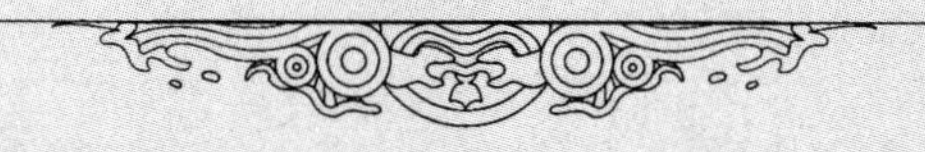

主　编　张　敏　项朝荣　李志华

副主编　王荣华　张阳阳　李　娟　张　明　杨志健　刘联攀　暴元元

参　编　常　腾　张美晨　宋晓丽　吴艳芝　卫九健　张靖蕾　苏贞超

能够生存下来的物种，
并不是那些最强壮的，
也不是那些最聪明的，
而是那些对变化做出快速反应的。

——达尔文

序

通读书稿后，感觉本书有三个特点值得一说：

一是编者视角独特。很多专业书籍都是从畜禽养殖和疫病防控两个方面来组织材料编写，向读者传授畜牧兽医知识，这类书让非专业和非行业人士望而却步。而该书作者另辟蹊径，更多地从与家畜家禽有关的俗称、谚语、行话等角度讲解畜禽知识。捧书读来，既让专业人士延伸了非专业知识，又使非专业人士明白了家畜家禽背后的专业道理。它在专业和非专业之间架起了互通的桥梁。

二是内容广博。该书分家畜类、家禽类、综合类三个方面，共200余篇文章，阐述了包括猪、牛、羊、马、驴、骡、犬、兔、鸡、鸭、鹅等各种常见家畜家禽从驯化到专业养殖等方方面面的知识，涉猎面很广。

三是语言通俗易懂。以往人们的印象是，科学意味着专业，专业意味着单调枯燥，而本书用短小的篇幅、散文的笔触解疑专业背景知识，让人知其然，又知其所以然。因此，通过阅读本书，可以丰富对家畜家禽知识的了解，感知家畜家禽业及相关领域宏大又含蓄的能量和影响力。

河南省动物疫病预防控制中心副主任、研究员

2023年1月

前言

所谓家畜家禽，是指被驯化的属于哺乳纲和鸟纲的动物。其中常见家畜包括猪、牛（含黄牛、水牛、牦牛和犏牛）、羊（含山羊和绵羊）、马属动物（含马、驴、骡）、骆驼（含单峰骆驼和双峰骆驼）、狗、兔及猫等；家禽则包括鸡、鸭、鹅等。

家畜家禽对人们生活质量的改善做出了巨大贡献，同时从古今中外的各种信息可见，它们在与人类共生的过程中，对人们的政治、军事、经济、文化、生活等各方面都有着广泛和深远的影响，因此对家畜家禽相关资料的收集、整理、研究、释疑和宣传，都有积极意义。

最初我萌生编写一本有关家畜家禽通俗小百科书的念想，源于一次多年前的深刻经历：2002 年，我第一次到某肉牛屠宰场开展流行病学调查和剖检采样时，场区工人不理解，也不支持。有剔骨工冷不丁上前问我，牛有多少根肋骨？我不假思索地告诉他，13 对，他转身而去。当我在实施牛腹股沟浅淋巴结剖检时，他又上前问，你用刀刺什么？我向他解释，我剖开的是淋巴结，也就是你们行话说的“胰疙瘩”。他继续问，刺它有什么用？我耐心给他解释，淋巴结是细菌、病毒的过滤杀灭器官，剖开淋巴结可以观察到它不同的病变，不同的病变可以指证不同的疫病，同时剖解不同部位的淋巴结，可以判定疫病发生的性质和范围。后来那位剔骨工成了我的好朋友，很支持我的工作，他私下里对我说，你真厉害，以前我们只知道它叫胰疙瘩，不能吃，不知道它有啥作用，你一下子给我讲明白了。那一次顺利打开工作局面，不但源于我家畜解剖学方面比较扎实的基础知识，更得益于对专业术语和地方行话互融互通的掌握。

参加工作二十年来，我除了常被问到基本的动物疫病防控知识外，还在多个场合被人问到各种问题，比如双黄蛋能不能孵出两个小鸡，马踏飞燕的“马”到底是什么马，等等。作为一名畜牧兽医工作者，人们向你请教这些问题，并无不妥，他们认为，你是一名专业人员，你就应该懂得而且能解释这些“专业”问题。是啊，当一名专业技术人员都不能解释家畜家禽问题(包括专业知识和民俗文化)的时候,他们又该去向谁请教呢?这进一步增加了我编写一本有关家畜家禽科普著作的决心。

本书在编写过程中，得到了河南省动物疫病预防控制中心闫若潜研究员、河南省焦作市动物疫病预防控制中心朱东亮主任、河南农业大学动物医学院菅复春教授、河南农业大学动物医学院杨玉荣教授等专家的指点和帮助，并请闫若潜研究员作序，这里一并予以感谢。书中部分图片摘自网络，同时本书还参考了一些专家和著作的观点、数据，在此深表谢意。

因作者水平有限，书文中如有谬误、疏漏之处，恳请广大读者批评指正。

编者

2023 年 3 月

目录

一 家畜类

（一）猪

（三）羊

（四）马

（五）驴

（六）骡子

（七）犬

（八）兔

（九）猫

（十）其他家畜

二 家禽类

（一）鸡

（四）其他家禽

三　综合类

一 家畜类

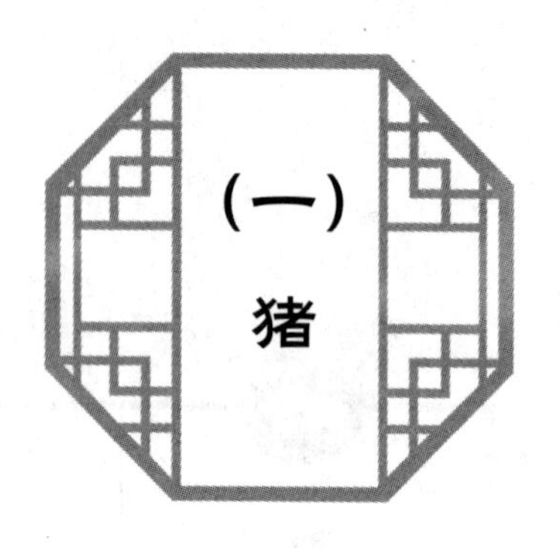

话说家猪

猪是杂食类哺乳动物，分家猪和野猪两种。家猪是由野猪驯化而来的，和野猪比，家猪在体型和獠牙长短等方面与野猪差别较大。

猪的历史可以追溯到约 4 000 万年前，比古猿还要早。野猪最先在中国被驯化，人们驯化猪是因为猪易于饲养和繁殖。我国早在母系氏族公社时期就已开始养猪。家猪的起源可以追溯到 8 000 年前的河北武安磁山遗址。距今 6 500 ~ 7 000 年的河姆渡文化遗址出土的猪纹陶钵，其图形与家猪十分相似。商周时期不仅出现了猪的舍饲，而且发明了阉猪技术，丹麦哥本哈根农牧学院的兽医博物馆，至今保存着一件 18 世纪末商人从中国带去的阉割猪的工具。到魏晋南北朝时期，舍饲为主的饲养方式逐步代替了放牧为主的饲养方式。

我国珍贵的地方猪种有东北民猪、金华猪、内江猪、太湖猪和荣昌猪等。世界上著名的猪种有杜洛克猪（又叫万能猪种）、约克夏猪、长

白猪和汉普夏猪等。

关于猪的汉字和别称很多，如猪的繁体字是豬，古称豚（小猪）、豯（三个月的猪）、豵（六个月的猪）、豜（三年猪）、豝（母猪）、豭（公猪）、豨（巨大的野猪，尤其是“封豨”）、彘（原为象形字，意为箭射入野猪，本指大猪，后泛指一般的猪）、豮（去势或未发情的猪）、豕（经过驯化的家猪）。猪别称刚鬣，又叫印忠、汤盎、乌金、黑面郎和糟糠氏等。在民间，种公猪又叫狼猪、牙猪。而猪圈，在周及周之前称豕牢或豢，在汉时叫溷或圂。

《三字经》说：“马牛羊，鸡犬豕。此六畜，人所饲。”猪是十二生肖之一。

古代用猪代表财富，东汉贵族丧葬，必有玉猪握于手。即使现在的储钱罐也多是猪的形状。同时，猪是古人崇拜的瑞兽，是威武和勇猛的象征，因此也有人的名字以“猪”命名，如汉武帝的乳名曾叫“刘彘”，直到他七岁时才改为“刘彻”。另外，猪是吉祥的化身。古代科举，金榜题名要用红朱（猪）笔写，而“蹄”与“题”谐音，所以青年学子进京赶考时亲友们都赠送红烧猪蹄，祝福他“朱笔题名”。

“家”字由“宀”和“豕”组成，正所谓“陈豕于室，合家而祀”，可见“无豕不成家”。古俗话：农家不养猪，好像秀才不读书。就是说，猪能吃人的剩饭糠麸，猪粪可肥田，猪养大了可宰杀卖钱；若身为庄稼人不知道养头猪来增收节支，就是不会过日子，就像一个秀才不读书一样，不务正业，枉为农家。

在中国，最有名的“猪”非《西游记》中的二师兄“猪八戒”莫属。猪曾帮助人们预告、躲避洪水，被誉为神兽，这就不难理解为什么《西游记》中的猪八戒总是吹嘘自己曾是掌管天河的天蓬元帅了。

后来，猪用嘴拱土避免吸入有毒气体的行为促使人类发明了防毒面具。

古人对猪胰脏的妙用

古代人们洗头或清洗衣物，没有现代人常用的香皂、洗衣粉等洗涤产品，他们的洗涤用品来自最原始、最自然的动植物和矿产，比如草木灰、皂角、油茶饼和天然石碱，但是用得最多的，也是用途最广泛的还是猪胰脏。

猪胰脏也叫猪胰子、猪横利。唐代孙思邈的《千金要方》和《千金翼方》都曾记载：猪胰脏洗净污血，撕除脂肪，研磨成糊状，加入豆粉和香料等，均匀混合，经自然干燥制成“澡豆”或“猪胰子皂”。后来，人们又把猪胰脏和香碱合在一起，制成汤圆大的团，这就是更高级的“桂花胰子”和“玫瑰胰子”。

与香皂对比，猪胰子皂有以下四大优点：

一是洁肤去垢。胰脂消化酶能直接作用于人体表皮第三层，进行深层清洁。

二是锁水保湿。改善皮肤表面微循环，层层递进滋润干燥皮肤，并持久锁住水分，增强肌肤润泽。

三是防治皲裂。猪胰脏味甘性平，具有润燥的功效。

四是去屑止痒。有止汗排热、祛湿杀菌和消除瘙痒之功能。

正因为猪胰脏的强大功效，当时，上至皇亲国戚，下至贩夫走卒，人手一“胰”。可见，聪明的古人将不起眼的猪胰脏的潜能发掘、应用得淋漓尽致。

猪膀胱不可思议的用途

猪膀胱，又叫猪尿脬、猪脬、猪尿泡、猪小肚等，是猪的储尿器官，就是这样一个猪身上不起眼的东西，硬是被聪明的人类“开发”出了多种不可思议的功能。

一是被孩子们吹大当球踢。拿到猪膀胱，先把里面的猪尿倒掉，再把里子翻过来，将里边绿色的黏膜层刮掉，接着用草木灰揉搓，直至没有尿臊味。然后开始往里吹气，给猪膀胱吹气急不得，要吹一会儿，停一下，揉一揉，再接着吹，才能把猪膀胱吹得像足球大。有的孩子甚至在猪膀胱里塞进几粒干黄豆，这样踢耍起来还有“嘣嘣”的响声。

二是可用来盛装物品。古代对猪膀胱的描述是：“质韧，可装物。”就解剖学上讲，猪膀胱壁是由黏膜、肌层和浆膜构成的，肌层又由内纵、中环、外纵三层平滑肌构成，因此弹性大、韧性强。拿猪膀胱装东西，这方面的例子很多，在电视剧中可见清宫人拿猪膀胱来装热水保暖；中华人民共和国成立前，很多散装酒是装在猪膀胱里卖的；一些地区习惯用猪膀胱来腌装腊肉；干猪膀胱经常用来做钱包。

三是有独特的药用价值。猪膀胱，中药名叫猪脬或脬，味甘、咸，寒，无毒，性平。归膀胱经。有止渴、缩尿、除湿之功效。主治：消渴，遗尿，疝气坠痛，阴囊湿疹，阴茎生疮。元朝罗天益编撰的《卫生宝鉴》还记载，猪脬也应用于尿潴留的治疗，即将猪脬吹胀，安上翎管，插入人尿道中，然后以手捻猪脬，贯入气压，即尿道通，尿出。另外，新鲜猪脬能治嵌甲（医学上叫甲沟炎）。

四是可制作美味的菜品。猪膀胱，在食材上叫猪小肚。挑选时以颜色红润、比较新鲜的为佳。例如，将五花肉剁成馅，调好味，装入干净的猪膀胱中，封住口，蒸或煮熟，晾凉后，切成片，就是一道绝美的下酒菜。

五是用作器皿盖。在猪膀胱里装些掺了石灰粉的棉花，扎好口子，就可以作为坛子盖。装了酒或者醋的坛子，用这种猪膀胱盖子一盖，一点也不会漏气，非常严实。

六是具有诱导组织再生功能。美国一名医生利用异种器官移植技术，为一名断指患者进行手指再生手术。方法是用猪膀胱组织仿造手指制作一个模板，再把模板套在下半截手指上，在断指处每天撒上猪膀胱组织研磨的粉末，这些粉末刺激指头的干细胞再生，在模板内长出了新的骨骼、皮肉和指甲。

七是应用于战争。1949 年解放军渡江战役期间，大量收集猪膀胱作为渡江器材，因为吹大的猪膀胱有浮力，可以当救生圈用，还能用来迷惑敌人，使敌人误以为是武装泅渡的解放军。

当然，屠夫们也会把猪膀胱球集成一簇挂在自家门口，当广告用，让人一看就知道这家是杀猪卖肉、卖猪下水的。

老年人念念不忘的猪油

猪油，中国人也将其称为荤油或大油。它是由肥肉中提炼出来的，初始状态是略黄色半透明液体，常温下为白色或浅黄色固体。在液态植物油普及以前，老人们做饭常用猪油，因为猪油量大价廉，炒菜香。

猪油的分类：过去的猪养的时间比较长，宰了都是大肥猪，老百姓买猪肉回家，瘦的炒菜，肥的炼油。猪肉里边、内脏外边成片成块的油脂叫“板油”，加工后多在食品工业做糕点和元宵等食品；猪皮里面、与瘦肉紧挨着或与瘦肉互相夹杂的肥肉叫“肥油”，多数被老百姓买回去炼油和炒菜；猪各种内脏外面附着的一缕一缕的叫“水油”，因为含水分多，炼完的油渣不好吃，几乎没有人吃，都喂牲口了；猪皮里面的油叫“皮油”，在猪皮加工成皮革的过程中被收集起来作为化工原料。实际生活中也没有分得这么细，一般老百姓有板油、水油的称呼，其他两种称呼不常用。

猪油的性质：从生理生化上讲，猪油主要由饱和高级脂肪酸甘油酯与不饱和高级脂肪酸甘油酯组成，其中饱和高级脂肪酸甘油酯含量更高。液态为油，固态为脂。因此猪油属于油脂中的“脂”。猪油熔点为 28～48 ℃。猪油具有自身的特殊香味，深受人们欢迎。很多人都认为炒菜若不用猪油菜就不香。

猪油主要有四个用途：一是炒菜。在植物油普及前，人们炒菜基本上都用猪油。尤其是南方人，他们认为炒菜加了猪油，菜品会富有营养而且更有香味。二是做点心配料。制作酥皮类点心时有起酥的独特作用。例如港式老婆饼和叉烧酥等，用猪油起酥的地道老婆饼，饼皮疏松化渣，馅心滋润软滑，味道甜而不腻。三是作为燃料用。在煤油出现之前的古代中国，用作照明燃料的几种动物油（羊油、牛油、鲸油和猪油）中，猪油是最普遍的。1968 年出土于河北满城中山靖王刘胜之妻墓的西汉“长信宫灯”，所用的燃料就是动物油脂。四是用于药疗和食疗。猪油味甘，性凉，无毒，有补虚、润燥和解毒的功效。古代金疮药的主要原料之一就是雄性猪油。还有个应用奇迹不能不提：20 世纪 50 年代的喷气式战斗机飞行速度不高，副油箱多采用轻质铝合金结构。抗美援朝时期，刚刚成立 1 年的新中国电解铝产量严重不足，入朝参战的米格 –15

战斗机不得已装配上了只附以少量镀锌钢板的牛皮纸副油箱。牛皮纸副油箱借鉴我国南方纸质酒篓的工艺，拿竹子做骨架，用厚实的牛皮纸糊制，黏合剂和防渗层采用桐油和猪油，质量很轻、很结实，造价极低。勤劳智慧的中国人史无前例地把猪油的作用发挥到了极致。

金华火腿在腌制时中间要夹杂一条狗腿

金华火腿腌制始于唐代，唐《本草拾遗》记载：“火朘，产金华者佳。”朘，同“腿”。北宋义乌籍抗金名将宗泽曾把家乡“腌腿”觐献朝廷，康王赵构见其肉色鲜红似火，赞誉有加，赐名“火腿”，故金华火腿又称“贡腿”。

金华火腿采用当地特有的两头乌猪腿作为原料，号称中华熊猫猪的两头乌猪，特点是皮薄、骨架细，脂肪丰富。一般要养足14个月才能出栏，一条后腿重达6~9千克。金华火腿以色、香、味、形“四绝”著称于世。这么好的金华火腿在腌制时，每一缸必放一条狗腿同腌。其中的典故，源于两个民间故事。一个故事说，看守腌缸的长工偷吃狗肉解馋时，遇到掌柜来查岗，慌乱中长工将狗腿藏在了腌制火腿的缸里，结果出缸时发现和狗腿一起被腌的火腿香气四溢。掌柜查明原因后，从此定下规矩：一缸10条猪腿，放1条狗腿同腌。当然，狗腿名称不雅，改叫戌腿。第二个故事，狗鼻子特别灵，过去腌制完火腿后在其风干期间常被狗偷吃。但是人们发现狗不吃自己同类的肉，于是就在腌制火腿时，每缸中必加入一条狗腿同腌，这样狗闻到味道就不吃了。

劁猪

劁猪，别称骟猪、猪的阉割术或猪的去势，也就是手工摘除猪的睾丸或卵巢（土话叫花肠）。劁猪是中国古代流传下来的兽医术，早在东汉时期就已有之，据说技术源于华陀的外科手术，老北京的七十二行中也有此营生。清代陈云瞻的《簪云楼杂记》上记载：明太祖朱元璋曾亲自为南京一劁猪户题春联：“双手劈开生死路，一刀割断是非根。”

猪为什么要劁？很早以前人们就发现，猪不劁不静，更不上膘。因为不劁的猪到了发情期，性情不安，暴躁爬栏，不吃不睡，极难管理。从小劁过之后，即使雄雌同圈，也相安无事，只会多吃多睡，一心长肉。用现代养猪理论讲，意义有三：一是使猪失去性生理功能，变得性情温驯，有利于混群，便于饲养；二是提高饲料报酬，缩短饲养周期，增加经济效益；三是改善猪肉品质，使肉质细嫩无腥膻味。

旧时劁猪有五个特点不能不说。一是手艺人一般是青年或中年男人，他们靠一把刀吃饭。二是形象鲜明，20 世纪六七十年代，劁猪人骑自行车走街串巷，自行车把上用细铜丝挑着一簇红穗头或红布条，边走边吆喝：“劁——猪——咪。”三是劁猪不能讨价还价，俗语讲“劁猪不讲价，长得牯牛大”。1970 年前后，劁头母猪 1 元，劁头公猪 8 角。四是过去劁完猪后，都没有严格消毒伤口，只用柴草灰、刺儿菜末或猪毛把切口贴住，倒提猪拍几下，然后放猪离去。五是处理劁猪的睾丸有讲究，要么被劁猪人或主人拿去当了下酒菜，说是吃啥补啥，要么由劁猪人随手扔到猪舍顶上。

随着现代规模化养猪的发展，走村入户的职业劁猪模式消失了，取而代之的是规模猪场自己适时对猪的去势管理，并形成了一整套科学操作技术。公猪去势在 7 ~ 10 日龄最合适，散养小猪在 3 ~ 5 周龄适宜。母猪“小挑花”阉割技术：选择 20 ~ 35 日龄，体重 7 ~ 10 千克的小母猪去势，摘除两侧卵巢和子宫。母猪“大挑花”阉割技术：挑选 3 月龄以上，体重在 17 千克以上的母猪去势，只摘除母猪卵巢，多用于土杂后备母猪的淘汰。猪去势注意三点：一是最好术前禁食 6 小时；二是猪在发情期时不进行手术；三是注意术前术后的消毒。

豚是猪，海豚是海猪吗

中国古人称“豚”为“猪”。照此推论，海豚就是海猪，这个说法有科学根据吗？豚是猪的雅称，在古人看来，陆地上有的动物，海洋里相对应也应该有。比如陆地上有狗，则海中有海狗；陆地上有狮，则海中有海狮。同理，海豚就是海里的猪了。

当然，海豚的命名不是来源于其外表的形态，而是根据其内脏。人们发现海豚虽外形像鱼，但内脏像猪。无独有偶，在给海豚取名字上，中国人与欧洲人不谋而合，在英文中，海豚的名字“dolphin”源于希腊语“子宫”一词，就是说古希腊人观察到海豚像鱼，却有子宫，就命名它为“有子宫的鱼”。

中国古人一直对神秘的海豚追记、研索不断。南朝梁任昉（公元 460—508 年）所著的《述异记》中提到的懒妇鱼，据说就是海豚。记曰：“淮南有懒妇鱼。俗云：昔杨氏家妇，为姑所怒，溺水死为鱼，其脂膏可燃灯烛。以之照鼓琴瑟博弈，则灿然有光；若照纺绩，则不复明。”意思是说，一个懒惰的媳妇，溺水而亡化为鱼，鱼丰富的油脂，可燃之照明，而油膏居然延续了懒妇生前的惰性，照娱乐博彩则亮，照织布夜读则晦。

清代画家赵之谦曾绘《异鱼图》，并在图中称海豚为海豨：“土人呼为海猪，鱼身豕首，小者亦数百斤，肉不堪食，取以为油点灯，蝇不敢近。”海豨（豨，古书上指猪）的意思是海猪。海豚靠近头部的两个肉鳍，被误认作猪耳，而海豚的长嘴，也被疑作猪鼻。

当然也有人在探寻海豚的“真面目”。清代另一位画家聂璜在《海错图》中写道：“海豘（豚）如猪，殊难信书。”此句意思是，书中说海豚是猪形，实在是不敢相信。有渔民给他解释，海豚不是外表像猪，而是内脏与猪相似：“腹内有膏两片，绝似猪肪，其肝肠心肺腰肚全是猪腹中物，皆堪食，而腹尤美。”于是人们认识到了海豚与其他鱼的区别，并逐渐发现海豚是哺乳类动物，而不是鱼。同时人们对海豚的一些生活习性也有了进一步了解，海豚喜欢风，风骤起时，渔民们纷纷回港避船，而海豚则迎风逐浪，时而跃出水面，时而潜入水中，欢畅愉悦，渔民赞封海豚为“追风侯”。

世界上最“见义勇为”的海豚是一只白海豚，在它长达41年的义务领航生涯中，曾经救下至少15 000人，在它“逝世”后，新西兰为它举行了最隆重的国葬，有130多个国家发来唁电，近10万名其他国家的船员和船运公司的代表到新西兰参加它的追悼会。

看来，不管海豚叫什么名字，形态如何怪异，它都是地球生物大家庭中的一员，都是人类不可或缺的朋友。

做成猪形状的储钱罐

根据西汉司马迁（约公元前 145 或公元前 135 年—？）所写的《史记》记载，中国早在秦朝时就出现了储钱的盛具，即存钱罐，当时叫扑满，也叫缶后、悭囊、闷葫芦。西汉（公元前 206—公元 25 年）时的《西京杂记》更有详细描述："扑满者，以土为器，以蓄钱，有入窍而无出窍，满则扑之。"意思是说，大部分扑满是用陶土制作的，上面有一至两个狭长的存钱入口，但没有出口，等钱储满了，打碎扑满才能将钱取出。

储钱罐之所以做成猪的形状，有三种说法。说法一，相传汉武帝元光五年（公元前 130 年），公孙弘（公元前 200—前 121 年，曾任丞相，封平津侯）任博士就职时，乡里老者曾告诫他，勿忘年幼之寒苦，要保持简朴之生活，清廉之操守。更有一友人以扑满相赠，说："士有聚敛而不能散者，将有扑满之败。"公孙弘深以为然。"舞阳屠狗沛中市，平津牧豕海东头。"公孙弘早年曾在东海放牧过猪，所以将扑满做成猪的形状，以时刻告诫自己不忘少年贫贱的生活。

说法二，存钱罐做成猪的样子主要是受西方国家的影响。在中世纪的欧洲，存钱的器皿叫 pygg，是由一种橙色的黏土（pygg clay）制作的。当时很多人下班回家后习惯性地把口袋里的钱币丢到 pygg 里，因为 pygg 与 pig（猪）谐音，所以很多人干脆做出专门的猪形器皿用来存钱。

说法三，从 18 世纪开始，英国大多数存钱罐就是小猪的形状了。在乡村，养猪代表了一种不错的中期投资。农户精心喂养小猪，使之一天一天增肥，目的是在最后屠宰时获得更多的收益。最初英国的陶瓷存钱罐真实体现了这个投资过程，因为必须打碎它才能取得里面的钱。

现代存钱罐的设计制作依然沿用猪的形象，有其象征性意义，古代将“胖”视为富有，猪滚圆的样子让人觉得“富态”。猪越胖，说明越富有，与存钱的初衷相符。另外是基于其实用性，猪的造型趋向于球形，容量大，能多多储钱。

战争博物馆里的珍贵展品——猪头

成立于 1917 年的英国帝国战争博物馆，以大量的实物和照片等展品记录了第一次世界大战期间，英国人民对自己国家所做的贡献。在众多的展品中，有一件可谓特殊，它居然是一颗猪头！

这颗猪头是一次海战的战利品。1915 年 3 月 13 日德国“德累斯顿号”轻型巡洋舰与英国皇家海军“格拉斯哥号”巡洋舰在南大西洋智利海域相遇并展开激战，很快“德累斯顿号”巡洋舰被击沉。英国水兵在打捞战利品时，发现一头德国肥猪奋力游过来，好奇的英国水兵将猪捞起，并在舰上饲养起来。为了奖励这头“弃暗投明”的猪，英国海军给它颁发了铁十字勋章。在海上度过一年的快乐时光后，舰上的官兵将这头猪送到了英国鲸鱼岛炮术学校，把它与其他动物一起饲养。没过多久，英国红十字会以 1 785 英镑的高价将它买走。当大家都认为英国红十字会一定会赋予它更高的使命时，令人大跌眼镜的是，红十字会却将这只明星猪杀掉，吃光了肉，最后还把猪头完整地保留下来，送还给了军队。疑惑不解甚至有些后悔的军队将猪头当成最特别的战利品移交到了帝国战争博物馆。帝国战争博物馆不敢怠慢，进一步把猪头制作成标本，作为第一次世界大战期间英国战胜德国的象征和证据，作为战争史上的荣誉永久保存。

猪鬃大有用处

猪鬃毛，又叫猪鬃，是指猪颈部和脊背部生长的 5 厘米以上的刚毛。猪鬃刚韧富有弹性，不易变形，耐潮湿，不受冷热影响，而且吸附性能良好，还不容易断裂。它的主要用途是制作各种日用刷、油漆刷和机器刷等。

中国猪鬃的加工和出口始于清朝咸丰年间，一直以来是我国传统大宗出口商品之一。第二次世界大战前夕，全世界猪鬃供应量为 6 000 吨，中国就占了 75% 以上。中国猪鬃按产地不同可分为东北鬃、青岛鬃、汉口鬃、上海鬃、重庆鬃、天津鬃和内蒙古鬃等，其中，重庆鬃质量最好。猪鬃的品质受自然环境、气候和猪品种等因素的影响较大，如土种猪的鬃粗长又坚韧，优于改良猪的鬃；气候温和地带的猪鬃在坚韧耐磨方面优于炎热地带的猪鬃；饲料中无机盐类丰富时，猪鬃质量较好。

猪鬃的采拔：活猪拔鬃一般在春秋季进行，此时正是猪换毛和脱鬃的时候。第一次拔毛时，宜在开始前 5 分钟给猪喂一些酒糟类饲料，目的是使猪的毛孔张开。可 1 ~ 3 天拔 1 次，每次不要拔毛过多。1 头 100 千克的猪可拔猪鬃 1 ~ 2 千克。活猪拔毛不会影响猪的正常生产发育，反而由于拔毛刺激，可以促进猪的食欲，加快猪长膘。价格上，黑鬃高于白鬃，白鬃高于花鬃。

在发现中国猪鬃前，西方多用马鬃做刷子，效果不好。第二次世界大战时，来自中国的上等猪鬃做的刷子，除了涂刷军舰、飞机及各种军用车辆表面的油漆，更主要的是用来制作清洗枪膛或炮膛的清膛刷，尤其是炮膛内的挂铜如果不擦干净，轻者影响精度，重者导致炸膛。军工厂和士兵们感觉猪鬃刷质地较软并富有弹性，而且不沾油，不易折断伤及膛管内部，是一般的塑料刷、草刷或其他动物毛刷无法比拟的，中国产猪鬃一时间成了军方和军火商的香饽饽。日本偷袭珍珠港后，美日开战，美国急需的中国猪鬃无法运出，美国市场大闹“鬃荒”，政府被迫颁布了“M51 号猪鬃限制法令”，规定 3 英寸（1 英寸 =2.54 厘米）以上的猪鬃，全部供应海陆空军需。1942 年 10 月，美国军方甚至拍摄了电影《毛刷参战》，并巡回放映，以此来宣传猪鬃在战争中的重要性。

据不完全统计，从 1938 年到 1945 年，我国收购猪鬃 8×10^6 千克，共出口创汇 3 000 多万美元。用这些钱，可以换回 10 万挺 ZB–26 轻机枪。

尺有所短，寸有所长。可见只要把东西用对了地方，即使是一根小小的猪毛，也有惊天的大作用。

异种器官移植的理想供体——猪

将其他动物的组织、器官，移植到人类身上，叫作异种器官移植。猴子、猩猩、狒狒等与人类近亲的灵长类动物，曾被认为是异种器官移植理想的供体。但是科学家研究发现，灵长类动物的器官明显小于人类器官，而且灵长类动物的种群数量少，有些甚至濒临灭绝；繁殖周期比较长；伦理争议非常大；同时灵长类动物危险性很大，它们自带的一些病毒，如猴免疫缺陷病毒（SIV）、埃博拉病毒，很容易传染给人类。

若将它们的器官移植到人体上，发生重组，之后甚至会产生更有害的病毒。据此，世界动物保护协会强烈反对选择灵长类动物作为人类异种器官移植的供体。不得已，科研人员将异种器官移植的研究对象从灵长类动物逐渐转移到猪的身上。

与灵长类动物相比，猪作为异种器官供体具有三个优势：一是猪的器官在大小、结构等解剖学指标和生理学指标上，与人体的器官大体相近；二是猪饲养方便，繁殖周期短，多胎，可以快速提供患者所需的器官；三是猪进行异种器官移植基本不存在伦理问题。所以，选择猪作为异种器官移植的供体，已成为国际上的共识。

猪的器官移植也不是一帆风顺的，免疫排斥、生理功能不相容和动物源性病原体的跨种系感染是异种器官移植的主要障碍，其中，最难解决的是消灭猪内源性逆转录病毒。幸运的是 2001 年科学家们设计了一种特殊的“基因剪刀”，对基因进行定向改造，成功将猪肾上皮细胞基因组中全部 62 个内源逆转录病毒基因剪切失活，随后研究人员将基因编辑后的猪细胞和人细胞在一起培养，发现猪病毒的侵染率只是未经基因编辑猪细胞的千分之一。紧接着，科学家们培育出了世界上首批内源性逆转录病毒活性灭活猪（GGTA 敲除猪），成功解决了异种器官移植临床化最重要的安全性问题。这意味着停滞许久的异种器官移植，将能继续阔步前进。目前在 GGTA 敲除猪基础上建立的各类基因改造猪的心脏已经能在猴体内存活 900 多天，肾脏能存活 1 年左右。

转基因或基因编辑创建特定器官缺陷猪已成功，但利用人的干细胞长出人的胰腺、肺脏、肝脏还存在技术和伦理问题。虽然还有很多路要走，但是“转基因克隆猪”技术却给千千万万需要器官移植的患者带来了生的希望。

不管怎样，我们都要对人类的朋友——猪，说声谢谢。

猪肉又叫大肉的缘由

猪肉为什么又叫大肉？有以下几种说法：

说法一，由于明朝皇帝朱元璋姓“朱”，与“猪”同音，明朝人为避讳，都不敢提“猪”字，故把猪改称“豚”。又因为皇帝是天下最大，老百姓干脆以“大肉”或“豚肉”代称猪肉。

说法二，满族在祭祀时杀猪为牺牲，会将猪肉分成“大肉”和“小肉”两种，大肉直接分食，小肉则下锅煮饭。这里所说的“大”和“小”，只是指肉块的体积大小，而与宗教禁忌无关。

说法三，大肉一词最早由清朝传出。清朝入主中原后，皇家祭祀时融入了汉族的一些习俗，如水煮大肉。水煮大肉不加任何调料，使宾客们既爱又怕，只好偷偷自带盐料。古代中国的祭祀礼词中有豕、豚、彘等指代猪的词语，却无猪肉一词，于是大肉就成了民间特指猪肉的专有名词。

说法四，某些地方的习惯用语。如苏杭一带的“大肉面”、嘉兴的“大肉菜”及豫西北的“大肉扯面”等，都是特指大块熟猪肉，就和“大鱼大肉”说的是肉食丰盛一个道理。

没人喝猪奶

猪和牛、羊、马等家畜一样属于哺乳动物，也能产生乳汁。大家经常喝牛奶、羊奶和马奶，但让人奇怪的是，中国是世界养猪大国，猪的数量很大，母猪也多，为什么偏偏就没人喝猪奶呢？是猪奶难喝吗？不是，有人尝过猪奶，感觉有杏仁露的味道。是猪奶不营养吗？不是，据专家检测，猪奶的营养价值可以与牛奶相媲美。那么究竟是什么原因导致市场上没有猪奶产品呢？可以从以下六个方面来分析。

第一，挤猪奶的难度大。表现在猪放奶的次数多，这和猪独特的泌乳习性有关。母猪的乳房没有蓄乳池，不能积攒猪奶，也不能随时挤奶。母猪产奶需要小猪的叫声和拱乳动作的神经刺激，才能慢慢产奶，产奶过程需要近 1 小时。而且母猪放奶时间很短，从放奶开始到结束最长也就几分钟。这就给人工采奶造成两大麻烦：一是母猪放奶次数多，导致挤奶次数也多，理论上算，一天得挤二十多次奶。而牛、羊等家畜，一天只需挤两三次，最多也不过四次。二是母猪每次放奶持续时间太短，母猪乳头数量又多（一般为 7 对），要想在几分钟之内快速把 7 对乳头的奶全部挤完，可谓“时间紧，任务重”。而奶牛只有 4 个乳头，羊只有 2 个乳头，劳动强度要低得多，也更容易实现机械自动化。

第二，母猪奶产量低。奶牛的哺乳期有 9 个多月，骆驼的哺乳期甚至长达 14 个月，这意味着它们基本整年都能产奶，而猪只能产 2 个月奶。按一年来算，每头母猪一年约产奶 300 千克，而一头奶牛一年能提供奶 5 吨。两者差距还是很大的。

第三，猪奶的成本要高于其他家畜奶。猪是杂食性动物，现代规模场养猪用的都是高营养的母猪专用料，而牛、羊、马等家畜是草食动物，以吃草为主。单就饲料成本上讲，猪奶的成本要远高于草食家畜。

第四，经济价值取向不同。一头母猪的奶水可以养活约二十头小猪，二十头小猪的经济价值要远大于一头母猪一年奶水的价值。也就是说，用奶水去供养小猪的附加值更大，回报率更高，所以养猪场为保住小猪，会尽量让小猪吃到奶，多吃奶。而养牛场和养羊场则正好相反，为了保住更有价值的奶，会尽早给犊牛和羔羊断奶。

第五，猪奶中无机盐的含量过高。饮用猪奶，可能会导致人肠胃不适，消化不良。

第六，有人认为，母猪母性很强，在哺乳期间，要想从母猪身边把小猪移开，把猪奶挤走，会遭到母猪的攻击。

如果有人一定要喝猪奶，据初步计算，需要支付的猪奶价格约是牛奶的 20 倍。

种公、母猪肉与育肥猪肉的区别

经检疫合格的种公、母猪可以屠宰销售，但必须在出售时按要求标明，以便于消费者区别和选择。种公、母猪肉与育肥猪肉的鉴别可从以下五个方面入手。

第一，腥臭味。种公猪肉有腥臭味，且以唾液腺、脂肪和臀部肌肉最明显。除直接嗅闻外，还可以用烧烙、煮沸、煎炸等加热实验来检验。种母猪肉一般闻不到腥臭味（约 1% 种母猪也有）。育肥猪肉嗅不到腥臭味。

第二，皮肤。种母猪肉皮厚、粗糙、发黄，皮上多有毛孔，且毛孔粗深，特别是臀荐部皮上有大如米粒、小似芝麻的凹陷（俗称沙眼）。种公猪肉皮除上颈和肩部皮更厚外，其他与种母猪肉皮相似。另外，种母猪皮与肉层次分明，接合处疏松。而育肥猪肉皮薄细软，毛孔细且浅，皮肉结合紧密。

第三，皮下脂肪。种母猪肉皮下脂肪脆硬，呈青白色，触摸时黏附的脂肪少。个别种母猪皮下脂肪仅一薄层（俗称红线）。而育肥猪肉皮下脂肪软腻，呈白色，触摸时黏附的脂肪较多。

第四，肌肉。种公、母猪肉呈深红色或暗红色，肌纤维粗，纹路明显，断面颗粒大，含水分少。而育肥猪肉呈淡红色，纤维细，断面颗粒小，含水量较多。

第五，肋骨。种母猪肋骨扁宽，骨膜白中透黄，前五根肋骨更甚。而育肥猪肋骨呈扁圆形，骨膜淡粉色。

猪前腿肉和后腿肉的区别

猪前腿肉又叫夹心肉，整块前腿肉很扁平，纯瘦肉平均质量约为 2.5 千克，因这片肌肉由几十块小肌肉组成，因此筋膜较多。基本上 1/3 是肥肉，2/3 是瘦肉，瘦肉间有油层。前腿运动的频率比较大，所以肉质比较鲜嫩细腻，且肥瘦相间刚刚好，适合炒肉或做成馅料和肉丸子。带皮前腿肉也可做成红烧肉，前腿肉上还有部分梅花肉，所以价格比后腿肉高。

猪后腿肉也叫后臀尖，整块后腿呈方块状，纯瘦肉平均质量约为 5 千克，主要由内腿肉、外腿肉、腱臀肉、元宝肉、内腱和外腱等六块肌肉组成，筋膜较前腿肉少，肉呈大块状。整个后腿肉只有底下一层肥油。后腿运动的频率不高，只是比较着力的部位，因此后腿肉肉质纤维粗，口感较硬，适合炖肉或制作卤汤。

猪前蹄和猪后蹄的区分

猪前蹄又叫猪手，骨少筋多肉厚，是制作酱卤红烧的首选；猪后蹄也叫猪脚，骨多筋少肉也少，多用作熬汤。其他区别：一是前蹄蹄心处（腹面）可弯曲，而后蹄不能；二是前蹄蹄心处肉厚饱满，且有三道横纹，而后蹄蹄心处干瘪无横纹；三是前蹄上端横截处可见粗大的蹄筋，而后蹄则没有。

猪睡觉也会磨牙

猪磨牙又叫猪锉牙，是猪较为常见的一种综合征，是猪受某种疾病或不良因素刺激引起大脑中枢神经紊乱，产生的一种无意识的空口咀嚼活动，多在夜间发生。

引起猪磨牙的原因基本可分为四类：一是长期饲喂营养单一的饲料，导致猪营养缺乏，尤其是钙、磷等矿物质的缺乏；二是猪消化不良；三是体内有寄生虫，俗语说，“晚上磨牙，肚里虫爬”；四是缺乏维生素（尤其是维生素 D）。若是营养不良，可换喂营养丰富的饲料，并在日粮中添加骨粉、磷酸氢钙和食盐等；若是猪消化不良引起，可给猪投服大黄苏打片等药物，以健胃消食；若猪体内有寄生虫，可用左旋咪唑肌内注射驱虫；若由维生素缺乏引起，可采用肌内注射维生素 AD，并喂服复合维生素 B 来治疗。

僵 猪

僵猪是由于先天性生育或营养不良所导致的一种疾病猪，俗称“小老猪”“小懒猪”。临床表现为精神状态尚好，饮、食欲较为正常，但比同窝仔猪明显偏小，或青年期及以后生长速度极慢。

造成僵猪的原因主要有以下四种：

一是胎僵，又叫血僵。近亲繁殖所造成的后代品种退化，生长发育停滞；种猪的年龄过大，体质降低致孕产储备不足；或过早进行交配、种猪自身发育不良导致后代发育不良形成僵猪。

二是奶僵。孕期母猪因营养不良或发病致新生仔猪发育不良，影响后天生长；或对仔猪出生后护理不当，加之母猪泌乳能力差，乳汁少，质量差，不能满足仔猪的营养需要，导致生长停滞。

三是料僵，又叫食僵。仔猪断奶后，突然变料，使仔猪感觉不顺口，降低食欲，减少采食或拒绝采食，增重缓慢；或日粮品质差，营养缺乏；或同群猪强者多食，弱者吃不到足够的料而经常处于饥饿状态，久而久之形成僵猪。

四是病僵。仔猪长期患病或治疗不及时，病程拖长，延误最佳治疗时间，以及圈舍潮湿，猪长癞、结痂等，阻碍仔猪生长发育，渐成僵猪。常见病有贫血、伤寒、白痢、蛔虫病、肺丝虫病及其他慢性病，其中寄生虫病占比最大，达 70% ~ 80%。

僵猪成为猪场的“鸡肋”，导致猪场经济效益受损。针对以上四种原因，要在科学调配种猪使用、加强出生仔猪和断奶小猪管理及驱虫保健等方面提高饲养管理水平，杜绝僵猪的产生。

猪伪狂犬病病毒跨种传播

2020 年 7 月国际权威期刊《临床感染疾病》发表了题为《伪狂犬病病毒变异株致人类新型脑炎》的研究论文。该研究由华中农业大学陈焕春院士团队王湘如副教授、河南省人民医院神经内科李玮主任和河南省动物疫病预防控制中心闫若潜研究员合作完成。

该研究报道了 4 例由猪伪狂犬病病毒（PRV，又称猪疱疹病毒，人类于 1902 年首次分离发现）感染引起的人急性脑炎病例，首次从患者脑脊液中分离得到一株人源 PRV 毒株，即 PRV hSD-1/2019。此毒株表现出与当前我国猪群中流行的 PRV 变异毒株相似的生物学特性。这一研究的价值在于，首次为 PRV 的跨种感染研究提供了新的病原学证据和基础。同时，也提醒广大生猪养殖、屠宰等相关行业的从业人员要做好自我防护，避免伤口暴露、污物飞溅等潜在感染风险。另外，不容忽视的是，异种器官移植也存在跨种传播的风险。

猪伪狂犬病是由猪伪狂犬病病毒引起的，它是当前威胁养猪业的重要疫病之一。感染 PRV 后，母猪表现为繁殖障碍，新生仔猪出现神经症状及高达 100% 的死亡率，育肥猪则表现出呼吸系统疾病。除猪以外的其他易感动物感染后通常预后不良。PRV 有严格的宿主特异性，即 PRV 只感染猪，但是 1914 年以来，基于临床症状、家畜接触史或血清抗体检测结果，这种规则似乎被打破，国际上渐有关于人感染 PRV 的探索性报道。

王湘如研究组对 4 位急性脑炎患者进行流行病学比较研究，发现他们均从事与生猪饲养、屠宰和销售等有关的工作，且在疑似伤口暴露后的 7 天内出现类流感症状，同时病程发展较快，从最初的发热转升为神经系统症状（如癫痫）仅需 1～5 天。磁共振成像（MRI）可见 4 例患者均具有相似的脑部病变侵染区域，其中 2 例患者还出现了典型的视网膜脱离症状。所有病患经治疗后虽已脱离生命危险，但均留有严重的神经系统后遗症，分别表现为失明、记忆障碍、最低意识状态及持续性植物人状态。同时，研究人员对 PRV 的致病机制研究提示，咽喉可能是 PRV 在人体内复制和排毒的重要靶器官。

人类和动物之间没有绝对的物种隔离，病原微生物在物种间跨越式侵染和传播在 21 世纪后出现得越来越多，发生的频率也越来越快。2012 年发生的中东呼吸综合征由骆驼携带 MERS 冠状病毒感染人类；2013 年发生的 H7N9 流感由家禽携带 H7N9 型禽流感病毒感染人类等。因此，有理由相信，近几年持续散发的猪伪狂犬病病毒变异株感染人事件也许正在警告人类，病原微生物大规模跨种传播发生的可能性也许只是时间问题。

米猪肉

米猪肉是人们对感染囊虫病的猪宰后的肉布满数量较多白色虫体的一种形象俗称。囊虫病又叫囊尾蚴虫病，是一种人畜共患寄生虫病。该寄生虫的成虫叫绦虫，寄生在人的小肠中。而其幼虫，即囊尾蚴则主要寄生在猪、牛、羊等家畜的肌肉中，当然，也可以感染人。

绦虫可以在人的小肠中存活大约 25 年之久，它产出的虫卵随粪便排出后，污染土壤、水源、食物及饲草料，猪吞食后在胃肠消化液的作用下，虫卵逐步发育成囊尾蚴并寄生在猪体各肌肉处。人误食了生的或未煮熟的含囊尾蚴的猪肉后，囊尾蚴进入人体，并最终发育成绦虫寄生在人的小肠，完成自己的发育史。人感染绦虫后，常出现食欲不振、消瘦、贫血和腹痛等症状，若同时感染囊尾蚴，随囊虫寄生部位不同出现不同的症状，如寄生在脑部，会出现神经症状；若寄生在眼部，则有可能导致失明。而感染囊尾蚴的家畜生产性能会大受影响，甚至会死亡。因此囊虫病对人畜危害相当严重，必须引起足够重视。

由于囊尾蚴喜欢寄生在肌肉中，尤其是活动频繁的肌肉中，因此腰肌、咬肌、心肌等是宰后检疫的必检部位。若发现肌肉中存在囊尾蚴虫体或各种变性虫体，必须按规定进行处置。

种公猪的射精时间

很多动物虽然交配时间很长，但射精时间很短。牛、羊和禽类的射精时间只有数秒，鹿的射精时间仅仅只有 1 秒，而种公猪的射精可持续 3～15 分钟，平均射精时间为 6 分钟左右，是牛、羊射精时间的数百倍。因此，种公猪是已知射精时间最长的动物。

不要据此以为种公猪很“性福”，在现代规模种猪场中，其实 99% 的种公猪可能一生都没有真正与母猪本交（自然交配）过 1 次。它们一生的“性福”都献给了假母猪和橡胶手套，因此动物福利政策需要加快落实，不能让种公猪们“真奉献，假性福”。

千古美谈《猪肉颂》

苏轼（公元 1037—1101 年），字子瞻，号东坡居士，是中国北宋时期著名的文学家、书法家和画家，同时也是一位了不起的美食家。

熙宁十年（公元 1077 年）四月，苏轼任徐州知州。到任不久，黄河在澶州（今河南省濮阳市）决口，水淹徐州。苏轼身先士卒，带领军民筑坝固城，经 70 多个日夜的奋战，徐州城转危为安。为感谢知州大人的辛苦操劳，很多城中百姓自愿宰羊杀猪送往苏轼府上。盛情难却，又吃不掉如此多的猪肉，苏轼就指点家人把猪肉做成红烧肉，回赠给百姓。徐州百姓吃过苏轼的红烧肉后，感觉肥而不腻、鲜香味美，一致赞誉有加，并称之为“回赠肉”。此后，“回赠肉”在徐州一带广为流传，并成为徐州地区的传统名菜之一。

元丰三年（公元 1080 年）二月，苏轼被贬为黄州团练副使。一生乐观豁达的苏轼到黄州后，“微官”一身轻，畅游长江赤壁，写下了《赤壁赋》《后赤壁赋》和《念奴娇·赤壁怀古》等名作。公干之余，他带领家人在城东一块坡地耕种以贴补家用（这也是他“东坡居士”称号的由来）。正是在和乡民的接触中，苏轼发现当地猪肉非常便宜，于是爱做红烧肉的他即兴写下了《猪肉颂》。《猪肉颂》：“净洗铛，少著水，柴头罨烟焰不起。待他自熟莫催他，火候足时他自美。黄州好猪肉，价贱如泥土。贵者不肯吃，贫者不解煮。早晨起来打两碗，饱得自家君莫管。”意思是说，把锅洗净，少加点水，用不起烟的微火煨炖，炖熟了就很美味。黄州猪肉很便宜，有钱人不屑吃，没钱人不知道怎样做才好吃。早晨起来吃两碗，感觉好得很呢。这时候，红烧肉的影响在黄州进一步扩大。

元祐四年（公元 1089 年）正月，苏轼升任龙图阁学士、杭州知州。第二年，他开始疏浚西湖，助民修堤，让西湖焕然一新。杭州百姓送酒肉以感其恩德。苏轼如法炮制，将百姓送来的猪肉做成四方形红烧肉回赠杭州黎民。不过这一次苏轼所做的红烧肉，是在总结徐州、黄州两地红烧肉做法的基础上经改良之后做成的，色、香、味俱全，且风味独特。杭州百姓惊讶地发现，普通的猪肉竟能做出如此的美味，顿时赞不绝口。由于杭州在全国美食界的地位，苏轼的红烧肉一炮打响，并最终得名“东坡肉”传扬至今。

荒唐的“禁猪令”

正德十四年（公元1519年）十二月，明武宗朱厚照巡游仪真（今江苏仪征）途中，突然下令禁止百姓养猪，史称“禁猪令”。“禁猪令”：“兵部左侍郎王（宪）抄奉钦差总督军务威武大将军总兵官后军都督府太师镇国公朱（寿）钧帖：照得养豕宰猪，固寻常通事。但当爵本命，又姓字异音同。况食之随生疮疾，深为未便。为此省谕地方，除牛羊等不禁外，即将豕牲不许喂养，及易卖宰杀。如若故违，本犯并当房家小，发极边永远充军。”意思是说，百姓养猪杀猪，本是寻常事，但它对明武宗不好，“朱”与“猪”异字同音。而且吃猪肉容易使人生疮得病，很是不方便，因此告诉大家除牛、羊不禁止外，猪要禁养禁杀。如果违反本令，犯人及其家小处发配充军之刑。

朱厚照下令禁止百姓养猪的最直接理由有两点：一是明朝皇帝姓“朱”，而“朱”与“猪”同音，要避讳；二是明武宗生于辛亥年，生肖属猪。因此，朱厚照认为养猪、杀猪、吃猪肉等行为都是对皇帝的大不敬，不禁止，面子上和心理上都说不过去。

“禁猪令”发布后，受影响最大的是江北及京师一带，百姓慌忙将猪杀死，便宜卖掉或深埋土中，唯恐获罪。一个月后，获此消息的内阁大学士杨廷和于正德十五年（公元1520年）二月上一道《请免禁杀猪疏》，奏疏逐条驳斥了明武宗的禁猪理由，建议从安民生、顺自然的全局出发，废止“禁猪令”。同年三月，礼部也上奏说国家的祭典都要用牛、猪、羊“三牲”，如今猪绝迹，无法按古例进行，请求更改。皇家祭祀当用

“太牢”，即牛、猪、羊“三牲”，这是中国几千年来的规矩，谁敢冒天下之大不韪擅自变更？迫于各方面的压力，明武宗不得不悄悄地取消“禁猪令”。但仍然要求，“内批仍用豕”，且在圣驾所过地方尽量回避。一场只持续了三个月，却被后人笑话了近五百年的禁猪闹剧宣告结束了。一年之后的正德十六年（公元 1521 年），这位荒唐奇葩的皇帝而立之年暴死宫中。

无独有偶，类似“禁猪令”的荒诞法令，并非明武宗首创。如唐朝李姓皇帝因为“鲤”与“李”同音，就禁止民间喂养和烹食鲤鱼；宋徽宗赵佶因为自己生肖属狗，曾禁止民间杀狗。

附：

明内阁大学士杨廷和《请免禁杀猪疏》全文：

谨题。近日传闻直隶及山东等处镇巡等官钦奉圣旨，禁约地方人等，不许养豕及易卖宰杀。违者发极边卫分，永远充军。远近流传，旬日之间，各处城市、乡村居民畏避重罪，随将所养之豕，尽行杀卖，减价贱售。甚至将小豕掘地埋弃者有之。人心惶骇，莫测其由。臣等切思，民间豢养牲豕，上而郊庙朝廷祭祀、宴享膳羞之供，下而百官百姓日用饮食之资给，皆在于此，不可一日缺者。孟子曰：鸡豕狗彘之畜，无失其时，五十者可以食肉矣。古先哲王之治天下，所以制民之产，其道如此。且人年五十非肉不饱，则豚豕之畜，正养生之具，而非所以致疾也。人生疮痍，乃血气内伤，风湿外感所致，是食豕肉而致然乎？况小民畜养贸易，以此为生理之资，正宜教之孳息蕃育，是可禁乎？至于十二支生辰，所属物畜，乃术家推算星命之说，鄙俚不经，不可为据。若曰国姓字音相同，古者嫌名不讳。盖以文字之间虽当讳者，尚且不讳嫌名，今乃因其字之音，而且讳其物之同者，其可乎？又况民间日用牲豕，比之他畜独多。牛以代耕，亦非可常用之物。私自宰杀，律有明禁，不可纵也。此事行之虽若甚微，而事体关系甚大。如此传之天下后世，亦非细故，诚不可不虑也。伏望皇上洞察物情，详审命令，亟敕所司，追寝前旨。仍通行晓谕各处地方人等，各安生业，勿致惊疑，则事体不乖，而人心慰悦矣。

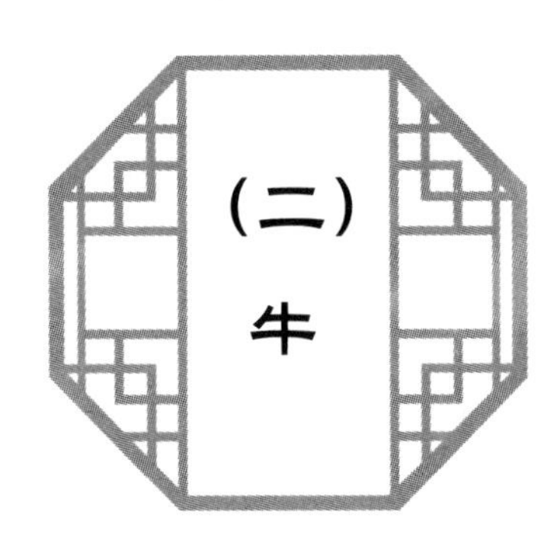

家牛的历史

牛起源于原牛，是哺乳动物中最后出现的一个类群。家牛大约在8 000年前的新石器时代开始驯化，最初驯化地点有单一中心说和多中心说两种。单一中心说认为来源于新月沃地，多中心说认为来源于新月沃地、埃及和中国等地方。驯化了的普通牛，在外形、生物学特性和生产性能等方面与野牛差别较大。野牛体躯高大（体高1.8～2.1米）、性野、毛色单一（多为黑色或白色），乳房小，产乳量少。经驯化的牛体型小（体高在1.7米以下）、性情温驯、毛色多样，乳房变大，产奶量及其他生产性能都大大提高。

世界上牛最多的国家是印度，存栏3亿多头（2020年统计数字），其次是巴西2.4亿多头，第三是美国0.94亿多头。

现代牛按生产类型主要分四种：乳用品种，如荷斯坦牛、娟姗牛等；肉用品种，如海福特牛和夏洛来牛等；兼用品种，如西门塔尔牛和瑞士红牛等；役用品种，如中国的水牛和黄牛等。此外有些国家还专门培育了一种强悍善战的斗牛，主要供比赛用。中国五大名贵牛种是鲁西牛、晋南牛、延边牛、秦川牛和南阳牛。在我国民间，公牛，骟前称牤牛，骟后称犍牛。母牛，又称羽牛或祀牛。

在中国传统文化中，牛是勤劳、忠厚和奉献的象征，被称为“仁畜”和“土畜”，甚至被誉为“神牛”。牛有“八百里驳”和“桃林隐士”的雅称，而水牛又称沈牛、乌犍和吴牛，唐之后的诗人更雅称之为“黑牡丹”。古代中国民间，公牛称“牡”“牯”等；母牛称“牝”“牸”等；阉割过的牛叫“犗”；牦牛和黄牛杂交而生的牛叫“犏”；专门用于祭祀牺牲的小公牛叫“特”。

《周礼·地官》记载，养牛的人官职叫“牛人”，当时的牛主要用来运输、祭祀和食用。《礼记·王制》记载：“诸侯无故不杀牛，大夫无故不杀羊。”可见当时国家对牛的重视程度。

春秋时期，与“相马伯乐”齐名的“相牛”名家是宁戚。

《三国志·魏书·武帝记》述：“授土田，官给耕牛。置学师以教之。”这是中国历史上第一次记述牛用于耕田。

古代将牛、羊、猪的牺牲称为太牢，是规格最高的祭品。

古人认为牛拥有“五行”中土属性和水属性的神力，水能生木，因此相信牛的耕作能促进农作物生长。又说土能克水，故常在治水后，铸铁牛或铜牛以镇水魔。

我国最早的文字——甲骨文的载体（龙骨）一部分就是牛的肩胛骨制成的。

我国现存最早的纸本中国画是唐朝的《五牛图》。

近现代作家、艺术家中以牛自喻的很多，有“横眉冷对千夫指，俯首甘为孺子牛”的鲁迅；有自称“耕砚牛”的齐白石；有画室取名为“师牛堂”的李可染；有自取雅号“文牛”的老舍，以及“老牛已解韶光贵，不待扬鞭自奋蹄”的朱自清。

牛在西方是财富和力量的象征，南非、冰岛等很多国家曾经把牛的形象设计到国徽上，以示对牛的尊重和热爱。

耕牛在古代中国的地位堪比现在的大熊猫

中国有着五千年的华夏文明，华夏文明的发源地就在黄河流域。黄河流域既是封建文明最发达的地区，也是战乱最频繁的地区。古代中国黄河流域的文化主要是农耕文化，经济模式是男耕女织的小农经济。在科技不发达的古代，农耕全部靠人力是不可能的，而粮食是决定国家安定和战争胜利的根本保证，这时候，耕牛的土地劳作和粮食生产的作用就尤为突出，自然耕牛要受到国家的重点保护。春秋时期卫国国君的弟弟在一次狩猎中不小心打死一头牛，卫国国君立即将其判处死刑。秦朝时，规定耕牛和百姓一样要登记造册，若哪家的耕牛死了，政府要去调查原因，如果是因人为因素致死，杀死耕牛的人要被判刑。唐朝时，更是规定不准杀牛和驴。宋代规定：屠牛者判一年，发配一千里。当然，病死和衰老的牛可以宰杀，但必须经政府备案，有政府官员在旁监督。而且牛宰后的三样东西要上交国家：牛角、牛皮和牛筋。因为它们是军工产品的重要原料，牛角可以做号角，牛皮可以做帐篷和战靴，牛筋可以做弓箭。所以，耕牛在古代经济社会中是一种不可替代的战略性物质，它的地位不次于大熊猫在今天中国的地位。

黄河流域的耕牛主要是黄牛，正因为有国家的重视和保护，各地育成了如秦川牛、晋南牛和南阳牛等优良地方品种。专门作为耕牛的黄牛又叫役牛，而且形成了一整套选牛、养牛和用牛的文化。

同样是驾驭，马用笼头，牛要穿鼻

《庄子·外篇·秋水》曰："牛马四足，是谓天；落马首，穿牛鼻，是谓人。"意思是说"牛马生就四只脚，这就叫天然；用马络套住马头，用牛鼻绾穿过牛鼻，这就叫人为"。可见早在2 000多年前，华夏民族就掌握了驾驭牛、马的技术，那么，为什么马用笼头，而牛要穿鼻呢？

"落马首"中的"落"即"络"的通假字，"落马首"即以络头网络马首。络头以皮条编结而成，形状似笼，因而又称"笼头"。马笼头也叫马笼套、羁或辔，是约束马和驭马的马首挽具，包括络头、嚼子（口衔）、缰绳和其他附属物。马和驴的脖子比较柔软，靠人力就可以让它们改变行进方向，只需在头上戴个笼头就行，不需要打鼻环。最初的马笼头只是一根绳子，用它拴住马脖子借以牵引和控制马，后来，人们发现，把偏缰换成用骨头或铁做的马嚼子来掌控马，能更容易、更有效地调整正在奔跑中的马的方向和速度，使人和马合为一体。借助马笼头，用限制吃草和奖励吃草的方式，来掌控马按人的要求去行动，从而完成了对马的驯导。

牛体格大，有蛮力，脾气犟，又皮糙肉厚。马、驴用鞭子就能驯服，但对牛作用不大。平时性格温驯、慢腾腾的牛一旦发脾气是会伤人的。人们在长期的使役实践中发现，牛的鼻中隔薄且布满神经，是牛身上最弱的地方，只要牵住并刺激牛的鼻中隔就可使牛感觉到痛。牛鼻子洞里也容易穿上鼻环，再在鼻环上拴上绳子，只要牵着牛鼻子它就一点反抗

能力都没有了。鼻环有柳木制、铁制和铜制等。

给牛穿鼻环要注意两点，一是牛的年龄。穿鼻环牛的年龄应在小牛10月龄至1.5岁之间。体型大的牛一般可以在10~12月龄穿牛鼻子，体型小的牛可以推迟至1.5岁左右进行。二是牛穿鼻环孔部位是在牛鼻中隔中央处，有比绿豆大些不规则的浅白色点，穿透时，部位一定要掌握准确，不能太上，也不能太下。穿得太靠上是牛鼻隔软骨，其牵引神经不太敏感，调教、使役比较不听使唤；穿得太靠下，牛鼻子的使用年限较短，容易拉豁牛鼻子。

西班牙斗牛士斗牛要用红布的原因

西班牙人有斗牛的传统，我们在电视上经常看到，西班牙斗牛士拿着一块红布，对着牛抖动，牛就会变得愤怒。因此，人们认为牛对红色敏感，容易被激怒。事实上，这完全是误解。科学研究表明，牛是色盲，在它们眼里世界只有黑、白、灰三色，完全不知道红、蓝、绿等其他颜色。科学家做过实验，让斗牛士拿着灰布、蓝布和绿布分别对着牛抖动，牛也会被激怒，从而完成斗牛表演。

那么问题来了，斗牛过程中，牛是怎样被激怒的呢？答案还是斗牛士手中的布，但不是布的颜色，而是布的抖动。有研究表明，牛对静止的物体不感兴趣，但摇动的物体却容易让它们愤怒。斗牛士故意在公牛面前抖动红布以及躲避公牛攻击的动作，都会进一步激发公牛的暴脾气。同时西班牙斗牛士选斗牛也很有讲究，一般是北非公牛，这种牛天生脾气暴烈，而且在上场前已经在栏里关了很长时间，即使是人被关时间长了脾气也会憋得暴躁，所以牛一旦放出牢笼，就会寻找任何抖动的目标发动猛烈进攻，在这种人为的挑逗下，公牛会完美地“配合”斗牛士完成表演。

斗牛士真正选择红布的原因不是为了刺激牛，而是为了刺激全场的观众，因为红色能挑起人的情绪激动和兴奋，可以增强表演效果，达到轰动效应。

票贩子又称为“黄牛党”的缘由

“票贩子”用北京行话叫“拼缝儿的”，在上海则叫“黄牛党”，还有更形象的比喻，把这类“以票为生”的人称为“票虫”。“黄牛党”来源于20世纪国家实行票证制度时，有人倒卖各种票证，那个时期不叫“黄牛”，只称呼“倒票人”。到了21世纪扩大成为倒卖火车票、景区旅游票、演唱会门票等，现在统称为“黄牛党”。

为什么把倒票人和倒票行为与“黄牛”挂钩？这里边大致有两种说法。一是说，旧社会，拉车的都穿着黄马甲，干着出死力气的活，非常辛苦，所以老百姓都称这种人力车为“黄牛”车，后来交通虽然渐渐发达，火车票、汽车票却很难买到，但拉车的车夫们因为经常在火车站、汽车站跑，就和车站卖票的混得熟，有时候老百姓就找他们帮忙买票，车夫们也从中得到一定的小费，只是数额不大。后来一说买票，老百姓就说找“黄牛”啊。另一种说法是，牛有很多种，其中黄牛皮厚毛多，一年换两次毛，所以“黄牛党”是挣毛利的意思，加上黄牛在农村一般肉用居多，不做使役用，有偷闲的意思，所以“黄牛党”多被指贬义。

不可小觑的牛角

牛角就是牛科动物黄牛或水牛的犄角，又叫牛角胎、牛角笋。它在人们的生活中用途广泛，其中四个方面应用较多：

一是制作号角。牛角是我国瑶族、彝族、苗族等民族的唇振气鸣乐器。尤其在广西南丹和贵州黔南、黔东南等地区最为盛行。制作时，将牛角尖端截平，在截口中心钻一小孔，与角的内腔相通，圆孔上端扩孔并呈钝角状，与号嘴相似。也可在角的上端装一竹制或木制吹嘴。为增加角的共鸣和音色变化，常在角的弯腔处灌些清水并放置三四块鸡蛋大的鹅卵石。牛角号角适宜演奏徐缓悠长的声音和曲调。

二是用作中医药材。牛角性苦、咸、寒，归心、肝和胃经。主治血热妄行引起的吐血、衄血（鼻血）和痈疮疖肿，以及崩漏、带下、痢下赤白、水泄和水肿等病症。

三是制作牛角梳。牛角梳的材料一般选用水牛角、黄牛角和牦牛角。牛角本身就是一味中药，用牛角梳梳头，在牛角药性发挥作用的同时，可以去垢而不沾，解痒而不痛，温润而不挂发，还能加速头皮血液循环，增强免疫力，并有清火凉血、防止静电、安神健脑、防脱发和促进头发生长的独特功效。但市场上的牛角梳良莠不齐，可用下面三种操作性较强的方法来初步鉴别：其一，真牛角梳不起静电。将待测牛角梳在布上擦拭，再挨近碎纸屑，真牛角梳不会因产生静电沾起纸屑，假牛角梳则相反。其二，气味测试。对着待测牛角梳呵一口气或用手指沾水在梳上来回摩擦，真牛角梳会产生角类特有的腥臭味，而假的牛角梳一般没有这种气味。其三，沉水试验。将待测牛角梳放在水面上，若下沉可能是真牛角梳，若浮在水面上多半为假牛角梳。当然在鉴别时，能同时应用这三种方法，鉴别结果会更准确。

四是制作牛角灯。牛角灯是北京地区独有的工艺美术品。始创于明朝永乐年间，1940 年以后，逐渐失传。制作的方法是：用刀把牛犄角削成极薄的薄片，用微火烤，将众多的牛角薄片拼对连接起来，再做成各种形状。其中扁圆形，直径 2 尺（约 0.67 米），小高桩或带棱的居多。灯的下端中间有蜡托，可供点大蜡烛。牛角灯的里层面有人物、山水、龙、福寿字及五福捧寿等各种图案，画工细腻淡雅，色彩谐调优美，极富北京艺术韵味。这种牛角灯最大的特点是光色柔和，不刺眼。以前，每年灯节，京城大户人家经常选购牛角灯，悬挂庭院，欣赏观看。因为制作精巧，又有民族特色，清末民初来中国游玩的外国人很喜欢牛角灯，买回去后，到饭店选购大号蒸笼，把牛角灯放进去，包装好，邮回国内挂灯欣赏，甚至向人吹嘘，这是中国皇帝用的宫灯。

在所有家畜牛角中，黑牛角最为珍贵。黑牛角中的上品，经常被皇家征集起来，经加工后，用作颁布给四品、五品官员的圣旨的轴柄。

牛皮也能飞上天

牛皮主要指黄牛皮和水牛皮。牛皮的用途很广，可供人类烹饪食用，也可以用作药材，古人还把它制作成盔甲、马鞍、盾牌、皮鞭、弓箭、牛皮纸、战鼓及皮影戏道具等特殊产品并沿革至今。在现代，牛皮更多是被加工成皮鞋、皮包、皮带、首饰盒和体育用品等皮具。

科学家们还把它用到了航空航天上。20世纪四五十年代制造飞机起落架的动作筒，尤其是制造导弹发动机液氧阀门的密封垫圈要用到牛皮，而且还要没有鞭伤、没有经过蚊虫叮咬的三岁小公牛的臀皮，因为按照当时苏联科学家的说法，只有这样的牛皮加工出来的密封垫圈才能满足液氧发动机 –192℃超低温、高强度的工作环境要求。如此苛刻的质量指标，以至于当时全国库存牛皮质量最好的河南畜产公司也仅仅从10 000多张牛皮中选出了满足要求的一二百张。好在技术人员很快用聚四氟乙烯塑料替代牛皮来大规模生产这种特种垫圈，才保证了军方的需求，同时免除了畜产公司的巨大压力。

西藏牛皮船

牛皮船和羊皮筏子一样，过去都叫“革船”。牛皮船，顾名思义是用牛皮或牦牛皮缝制的、能依靠自身浮力在浅滩和激流中行进的船。

从拉萨布达拉宫和山南桑耶寺的早期壁画中可知，西藏牛皮船的起源最早可以追溯到吐蕃王朝时期。当时，活跃于雅鲁藏布江雅隆河谷的雅隆部落居民就用牛皮船在江河上划行。《西藏志·卫藏通志》进一步记载：“在藏江处，其渡设有皮木船，以备通涉。”那个时期的牛皮船圆形圆底，只能容三四人渡行，近现代的牛皮船为前宽后窄状的梯形，可容纳七八个人，行进时保持前轻后重和大头朝前的方式。

牛皮船一般重约30千克，一个人可以扛走。不用时可以竖立在地上，供船夫遮蔽日晒用。

牛皮船制作材料简单，主要是木棍料和牛皮。木棍料一般选用耐湿且韧性强的柳木。牛皮则取自当地的牛皮和牦牛皮。每条牛皮船需牛皮4张。牛皮必须用公牛皮，因为公牛皮皮厚坚韧。选好的鲜牛皮在水中浸泡数天后，经褪毛去残肉，即可缝合。缝合是制作牛皮船的关键，要注意五点：一是缝合针脚要密，否则会影响使用寿命；二是缝合动作要快，不然牛皮迅速风干，就增加了缝合难度；三是卷边技巧，应多卷一次缝合，才能保证良好的防水性；四是缝线要选用牦牛尾巴上的毛搓成；五是要在牛皮缝合处反复擦抹大量牛羊油脂，以进一步加强密封和防水性。最后把缝好的牛皮绷扎在柳木骨架上，再经晾晒后即制作完成。

牛皮船平时要经常保养：一是及时晾晒，目的是不致损烂；二是使用时要在牛皮缝合处涂拭菜籽油，目的是在菜籽油的浸润中，使牛皮柔韧耐用。

西藏居民在使用牛皮船的过程中还产生了“郭孜”文化，在藏语中，“郭”和“孜”分别是牛皮船和舞蹈的意思。牛皮船舞现在已经是西藏地区独特的非物质文化遗产。

熟牛肉切面泛绿光

煮熟的牛肉有时会泛绿光，这种现象一般由两种原因造成。一种情况是正常熟牛肉的物理光学反应。这种情况发生在垂直的牛肉切法上，肌肉纤维被横切，在断面上形成很多规则排列的八角形凹凸状结构。当光线从合适的角度照射到这个断面上时，发生“反射式光栅衍射”。此时，肉眼就能看到像彩虹一样的颜色，包括从绿色、黄色到红色等各种色泽，呈现最多的就是绿光。实际上，这种现象，猪肉、驴肉、羊肉、狗肉、鸡肉、鸭肉和鱼肉上都可以出现。只不过牛肉的肌纤维更粗，肌束横切面更大，当凹凸面依次错开时，光栅效果更强，绿光更显眼罢了。另外，越靠近关节筋膜部位，越容易出现泛绿光现象。

另一种情况是变质熟牛肉发生的生理生化反应，即牛肉受微生物污染，细菌将部分蛋白质降解，其中的硫元素释放出来，和铁、铜等金属离子结合，形成黄绿色的硫化铁和黑褐色的硫化铜，所以才会发绿色的光。需要说明的是，正常生鲜肉不会发绿光，一旦生鲜肉发绿光，必是变质肉或非正常肉。

辨别发绿光的熟牛肉是否品质正常主要有两点：一是可以试着把牛肉换个角度再观察，如绿光变淡或消失，基本可判断为正常肉；如果绿色保持不变或不消失，那么很有可能是变质牛肉。二是牛肉变质必伴有异味，即可以通过闻气味来进一步辨别。

奶牛在不同时期产的奶不一样

规模奶牛场里的商品化奶牛，一年中除了两个月的干奶期在停乳外，其余时间都在产奶，那么奶牛在各个时期产的奶都一样吗？其实，生产中泌乳期产的奶分初乳、常乳和末乳 3 种。

初乳是母牛产犊后 3 天以内分泌的乳汁。特点是：色泽黄而浓厚，具有特殊气味；干物质含量较常乳高，其中以蛋白质和无机盐含量最突出，蛋白质以球蛋白和白蛋白含量特别高。初乳中的免疫蛋白有利于增强幼畜的抗病力，而无机盐则有助于犊牛排出胎粪。但因白蛋白、球蛋白耐热性很差，加热至 60℃以上即开始凝块。

常乳是母牛产犊3天以后到下一次产犊前约两个月所产的乳。常乳成分和性质趋向稳定，是加工乳制品的主要原料。我们平时喝的牛奶及奶制品就是用它们加工的。

最后是末乳，又叫老乳，即母牛停止产乳前15天内所产的乳。末乳味苦咸且解酯酶多，又常带油脂氧化气味。末乳不宜储藏，加工时不得和常乳混合，以免影响产品质量。

牛肚上开天窗

在美国和瑞士等国家，农场主和科技人员居然在牛肚上打洞，并装上窗口。在参观者瞠目结舌的眼神中，牛悠然自得地吃草、散步和挤奶，该干啥干啥。

原来，在牛肚上打孔的技术叫“瘤胃开窗手术”。农场主支持兽医和科技人员这种操作，是因为它有四个方面的好处：一是施行开窗手术的牛，一定是瘤胃有疾患的牛，与其多次在牛肚上开刀、缝合，折腾牛，不如在牛的瘤胃上开个窗口，加设瘤胃瘘管装置，既能观察瘤胃的消化运行情况，又能更方便地给牛投药治疗。二是经开窗手术的牛，可以作为技术支持牛。当其他牛瘤胃发生菌群混乱影响瘤胃消化时，可以直接从开窗牛的胃里取出健康菌群投喂给病牛，恢复病牛瘤胃的菌群体系，进而恢复病牛的消化功能。三是当牛不小心吞入铁丝、铁钉等金属异物时，可以直接通过窗口用“瘤胃取铁器”将异物轻松取出。四是有助于科学家研究牛产生、释放甲烷的生理机制，以及对全球温室效应的影响。牛、羊等反刍动物是甲烷等温室气体的排放大户。一头500千克的牛，

1 天释放的甲烷体积是 300 ~ 500 升，按全球目前存栏牛 10 亿头计算，仅牛一种牲畜 1 年排放的甲烷气体量就达 100 万亿升。

各具特色的牛粪文化

一、多彩的蒙古族牛粪文化

自古以来牛粪就是蒙古族人生产中的肥料、生活中的燃料。自然风干的牛粪，蒙古语叫“阿日嘎勒”。而且“阿日嘎勒”因季节差异还有着不同称谓和特点：冬天的牛粪叫“呼勒都古斯”，耐烧但火劲小；秋天的牛粪叫“哈日阿日嘎勒”，火劲大，燃速快；夏天的牛粪叫“希热阿日嘎勒”，火劲较弱；隔年的牛粪叫“察干阿日嘎勒”。

“马群丢了是父亲的责任，牛粪没了是母亲的失职。”捡拾、储备牛粪是蒙古族妇女的主要劳作内容之一。收集来的干牛粪储于木栅栏内或整齐码放在蒙古包东南或西南方向，以便于取烧。堆好的干牛粪要在顶部抹上一层湿牛粪以防雨水渗湿。堆好的牛粪称作“德楞太阿日嘎勒”。捡拾牛粪有讲究，即不捡隔年的牛粪。隔年的牛粪会被刻意留在草原上，经雨水冲消，融入土壤，让泥土肥沃，使牧草丰盛。

牛粪的用途很广泛。

第一，牛粪在蒙古族生活中的作用是燃料。蒙古族谚语说：“有牛粪燃烧的蒙古包不冷，有爱支撑的日子不苦。”除了燃烧取暖，蒙古族人认为用牛粪作燃料熬出来的奶茶最香、煮出来的肉最好吃；在烧牛粪的火炉旁长大的孩子身体最结实、眼睛最明亮。神奇的是，一块真正晒干了的草原牛粪砖，自带芬芳，燃烧这样的牛粪，不仅能取暖，还能提神。

第二，燃烧的牛粪能驱赶蚊虫，并具有一定的杀菌能力。蒙古族人至今保留着用牛粪烟熏肉以防变质的传统。最近，一位日本科学家研究认为，蒙古草原牛粪所燃放的烟能杀死300多种微生物病毒。

第三，牛粪具有祛病功能。蒙古族人的土疗法是，遇到极度劳累而病倒的人、畜，先用牛粪烟熏，再击碎髓骨煮在浓茶中，用其雾气蒸，可激发机体内外能量，使人、畜很快康复。经霜沐雨三年的“呼和阿日嘎勒”有消毒驱邪的功效。另外，蒙古族人过敏性疾病的发病率是世界上最少的，其原因可能与蒙古族人从小就在牛粪烟中熏染有紧密联系。有人统计，以蒙古牦牛为例，它们常食草原上200余种药用植物，自然它们遗留的“呼和阿日嘎勒”“神通”不可小觑。

最后，古籍专家发现，经牛粪烟熏陶的蒙古经书历经近百年不霉、不怕虫蛀、耐潮、不发灰。

二、神秘的藏族牛粪文化

牛粪在藏语中称为“久瓦”。“久瓦”一般又分为“久瓦色冈玛”（黄干牛粪，深秋时节最好的干牛粪）、“达儿”（在墙上打贴的牛粪饼）、“日儿”或“亚儿”（山上拾的牛粪，一般指牦牛牛粪）、“唐儿”（平地牛粪，一般指黄牛牛粪）、“那儿”（又黑又沉的牛粪，草质最差季节的牛粪，不易燃烧，是最差的牛粪），还有“棚儿”（牛粪夹杂羊粪、杂草）等。

“久瓦”作为烧茶做饭的最佳燃料在西藏已有上千年的历史。西藏俗语“阿妈唐久瓦拉坐卓门”，意为“子不嫌母丑，人不嫌牛粪脏”。藏区的人们还在牛粪火灰里烤“帕廓”（手镯形面饼）。过去甚至把光滑的“久瓦”比作黄菌菇。

在西藏，除了作为燃料，“久瓦”还是人们婚礼、丧葬、过年、乔迁、煨桑敬神、屋檐装饰、治疗疾病等活动必备的物品。

举行婚礼时，要在“司巴华”（彩箭）下面摆放一袋牛粪、一桶清水，上面各系一条哈达，祝愿新婚夫妇婚后生活红火兴旺、子孙满堂。

藏族人过年时，作为“四新”之一，将“牛粪新”放进自家的牛棚，期望招财纳福，驱避霜雹灾害。

藏族人乔迁时，新房里要供请“唐东杰布”（神化的国王）塑像和一袋牛粪、一桶水，预祝主人入住新房后，吉祥美满、长命百岁。

在藏医中有一种疗法叫吸闻“咙嘟”（一种安神藏药），方法是在牛粪火灰上撒“咙嘟”，患者吸闻浓郁药味青烟即可。该疗法对精神受到强烈刺激的患者有安神与镇定的作用，而且效果立竿见影。

藏区人们用牛粪砖搭建牛羊圈围墙，在自家房院的墙壁上打贴“达儿”（牛粪饼）十分普遍，“久瓦”不仅保护了房屋，而且还能防寒。尤其在江孜等地还要在“牛粪砖”上再加一层“搭嘎玛”（又圆又薄的大牛粪饼），起到独特的装饰效果。

三、疯狂的印度牛粪文化

印度人视牛为神圣，爱屋及乌，当然牛粪也备受欢迎。印度人用牛粪和茅草混合再晒干制作牛粪饼，牛粪饼一般用作燃料、有机肥或节日用品。在印度传统节日“屠妖节”期间，民众会在家中或办公室举行仪式，导致牛粪饼一度脱销。

在印度南部安德拉邦，每年印度教春节后的第二天是扔牛粪节。节日当天，人们拿出事先准备好的牛粪球，相互投掷。据说一个人被牛粪砸中的次数越多，说明他收到的祝福越多。而在印度中央邦的一个节日里，大人要把小孩推到牛粪堆中玩耍，并将牛粪抹到小孩脸上，认为这样可以给小孩带来吉祥和健康。

在印度人眼里，牛粪是神所赐的祛污洁垢的珍品，而且法力无边。为了驱邪镇魔，有些人甚至直接将热牛粪涂在自家房屋四壁上。更不可思议的是，印度人依据吠陀医学的理论发明了牛粪牙膏、牛粪洗面奶等洗护用品。牛粪牙膏的制作和使用很简便：将牛粪晒至干透，磨成细粉，掺入香料及矿石末，拿薄荷枝蘸取，来清洁牙齿和牙缝。

印度牛的存栏量约占世界总量的四分之一，庞大的牛群产生了更庞大的牛粪量，仅作为燃料和仪式用品，显然无法消耗如此巨量的牛粪，在全世界都替印度头疼时,聪明的印度人另辟捷径开发出了“牛粪巴士”，即用牛粪作燃料来提供动力的巴士。巴士车身涂成绿色，意思是，牛粪燃料绿色环保。巴士票价为一卢布，相当于一角人民币，低廉的票价深受印度民众欢迎。

其实，世界各地还有很多不同的牛粪文化，但总而言之，他们都将牛粪变废为宝。这种生态再循环、资源再利用的科学模式，不仅解决了当地环境污染、自身燃料短缺等生产生活问题，还创造了极具地域特色的民族文化，这是人类文明的进步，也是人类与大自然和谐共生的美好结果。

世界上第一个被根除的动物传染病

牛瘟（Rinderpest，cattle plague 或 steppe murrain。Rinderpest，字根来自希腊文，意思是牛的瘟疫）又名烂肠瘟、胆胀瘟，是由牛瘟病毒所引起的一种急性高度接触性传染病，其临床特征表现为高烧、病程短，黏膜特别是消化道黏膜发炎、出血、糜烂和坏死。以发病快、病死率高为特征。世界动物卫生组织（OIE）将其列为 A 类疫病。

历史上关于牛瘟最早的发生时间，一部分学者认为，当原始人类开始牛的驯化时，牛瘟就已经存在了。另一些学者相信，牛瘟起源于欧亚大陆中部的大草原，12 世纪传播到欧洲和亚洲。

牛瘟，中国古书称牛疫，民间除俗称烂肠瘟、胆胀瘟外，还叫干百叶，藏语称“格尔”，蒙古语称“其次后”（译音）。我国牛瘟发生始于何年何地，无法考证。据《后汉书·五行志》，我国出现牛瘟的记载已有近 2 000 年的历史。汉明帝永平十八年（公元 75 年）有牛疫发生。汉章帝建初元年（公元 76 年）诏曰：比年牛多疾疫，垦田减少，谷价颇贵，人以流亡。北魏道武帝天兴五年（公元 402 年）、孝文帝太和元年（公元 477 年）、唐中宗神龙元年（公元 705 年）、唐玄宗开元十五年（公元 727 年）以及宋、元、明、清等各代史书或地方志皆有发生牛疫的记述。此外，元《王祯农书》（公元 1313 年）记有牛瘟。明喻本元、喻本亨所著《牛马经》（公元 1608 年）记述了所谓牛瘟热、牛胆胀、烂肠瘟等症。

黄牛、牦牛、水牛、瘤牛，以及野生动物（非洲水牛、非洲大羚羊、大弯角羚、角马、各种羚羊、豪猪、疣猪、长颈鹿）等，不分年龄和性别对本病均易感。牛瘟不感染人。《陆生动物卫生法典》规定，牛瘟的潜伏期为 21 天。该病具有明显的周期性和季节性，以 12 月至翌年 4 月间为流行季节。具有很高的发病率及病死率，发病率近 100%，病死率可高达 90% 以上，一般为 25% ~ 50%。牛瘟病毒对动物机体的上皮细胞和淋巴细胞有亲和性，所有淋巴器官损害严重，特别是肠系膜和与肠有关的淋巴组织。典型病例尸体外观呈脱水、消瘦、污秽和恶臭。

整个 18 世纪，欧洲就有 2 亿多头牛死于牛瘟。19 世纪 80 年代暴发的牛瘟使整个非洲大陆的数百万头牛和野生反刍动物因此而丧命。牛不仅是农耕的重要帮手，也是主要的肉、奶食物来源，牛瘟常导致大范围的饥荒，间接造成数以万计的人口死亡。

正是由于牛瘟的泛滥和灾难性影响，1761 年世界首家兽医学校在法国建立。为了进一步在全球范围内对付牛瘟，1924 年 1 月 25 日成立了“国际兽疫局（OIE）”，后改称为“世界动物卫生组织”。与此同时，牛瘟对国际政治和经济的影响深远，据联合国粮食及农业组织（简称联合国粮农组织）的报告，罗马帝国的衰落、查理曼大帝对欧洲的征服、法国革命的暴发等与牛瘟的暴发均有关联。

牛瘟兔化弱毒疫苗的发明和广泛使用，使得牛瘟的泛滥被彻底扼住。世界上最后一个牛瘟病毒病例在 2001 年被确认。2010 年 10 月 14 日，联合国粮农组织宣布牛瘟病毒已经绝迹。2011 年 8 月，世界动物卫生组织在第 79 届全体代表大会上正式宣布牛瘟已经被根除，牛瘟成为人类历史上第一个被根除的动物疫病，是动物卫生史上具有划时代意义的事件；也是人类继 1980 年消灭天花之后，在全球范围内消灭的第二种传染病。中国则早在 1956 年就消灭了牛瘟。

朊病毒与疯牛病

1730 年，人们发现一些绵羊和小山羊举止异常，它们浑身奇痒难熬，骚动不安，常在粗糙的树干和石头上不停磨蹭，以致身上的毛被蹭掉，于是称这种病为羊瘙痒症。该病广泛传播于欧洲和澳洲，潜伏期为 18～26 个月，患病动物兴奋、丧失协调性、站立不稳、瘙痒、瘫痪直至死亡。1947 年又相继发现了传染性水貂脑软化病、马鹿和鹿的慢性消瘦病（萎缩病）、猫的海绵状脑病等。病理学研究表明，这些病都侵害了动物中枢神经系统，随病程发展，在神经元树突和细胞本身，特别是在小脑区星形细胞和树枝状细胞内发生进行性空泡化，星形细胞胶质增生，灰质中出现海绵状病变。而且这些病均以潜伏期长、病程缓慢、进行性脑功能紊乱、无缓解康复、最终死亡为主要特征。

科学家对这些异常现象的不懈探索也在进行中。20 世纪 60 年代，英国生物学家阿尔卑斯用放射线破坏病原因子的 DNA 和 RNA 后，其组织仍具感染性，所以认为羊瘙痒症的致病因子并非核酸，反而可能是蛋白质。但是由于这种推断不符合当时的一般认知，也缺乏有力的实验数据支持，因而没有得到认同。在对库鲁病的研究中，美国科学家盖达塞克发现其病原体不具有 DNA 或 RNA 特性，并因此获得了 1976 年的诺贝尔生理学医学奖。其后，另一位美国科学家普鲁塞纳于 1982 年发现了以蛋白质为遗传媒介的新型病毒——朊病毒，并因此获得了 1997 年诺贝尔生理学医学奖。至此人们才逐步揭开了闹得人畜不宁的病魔的真面目。

朊病毒严格来说不是病毒，只是一类不含核酸而仅由蛋白质构成的可自我复制并具感染性的因子。人们之所以最初把朊病毒划归病原微生物中的病毒类，是因为它与常规病毒一样，有可滤过性、传染性、致病性、对宿主范围的特异性。但是朊病毒太有个性了：它比最小的常规病毒还小得多（30 ~ 50 纳米），一般电镜下观察不到；不含核酸，因而运用 PCR 技术检测不到；不呈现免疫效应，不产生特异性抗体；不诱发干扰素产生，也不受干扰素作用；病变部位不发生炎症反应；朊病毒由于没有 DNA 或 RNA，并不能进行自我复制，因此它的复制不遵从“中心法则”，它特立独行，它的复制方式是朊病毒（SC 型 PrP 型蛋白）接触到了宿主体内正常的 C 型 PrP 蛋白，启动“策反”程序，导致 C 型的变成了 SC 型；它对多种理化因素的灭活作用表现出惊人的抗性，对物理因素，如紫外线照射、电离辐射、超声波以及 160 ~ 170℃高温，均有相当的耐受能力，对化学试剂与生化试剂，如甲醛、羟胺、核酸酶类等表现出强抗性。本质上，朊病毒还是一种蛋白因子，因此凡能使蛋白质消化、变性、修饰而失活的方法，均可能使朊病毒失活。

1991 年科学家发现了朊病毒的致病机制，即在宿主细胞内寄生的朊病毒的操纵下，一些正常形式的细胞朊蛋白发生折叠错误后变成了致病朊蛋白，朊病毒通过不断聚合，形成自聚集纤维，然后在中枢神经细胞中堆积，最终破坏神经细胞。根据脑部受破坏的区域不同，发病的症状也不同，如果感染小脑，则会引起运动机能的障碍，导致共济失调；如果感染大脑皮层，则会引起记忆力下降。

在对朊病毒的认识方面，库鲁病的发现和处置具有里程碑意义。1950 年，居住在大洋洲巴布亚新几内亚高原的一个叫 Fore 的部落还处在原始社会状态，当地人一直沿袭着一种宗教性食尸习俗，那些德高望重的老者死后会被分食，他们的传统观念认为，这样可以获取他的智慧和高尚品质。那些地位最高的成年男子，可以分食到肌肉等“上等部位”的组织，而妇女和儿童只能吃到一些“边角料”，比如脑组织。不幸的是，食尸者中不少人，尤其是妇女儿童会出现震颤病，最终发展成失语直至完全不能运动，结果是不出一年患者全部死亡。这种现代医学所说的震颤病，当地土语称之为“Kuru”，意思是“颤抖、变坏”。由于部分罹难者死前会发出阴森可怕的笑声，因此这种病又被称为笑死症。Fore 部落原有 160 个村落、35 000 余人，疾病大流行期间 80% 的人感染此病，整个部族陷入危亡。20 世纪 50 年代后期，在国际组织和当地政府的干预下终止了这种人吃人的陋习，发病率才逐渐下降。在这一公共卫生安全事件的处置和研究中，科学家发现震颤病与羊瘙痒症、人早老性痴呆（阿尔茨海默病）属于同一病原感染，并首次发现了朊病毒不含核酸的关键特性。

真正使朊病毒声名远扬的是 1986 年在英国爆发的疯牛病。早在 1984 年的时候，一名英国养牛工人就发现其所饲养的牛群中有一头牛行为异常，行走姿势不协调并伴有烦躁不安，接着连续出现了 4 个这样的病例。病理检查发现这些病牛的脑组织和脊髓呈不可逆海绵状病变，这与羊瘙痒症和人早老性痴呆有着相似的病理变化，于是科学家根据其发病时的症状将其命名为疯牛病（牛海绵状脑病）。自 1986 年开始，疯牛病在英国迅速流行，从 1989 年下半年至 1997 年 9 月，共有 17 万头牛发病。而且法国、葡萄牙、爱尔兰和瑞士在当地牛群中也发现了此病，认为它与从英国进口的牛有一定的联系。与此同时，在阿曼、德国、加拿大、意大利、丹麦和福克兰群岛等国家和地区，只在从英国进口的牛中才发现此病。动物流行病学专家们迅速开展追溯性调查，很快发现，英国的养牛场在饲料中添加了羊和牛的内脏粉碎颗粒，而这些羊粉碎颗粒很多来自羊瘙痒症患畜内脏（包括脑组织）的“无害化处理”制品，它们被当作蛋白质制成了饲料，这可能是导致牛患疯牛病的根本原因。

灾难才刚刚开始，从 1995 年到 1997 年英国共报告了 23 例克 – 雅病病例，法国报告 1 例。其中 2 个病例已经死亡，而这两人都是疯牛病病牛的农场主，另外还有 3 个病例生活在疯牛病频发区。科学家包括民众很快联想到，澳大利亚部族的人吃人行为，暴发了库鲁病；牛吃瘙痒症病羊的内脏暴发了疯牛病，与疯牛病接触的人得了克 – 雅病，而所有这些病的病原都是朊病毒，因此人们顺理成章地推测，一定是疯牛病能传染人，致人得病并死亡。一时间，全世界谈牛色变，对牛避犹不及。

但科学家不会轻易下结论，他们对 2 个分别为 16 岁和 18 岁的病例进行研究，证实这些病例与传统人早老性痴呆（发病年龄一般大于 60 岁）的发病年龄、临床症状和病理变化明显不同，因而为了与传统人早老性痴呆相区别，将这些新发病例命名为变异早老痴呆症。同时也证实了英法两国这次出现的克 – 雅病的主要原因是医源性传染。对于人类而言，到目前为止，科学发现朊病毒病的传染只有两种方式，一是遗传性的，即人的家族性朊病毒传染，属于垂直传播；二是医源性的，如角膜移植、脑电图电极的植入、不慎使用污染的外科器械以及注射取自人垂体的生长激素等，属于水平传播。至于人和动物间是否有传染，尚无定论。2019 年 1 月，西北农林科技大学生命科学学院许晓东课题组在《自然通讯》上发表研究论文，首次发现由病毒编码的朊病毒，证实了朊病毒在自然界的普遍存在。2000 年 2 月，美国宣布环四吡咯可用于治疗和预防疯牛病及相关疾病。

朊病毒的“功”与“过”都是如此突出。有学者评论，朊病毒的发现是自然生命科学研究中的重大事件，它独特的生化结构和复制方式对探索生命起源与生命现象的本质有重要意义。同时，不可否认的是，朊病毒可以导致人类和家畜中枢神经系统退化性病变，最终不治而亡，这一残酷事实，让世界卫生组织将朊病毒病和艾滋病并列为 20 世纪最危害人体健康的顽疾。

消失在中原地带的中国圣水牛

1925 年，英国古生物学家胡步伍（A.T.Hopwood）在看到殷墟出土的一种水牛头骨上粗短的角心时联想到西方传说中的长角魔鬼梅菲斯特，因此叫这种古水牛为“魔鬼水牛”。法国古生物学家德日进（Pierre Teilhard de Chardin）和我国学者杨钟健（中国古脊椎动物学奠基人）认为魔鬼之意太过夸张，将其译作“圣水牛”，所以圣水牛名字中的“圣”的含义并不是“神圣”的意思。

1928—1937 年殷墟大规模发掘期间，出土了 1 000 多头圣水牛的骨骼，此外河姆渡、跨湖桥、罗家角、康家等 15 处遗址也相继发掘出了圣水牛的骨骼。河北藁城台西遗址的一座祭祀坑里更是出土了完整的圣水牛骨架。圣水牛头骨和角的特征表现为：角心极短而粗壮，全长的各部横切面均为等腰三角形，前边和上边较平，下边微向下凸出；两角强烈地向后方伸长，同时稍向内弯；头骨与角心相比显得很大，枕骨在角后相当突出，额骨在角心和眼眶间下凹。

除了骨骼外，关于圣水牛最著名的历史文物当属“亚长”牛尊，也叫“亚长”牺尊，它是圣水牛的象形，发现于殷墟的M54亚长墓。牛形铜尊高22.5厘米，长40厘米，重7.1千克，属于祭礼酒器，是现今为止殷墟发现的唯一一件牛形青铜器。“亚长”牛尊面部铸有“亚长”铭文，这个“亚长”是商王朝南部“长”国的部落首领，地位仅次于商王武丁和王后妇好。

考古学家根据“亚长”牛尊的形象，特别是牛角特征推定其原型正是圣水牛。其实商朝许多水牛器物的原型都来自圣水牛，圣水牛在商朝人的心目中似乎有着不可替代的特殊地位。

圣水牛，又称“原牛”，属于牛科，牛亚科，水牛族，水牛属，是角心短粗的水牛类型。圣水牛的体型其实并不大，体长约3米，肩高1.5米，体重在500千克左右，与今天的家养水牛差不多，比已经灭绝的德氏水牛、王氏水牛都要小。

圣水牛喜欢温暖湿润的环境，而公元前3000年—前1100年恰好是中国历史上第一个温暖期，黄河流域的年平均气温比今天高2℃，1月的平均气温更是比现在高出3～5℃。温暖湿润的黄河中下游地区湖泽遍布，草木葱茏，其间不仅生活着大批的圣水牛，还有成群的像亚洲象、犀牛、貘这些如今只生活在热带和亚热带的动物。

数目众多的圣水牛也成为人类的主要狩猎对象和肉类蛋白质补充的来源，殷墟中大量发现的圣水牛遗骨就是最好的证明。更有学者认为，甲骨文中记述商王围猎捕杀的“兕”很可能就是圣水牛，而非犀牛，因为很明显“兕”字的头上是双角，不是独角。

圣水牛并没有生存下来，也没有被驯化，大概在商朝亡国后全部灭绝。关于圣水牛的灭绝，可能跟人类的过度捕杀有关，另一个原因就是第一个寒冷期（公元前 1000 年—前 850 年）的骤然到来，变冷的气候改变了环境，圣水牛因此失去了昔日理想的家园，物竞天择，谁也挡不住。

圣水牛虽然也是水牛，但是与今天遍布中国南方的家养水牛并没有血缘关系，家养水牛很可能是由印度中部的一种野生沼泽水牛阿尼种驯化而来的，之后才经过缅甸引入中国。圣水牛才是正儿八经的“土著水牛”，只是它们如来去匆匆的过客，很快消失在中原大地的风烟中。

新中国成立前的上海牛奶史

18 世纪以来，欧美商人陆续来华，西方人饮用牛奶的习惯也被带到中国。自 19 世纪中叶起，作为近代中国最大的通商口岸，上海成为许多西方人来到中国生活和工作的首选之地，对于牛奶制品的需求不断增加，激发了本地牛乳业的发展。

1869 年之前，上海没有奶牛，无奈的西方侨民最初只能用水牛奶或黄牛奶经过稀释、过滤蒸煮后饮用，以解嘴馋。1869 年 11 月，苏伊士运河通航，原产于英国被毛白色带红褐斑的爱尔夏牛，跨海越洋，成为首批进入上海的乳用型外国牛种。英国人在上海开设的“牛奶棚”（上海人习惯将奶牛场称为牛奶棚）有 168 头奶牛，每天可生产 1 000 升的鲜奶。1870 年以后，上海的市场已经开始每天供应新鲜牛奶了，大概是 7～12 文钱一瓶（650 毫升），价格比进口牛奶（15 文钱）略便宜一些。与此同时，上海市场上还出售羊奶，但价格仅为牛奶的1/7。1874年，法军将黄白花奶牛带入上海。最初，上海本地牛奶棚经营者皆为外商，经营公司有英国的乔治、可的、模范，俄国的华德以及西班牙的派克等。1880年英国人又引入了荷斯坦奶牛，即黑白花奶牛。根据1882年的统计，上海已经有大小21个牛奶棚，共养奶牛298头。1884年，上海商人在殷行开办牧场，饲养奶牛约20头，也开了在沪华商饲养奶牛、供应牛奶的先河。

1890年中国人将一头英国黄白花小牛和一头荷兰黑白花小牛引入川沙县，长成后与当地塘脚牛（黄牛）杂交，第一代俗称“二夹种”，第二代以后俗称“倒二夹”，又经几代选育杂交，育成了川沙黑白花奶牛，成为本地主流奶牛（至20世纪40年代，川沙黑白花奶牛约占全市奶牛头数的70%。1992年更名为“中国荷斯坦奶牛”，又称“中国黑白花奶牛”）。1901年，徐家汇天主堂修女院引进了荷兰种的黑白花奶牛。

当时，外资的牛奶棚规模较大，多拥有过百头奶牛，相比较华人的牛奶棚规模要小得多，有时候只有六七头牛，大的也不过30头牛。从在沪西方人士的生活必需品，再到少部分中国精英阶层的日常消费品，牛奶在很长一段时间内，仍然属于小众食品。即使到了19世纪末20世纪初，大部分上海人依然没有形成饮用牛奶的习惯。

到了1910年，西方营养学界突然兴起了一种以饮用牛奶多少来衡量国家水平的学说，并将牛奶归入保健食物，认为牛奶有助国家强大、文明进步。欧美各大报纸上，牛奶制品、代乳制品的广告甚至漫画铺天盖地，极力推销各类牛奶制品。这股“西风”也刮到了中国，尤其到了20世纪20年代之后，牛奶已经成了强健体魄的代名词，饮用牛奶不仅成为人们追求现代健康生活的标志，甚至还与提倡国货、强国强种联系在一起。

随着奶牛品种从全部自国外引进到逐渐本地化，在上海饲养奶牛的华商牧场数量也在不断增加，并于1923年成立上海牛奶业同业公会。到1933年，在上海的中外商牧场共有90家，饲养奶牛2 677头，牛奶日产量达3万多磅（折合日产量13.6吨，年产量约5 000吨）。

1937—1945年，受“二战”的影响，各奶牛棚经营惨淡，1945年的统计棚数比1933年锐减了三分之一。至1949年，逐步恢复元气并壮大起来的上海奶牛场增至131家，存栏奶牛4 860头，牛奶年产量6 052.3吨，其中消毒牛奶年供应量达到1 550吨。

就这样，随着奶牛品种的逐渐本地化、本地牛场经营的日渐规范化，加之各种消费观广告的推波助澜，牛奶逐渐从小众食物变为餐桌常见食物，越来越多地融入上海人的都市生活当中。不过在新中国成立前的上海，有实力能够经常消费得起牛奶的人家也并不多，普通老百姓只能将其视为偶尔一尝的“高级营养品”。

牛界的巨石强森——比利时蓝牛

如果一定要在全世界家养肉牛中选出一名超级健美冠军，那么非比利时蓝牛（Belgian Blue cattle）莫属。

比利时蓝牛又称比利时魔鬼筋肉牛，原产于比利时。19世纪在比利时中北部由当地牛与英国的短角牛以及法国的夏洛来牛杂交而来，最初作为一个乳肉兼用品种进行培育，1950年利用近交繁育使该品种得以固化，从而大大提升了肉用性能。

比利时蓝牛的特点和优点：适应性强，温驯，个体高大健壮；被毛为白色，身躯中有蓝色或者黑斑点，色斑大小变化较大；头呈轻型，背部平直，尻（臀部）微斜，体躯呈长筒状；体表肌肉块状分布，凹凸有致，肌束发达，肩、背、腰和后臀部肉块重褶，呈典型的双肌特征，而且身体上所有的肉朝着臀部簇拥；比利时蓝牛早熟，早期生长速度快，日增重 1.4 千克，成年公牛平均体重 1 200 千克，体高 148 厘米，母牛平均 725 千克，体高 134 厘米，其料肉比为 6.5∶1，最高屠宰率达 71%，比利时蓝牛能比其他品种牛多提供肌肉 18%～20%，骨少 10%，脂肪少 30%；食用价值方面，比利时蓝牛的牛肉肌纤维较细，蛋白含量高，胆固醇少，热能低。正因为有如此多的优点，比利时蓝牛现已分布到美国、加拿大等 20 多个国家。

比利时蓝牛之所以这么壮硕，一身腱子肉，不是实验室生物工程的产物，更不是锻炼的结果，而是因为比利时蓝牛的体内缺少了一种叫作“肌肉生长抑制素”的蛋白质。动物体内的肌肉之所以不会无限制地增长，最重要的原因就是受到了肌肉生长抑制素的影响，这种蛋白质会向细胞释放信号，让细胞减缓或者暂停生长速度。

光环背后是痛苦，甚至是残忍——比利时蓝牛面临着很多困难。首先是生育困难，比利时蓝牛的后代同样缺乏肌肉生长抑制素，所以当它们在母亲肚子里的时候，身型就已经非常大了，几乎是一般牛犊的 1.6 倍重，刚出生的小公牛有 46 千克，小母牛有 42 千克。要生出这么大的胎儿是相当困难的，而且比利时蓝牛母亲的产道非常狭窄，所以如果是顺产的话，难产率非常高，因此人类不得不对它们进行剖宫产。其次是生下来的牛犊存活率较低，很多牛犊伴有先天性的缺陷，如心脏病、骨骼软化、出生后无法站稳等问题，同时刚出生的小蓝牛也因为舌头过大，在吮吸母乳时很不适应。

比利时蓝牛的公牛同样面临着生存的困境和尴尬，虽然公牛体型高大威猛，但是它们身体的热量几乎都转化成了肌肉，这导致公牛的睾丸异常的小，而且精子质量很差，所以无论本交还是人工授精，要想让母牛怀上孕都非易事。而且因为公牛身形伟岸，体重过大，经常会有骨骼和韧带受损的情况。

2020 年，新疆生产建设兵团第一师的新疆法布瑞卡牧业科技有限责任公司在我国本土首次成功繁育出纯种比利时蓝牛一代品种。

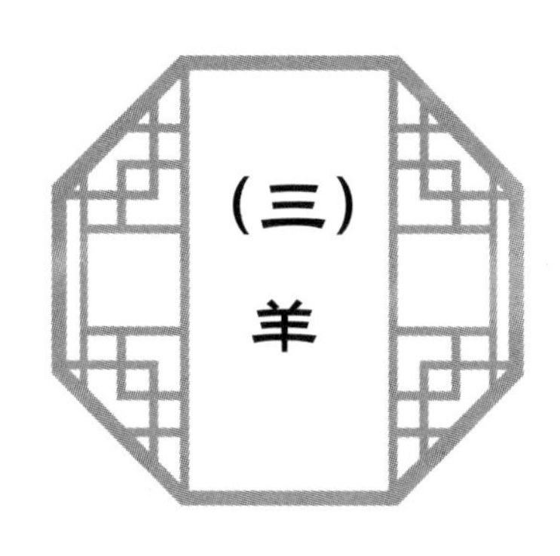

家羊的历史

羊是人类的“六畜”之一，品种主要有山羊、绵羊等。

山羊是由野山羊驯化而来的，角为细长的三棱形，呈镰刀状弯曲；绵羊是由盘羊驯化而来的，其雄羊以角大呈螺旋形为特征。最早被驯化的绵羊和山羊是在伊朗西南部的扎格罗斯及周边地区，时间约为距今 1.1 万年前，其中山羊的驯养时间要稍早于绵羊。我国最早的家养绵羊出现在距今 5 600 ~ 5 000 年前的甘肃和青海一带。

世界上有山羊品种 150 多种，绵羊品种 500 多种。现在中国境内山羊品种有 43 种，绵羊品种 31 种。世界上著名的山羊品种有波尔山羊、安哥拉山羊和关中羊等；绵羊品种有小尾寒羊、杜泊羊、莎福克羊和无角陶赛特等，其中小尾寒羊是我国最优秀的绵羊品种，被誉为“中华国宝”。

羊是一种本性温驯的动物，它的形象和寓意深深地影响到了中国文化和社会生活的方方面面。正像《三字经》所说："人之初，性本善。羊初生，知跪乳。""善"字拆分开可见，上面是"羊"，中间是"反八字平地跪"，下面是个"口"，意思是说，像羊一样"知礼至孝"方为"善"，因此董仲舒（公元前179—前104年，西汉哲学家、今文经学大师）在其所著《春秋繁露》中说："羔有角不任，设备而不用，类好仁者；执之不鸣，杀之不谛，类死义者；羔食于其母，必跪而受之，类知礼者。"即羊有好仁、死义、知礼三大优秀品质。

羊的别称很多，如胡髯郎、长髯主簿、髯须主簿、髯须参军、膻根、珍郎、卷娄、青鸟、白沙龙、白石道人、嵩山君和独笋子等。山羊，又叫夏羊、羖（在民间，羖、羝和羯都表示公羊，"羯"指阉割过的公羊）。

《广州记》载：战国时，高固为楚相，五羊衔谷穗于楚庭，故广州厅室、梁上画五羊像。所以广州市又号称"羊城"。

《说文解字》说："羊，祥也。"因此人们把母体孕育胎儿的胞衣称为"羊膜"，把供应胎儿生命的液体称为"羊水"。

我国最早的"五音十二律"中的五音，就是依据羊、牛、猪、马和鸡五畜发出的声音表示五声音阶，其中羊的声音为"商"。

"羊毫笔"是中国文人的挚爱。

四羊方尊是中国现存商代青铜方尊中最大的一件，是中国十大国宝之一，也是2013年国务院规定禁止出国展览的文物之一。

最后不要忘了知名度最高的"多莉"，克隆羊多莉的出世，在世界动物发展史上具有里程碑的意义。

山羊与绵羊的不同之处

山羊与绵羊虽然都叫羊，在动物分类上也同属于牛科，羊亚科，但它们在分类属性、外形、生理特点、生活习惯等方面依然有诸多不同之处。

第一，分类属性不同。山羊属于牛科，羊亚科，羊族，山羊属，野山羊种的家山羊亚种；绵羊属于牛科，羊亚科，羊族，绵羊属，盘羊种的绵羊亚种。

第二，染色体数量不同。山羊有30对染色体，绵羊有27对染色体，由于染色体数量不同，无法配对，因此两种羊彼此无法繁殖。

第三，外形有差异。主要表现在：一是被毛，山羊为粗刚毛和绒毛，绵羊为粗细不同的被毛；二是角，大部分山羊有角，仅少数无角，而大部分绵羊无角，仅少数有角；三是胡须，山羊尤其是公山羊颌下有胡须，而绵羊没有。

第四，生活习性不同。主要表现在：一是合群性，两者都有较强的合群性，但绵羊的合群性更强；二是性情，山羊性情活泼，胆量较大，动作敏捷，善于攀爬，常可充作绵羊群的带头羊，因此山羊至少每月要修一次蹄，而绵羊性情温驯、胆小迟钝，因此绵羊每年才修一两次蹄。

第五，采食习惯不同。主要表现在：一是山羊喜食灌木类植物，包括植物的叶、茎和嫩枝，采食高度在20厘米以上；绵羊喜食非禾本科草、阔叶草等草本植物，采食高度为5.1～17.4厘米，绵羊比山羊采食量也大。二是对矿物质的需要，绵羊对大部分矿物质元素的需要量少，而山羊多，尤其是铜，绵羊需要量极少，若按山羊的供应量饲喂绵羊，极易中毒。

三是自然活动范围不同，山羊散养时能跑得很远，平均每天行程可达9.7千米，而绵羊只有6.1千米。四是在放养环境下，若管理不当，山羊对植被的破坏更大，原因在于：山羊的上唇可动，它们能紧贴地面吃到草根，比牛卷吃得更干净；山羊吃树叶的能力很强，带刺灌木也照吃不误；山羊的后腿可以站起来，蹄也很锐利，这样它们既可以攀上陡崖吃树叶，也可以刨开土壤吃地下的根和地下茎，摩洛哥一些沙漠地带的山羊经常爬上树梢吃树叶，因而成为当地令人称奇的一景。

第六，生产性能不同。主要表现在：一是母山羊发情表现比母绵羊明显，山羊产二胎的概率比绵羊大；二是山羊产奶量比绵羊大，但单位质量山羊奶营养指标不如绵羊奶好；三是绵羊奶能冻存，而山羊奶冻存效果差；四是自然放养情况下，山羊肉膻味比绵羊肉大。

第七，在人类传统的认知中名声不同。山羊因性淫，在《圣经》中被比喻为堕落者，中药中的淫羊藿所指的羊是山羊；而绵羊因性格温驯，在基督教中被誉为“上帝的羔羊”。

生肖中的羊是山羊还是绵羊

生肖中的羊指的是山羊还是绵羊呢？要搞清这个问题首先要弄清生肖的来历。

十二生肖文化是中国古代华夏文明的重要内容，早在先秦时期即有比较完整的生肖系统，而中国古代华夏文明起源于当时最发达的黄河流域地区，即现在的中原地区。中原地区基本活动的是山羊，山羊又叫夏羊，历史记载：“黑色羊，因夏后氏尚黑，故名。”夏后氏是夏朝的国君。李时珍《本草纲目》也说："生江南者为吴羊，头身相等而毛短。生秦晋者为夏羊，头小身大而毛长。土人二岁而剪其毛，以为毡物，谓之绵羊。"而绵羊则主要生活在少数民族聚居的漠北、塞外等远离黄河文明的偏荒地区。此外，绵羊主要为牧民提供高质量的毛皮，制作成防寒衣。但在古代，生活在中原的人们男耕女织，养蚕纺线，以麻、布、丝绸为主要衣料，在冬季人们往往穿上好几层单衣（至宋朝时期，棉花才传入中国），而非一件"羊皮袄"。可见，当时人们对毛长密且卷曲的绵羊还比较陌生。因此，生肖中所说的羊，应该就是指山羊。

羊很难成为人类的宠物

羊生性温驯，脾气腼善，深受人们喜爱，甚至人们把善良或逆来顺受的人比作羔羊。狗和猫都成人的宠物了，经常"登堂入室"，为什么很少有人把羊当作宠物呢?

分析起来，估计有四个原因，让羊有点不招人待见：一是爱嚼东西。因为反刍的习惯动作，羊爱嚼东西。如果家里养 1 只羊，估计很多东西都会被它嚼得惨不忍睹。二是放屁比较多。羊肠道长，又吃青绿草料，饲料在胃中发酵时，会产生较多气体，上要嗳气，下要放屁，估计很难与人亲近了。三是排粪量大。粪呈干燥黑色小圆球状，而且呈撒布状边走边排，可以想象，在客厅里 1 只羊边溜达边排粪，羊屎蛋滚得满屋都是，主人一定会崩溃。还有更让人头疼的是很难把羊驯服成定点定时排粪的习惯。最后，也是最主要的是，羊的蹄子是硬壳状的，不像猫、狗的爪子下面有肉垫，行走或跳跃都无声。羊有上蹿下跳的习性，再加上它的硬质蹄子，破坏性可就大了，不仅桌子等高处的东西不能幸免，地板砖和木质地板也要遭殃，硬蹄子所到之处制造的噪声就更别提了。

对于人类来说，作为美食，羊绰绰有余；作为伴侣，它差之甚远。

晕倒羊

晕倒羊也叫晕羊、昏厥羊，或称装死羊，是一种受惊吓就晕倒的羊。晕倒羊是美洲的特有山羊品种，它原产于美国田纳西州，所以又叫田纳西肌强直羊。

晕倒羊与普通山羊表面没有区别，其最大的特点是，遭遇危险时，普通山羊惊慌逃窜，而这种山羊在惊慌中却突然晕倒，四蹄上举，不能动弹，故又称它为“发昏羊”。但叫它发昏羊，并不恰当，因为倒下的羊神智是清醒的，而且晕倒过程中，羊并不会受伤，过几秒后，就会恢复正常。晕倒羊突然倒下，是因应激造成肌肉强直。造成肌肉强直的原因，是遗传缺陷。当然这种遗传缺陷是在驯化后出现的，否则的话，这种羊早就被天敌消灭光了。人们发现，即使没有外来应激，每只晕倒羊每周也要平均晕倒 25 次。如果在野生自然环境中，几秒的晕倒时间足以让天敌把它捕获。所以在过去，晕倒羊是用来保护放牧中的羊群的，每当野兽来袭时，晕倒羊就会倒地，而其他羊即可趁机逃之夭夭。

现在牧民发现晕倒羊有两个优点，或叫卖点，一是利用其一惊就倒的萌态，当作家畜宠物来吸引游客；二是这种患肌肉强直的羊肌肉更多，瘦肉率更高，已开发为优良的肉羊品种。

替罪羊

替罪羊常被当作“舶来品”词，指替人受过或替人背黑锅，其出处流传较广的说法有四种。

第一种说法，古犹太人把每年的七月初十定为“赎罪日”，在赎罪祭时，通过抓阄决定两只公羊的命运，一只杀了作祭典，另一只由大祭司双手按在羊头上宣布其为转罪羊，即把犹太人一年所犯罪过转嫁到这只羊身上，随后把羊放逐旷野，意思是将人的罪过带到无人之境。“替罪羊”由此传开。

第二种说法，来自《圣经》中的旧约，上帝为了考验亚伯拉罕的忠诚，叫他把自己的独生子以撒带到一个指定的地方，杀了作燔祭献给上帝。正当亚伯拉罕挥刀准备杀死儿子时，天使加以阻止，说上帝知道你的敬畏之心了，你可以把树林中的山羊抓来杀了献祭上帝，亚伯拉罕照做了，杀羊以代替他儿子来燔祭。

第三种说法，来自《圣经》中的新约，耶稣为救赎世人的罪恶，宁愿钉死在十字架上，作为“牺牲”（祭品）奉献天主，并嘱咐他的十二门徒，在他死后也照样去做。这是他效仿古犹太人拿羊作替代品来向主求恩免罪，所以教会又称耶稣为赎罪羔羊。

第四种说法，来自中国古代的儒家著作《孟子》。《孟子·梁惠王上》中记载：梁惠王坐在堂上，见人牵牛从堂下过，牛恐惧战栗不已。就问，牵牛干什么去啊？牵牛人回答，有新钟铸成，杀牛取血祭钟。梁惠王说，我不忍看它害怕的样子，如果牛没罪，就把它放了吧。牵牛人问，钟还祭否？梁惠王说，钟照祭，拿羊来替。这就是中国版“替罪羊”最早的文字记述。其实早在上古时期，羊就是祭祀“三牲”（猪、牛、羊）之一，因体型小，称为“少牢”。羊在殷商后期，常常被用来作为“人祭”的替代品遭大量屠杀，在已发掘的殷商墓葬中经常见到大批完整的羊骨。

“替罪羊”是个悲剧性的词。在人、牛、猪和羊四者中，就价值讲，它根本无法与人、牛比；在宏大庄重的祭祀场上，它天生比猪安静多了。若要找替罪的，羊是不二选择。更可悲的是，上面四种典故说法无论哪种，所指的羊都是山羊。

难忘那只名叫多莉的羊

20多年前，也就是1996年7月5日，一只名叫多莉的绵羊诞生了，与绝大多数羊不同的是，它是一只克隆羊。多莉的成功降临标志着生物克隆技术取得了里程碑式的意义，它被美国《科学》杂志评为1997年世界十大科技进步的第一名，也是当年最引人注目的国际新闻之一。

多莉的诞生与三只母羊有关。一只是怀孕3个月的芬兰多塞特母绵羊，其他两只是苏格兰黑面母绵羊。芬兰多塞特母绵羊提供了全套遗传信息，即提供了细胞核；一只苏格兰黑面母绵羊提供无细胞核的卵细胞；另一只苏格兰黑面母绵羊提供羊胚胎的发育环境——子宫。可以说，多莉拥有三个妈妈。

整个克隆过程是这样的：从芬兰多塞特母绵羊的乳腺中取出乳腺细胞，将其放入低浓度的营养培养液中，由于饥饿刺激，细胞逐渐停止分裂，进入休眠状态，此细胞称之为供体细胞。给一头苏格兰黑面母绵羊注射促性腺素，促使它排卵，取出未受精的卵细胞，并立即将其细胞核除去，留下一个无核的卵细胞，此细胞称为受体细胞。利用电脉冲方法，使供体细胞和受体细胞发生融合，最后形成融合细胞，使融合细胞像受精卵一样进行细胞分裂、分化，从而形成胚胎细胞。将胚胎细胞移植到另一只苏格兰黑面母绵羊的子宫内，胚胎细胞进一步分化、着床、发育，最后形成一只小绵羊。多莉与那只芬兰多塞特母绵羊理所当然具有完全相同的外貌。分子生物学的测定表明，它与提供细胞核的那头羊就像是一对年龄相隔 6 年的双胞胎。

需要说明的是，实际上 20 世纪 60 年代科学家就已经克隆出来动物了。只不过这一次更具有普遍的实用意义。人和动物身上的细胞可以分为两大类，一类是体细胞，一类是生殖细胞。体细胞就是构成机体各个组织和系统的细胞。而生殖细胞是人和动物最初的状态，它能不断分裂，形成功能和形态各异的体细胞。20 世纪 60 年代的克隆，用的是生殖细胞。而现在的多莉，完全是用体细胞培育出来的。体细胞在数量上要比生殖细胞和胚胎细胞多得多，也更容易得到。多莉的诞生，让科学家看到了更多的可能性，在抢救濒危物种、选育优良品种方面，克隆技术能够发挥更大的作用。

多莉与一只公羊结婚，并先后生育 6 个孩子。多莉是幸运的，也是不幸的。它只存活了 6 年，寿命是正常羊的一半。对此现象，科学家解释说，细胞分裂次数有个海弗里克上限，即细胞分裂次数是一定的，多莉的供体羊当时年龄是 6 岁，也就是说，当多莉还是受精卵时，它的年龄就已经 6 岁了，加上它出生后又生活 6 年，总共寿命还是 12 年。

羊群效应

羊群效应也叫从众效应、群体心理等，经济学上经常用来描述经济个体的从众跟风心理。它最早是股票投资中的一个术语，主要是指投资者在交易过程中学习与模仿现象。“有样学样”，盲目地效仿别人，从而导致他们在某段时间内买卖相同的股票。

羊群效应理论来源于羊群特殊的行为学现象。羊群是一种很散乱的组织，平时在一起也是盲目的“左冲右突”式游荡，一旦有一只头羊因发现优质牧草或其他原因动起来，其他的羊也会不假思索地一哄而上，全然不顾前面可能有天敌或者不远处有更加好的草。人们把这种“羊群效应”比喻为从众心理，从众心理很容易导致盲从，而盲从往往会陷入骗局或遭遇失败。

在管理学上，羊群效应是企业市场行为的一种常见现象。由于对信息缺乏了解或不充分了解，投资者很难对市场未来的不确定性做出合理的预期，往往是通过观察周围人群的行为来提取信息，在这种信息的不断传递中，许多人的信息大致相同且彼此强化，从而产生类“羊群”样从众行为。

跑 青

农谚说：“羊在一年中有三个时期跑，春三月跑青（吃青草），夏六月跑杏（有杏、梢林多的地方），秋八九月跑黄（吃庄稼）。”“三月羊，靠倒墙。”吃了一冬天干草的羊，体差口淡。春日暖阳，小草刚露头，远望青草如茵。青草的气息和满眼的绿色，惹得羊群躁动不安。冲出圈舍的羊群，心急嘴馋，一见青草就贪吃，但青草紧贴地皮，低矮幼小，吃得很少或啃食不到，不解馋，就往远处跑。远处吃不到，再往其他地方跑，如此东奔西跑，俗称“跑青”。跑青现象，不管是在牧区还是在农区，不管是羊还是牛，都会发生。

跑青的危害很大，表现在两个方面。一是对羊不好。羊到处跑，不但没吃到草，反而耗费了大量体力，结果是羊群掉膘，甚至出现瘦羊跑死。同时嫩草水分大，容易发生羊胀肚。二是对草不好。早春时，在暖温刺激下草芽前 18 天生长靠的是老草储备的营养，19 天后青草才能独立从土壤中吸收营养，使自己继续长高长壮。如果过早放牧，就阻滞了青草的正常生长，降低了草的再生能力和产草量，尤其在草原上，这在经济上是很不划算的。

“放羊拦住头，放得满肚油；放羊不拦头，跑成瘦马猴。”因此，为防止羊“跑青”，应在羊群出圈舍前饲喂干草垫肚，同时，出圈后控制好头羊，把羊群赶到阴坡上，阴坡有干草，也有青草，羊吃青草时，能夹杂干草一起吃，这样既尝了鲜，又能吃饱肚子。这样做的另一个目的是完成羊腹由消化干草到消化青草的适应性过渡，为大部分草长到 5

厘米以上的高度时，再恢复正常“放青”做好准备。

山羊长胡子的秘密

有个谜语叫“年龄不大，胡子一大把”，打一动物，答案是山羊。山羊和绵羊都是羊，为什么只有山羊长胡子呢?

首先需要说明的是，山羊的胡子不是山羊的第二性征，不是公山羊才有，而是公、母山羊都有，只不过公山羊的胡子比母山羊的胡子更长。说白了，胡子就是山羊的“体毛”。山羊长胡子是自然长期选择、生物逐步进化并适应特殊生存环境的结果。山羊之所以叫“山羊”，说明它生活在山上或丘陵地带，饲草匮乏，需要经常穿行在林下或灌木丛中采食树叶和适口性杂草，难免被枝条甚至是带刺的枝条剐蹭，于是那些有胡子并先探头用胡子估量一下间距是否合适的山羊更好地存活了下来，反之那些强行伸入灌木采食的山羊因下颌被刮伤而更容易被自然淘汰。久而久之，会聪明地利用胡子的山羊在“胡子—环境—繁殖”的良性循环中保留、壮大起来，形成了今天长胡子的山羊。反观绵羊，生活在草原或平缓的坡上，低矮的草本类植物性饲物数量巨大又集中，只需要低头行进和吃草，避免了乔木类尤其是灌木类树丛的物理性伤害，因此，大自然没有催生它长保护性的胡子。

山羊惊人的忍耐力

第一，对疼痛的忍耐性。骟羊就能很好地说明山羊对疼痛强大的忍耐力。无论用外科手术式去睾丸法还是用无血去势钳夹断精索法，都会给山羊带来巨大的疼痛，但是山羊只会简单地挣扎几下，叫两声，然后任由人类处置，而不会像猪一样剧烈反抗，尖声嘶叫。所以农村有俗话："猪草包，羊好汉，牛的泪在眼中转。"

第二，对物理性滋扰的忍耐力。山羊天生温驯、脾性温和，即使是一个小孩欺负一只山羊时，它也只是躲避，如果实在躲得没有退路，只好夺路而逃。山羊没有进攻性武器——犬牙和利爪，它不能占据食物链的高端，其实躲和跑就是山羊适应自然的唯一保护性措施。

第三，对苦涩灌木的忍耐力。灌木中含单宁较多，因此苦涩味较重，牛、绵羊等家畜不喜采食，但山羊却能大量享用。因为山羊唾液中含有能降低单宁毒素的特殊成分，而且山羊瘤胃中有单宁耐受菌，可把单宁作为能量来源利用。

这所有的"忍"，正是温腼的山羊能在大自然残酷的丛林法则中生存下来的秘诀。

山羊瞳孔的形状呈方形

大多数动物的瞳孔都是圆形的，但山羊的瞳孔是方形的，准确地说是横条状瞳孔，尤其在放大时，呈近矩形。这是为什么呢?

原来，山羊矩形的瞳孔是长期自然选择和物种适应的结果。矩形的瞳孔使山羊的视野范围在 320°～340°，而人类的视野范围只有 160°～210°，这意味着山羊即使在吃草或喝水时不用转头就几乎能看到周围的一切景象。再加上山羊的眼睛长在头部的两边，因此山羊能更好地发现和逃脱天敌的侵袭。再者矩形瞳孔面积更大，在夜晚能够看得更清楚，白天睡觉时便于眼睛闭得更紧，能够更好地避光。还有，山羊基本生存在山地，经常进行高速的上下方向的运动，因此山羊对于垂直方向的运动需要非常敏感。

其实绵羊、鹿等大多数蹄趾类动物的瞳孔都近似矩形。只不过山羊的虹膜颜色较浅，矩形瞳孔更容易被人觉察罢了。

从另一个角度讲，生物眼睛瞳孔的形状也反映出它们在食物链上的生态位。即处在食物链顶端的生物，它们眼睛的瞳孔形状呈圆形，如人类和虎、狮、豹、狼、鹰等肉食性动物，因为他们很少有天敌；而处在食物链低端的草食性动物，则由于时刻提防被捕食，所以瞳孔形状出现了防御性、定向性进化。

“羊水”称谓的由来

所谓羊水是指怀孕时子宫羊膜腔内的液体。在整个怀孕过程中，它是维持胎儿生命所不可缺少的重要环境和组分。为什么怀孕后子宫内的液体被称为羊水，而不叫其他名称呢？既然是保护胎儿的液体，那叫胎水不是更科学吗？这个称谓到底与羊有没有关系？据考证，羊水一词的由来有下面几种说法：

第一种说法，羊水是古名词，来源于中医阴阳理论。古字中，“羊”和“阳”相通，二者同音。人的寿命从正阳开始，到正阴结束。所以人们把孕育生命的起源之水称为阳水，即羊水，作为生命开始的象征。类似于“三羊开泰”实为“三阳开泰”。

第二种说法，羊膜是人和某些脊椎动物、爬虫类、鸟类胞衣最内层的薄膜，包裹着受精卵和胎儿，这种膜因在羊胎中特别显著而得名，故以羊膜泛称包被胎儿的外膜。子宫腔内羊膜囊中的液体，保护胎儿不受外界震荡，也以羊水泛称之。

第三种说法，羊水一词是由西医传进中国，其最早源自希腊。希腊人发现妇女生产后包裹着婴儿的一层包膜看上去就像羊肠，薄而白且透明。古时人们常用羊的肠子来做医疗方面的材料，故而当时的医生联系两者以羊膜称呼之，同时把包裹在羊膜里面的液体称为羊水。而羊水的英文——Amniotic Fluid，其词根依然使用的是希腊的一种特有山羊（lamb）的名字。

第四种说法，中华民族起源于古羌族，而作为羌族权力和财富象征的羊深受人们喜爱。加上炎黄二帝中炎帝姓“姜”，姜字也含有“羊”字，因此为纪念羌族和炎黄二帝是汉族的始祖和起源，人们就把孕育和滋养新生命之水叫“羊水”了。

以上四种说法似乎都有道理，但它们又共同说明了一个道理，那就是羊水的重要性。现代医学研究表明，子宫羊膜腔内的羊水具有调节温度、提供空间、缓冲压力、抑菌防感染、锻炼胎儿的呼吸系统、助产和作为胎儿健康指数等一系列作用。

人类文明和科学技术发展到今天，已经十分发达，可以克隆动物，可以试管婴儿，但是“子宫环境”科学家在实验室模拟不了。人和家畜要想生育，还是离不开自然机体的子宫环境。所以，要保护好伟大而且不可替代的子宫和羊水。

羊皮纸

羊皮纸一词来自古希腊时期文化中心之一的佩加蒙。羊皮纸，简单地说就是用绵羊、山羊或其他动物的皮，在木框架上拉张到极致，用刀削薄，经干燥而成的片状物。也可以说是用于书写的皮。

羊皮纸的历史悠久，最早的记录可以上溯到埃及第四王朝时代（约公元前 2500 年）。当时人们用纸莎草纸或动物的皮书写文字。埃及是纸莎草纸的原产地，由于原料丰富，纸莎草纸成为主流。公元前 2 世纪起，羊皮纸与纸莎草纸同时被普遍使用。公元前 2 世纪，佩加蒙建设了大图书馆。为此，纸莎草纸成了大量书写著作的必需品。因为与纸莎草纸生产国埃及的亚历山大图书馆之间围绕亚里士多德藏书的激烈争执，埃及国王托勒密六世下令停止输出纸莎草纸。处于书写材料危机中的佩加蒙，将一直以来在动物皮上书写的方法进化、精化，制成了顺滑宜书的羊皮纸。中世纪是羊皮纸的黄金时代，从《圣经》到宗教书、公文，甚至艺术作品都被书写于羊皮纸上。随着公元751年的塔拉斯河战役，造纸术从中国传播到伊斯兰世界，44年后在阿巴斯王朝的首都巴格达有了造纸厂，此后书写《可兰经》从羊皮纸转到了纸上。公元3～13世纪，欧洲各国普遍使用羊皮纸书写文件，14世纪起逐渐被中国的纸所取代，但有些国家仍使用羊皮纸书写重要的法律文件，以示庄重。

羊皮纸的特点：羊皮纸两面光滑，都能书写，且书写方便，能够让鹅毛笔的书写呈现饱满的色彩，拿来折成书本也没有问题。羊皮纸比纸莎草纸更加实用，但价格昂贵。羊皮纸被裁订成小册子，称为手抄本，再合订成册，使之成为留传后世的羊皮典籍。希腊佩加蒙图书馆的一些藏书就是羊皮纸做的。

羊皮纸的制作过程漫长、复杂。首先是选料，原料皮不只限于绵羊皮和山羊皮，其他大型牲畜如牛、马、驴等的皮均可使用。在屠宰场选皮时，要观察毛色，毛色洁白，其出的羊皮纸也莹白无瑕。若想制成带有赏心悦目暗纹的纸张，就得挑选有斑纹毛色的皮子。为确保未来纸质的完美，还需仔细查验皮子上是否有因外伤或寄生虫穿噬所留下的疤痕。

挑好的皮张放在清水中浸洗，直至腐烂，毛发自然掉落。在炎热的地区，可以借助太阳的暴晒，加快这一过程的发生。然后皮张在不停搅拌的石灰水里泡上3～10天，有时石灰水中还会根据不同需要加入面粉和盐。充分浸泡的皮张捞出来后，被贴在一块弓形木板上，工匠用一把特制的两头各有一个木质刀把的圆弧形弯刀，把皮张上的毛刮干净，注意不能在刮毛时在皮子上留下哪怕细小的刀口。刮净毛后的皮子放进清水中浸泡两天，目的是将石灰漂洗掉。在这道工序中可在水中加入从橡树瘿中提取的鞣剂，以增加羊皮纸的强度。接下来的步骤是羊皮纸制作中最关键的一环，在清水中漂洗干净的皮子被绷在木框上，由于皮子要在接下来的过程中被不断地拉展，因此不能把皮子直接钉死在框边上。一种独特的绷皮方式应运而生，即在皮子的边缘每隔几厘米包上一颗小鹅卵石，再用细绳把包入石头的皮子扎紧，绳子的另一端固定在分布于木框边缘能调节松紧的楔子上。这样通过不断地旋紧楔子，来全方位拉紧羊皮纸。在绷皮的过程中要向羊皮纸上浇热水以保持其弹性，同时用一种羊皮纸工匠所独创的月牙形刀具将羊皮纸反复刮平，特别要刮除纸的背面残留的动物脂肪。

待紧绷到极致的羊皮纸完全干燥后，进行最后一道工序，即使用浮岩和白垩对其进行打磨，打磨的目的是增加羊皮纸表面对墨水的附着性。到此所有工序结束，羊皮纸从框上取下后便可出售。在中世纪，多以十二张为一卷起售。也有的匠铺在羊皮纸出售前，将其折成特定的尺寸。著名的“魔鬼圣经”，每一页都是由整张羊皮纸制成，可见其价值不菲。

动物皮是由胶原纤维构成的，纤维通常是立体的、随机络合的。依靠向四周拉伸，纤维在平面上排列，变成有针状凸起物的“纸”。这就是羊皮纸制作的“微观组织学”原理。如此制作的羊皮纸，既有皮的物质基础，又有纸的物理平整。墨水和染料的晕染性比纸还小，颜料可以保持灵动鲜艳的色彩。动物的皮分正面（也称毛面或银面）和反面（也称肉面），一般正面色调稍浓，反面则接近白色。另外，正反面纤维的伸缩率不同，正面有时会有卷曲和起伏。但是，若把表皮完全刮除（如欧洲羊皮纸），则两面皆白，正反面几乎无差异。

动物皮的质地因动物种类不同有很大差异，即使同一种动物，因毛色不同也会导致皮纸颜色的差异。绵羊皮：薄而柔软，表面顺滑，但是皮肤中富含油脂，制造需多费工夫。小牛皮：薄而平滑，用难产死亡的小牛制作的牛皮纸，叫胎犊皮纸，是最高端的皮纸，欧洲古代手卷多为小牛皮。山羊皮：多数表面颜色接近纯白色，毛孔明显，且毛孔多是三个一组。意大利手卷多用山羊皮。在山羊皮纸的发祥地佩加蒙，山羊被认为是羊皮纸的主流。鹿皮：表面非常顺滑，手感柔软。猪皮：容易获得，毛孔比山羊更明显，常被用于书本的封面。但由于猪皮毛孔过于明显，以及宗教方面的原因，手卷中基本没有使用的。

不同国家、不同地区和不同宗教，在制作羊皮纸的工艺上也有差异。在欧洲，一般把毛层和肉层削除，只使用最白的“网状层”，如此一来，表里的色泽质地几乎相同，这就是两面使用羊皮纸的“书本文化”兴起的原因。而“手卷文化”的削薄方法是削除表皮与下皮（真皮），使用乳突层和网状层，结果是毛侧的颜色深，皮革纹理被保留，文字在白色面（连接肉的一侧）书写。

现在所谓的羊皮纸则主要是由棉纤维等植物纤维制浆，再用硫酸处理的半透明纸，因此又称羊皮化纸或硫酸纸。它与传统意义上的“羊皮纸”有着本质上的不同。还应说明的是，由于“羊皮纸”的制作过程未经单宁或酸液的化学处理，因此不能把制作羊皮纸说成“鞣制羊皮纸”。

羊皮筏子的制作

羊皮筏子又叫排子、革船，是用羊皮扎制成的筏子。它是黄河沿岸民间保留下来的古老摆渡工具。古代劳动人民“缝革为囊”，充入空气，泅渡用。唐代以前，这种工具被称为“革囊”，到了宋代，皮囊是宰杀牛、羊后掏空内脏的完整皮张，不再是缝合而成，故改名为“浑脱”。浑，做“全”解；脱，即“剥皮”。人们最初是用单个的革囊或浑脱泅渡，后来为了安全和增大载重量，将若干个浑脱相拼，上架木排，再绑以小绳，成为一个整体，即“皮筏”。用羊皮筏子送人渡河、运载货物这种交通方式，流行于青海、甘肃、宁夏境内的黄河沿岸，以兰州一带为最多。划羊皮筏子的水手被称为“筏子客”。

中国的皮筏历史悠久。《水经注·叶榆水篇》载：“汉建武二十三年（公元47年），王遣兵乘革船（即皮筏）南下。”《旧唐书·东女国传》：“用牛皮为船以渡。”《宋史·王延德传》：“以羊皮为囊，吹气实之浮于水。”清康熙十四年（公元1675年），据守兰州的陕西提督王辅臣叛乱，西宁总兵王进宝奉命讨伐，以木料结革囊夜渡黄河，连破王辅臣兵并使之投降。可见，在340多年前，兰州就大量使用皮筏来渡河了。

羊皮筏子的制作首先是羊皮囊的制作。屠宰时，剥下大个羊的皮毛，用盐水脱毛后以菜油涂抹四肢和颈项部，使之松软，再用细绳扎成袋状，留一小孔吹足气后封孔。经过晾晒的皮胎颜色黄褐透明，看上去像个鼓鼓的圆筒。

羊皮囊的制作要点：一是羊的选择，要选冬天的羊，冬天的羊皮厚、纤维多耐用；二是用3年以上净体重至少达20千克的羯山羊，不用母山羊和绵羊；三是羊皮囊内灌的油必须是胡麻油，再加入硝盐，最后灌入黄河水化开，使羊皮毛孔堵塞不致渗水。

羊皮囊制作好后，就要扎筏子了，用麻绳将坚硬的水曲柳木条捆一个方形的木框子，再横向绑上数根木条，最后按照两边4个、中间5个，或两边5个、中间4个的顺序把羊皮囊扎在木条下边，羊皮筏子就制作好了。

羊皮筏子一般能用2~3年。一个筏子配13~14个羊皮囊，承重可达1 000千克以上。羊皮筏子在使用时要经常泼水，避免干燥开裂。但也不能储藏于湿潮的地方，避免发霉腐烂。

“踹死一只羊，扒下一张皮，捂掉一身毛，灌上一斤油，吹上一口气，绑成一排排，漂他几十年，快活似神仙。”在筏子客自豪高亢的顺口溜唱声中，希望这项非物质文化遗产能长久传承下去。

编织上等地毯对原料羊毛的要求

编织地毯可用牛毛、驼毛和羊毛。其中使用最多的还是羊毛。羊毛在中国有很多品种，比如春毛、秋毛、羔毛、抓毛、皮剪毛和干退毛等。各地区羊毛更是各具特色：宁夏滩羊毛，毛白，纤维长；青海西宁毛，略粗，纤维长；西藏毛，绒大，须多掺秋毛才能有弹力。此外还有甘肃毛、新疆和田毛、东北锦州毛、陕北毛、易州毛、大同毛、张家口棕羊毛、黑羊毛、青羊毛等。

编织上等地毯的羊毛，需符合四个条件：一是毛纤维以粗为好，不致黏在一起；二是要有回弹性，有弹力，经踩踏后可随即复原；三是纤维要长，易于织造；四是毛要有光泽，有光泽的毛才能染出好质量的颜色。

生毛要经过案、过轮、水洗、手抖等手工操作，由生羊毛加工成净羊毛，再弹成熟毛、纺毛，经染色，成为色毛纱。毛纱经纺车加工成多股，织毯用纱为三、四、六股不等。合股后缠成球状，以备织毯时用。

好羊毛才能织出好地毯。真正的羊毛地毯优点是保暖效果好、阻燃好、能降低噪声、柔软舒适和不易褪色。

山羊肉与绵羊肉的区别

山羊肉与绵羊肉的区别表现在：

第一，看肌肉。山羊肉发散，不黏手，而绵羊肉比较黏手。

第二，看皮或肉上残存的羊毛毛形。山羊毛又硬又直，而绵羊毛多卷曲柔软。

第三，看肌纤维及肋骨。山羊肌纤维粗长，而绵羊肌纤维细短；山羊肋骨宽且长，而绵羊肋骨窄且短。

第四，就口感上讲，山羊肉有或多或少的膻味，另外肉瘦脂少，口感上不如绵羊肉细腻可口。

第五，就热量属性而言，中医认为，羊肉性温热。绵羊肉偏热，因此具有滋补作用，更适合孕妇及体寒患者食用。而山羊肉偏凉，适合易上火及肥胖人食用。

第六，就胆固醇含量看，山羊肉比绵羊肉含量低，因此前者更具防止血管硬化及心脏病的作用，故特别适合高脂血症患者和老人食用。

羊肉的膻味

羊是食草动物，用身上的腺体发出有膻味的气味，是食草动物标记领地的手段，这种体味特性不是只有羊才有，河马、大象、羚羊、犀牛等动物都有。

羊膻味是一种挥发性的脂肪酸所散发出来的，它主要存在于羊尾、皮下、肌肉间隙的脂肪和羊皮脂腺分泌物中。宰杀羊时，组织液会渗入肌肉中，就像腺体在肌肉上撒布气味一样，而且组织液的黏附性特别强，这就是为什么膻味难以去除的原因。

羊肉中脂肪酸分很多种，根据对不同性别、年龄段的羊肉进行分析，羊肉中表征体味的脂肪酸主要是4-甲基辛酸、4-乙基辛酸等短链脂肪酸和硬脂酸，而且含量是猪肉和牛肉的数倍，这也是羊肉膻味明显大于其他肉类的原因。

羊肉膻味的一般浓淡顺序是：成年羊肉大于羔羊肉，公羊肉大于母羊肉，没阉的公羊肉大于阉过的公羊肉。品种和营养状况对羊肉风味无明显影响。但羊吃的草类不同，会对羊体内的脂肪酸水平有不同的影响，吃三叶草的羊比吃普通牧草的羊膻味大。

羊屎蛋的秘密

羊的粪便，俗称羊屎蛋。“牛拉花卷，马拉糕，羊吃青草，拉黑枣。”农村童谣生动形象地描述了羊屎蛋的形状和颜色。

为什么健康羊的粪便呈小球状呢？就家畜生态学讲，野生的羊生活在缺少水源的山丘上，为了适应环境，它们的身体代谢要尽量减少水分的消耗，食物中的大部分水都被肠子吸收了，这样就很少有水分随粪便排出而丧失。现在家养的羊也遗传了这样的天性，即使给它们吃鲜嫩的青草，自由饮水，它们的粪便依然是很干的颗粒状。同样道理，兔子、骆驼和鹿等一些草食动物的粪便也是如此。

就家畜解剖和生理学讲，羊的肠道有35米长，是羊身体长的25~30倍，这在家畜中是比例最大的。其中小肠的长度达到28米。无论羊的小肠和大肠，不仅长度长，管径窄，而且肠襻多，也就是肠道弯曲多。这也是人们常把悠长蜿蜒的山间小路比作“羊肠小道”的原因。羊特殊的肠道特点，导致食物在小肠中消化吸收率很高，水分在大肠中回收率也很高，所以羊的初粪较为干燥。这种干燥的初粪在长、弯、细的肠道中不可能大批量一次性排送，只能在加大肠蠕动的同时，一小段一小段向后波浪式滚动挤压输送。于是每一次挤压形成一个粪球，而且粪球在不断的向后挤压中越来越质地紧实。实际上，粪球呈椭圆形，其外表面在长轴方向上是光滑的，粪球两端有明显的叠压痕迹。由此可见，粪球在肠道中是围绕长轴方向向后滚动的，这样接触面光滑，摩擦小。当肛门聚集一定量的粪球时，集中排出体外。于是，我们看到了“成品”——神奇的羊屎蛋。

羊粪的物理学特征

羊粪的排泄量：就日排粪量和排粪次数而言，同一品种内公羊大于母羊，排粪量与羊的采食量和体重呈正相关。疾病可影响羊的粪排泄量。正常情况下，绵羊、山羊在365天饲养期内，平均每只羊每天排粪量为2千克。

羊粪的形状与硬度：粪的形状与硬度取决于粪中的水分，与饲料性质、羊的生理状况等多种因素有关。羊粪呈颗粒状，落地不易破碎，常可滚动。各种疾病引起的便秘和腹泻可使粪的形状和硬度发生显著的变化。

羊粪的颜色：羊粪的颜色主要来源于粪中的粪胆素原。粪胆素原本身无色，随粪便排出体外后，氧化转变为粪胆素呈黄绿色，构成粪便的底色。由于饲料成分的差别，羊粪的颜色深浅不一。羊在全舍饲时粪为褐色，放牧时为淡绿色，哺乳羔羊的粪便多为灰黄色。患病状态下，粪便的颜色呈现异常，如羊患前胃弛缓、瘤胃积食、真胃炎和肺炎等疾病时，粪干色深并附有黏液。肠出血时，粪呈红色或黑色。服用某些药物也可使羊的粪便颜色发生变化。

羊粪的气味：粪的臭味来源于粪便中的恶臭物质。正常生理状态下，食草家畜大肠内以糖类发酵为主，蛋白质腐败和脂肪酸败居次要位置，故臭味低于其他家畜。病理状态下，粪的臭味强度随之增加。

羊粪中的可见物：除可见到未消化的饲料渣外，食草家畜粪中可见大量的粗纤维物质。羊粪表面有一层由大肠黏膜分泌的黏液。此外，粪中还常可见到寄生虫卵、微小寄生虫和多种微生物以及消化道上皮细胞等。

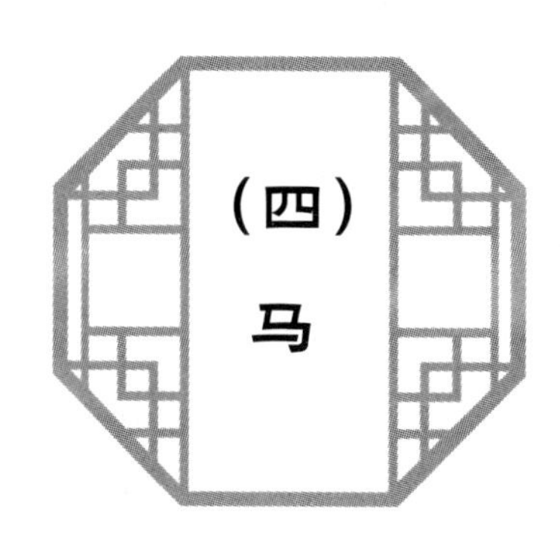

家马的文明

马属动物起源于6 000万年前新生代第三纪初期，其最原始祖先为原蹄兽，到5 800万年前第三纪始新世初期演变为始新马，或称始祖马。现代马的最直接祖先是出现于1 200万年前中新世的恐马，而现代马则在400万年前的上新世出现。北美洲一直是马和马类动物的起源和演化中心，马从这里起源并向四周辐射。马通过冰川时期形成的白令陆桥扩散到欧亚大陆。在上新世进入非洲，成为非洲大陆动物群的重要一员。马也通过中美地峡向南美洲扩散。马的进化并不是直线发展的，在马的进化“路线”上有许多分支，进化的特征也各不相同。其实，马最初是生活在森林里的动物，是草原古马的出现，标志着马选择了在草原栖息。

家马是由野马驯化而来。最早的马匹驯化约在6 000年前的乌克兰草原。中国是世界上最早开始驯化马匹的国家之一，从山东和江苏等地的大汶口文化时期及仰韶文化时期遗址出土的遗物中，都证明距今

6 000 年左右几个野马变种已被驯化为家畜。但马的驯化时间晚于狗和牛。马是现存数量最多的奇蹄目成员。

现在世界上有 200 多个马匹品种。世界上著名的马品种有：奥尔洛夫马，世界上最优秀的快步马之一，也是俄罗斯国家的象征；阿拉伯马，地球上最古老的马种；阿哈尔捷金马，也叫“汗血宝马”，被誉为“马匹中的远洋快轮”；英国纯血马，最佳的赛马品种；欧洲混血马，最适合马术运动的马。

中国三大马品种分别是蒙古马、三河马和河曲马。

马在中国传统的十二生肖中排名第七位，也是“六畜”之一。

最著名的青铜马是“马踏飞燕”，它是“中国旅游”的标志。

最著名的石雕马是昭陵六骏（指陕西唐太宗李世民昭陵北面坛东西两侧的六块骏马青石浮雕石刻）。

最著名的相马师是春秋时期的伯乐（姓孙名阳，今山东成武人）。

最杰出的画马名家有：唐朝的韩干和韦偃，以及清朝的郎世宁和现代的徐悲鸿。

关于马的音乐名作有：琵琶曲《十面埋伏》和二胡曲《赛马》。

最贵的马题材画作是韩干的《马性图》，在 2017 年纽约佳士得拍卖会上拍出了 1 亿元人民币的高价。

在民间，由于四大名著等文学作品的广泛传播，小说中对吕布的赤兔马、刘备的的卢马、秦琼的黄骠马以及唐僧的取经白马等的精彩描绘，都给人们留下了深刻的传奇印象。

马是人类的朋友，它以纯良忠心的品质、善跑能驮的体质和雄健潇洒的神态深受人们的喜爱。当其他家畜的饲养场地笼统地叫“窝、圈、舍”时，马的生活场所特称为“马厩”，“厩”字为马所独享，可见马在人们心目中的地位之高。

古人对马的认识程度

马作为一种既能快跑又能负重的大家畜，在古代社会的政治、经济、文化和生活等各方面都具有极其重要的作用，在战乱纷争的冷兵器时代，所有国家把它提升为一种战略物资来保护，它与人们的亲密关系超过任何一种其他动物，被列为“六畜”之首。正是因为马不可替代的强大作用，人们对它的研究和关爱达到了无以复加的地步，不仅做了详细分类并一一命名，甚至为此新创了很多汉字。如：

驳（bó）：毛色不纯的马。

馰（dí）：额白色的马。

骧（xiāng）：后右蹄白色的马。

馵（zhù）：后左脚白色的马。

騱（xí）：前脚全白的马。

騚（qián）：四蹄全白的马。

驓（céng）：膝下白色的马。

騴（yàn）：屁股毛色白的马。

騴（yàn）：尾根白色的马。

駺（láng）：白尾马。

骢（cōng）：青白杂色的马。

驒（tuó）：有白色鳞状斑纹的青马。

骓（zhuī）：毛色苍白相杂的马。

骃（yīn）：浅黑杂白的马。

鸨（bǎo）：毛色黑白相杂的马。

駩（quán）：黑嘴白毛的马。

騂（zhū）：黑嘴的马。

驙（zhān）：脊背黑色的白马。

骆（luò）：尾和鬣毛黑色的白马。

駹（máng）：面、额为白色的黑马。

驈（yù）：股间白色的黑马。

騽（xí）：背脊黄色的黑马。

驔（diàn）：黄色脊毛的黑马。

騩（guī）：毛浅黑色的马。

駽（xuān）：青黑色的马。亦称“铁青马”。

騥（róu）：多鬃的青黑色马。

骐（qí）：有青黑色纹理如棋盘格子纹的马。

驖（tiě）：赤黑色的马。

骊（lí）：纯黑色的马。

騢（xiá）：毛色赤白相杂的马。

騵（yuán）：赤毛白腹的马。

骅（huá）：赤色的骏马。

骝（liú）：黑鬃黑尾巴的红马。

騝（qián）：黄脊黑鬃黑尾巴的红马。

骍（xīng）：赤色的马。

騜（huáng）：毛色黄白相杂的马。

駓（pī）：毛色黄白相杂的马。亦称“桃花马”。

骠（biāo）：黄毛夹杂着白点子的马。

騧（guā）：黑嘴的黄马。

騟（yú）：紫色马。

駇（wén）：红鬃、白身、黄眼的马。

骄（jiāo）：六尺高的马。

騋（lái）：七尺高的马。

駥（róng）：八尺高的马。

驹（jū）：两岁以下的马。

騑（fēi）：三岁的马。

駣（táo）：三四岁的马。

不可慢待的“太子洗马”

“太子洗马”一词，从字面上看，是“太子在洗马”或“为太子洗马”的意思，但熟悉历史的人知道，其实“太子洗马”是一个官职，而且是一个能接触到最高权力层的官员。

“太子洗马”简称“洗马”。“洗”在这里读 xiǎn 音。《国语》曰：“勾践为夫差先马，先或作‘冼’也。”因此，“洗马”起先作“先马”“冼马”或“前马”。后人可能误写作“洗马”，至此留下千古谜团。秦始设“洗马”之职，此后所有王朝沿革不变，将该官名称作“洗马”。

从“先马”到“洗马”，称谓有变，而且职权内容也发生了三次变化。最初，“洗马”为太子属官，掌侍从，太子出行时为前导。《续汉书·百官志》中记载：“太子出，则当直，一人在前导威仪，盖洗马之义也。”《问玉珉》中更解释道：“洗马，进贤冠，出则在马前清道，故曰洗马。”所以，“太子洗马”最初不仅是太子车队的先导，而且是辅佐太子，教太子政事、文理的官员。其后，从晋至明 1 300 多年的时间，

“太子洗马”改掌图籍。进入清代后，虽保留洗马官名，但属于詹事府，实际上变成了翰林院官员晋升的跳板。清末时，“洗马”一职彻底废除。

明朝时“洗马”中“洗”字的意思和读音已经与现在相同了，于是经常闹出一些笑话和误会。明焦竑的《玉堂丛语》记载：“景泰间，刘主静升洗马，兵部侍郎王伟戏曰：‘先生一日洗几马？’刘应声答曰：‘大司马业洗净，少司马尚洗，未净。’众闻之噱然。”又有明末清初张岱的《快园道古》记录：“杨文懿公守陈，以洗马乞假归。行次一驿，其丞不知为何官，与之抗礼，且问公曰：‘公职洗马，日洗几马？’公曰：‘勤则多洗，懒则少洗。’俄而，报一御史至，丞乃促公让驿。公曰：‘此固宜，然待其至而让未晚。’比御史至，则公门人也，长跽问起居。丞乃蒲伏谢罪，公卒不较。”

历史上曾担任“洗马”之职的人很多，其中最有名的当属越王勾践，《韩子》载：“勾践入宧于吴，执干戈为吴王洗马，故能杀夫差于姑苏。”当然多数“太子洗马”官员都是荣誉性质，也就是说，虽官阶（从五品或五品）不高，但能接触到顶层人物，能量不容小觑，例如唐代名相魏徵和清末重臣张之洞都担任过“洗马”一职。

驸马曾是掌管马的官

现在大家都知道，“驸马”一词是个专用词，是中国古代帝王女婿的专称。驸马也叫国婿、帝婿、主婿等。

“驸马”的原意是，古代数匹马共拉一辆车，辕马之外的马都称为

“附”。《说文解字·马部》中有：“附，副马也。”清代段玉裁注：“副者，贰也……非正驾车皆为副马。”秦及两汉时皇帝多乘车出巡，每次出行，必有多辆样式相同的车一起驶出，令人摸不清皇帝的真实行踪。这些车中皇帝乘坐的叫正车，其他的都叫副车。掌管正车的官称为“奉车都尉”，掌管从车（副车）之马的人，叫“掌驸马”。汉武帝元鼎二年（公元前 115 年）始设“驸马都尉”一职，驸马都尉一作副马都尉，俸禄二千石。驸马都尉在两汉时多由皇亲国戚公侯等高层的子孙担任。“驸马”一词即由“驸马都尉”演化而来。

从西汉到东汉，“驸马”与帝婿无关。到三国时，魏国的何晏娶金乡公主为妻，以帝婿的身份加封驸马都尉；晋时杜预娶晋宣帝（司马懿）之女安陆公主，王济娶司马昭（文帝）之女常山公主，都加封驸马都尉。魏晋以降，遂成惯例，凡与公主结婚的，都封授驸马都尉，简称“驸马”，于是，驸马便成了历代帝婿的代称。不仅汉（中原汉族）王朝如此，就是辽、金等国的皇婿也称为“驸马都尉”。清代例外，改称驸马为额驸。

有一点不能不说，和戏曲里唱的不一样的是，驸马很少来自科考“状元”。例如，历时 276 年的明朝一共出了 89 个状元，竟没有一个荣当驸马。

解读秦兵马俑的“马”

秦兵马俑，也叫秦始皇兵马俑，简称兵马俑或秦俑。1987 年，秦始皇陵及兵马俑坑被联合国教科文组织列入《世界遗产名录》，成为中国古代辉煌文明的一张金字名片。兵马俑是古代墓葬雕塑的一个类别，即制成兵马（战车、战马、士兵）形状的殉葬品。秦兵马俑中包括马俑2 400多个，这些威武雄壮的马俑的“马”到底是什么品种的马呢？

马俑分陶马和鞍马两种。陶马身长约2.10米，通高1.72米，与秦始皇帝陵马厩坑出土的真马在体长、身高、身躯各部分的比例等方面基本相同，说明它们是以真马作为原型塑造的。主要特征是个头较小、脖颈短、头部宽阔。鞍马通首高1.72米，鬐甲高1.33米，头部较重，鼻骨隆突，颈厚稍短，鬐甲低，脊背宽博略向下凹，胸部较广，四肢发育较好，属于力速兼备的挽马型。看来，就秦马俑的身高和形态特征上讲，秦始皇的时候征战所用的马匹，应是中国本土品种（三河马、河曲马和伊犁马三大马系）中的河曲马。这一论断有两个依据。

一是秦国的发迹史。秦国早年居于西北，同羌戎长期杂居。《东周列国志》说：“其后有非子者，居犬邱，善于养马，周孝王用之，命畜马于汧、渭二水之间，马大蕃息。孝王大喜，以秦地封非子为附庸之君，使续嬴祀，号为嬴秦。”《史记·张仪列传》中说：“秦马之良，戎兵之众，探前趹后，蹄间三寻腾者不可胜数。”秦始皇时中央和地方都设有养马的厩苑，负责军马的调教与选拔，以供骑兵和车兵的用马。很多历史细节都说明秦始皇统一六国时，所用的战马就是他老祖宗当年所养殖的戎马，也就是现在我们所说的河曲马。

二是秦马俑的体态特征，尤其是鼻梁隆起微微呈现兔头形，同河曲马的特点非常相似。河曲马是一种古老而优良的挽乘兼用型地方马种，主要分布于甘肃、青海、四川三省交界地区，因产地处于黄河上游拐弯之处，得名河曲马。河曲马外形较匀称，全身结构良好。头中等或稍大，重而干燥，但不粗相，直头居多，亦有兔头或半兔头。耳长尖为桃形，眼大小适中，鼻梁微隆，鼻孔大而鼻翼稍薄。唇厚、灵活，下唇略下垂。后躯及四肢良好，鬐甲高长中等、厚实。四肢高中等，关节强大，筋腱发育充分。

从历史记载和对马匹的体态对照来看，秦兵马俑中的马匹是河曲马应该基本确定。那么秦朝的河曲马和现在的河曲马完全一样吗？答案是否定的。在数千年的历史进程中，河曲地区的土族人曾先后引进过波斯马、蒙古马和伊犁马与土种马杂交改良，所以现在的河曲马和秦朝的马种在血统上一定是有区别的。

从“昭陵六骏”管窥古突厥马在初唐的地位

“昭陵六骏”是一组精美的石刻，石刻的原型是唐太宗李世民在开国重大战役中所乘的6匹战马，它们分别名为飒露紫、拳毛騧、白蹄乌、特勒骠、青骓、什伐赤。唐贞观十年（公元636年），李世民诏令大画家阎立本先画出六骏图形，后由石刻家阎立德依画形雕刻于华山石上。李世民亲自作诗6首（即“六马赞”），颂扬每匹马的风采，并命大书法家欧阳询抄录下来刻在“六骏”旁边。昭陵六骏每块石刻宽约2米、高约1.7米，造型优美，雕刻线条流畅，刀工精细圆润，是不可多得的古代石刻艺术珍品。六骏中的“飒露紫”“拳毛騧”现藏于美国宾夕法尼亚大学博物馆。其余四骏陈列在西安碑林博物馆。

这“六骏”到底是什么品种的马？为何会受到一代帝王的如此厚爱呢？西北大学文博学院葛承雍教授从名称语法和马种学上分析了昭陵六骏的来源产地，又从马的类型、体质结构、杂交特点及外观造型诸方面经过缜密论证，认为六骏中至少有四骏属于突厥马系中的优良品种。

第一骏名叫——“特勒骠”，黄马白喙微黑。毛色黄里透白，故称“骠”。“特勒”是突厥汗国的高级官号之一。“特勒骠”体形健壮，腹小腿长，属突厥名马。这种马是典型的锡尔河流域的大宛马，即汉代著名的“汗血宝马”。李世民在619年乘此马与宋金刚作战，称赞它：“应策腾空，承声半汉，入险摧敌，乘危济难。”

第二骏名叫——“青骓”，苍白杂色。有可能是来自西方“大秦”国的骏马。此马为李世民平定窦建德时所乘。唐太宗给它的赞语是：“足轻电影，神发天机，策兹飞练，定我戎衣。”

第三骏名叫——“什伐赤”，“什伐”或译作“叱拨”，是波斯语“阿湿婆”的缩译，即汉语“马”的意思。这是一匹来自波斯（今伊朗）的红马，是李世民在洛阳虎牢关与王世充、窦建德作战时的坐骑。唐太宗称赞它：“瀍涧未静，斧钺申威，朱汗骋足，青旌凯归。”

第四骏名叫——“飒露紫”，“飒露”一词突厥语是“勇健者”的意思。因此“飒露紫”的含义应是“勇健者的紫色骏马”。此马为李世民平定东都击败王世充时所乘。太宗给飒露紫的赞语是：“紫燕超跃，骨腾神骏，气讋三川，威凌八阵。”

第五骏名叫——“拳毛騧”，这是一匹毛作旋转状的黑嘴黄马。“拳毛”是“权于麾国”突厥文的汉语音译。因此“拳毛騧’可能是从“权于麾国”来的，或者是一匹与“权于麾国”种马通过人工杂交方式培养出来的大良马。为李世民平定刘黑闼时所乘。唐太宗为之题赞：“月精按辔，天驷横行。孤矢载戢，氛埃廓清。”

第六骏名叫——“白蹄乌”，通体纯黑，四蹄俱白。“白蹄”二字突厥语意为幼马或幼骆驼，是“少汗”之意。因此“白蹄乌”应是一匹冠以突厥语“少汗”之意的荣誉性坐骑。此马为李世民平定薛仁杲时所乘。唐太宗给它的赞诗为：“倚天长剑，追风骏足，耸辔平陇，回鞍定蜀。”

隋唐之前是北魏，北魏是游牧的鲜卑部落建立的王朝，畜群饲养规模相当大，顶峰时拥有马200万匹。隋末军阀混战中，李渊父子正是凭借从突厥获得的 2 000 匹良马和缴获的大批战马才一统天下。正是看到了马的巨大战斗力，李世民下令挑选 2 000 匹突厥马和 3 000 匹隋朝剩余马匹建立了陇右官营军马场。陇右马场巅峰时，存马 70 多万匹，这是唐军骑兵强盛的物质基础。唐玄宗时安禄山之所以敢于反叛，很大程度上是他兼任了内外闲厩都使的职务，这使他得以控制唐朝当时最主要的马场——楼烦马场。而唐朝原本最大的陇右马场仅剩马 32 万匹，其中 20 万匹是不能投入战场的马驹。

从精美的“昭陵六骏”石刻到波澜壮阔的隋唐战争，处处可见突厥马风驰电掣的身影，它在朝代更迭和帝王的心目中都留下了深深的烙印，它是那个时代冷兵器战斗的陆战之王。

初识马踏飞燕的“马”

马踏飞燕，又名马超龙雀、铜奔马等，为东汉青铜器，1969 年出土于甘肃省武威市雷台汉墓，现藏于甘肃省博物馆。“马踏飞燕”自出土以来一直被视为中国古代高超铸造业的象征和中国青铜艺术的奇葩。1985 年，“马踏飞燕”以“马超龙雀”的名字被国家旅游局确定为中国旅游业的图形标志。1986 年被国家文物局定为国宝级文物。

那么从动物分类学角度上解释的话，“马踏飞燕”的“马”是什么品种的马呢？目前主要有四种说法。

一说是“天马”，即汗血宝马。中国考古中发现的早期马造型一般都是蒙古马形象：头大，颈粗，躯长，四肢短壮，骑行速度相对不快。雷台汉墓出土的铜奔马则不同，它体型高大，腾空飞驰，把飞燕都踩在了蹄下，可见速度之快。这些与汉武帝时从西北引进的“天马”很像。《史记·大宛列传》记载：西汉元鼎四年（公元前113年），汉武帝刘彻通西域，得乌孙马，称天马，作天马歌。后李广利出征大宛，得大宛汗血马，益壮，复称大宛马为天马，改称乌孙马为西极马，又作天马歌。

二说是“神马”。神马又叫“天驷”，骑行神速。唐代诗人杜甫《魏将军歌》称：“星躔宝校金盘陀，夜骑天驷超天河。”“天驷”本指天上二十八星宿之东方苍龙七宿中的第四位星，名“房”，亦称“马祖神”。

三说是“紫燕骝”。骝指黑鬣、黑尾巴的紫红色骏马，骑行速度快，如飞燕般。汉文帝有称为“九逸”的良马九匹，其中有一匹便是“紫燕骝”。铜奔马蹄踏飞燕的造型，很容易让人联想到紫燕骝。

四说是“特勒骠”。特勒骠本是唐太宗所拥有的“六骏”之一，它与铜奔马扯上关系是因为其奔跑的姿势：一侧前后腿同时凌空腾踔，这叫“对侧步”；而常见的都是两侧前后脚同时抬起，称为“对角步”。能跑“对侧步”的马是特种良马，非常稀少，中国青藏高原的浩门、囊谦产这种马。

四种说法各有道理，也各有不足，有人从马形态上判定应是汗血宝马；有人认为墓主人仅是张掖郡的一名地方军事长官，在他墓中陪葬“天马”铜塑，不合古代规制；还有人认为武将视战马如生命，他在自己墓葬中以“天马”形象供奉“马祖神”，未尝不可；甚至有人认为，西汉以来，陇地一直是国家培育良马的国家马场，作为曾节制陇中四郡的将军，近水楼台先得月，弄匹良马试骑试骑，似也可能。所以“马踏飞燕”从出土直到现在没有公认的马种归属结论。尽管动物分类学上存在争议，但“马踏飞燕”的艺术价值和历史价值绝对是有口皆碑。

极具传奇色彩的汗血宝马

汗血宝马学名叫阿哈尔捷金马，是世界上最古老最纯正的马种之一，产于土库曼斯坦的阿哈尔绿洲，距今已经有3 000多年的历史。汗血宝马之所以在中国一直以来声名煊赫，有三个原因：

一是汗血宝马卓越的性能。汗血宝马速度快、耐力强。经测算，它在平地上跑1 000米仅需1分7秒，速度之快，令人惊叹。中国古代，更有“日行千里，夜行八百”的美誉。传说，三国时期，名将吕布所骑的赤兔马就是汗血宝马。汗血宝马耐力表现在耐渴和耐长途奔跑上。在50℃的气温下，一天只需饮一次水。1998年在一次赛期为60天、赛程为3 200千米的比赛中，54匹参赛的汗血宝马全部坚持到了终点。另外，汗血宝马头细颈高，四肢修长，形体俊美，也惹人喜爱。

二是汗血宝马的“汗血”之说。有人说，汗血宝马的臀部和背部有一种特别的寄生虫寄生，因而马匹会在2小时内出现往外渗血的小包。还有人说，汗血宝马在奔跑时体温上升，使得少量红色血浆从毛孔渗出，出现“汗血”现象。不过，土库曼斯坦的养马专家的解释更令人信服，汗血宝马皮肤较薄，奔跑时，血液在血管中流动容易被看到，另外，马的颈部和肩部汗腺发达，出汗时，先潮后湿，尤其是枣红色或栗色毛的马，出汗后局部颜色会显得更加鲜艳，眼观给人以“流血”的错觉。

三是汗血宝马与中国帝王的历史渊源。中国对汗血宝马的最早记录是在2 000年前。西汉张骞出使西域后，看到了强健的大宛马，于是上奏汉武帝，嗜好宝马的汉武帝立即命人铸金马要与大宛交换，大宛国王拒绝，汉使者归途中也被杀。盛怒的汉武帝命军队打败大宛，大宛进贡汗血宝马3 000匹。汉武帝见马大喜，作诗称汗血宝马为“天马”。至此，汗血宝马闻名华夏。唐玄宗时，以唐公主嫁大宛国王，大宛国献汗血宝马两匹，唐玄宗分别取名为“照夜白”和“玉花骢”，这两匹马还被画进了唐代名画《照夜白图》。元代时，成吉思汗也对汗血宝马极为赏识，因为它适合长途行军，被蒙古大军作为闪击欧亚各国的利器。

老马识途

老马识途，是大家经常用的成语，意思是说老马认识曾经走过的路。现在用来比喻阅历多的人经验丰富，熟悉情况，能起到引领作用。

那么，老马为什么能识途呢？这还要从成语的典故说起。相传齐桓公率军攻打山戎，春季出征，冬季凯旋，由于路途遥远，周遭植被等情况变化，部队迷路了。正在饥冷无措之际，大臣管仲献策，可借老马之智，令老马带路。于是放开几匹老马前行觅路，终于大军跟着老马走出迷途，安全回国。

从科学的角度分析，老马识途，和马自身的生理结构密切相关：马脸很长，鼻腔很大，鼻腔中的嗅觉细胞密集发达，所以马比其他家畜拥有更强大的“嗅觉探测器”，这个探测器不仅能鉴别水质和饲草的好坏，还能根据空气中细微物质的气味来辨别方向，记忆和寻找道路。另外马耳朵很大，耳部肌肉发达，而且马耳位置高、转动灵活，同时在马的内耳中有一个特殊的“曲折感受器”，能用来辨别运动的方向和周围环境中物体的分布情况，因此马对气味、声音以及路途的记忆力都非常强。

当然，齐桓公的“借马辨途”妙策里边，有个细节要注意，他选的马一定是迷途当地的“老马”，而不是异乡的老马。

露马脚

现在“露马脚”一词的意思是显出破绽，对不便公开、不光彩的事的暴露。为什么用“露马脚”来表示这个意思呢？其中又有什么典故呢？说法有二。

一是说，“露马脚”一词在唐代已有出现。麒麟与龙、凤、龟并称“四灵”，是古人心目中的瑞兽、仁兽。在节日庆典或祭祀时，常抬麒麟沿街欢舞，但现实中并没有麒麟，于是人们将描绘好的麒麟皮装饰于马或驴身上，借以喜庆助兴。但马脚或驴脚难以掩饰严实，要弄起来，难免露出马脚或驴脚来，后来人们用它借指弄虚作假，“露马脚”一说就源于此。

还有一种说法来源于明朝开国皇帝朱元璋的马皇后露大脚的传闻。那个时代的妇女都是要裹足的，但马氏幼时深得父母宠爱，又是练武之人，坚持不肯缠足。马氏当了皇后，深居皇宫享受荣华富贵，但对自己的一双大脚也感到无可奈何，每当与客人相见，总是用衣服的下摆或裙子将脚严严实实地遮盖起来。有一次，马氏乘轿游金陵（现今南京），忽然一阵大风吹来，将轿帘掀起一角，马氏搁在踏板上的两只大脚就暴露在光天化日之下。于是这件新鲜事传开来，轰动了整个京城，因为是马皇后露出了脚，“露马脚”一词便流传到今天。不过，元曲《陈州粜米》有唱词：“这老儿不好惹，动不动先斩后闻，这一来则怕我们露出马脚来了。”再上溯至宋代，北宋《续传灯录》卷二十中记载：后来风幡事起，卷簟义彰，佛手难藏，驴脚自露。据这两处书证可断言，“露马脚”一语绝非源于马皇后。

看来，第一种说法真实的可能性很大，同时也说明，“露马脚”露出来的真是马脚，也可能是驴脚。

蛛丝马迹

成语“蛛丝马迹”出自清朝王家贲的《别雅序》，人们对它并不陌生。“蛛丝马迹”一般用来比喻事情所留下的隐约可寻的痕迹和线索。很多人望文生义，认为“蛛丝马迹”中的“蛛丝”就是蜘蛛丝，“马迹”就是马的足迹。也就是说，小到蜘蛛残存的网丝，大到马匹留下的踏痕，人们都能通过仔细观察各种遗迹，发现规律和线索，从而推断它们的来踪及去向。然而令人大跌眼镜的是，此处的“马”并非真正的驰骋疆场、供人驾驭的“马匹”，而是昆虫中的“灶马”。故蛛丝马迹，也可写作“蛛丝虫迹”。

灶马又叫突灶螽、灶蟋、灶蟀、灶鸣、灶马蟋等名称，属于昆虫纲直翅目驼螽科。该虫身粗短，色棕黄，背驼，触角较长，无翅，后足发达，会跳跃，靠腿部摩擦发声。古代中国的家户用柴灶烧火做饭，而灶马的生活习性是，夏秋天气暖和时，生活在野外草丛中；冬春气温转冷时，潜至灶台附近穴居。唐朝的《酉阳杂俎》卷十七《广动植之二·虫篇》记载：“灶马，状如促织，稍大，脚长，好穴于灶侧。俗言灶有马，足食之兆。”换成今天的话就是，灶台附近有（灶）马的活动踪迹，是百姓食物丰足的兆示。明朝李时珍的《本草纲目·虫三》也记载：“灶马，处处有之，穴灶而居。”

古人常把灶马称为“马”，将灶马在烟熏火燎的灶台上爬行时留下的不易察觉的痕迹称为“马迹”。而且发现厨房中的蜘蛛和灶马似乎是一对来无影去无踪的常客，墙上的蜘蛛网和灶上的灶马印虽一再清除，但过一段时间会发现又有了它们新的蛛网和活动痕迹。后来，人们每每见到蛛丝、马迹便推定有蜘蛛和灶马这两个不速之客光临过。于是，逐渐衍生出了今天人们熟知的“蛛丝马迹”成语。

拍马屁

“拍马屁”一词，用于讽刺完全不顾客观实际，专门谄媚奉承、讨好别人的行为。

典故来源于元朝文化，有两种说法。一说蒙古族的一般百姓人家都会养几匹马，以解决行路、运输等问题，牧民们常以养的骏马为荣。人们牵着马相遇时，常要拍拍对方马的屁股，摸摸马膘如何，并随口夸上几句，借以赞誉对方马好和富裕，以博得马主人的欢心。起初，人们实事求是，好马说好，后来，碍于面子，有的人不管别人的马好坏、强弱，都一味地只说奉承话，把劣马和驽马也说成是好马了。

另一种说法是蒙古族是马上得天下的民族，所以元朝的官员大多是武将出身，马往往是一个将领权力、身份和地位的象征，下级对上司最好的赞美，就是拍拍他的马、夸他的马好。逐渐人们就把对上司的奉承称为“拍马”。虽然夸赞的话不一定相同，但拍马的动作是一样的。这就是“拍马屁”的由来。元朝建立后，蒙古族的文化逐渐传播到中原地区，“拍马屁”一词也就流传下来。

也有人说实际上拍马时绝不能拍马的屁股，但由于汉人很少骑马，就把“拍马”想象为“拍马屁”了。至于马屁股到底能不能拍，尚无权威定论，总之不要拍到马蹄子上。

马 桶

马桶，也叫坐便器，是供人大小便使用的有盖的桶。与马有没有关系呢？要弄清这个问题，还要了解一下马桶一词的由来。

据说汉高祖刘邦一次在大殿上与群臣商议国事，突然内急，但又不愿外出，怕耽误时间，于是随手取下一个大臣的帽盔，掉转身解决了问题。有皇帝带头，又感其方便，大臣们及老百姓纷纷制作玉质或瓷质接尿器，民间称之为便壶或夜壶。“飞将军”李广以射猛虎而闻名，他命人把便壶做成老虎样，供其撒尿使用，显示对老虎的不屑。于是，人们又把便壶称作“虎子”。到了唐朝，唐高祖李渊登基后，尊其爷爷李虎为景皇帝，为了避景皇帝的讳，特改“虎子”为“兽子”和“马子”。后来人们把装大小便的木桶称为“马桶”。而真正现代意义上的马桶，是公元1596年，由英国约翰·哈灵顿发明的。又经过几百年的演变，逐渐定型为现在全陶瓷且装备有盖子和节水冲洗系统的马桶。马桶，不过洋物中名罢了。因此，马桶的来历跟马没有任何关系。

马的肢体语言

马可以通过身体不同部位的动作来表达自己的状态和心情，这种动物的肢体信息，我们叫肢体语言。马可以用肢体语言传递很多信息。因此理解马的肢体语言对于顺畅地进行人马之间的交互很重要。

鼻：鼻孔张开表示兴奋、恐惧；打响鼻表示不耐烦、不安、不满。

口：上嘴唇向上翻起，表示极度兴奋；口齿空嚼表示谦卑、臣服。

眼：眼睁大瞪圆，表示愤怒；露出眼白表示紧张恐惧；眼微闭表示倦怠或心情放松。

耳：双耳一齐朝前竖立，表示警惕；双耳一齐朝后抿，紧贴到脖颈上，表示要发动攻击；双耳前后转动，表示一切正常。

颈：颈向内弓起，肌肉绷紧，表示展现力量或示威；颈上下左右来回摇摆，表示无可奈何。

四肢：前肢高举，扒踏物品或前肢轮换刨地，表示着急；后肢抬起，踢碰自己的肚皮，若不是驱赶蚊虫，则提示马患腹痛。

尾：尾高举表示精神振奋，精力充沛；尾夹紧表示畏缩害怕或软弱；无蚊虫叮咬却频频甩动尾巴，表示情绪不满。

此外，打滚一两次是放松身体，反复多次打滚必有腹痛疾病；跳起空踢、直立表示意气风发；马的嘶鸣声有长短、急缓之分，分别具有呼唤朋友、表示危险、渴求饮食、喜怒哀乐等含义。

了解马的这些肢体语言以后，就能同马像朋友一样相处，让您驾驭得更舒适。

马的睡姿

与其他大多数家畜卧着或躺着睡觉的姿势不一样,马是站着睡觉的。

马的祖先是始祖马，经过几千万年的进化，大约在 4 000 年前才被人类驯化。现在的家马是野马逐步驯化而来的，因此依然保留着野马站立睡觉的习性。野马一直生活在荒凉的戈壁荒漠或一望无际的草原，没有坚硬的角、锋利的牙齿和锐利的爪，缺乏打斗本领，又不会爬树，更不会打洞。要想逃避食肉动物的袭击和人类的猎捕，尤其是狼、豺之类的夜行“杀手”，唯一的办法就是像兔子一样拼命地奔跑，才能逃脱被吃掉的命运。奔跑不是说明马或兔子胆小，而是它们保护自己的最佳方式。所以，不管白天黑夜，野马必须时刻保持高度警惕，即使睡觉也保持站立的姿势，只有这样，才能利用发达的四肢和敏锐的听觉，在危险来临时，在最短的时间内迅速做出反应，快速逃脱。

专家们发现，即使在圈养条件下，在同一马群或同一个马厩中，可能会出现一部分马躺下睡觉，但在同一时刻，它们绝不会全部采取“卧姿”睡觉。任何时候，总有一匹马高昂着头站在那里放哨瞭望，以防不测，这是它们的天性决定的。

弼马温

弼马温是玉皇大帝为安抚孙悟空，给他任命的管马的官，后来孙悟空听说这是个不入流的小官，就反下天宫，做自己的“齐天大圣”去了。那么弼马温到底是个什么官？玉皇大帝又为什么任命孙悟空去做弼马温呢？

《西游记》成书于明代，在《西游记》的成书过程中，无论北宋的《大唐三藏法师取经诗话》，还是元代的《西游记杂剧》，都没有提到“弼马温”这个官职。《西游记》虽是神话小说，但所涉及人物的官职，都采用明朝的官制，也并非凭空虚构。明朝管御马的机构，始设于吴元年（公元1366年）九月，称御马司，正五品。洪武十七年（公元1384年）四月，改御马司为御马监，正七品。可以说包括明朝在内，查遍史册，任何一个王朝的官制系统里，都没有“弼马温”这个职位。

其实“弼马温”是吴承恩臆造的。“弼马温”是“避马瘟”的谐音。弼，是辅助的意思，又是避的谐音；瘟是瘟疫的意思，又是温的谐音。“避马瘟”有两种说法。一种说法是，北魏时期著名农学家贾思勰的《齐民要术》记载：“常系猕猴于马坊，令马不畏，辟恶，消百病也。”意思是说，猕猴机灵善敏，拴在马厩，能充当马的耳目，令马保持警惕，让马不害怕，因此可以驱辟百恶，消百病。这一说法最早可上溯至秦汉时期，梁朝陶弘景的《名医别录》、唐朝韩鄂的《四时纂要》、宋朝梅尧臣的《宛陵集》等也多有记述。

另一种说法是，明朝赵南星的《赵忠毅公文集》和李时珍的《本草纲目》曾引述说："《马经》言，马厩畜母猴避马瘟疫，逐月有天癸流草上，马食之永无疾病矣。"《马经》里的这句话，有两种解读：一是说将母猴的尿与马尿混合在一起喂马，可以避免马生病。另一种说法是母猴每月来的天癸，即月经（猴子的月经，在中医药中称猴竭、猴结、申红），流到马的草料上，马吃了，可以避马瘟。现代医学研究认为，母猴排泄的尿液散发出的气味，对马的瘟疫确有预防、抑制作用。

《西游记》的作者吴承恩，让玉皇大帝给雄性的孙猴子安排这样一个"幽默"的头衔，表明天庭对出身卑贱的孙悟空的极大嘲弄。平心而论，以孙悟空的本事，所任官职既不如沙僧的卷帘大将响亮，更不如猪八戒的天蓬元帅威风。对这一段窝囊屈辱史，孙悟空一直耿耿于怀，难怪在取经路上，孙悟空最恼别人喊他"弼马温"三个字。

弼马温效应

早在秦汉时期，中国的养马人就发现，在马厩中养猴，可以"辟恶，消百病"。同时利用猴子天生好动的习性，使一些神经质的马得到刺激锻炼，让马适应突发情况的状态，从而对突然出现的人或声响不再惊恐失措，自乱阵脚。另外，虽然马是站着睡觉的，但是在感觉安全或生病时也会俯卧休息。在马厩中养猴，可以使马经常站立而不卧倒，这样既可以使马时刻保持警觉状态，又能提高马对吸血虫病的抵抗能力。养在马厩中的猴子被戏称为"弼马温"，"弼马温"所产生的作用就是"弼马温效应"。

无独有偶，美国总统林肯发现了"马蝇效应"。林肯年少时与兄弟一起在农场里耕玉米地，偏偏拉犁的马很懒，老是慢慢吞吞磨洋工。但是，有一段时间它却跑得飞快，到了地头才发现，原来有一只马蝇叮在马身上。林肯把马蝇打落，他兄弟问为什么要打掉它，林肯说不忍心让马被咬。林肯的兄弟抱怨说，就是因为有那马蝇，马才跑得那么快的呀。没有马蝇叮咬，马走走停停，效率低下；正因为有马蝇叮咬，马跑得飞快，效率大增。这就是“马蝇效应”。

1860年，林肯当选美国总统后，已深谙这一点。当有人向他提醒，参议员蔡思是个自大的家伙，并极想入主白宫时，林肯却看到了蔡思的另一面，蔡思在财政预算与宏观调控方面很有一套，是个大能人。林肯任命蔡思当财政部部长，并极力减少与他的冲突。后来，林肯在一次接受采访时对这一情形解释道：“现在正好有一只名叫‘总统欲’的马蝇叮着蔡思先生，只要它能使蔡思不停地跑，我还不想打落它。”其实，对林肯而言，蔡思也是一只对他叮咬不停的马蝇，只要他懈怠，蔡思就会取代他的总统宝座。

“弼马温效应”或“马蝇效应”给我们的启示是：一个人只有被叮着咬着，他才不敢松懈，才会努力拼搏，不断进步。

“马蝇效应”在当下被更多地应用于组织和企业管理。一个优秀的管理者，最擅长打这套组合拳：制定目标、放出马蝇、选择合适的叮咬力度。

烙马印

烙马印也叫“打马印”。烙马印既是个动词，表示给马打烙印的动

作和行为；又是个名词，指的是给马打烙记的特制印章。之所以要给马打烙印，是因为在古代不论是官马还是私马，既是国家的战略物资，又是老百姓的宝贵财产，出于政府马籍登记和畜主识别、管理的需要，人们才找到了这个既简便又一劳永逸的办法，那就是在马身上烙个印章，这个印章包括这个烙印章的行为，都叫烙马印。

我国烙马印文化历史悠久，据《庄子·马蹄篇》记载："及伯乐，曰，我善治马，烧之，剔之，刻之，雒之，连之以羁馽（馽，指捆马脚的绳索），编之以皂（饲马的槽）栈，马之死者十二三矣。"其中的"雒之"即"烙之"，可见，至少在战国中期之前，我国已使用烙马印。《北史·魏孝文帝纪》则明确记述："延兴二年（公元 472 年）五月，诏军警给玺印、传符，次给马印。"皇帝亲自颁授烙马印，可见国家对马政管理的重视。

烙马印所特制的印章，简称烙印，也叫纳銎印，在我国战国之后各朝代均有。这类印有以下特点：一是印面较大、朱文，多有七八公分见方。选用朱文，是为了烙文清晰，且对马匹伤害小；二是一般为铁质或铜质，用前需拿羊油反复擦拭，也是为了烙痕清楚；三是印背上有较大较深的空銎（斧子上按柄的孔），可以装入木柄，便于烧红后手执烙马时不烫手；第四个特点是汉代出现的烙马印最多。这也许与匈奴连年作战有关。公元前 200 年汉高祖刘邦孤军深入白登山（今山西省大同市东北），被匈奴 40 万精锐骑兵围困，苦斗七天侥幸生还后，痛感汉军失败的最大原因是战马的量和质均不足，于是决定加强马政的管理。加强马政管理的一项重要内容就是实施严格的马籍管理，即对每匹马都要由官方进行详细的登记造册。马籍管理的重要方法之一，就是铸施烙马印。从《敦煌悬泉置汉简》中"马籍册"所登记的内容可见，西汉官府对每一匹马的毛色、性别、年龄、特征、体高、名称、去向等都进行了详细登记。尤其是每匹马都有"左剽"的记录，"剽"即"砭刺"，"左剽"

即在马的左股部打上烙马印。这一点与之后各朝代及现在人们在马身上打烙马印的位置是一致的。

烙马印作为我国古代官方用于马籍管理的专用印章，属于官印的一种，虽历代都有，但存世甚罕。现存世珍品中最有名的有二方，一为战国“日庚都萃车马”印，一为西汉“灵丘骑马”印。其中“日庚都萃车马”印是现存最早的烙马印，藏于日本京都有邻馆。

给马打烙印很有讲究：一是时间的选择，打马印一般在清明节或端午节前后举行。二是马龄的选择，打马印一般从一岁的马驹开始。三是执印人的选择，打马印要选择德高望重、烙技娴熟、通晓马性的人执印。手法快，烙得准，印得清才能让马少受痛苦。四是烙印部位的选择，按照现代家畜解剖学的观点，马左侧股部中央肌肉（臀股二头肌）最丰满，或左腿中央小腿部稍高的地方（趾外侧伸肌及其左右）都适宜打烙马印。又由于马臀皮最厚，致密且几乎无汗腺，所以在马左股部打烙印最常见。烙印前先刮去毛，裸露马皮，这样烙印后的烫伤才会形成永久性清晰的疤痕。

随着科技的发展，人们的社会生产和生活方式发生了巨大变化，马匹的作用和地位大大弱化，打马印也逐渐由大规模的官方和民间现象转变为局部的畜间管理行为。从2013年开始每年的3月30日，我国新疆和静县都要举办“烙马印”节，在给驹马打烙印的同时，蒙古族以特有的习俗表演，展示马俊仪式、印记和套马等一系列“马背上民族”的传统文化。

马 镫

马镫是一对挂在马鞍两边的脚踏，是供骑马人在上下马和骑乘时踏脚的马具。马镫包括两部分：一是供骑者踏脚的部分，即镫环；二是将马镫悬挂在马鞍两侧的镫柄或镫穿。

马镫最早出现在何时何地，史书没有记载。人们发现秦始皇兵马俑坑中的陶马身上，马鞍等马具齐备，唯独没有马镫，这说明至少在秦始皇死亡（公元前 210 年）前的军队战马上还没有配备马镫。关于马镫最早的记录出现在中国西汉壁画中，而且是布马镫。与马镫有关的文物最早见于长沙金盆岭出土的一件釉陶马，陶马左侧鞍下，悬挂着一只泥塑三角形小镫，右侧则没有，墓葬的时间是西晋永宁二年，即公元 302 年。由此可见，最早出现的马镫都是单边镫。目前尚没有发现汉代使用的金属马镫。

最早的马镫实物发现于辽宁的朝阳（“三燕”的都城，前燕、后燕、北燕，史称“三燕”），不仅数量最多，种类最全，时代也最早，而且是双镫。1965 年，考古学家在朝阳冯素弗墓（冯素弗是东晋十六国中北燕政权里的第二号统治人物，卒于北燕太平九年，即公元 415 年）出土了一对木芯长直柄包铜皮的马镫，这对马镫长 24.5 厘米，宽 16.8 厘米，是世界上现存最早的马镫实物。在已挖掘的三燕 40 座墓葬中，有 10 座发现了马具，而且马镫均为双镫，由此可见，至少在三燕时期，慕容鲜卑已将马镫装备在骑兵队伍中。

三燕马具文化迅速扩散，首先向东影响到辽东高句丽，并进而通过高句丽流传到朝鲜半岛南部以及日本列岛；公元429年，柔然人被北魏击败后，被迫沿草原丝绸之路西迁至欧洲的多瑙河一带定居，因此学者们大都认为是柔然人把中国马镫传到了欧洲，这也是西方马文化研究界把马镫称为“中国靴子”的原因。欧洲古马镫实物的出现时间更晚，最早在公元6世纪的匈牙利阿瓦尔人的墓葬中发现；公元436年，北燕被北魏吞并后，马镫的使用向南传至中原地区。

综合各种信息，可见马镫本身的产生和发展有三个大的方面：一是镫数量的变化，先出现单镫，后发展为双镫；二是镫的材质变化，最初为布镫和革镫，后来是木芯包铜皮和木芯包铁皮，最后是纯铁镫或其他金属质镫；三是形制的变化，镫环由单线状渐变为椭圆平面状，镫柄则由长直柄状逐渐缩短。但毋庸置疑，三燕木芯长直柄马镫是东西方各类马镫的源头。

在马镫出现之前，马在战争中多被用来驾车。春秋战国时期，各诸侯国的军队最初都是以步兵和兵车混合为主，因为那时的战争，实际上打的是入主中原、逐鹿中原的战争，整体战场地形较为平坦，适合大量战车冲锋。但是到了秦汉时期，由于开疆扩土的需要和北方游牧民族不断侵扰的原因，战争的范围逐渐拓展至多山多水的南方和广阔大漠的北方，这些地形都限制了战车的使用。尤其是夹在强秦和匈奴之间的赵国压力很大，匈奴的骑兵不断侵扰使赵国不胜其烦又无可奈何。困则思变，公元前307年赵武灵王强力推行“胡服骑射”，为赵国率先在各诸侯国中建立了一支强大的混合型骑兵队伍。但此时“骑射”并不是严格意义上的“骑兵”，因为马镫尚未出世。

可以想象，没有马镫的时候，骑马是多么别扭又难受，因为当马飞奔或腾跃时，骑手跨在马鞍上，两脚悬空，无着无落，只能双腿夹紧马肚子，同时用手紧紧地抓住马鬃才能防止从马上摔下来。“力由根生，劲由腿发”，没有马镫的支撑，晃荡的双腿无法给上肢增加辅助力量，人就不能很好地固定在马背上，人的力量、马的力量、武器的力量就不能合而为一。所以在马镫发明之前，骑兵很难成为一支独立的武装力量。

马镫出现后，一切随之而变。如果说起初的单镫（左侧或右侧），只是方便人们上下马的话，那么后来的双镫，虽然只比单镫多了一只，却使骑兵的面貌焕然一新，最主要的是战斗力暴增。双马镫最大的好处就是可以解放双手，骑兵只靠双脚就能控制身体平衡，同时依靠马镫的支撑自由做出冲、刺、劈、击、射等动作，大大提升了骑兵战斗力。

位于辽西的慕容鲜卑一直就是马背上的民族，在东汉时就已“兵力马疾，过于匈奴”了。公元 337 年慕容鲜卑建立政权，利用包括马镫在内完善的马具和重甲装备建立了重装骑兵。凭借这一精锐之师，“三燕”在北方各势力角逐中占据一席之地，并在与列强对峙中屡创以少胜多的奇迹。据文献记载，公元 338 年，后赵 30 万大军进犯前燕，被前燕 2 000 轻骑斩杀 3 万人，仓皇南逃。

毫不起眼的马镫就像一个神奇的性能最优的组合器，它使得马与人巧妙地结合在一起，使他们的合力达到了最大化。可以说，马镫的出现为冷兵器军事带来了彻底的变革，尤其是金属双镫出现以后，强大的骑兵部队逐渐成为冷兵器时代真正的力量之王。

马镫的价值，正如英国科学技术史专家李约瑟所说：“只有极少的发明像脚镫（马镫）这样简单，但却在历史上产生了如此巨大的催化影响。就像中国的火药在封建社会的最后阶段帮助摧毁了欧洲封建社会一样，中国的马镫在最初帮助了欧洲封建制度的建立。”

钉马掌

人们对给马钉马掌不熟悉、不理解，甚至误解，多是基于与野马的比较而言的，毕竟，野马没人给它们钉过掌，不是照样生活得很健康、很自在？

要说清这个问题，还要先了解一下马蹄的构造。马是单蹄类动物，蹄子由两层构成，与地面接触的一层是 2 ~ 3 厘米厚的坚硬的角质，上面一层是活体角质。活体角质不断生长，下层坚硬的角质也不断增厚。马是乐于奔跑的动物，野马在自然土地上奔跑，马蹄角质与地面的磨损和活体角质的补充生长大体一致，因此马蹄基本没有损伤，所以不需要额外保护。但是家马就不一样了，家马要驮东西、背人，而且大部分行程都在人工硬质道路上，这时候马蹄的磨损就比较厉害，甚至会出现尖锐突出物劈开蹄掌、过度磨损马蹄的现象，这时马就变成跛子不能行走了，所以正是为了保护马蹄，才需要给马钉马掌。

马蹄铁的创造性使用，最大限度减少了因马蹄与地面接触，受地面摩擦和积水的腐蚀对马蹄的伤害，而且使马蹄更坚实地抓牢了地面，对骑乘和驾车都很有利。尤其是军事上，钉了马掌的马队对步兵的震慑力、冲击力和杀伤力相当大。马钉上马掌后，由于角质还会慢慢生长，因此需要定期修剪和重新钉。另外寒冷地区的马一年要换两次马掌，冬季换成胶皮马掌，夏季则换成铁马掌，因为胶皮马掌在冰雪上防滑，铁马掌在沙石路面上耐磨。

给马钉马掌最早在公元前 1 世纪左右由古罗马人发明，古罗马人称马蹄铁为“马凉鞋”。马凉鞋，铁质，重量很轻，样子俏皮，边沿轮廓呈波状，套在马蹄上，马儿走起来，神态优雅，蹄声极富节奏感。中国直到元代才在中原地区广泛使用。1485 年，英国国王理查三世因为“马掌门”事件惨败，在英国乡间诞生了千古民谣：少了一枚铁钉，掉了一只马掌；掉了一只马掌，失去一匹战马；失去一匹战马，失去一位国王；失去一位国王，败了一场战役；败了一场战役，毁了一个王朝。可见，给马钉马掌的重要性。

钉马掌是个技术活，以前有专门的钉马掌师傅。先将马匹保定，把坏的或老化的硬蹄角质削掉，露出平整的新茬，再把深色外沿修成圆弧形，最后选择合适的蹄铁和钉子装上去。传说老手艺人都有绝技，把马拴在木桩上后，像习武人点穴一样，点牲口某个部位，使其不再蹦踢，老老实实接受修蹄钉掌。在西方，修蹄师是个正规职业，相当于马蹄专科医生，不仅技术含量高，而且收入很高。例如在爱尔兰，要想成为修蹄师，需在专门学校学习四年，经严格评审，拿到学位之后才能持证上岗。每年毕业生只有 20 个人左右。

因为钉马掌成本很高，所以不是每一匹马都要钉马掌，例如用于繁育的母马就不需要钉马掌。

响　马

中华人民共和国成立前，军阀混战，列强割据，再加上自然灾害和官府的苛捐杂税，老百姓苦不堪言，许多农民被迫落草为寇或进山当匪。那些抢劫财物的寇和匪就叫响马。在旧中国，山东响马最有名。据说，东汉以后，山东的土匪在马脖子上挂满铃铛，马跑起来，铃铛很响，故称土匪为响马。还有的说土匪在行动前习惯先放响箭示警，常纵马来去，故称响马。

隋末唐初，瓦岗寨将领秦琼等起初就是响马，家在山东历城。清朝时民谣中也经常出现“响马”，代指盗匪。民谣反映了朝代更替中的社会乱象丛生。马仅仅是一种工具，在好人手上，是保家卫国、除暴安良的利器；在坏人手上，就变成了祸国殃民、劫掠抢夺的帮凶。

马 褂

马褂不同于牛衣。牛衣，是给牛披盖的，是用麻或草编织的供牛保暖御寒用的护被。而马褂是给人穿的，是一种穿于袍服外的短衣，因着之便于骑马，又能御风寒，故称为“马褂”。清赵翼《陔馀丛考·马褂缺襟袍战裙》载：“短褂，亦曰马褂，马上所服也。”

马褂的特点是：对襟、平袖端、盘扣、身长至腰，前襟缀扣襻五枚。马褂分为大襟、对襟、琵琶襟等多种样式。马褂在清初仅限用于八旗官兵，相当于现在士兵的作训服。康熙末年传至民间，遂在全国流行，成为常服，官民均喜穿着。由于马褂常套在长袍外面，人们称这种装扮为“长袍马褂”。

但马褂的颜色有定制，即平民百姓不得穿黄马褂。黄马褂是皇帝特赐的服装，代表极高的政治荣誉，其他人不得随便穿用。有幸获赐黄马褂的人，主要有四类：一是随皇帝“巡幸”的侍卫，所赐黄马褂称为“职任褂子”；二是行围骑射时，中靶或获猎多者，所赐黄马褂称为“行围褂子”；三是在文治武功中建勋者，所赐黄马褂称为“武功褂子”；四是特使、宣慰中外的官员。通常情况下，被赏赐黄马褂的官员除了要载入史册，还要穿黄马褂骑马绕紫禁城一周，以示皇恩和隆庆。这种仪式，咸丰年间最为盛行。

1912年北洋政府颁布的《服制案》中将长袍马褂列为男子常礼服之一。1929年国民政府公布《服制条例》，正式将蓝长袍、黑马褂列为“国民礼服”。

马 灯

马灯之所以叫马灯，一定跟马有关，但其渊源有三种说法。一是说，骑马夜行时能挂在马身上，因此而得名。一是说，马不吃夜草不肥，马夜里需要喂，所以夜里喂马时，要点燃一个马灯照亮，久而久之，这种灯型被称为马灯。第三种说法是，马灯的底座形似马蹄，因此叫马灯。马灯能防风雨，因此又叫气死风灯；马灯在沿海地区大部分用于船上，悬于船头，避免相撞，因此也叫船灯和桅灯；马灯因能手提使用，因此又名提灯。马灯是何人发明，至今不清楚。马灯发明的时间并不遥远，至少应在透明玻璃广泛使用之后，据此人们推算，马灯的发明时间约在20世纪初。马灯大部分烧煤油（也叫火油、洋油），也有烧柴油的，柴油烟大味呛，光亮也差。

在中国，马灯于清末民初传入，在20世纪70年代用得最广泛，至20世纪80年代逐渐消失。在马灯传入中国的同时，另一种中西合璧的灯——罩子灯也应运而生。马灯多用于农村和室外，而罩子灯多见于中高级资产家庭，成为一种身份和装饰的象征。当时就有人形容说，马灯和罩子灯像一对兄弟，一个主外，一个主内。在我国 20 世纪六七十年代，一盏马灯售价 5.8 元，而一个壮劳力一天的工分才合 0.08 元，也就是说，想要买一盏马灯，一个壮劳力要拿出两个半月的工钱才能买得起，可见当时马灯价值不菲。

在马灯传入中国前，国人使用的灯具是棉纱渗植物油的豆灯，这种“菜油灯盏”，灯火如豆，火焰跳动炫目，光线昏暗。而马灯和罩子灯有透亮的灯罩可以挡风，而且能调节火焰的大小，因此火焰稳定、亮度高，再加上它们新颖的造型，很快为国人普遍接受。当时人们用得最多的是美国美孚石油公司生产的美孚灯和德国在中国青岛生产的“美最时”牌马灯。

有一点需要说明的是，马灯与中国在公元前 121 年发明的“走马灯”完全是两回事。走马灯是我国民间一种会转动的用纸糊成的花灯，主要用于节日期间的观赏游乐。

马屁股的宽度决定了火车的轨距

1937 年，位于布鲁塞尔的国际铁路协会做出规定：1 435 毫米的轨距为国际通用的铁路标准轨距，1 520 毫米以上的轨距是宽轨，1 067 毫米以下的轨距算作窄轨。

该组织之所以这样规定，一个原因是，当时全球铁路里程最长的美国采用的是这个轨距，另外一个重要原因是为了纪念被誉为世界“铁路之父”的英国人斯蒂芬孙。早在 1825 年，这位伟大的发明家就研制出最原始的“运动”号蒸汽机，同年9月，世界上第一条商业铁路在英国建成并投入运营，这一年，被称为世界铁路诞生元年。这段位于斯托克顿至达灵顿两座城市之间全长40千米的城际铁路的轨距被设定为4英尺8又1/2英寸，换算成国际单位制就是1 435毫米。1846年，英国政府颁布法令，规定铁路标准轨距为1 435毫米，这一标准也推行到了英国在全世界的殖民地和势力范围的国家。这个有整有零、匪夷所思的尺寸不是来源于斯蒂芬孙的科学发明和工程人员的精确计算，而是照搬自当时英国马车两个车轮之间的距离。毕竟，这种四轮马车已经在英伦三岛以及欧洲大地上奔驰了1 900多年，斯蒂芬孙先生也许并不想改变它的全部，只是想大幅提高它的运力和舒适度而已。

那么英国马车的车距制式又来自哪呢？原来，它来自公元前55年恺撒大帝对大不列颠的征服。所以英国马车的制式来源于古罗马帝国战车的制式。一切都明白了，2 000多年前纵横欧、亚、非三个大洲的古罗马帝国，那些作为统治者的将帅们喜欢的不是舞文弄墨，而是充满血腥的角斗和竞技赛车，其中尤以战车比赛最为引人注目。为了让马车跑得快一点、再快一点，在马车的设计和制造上，从将军到工匠可谓绞尽脑汁，煞费苦心。

在他们的精心测算下，得出了一整套比赛理论和经验：一匹马的速度跑不过两匹马；马匹并排比前后排列产生的加速度更快；车身紧贴赛马，而且马后蹄碰不到车轮车辆才能更灵活，更便于小角度转弯；统一车辆各部件的制造尺寸，才能对比赛中出现的战车损毁及时、无差别地修复。车架紧贴马身的设计思路，决定了车轮轨距的宽度，所以当时车轮轨距的宽度实际取决于两匹古罗马帝国赛马屁股的宽度。

不管全球铁路系统其规模和效率今天及以后如何强大，都无法否认，2 000年前的马屁股，决定了它的基础设计，也许这看起来有些幽默和不可思议，但却是不争的事实。

扎马步

这里所说的“马步”不是指马术表演中马的“马步”，而是武术练习者的一种基本功。马步与马有关，却是人的一种专业行为状态。马步全称“骑马蹲裆步”，又叫扎马步、骑马式、站桩等。马步的命名，有人说，其姿势犹如骑马一般，因而得名；有人说，这个动作因像马的蹄掌擦地而得以命名。

马步的基本动作是：身体直立，面向前方，两腿左右分开，超过肩宽，双膝弯曲，采取半蹲姿势。

练习马步的目的是：增加人体下盘的稳固性。从人体运动力学的角度讲，搏击、杀伐是一系列身体肌肉相互协调、紧密配合的动作，这些动作的着力点和基础都在脚下，尤其当双方发生力量对抗的时候，下肢力量和下盘的稳固往往决定着胜负。

古人很早就知道马步的重要性，不管是在武术的修为上，还是在国家马步军的操演上，都极为重视。马步是练习武术最基本的桩步，因此才有“入门先站三年桩”“要学打先扎马”的说法。马步蹲得好，既能壮身腰、强筋气，又能稳固下盘、平衡全身，在保护自我的同时，提升反击能力。大多数中华武术流派的主要基本训练套路中都有马步，这是从历史和战争中总结并演变而来的。

对于骑兵来说，拥有强劲的大腿乃至臀大肌的力量才能稳骑马背，驰骋疆场，并进一步解放双手，执械对敌。特别是在双方大规模的骑兵对冲时，拥有坚固底盘的一方往往容易胜出，而另一方不是被斩杀，就是落马后被蜂拥而过的战马踩死。

上马为枪，落马为拳。对于步兵来说，下肢力量是双方对抗的关键，也是砍杀、摔打的重心所倚，“定如松”的下盘状态可以决定一个人的生死。

古代步兵为对抗骑兵而专门练习的马步又叫“拒马步”，即步兵手持长枪抵抗骑兵冲击的战术步伐。拒马步分低、中、高三种站法，目的是保证前后三根长枪能同时刺出。步兵还要在马步中加上移步，以保证枪头永远对准骑兵。步兵队形操练中，士兵要听队长口令，统一变换步伐才能维持队形完整，而队形完整是战斗力的基础。拒马步的低、中、高三种站法都需要士兵有扎实的马步功底，如果军队队形完整、士兵马步坚实，再强大的骑兵在他们的“铜墙铁壁”面前也无可奈何。但是堡垒最容易从内部攻破，如果一个士兵的马步扎不牢固或不能持久，一旦被骑兵打开缺口，步兵将兵败如山倒。

不可小看的马尿

马尿即马的尿液。这种腥臊的牲口排泄物，硬是让聪明的人类发现了很多用处，在此仅举三例。

一是现代医药作用。美国、德国等跨国集团公司从怀孕母马的尿液中提炼出了结合雌激素，这种结合雌激素天然无毒，对于更年期妇女综合征、骨质疏松症和冠心病都有很好的防治作用。更年期妇女使用结合雌激素后，心血管疾病的发病率下降了 20%～60%；与骨质疏松有关的骨折下降了 60%；更年期妇女常见的潮热、失眠、烦躁、乏力、情绪不稳等症状也有明显改善。许多妇女把结合雌激素看作是一种能延缓衰老、留住青春的“灵丹妙药”。结合雌激素在欧洲市场年销售额高达4亿美元，而美国的成品药在世界的销售额更是突破了20亿美元。一匹怀孕母马一天可排泄5千克尿液。新疆伊犁每年向德国出售孕马尿达数千吨，每千克尿液平均收购价为4～6.8元。

二是应用于冶炼技术。中国南北朝时，著名冶金家綦毋怀文把“灌钢法”发扬光大，用牛、马尿淬火，制成了大名鼎鼎、削铁如泥的“宿铁刀”。

三是应用于古玩行中的青铜器做锈。把新制的青铜器用马尿和泥包裹，埋入地下，每隔一段时间再用马尿浇灌，个把年后挖出来，保准一身绿锈。这是古玩行造假的不齿把戏。

中国消灭的第一种人畜共患病

2005年，西藏通过农业部消灭马鼻疽考核验收，至此，我国21个原疫区省区均通过消灭马鼻疽考核验收。而且截至2018年，全国已连续12年未发现马鼻疽临床病例和阳性畜，标志着中国成功消灭了马鼻疽并保持全国无疫。这是我国消灭的第一种人畜共患传染病，也是新中国成立以来继消灭牛瘟、牛肺疫之后，我国消灭的第三种动物疫病。

马鼻疽是由鼻疽假单胞菌引起的一种人畜共患传染病，马属动物最易感，特征病变是在鼻腔、喉头、气管黏膜或皮肤上形成鼻疽结节、溃疡和瘢痕，在肺、淋巴结或其他实质器官上发生鼻疽性结节。人感染后出现呼吸道、皮肤、肌肉蜂窝织炎、脓肿或坏死等症状，严重的可导致毒血症，最终衰竭死亡。

鼻疽在我国的发生由来已久，历史上东晋时代葛洪所著的《肘后备急方》一书就有描述。据统计，1950—1997 年，全国共有 21 个省（区、直辖市）发生过马鼻疽疫情，涉及 1 034 个县，共造成 107.9 万匹马属动物死亡，给农业生产和人民财产都造成了极大损害。

早在 1958 年，国务院就设立了“全国马鼻疽防治委员会”，统一领导全国马鼻疽防治工作。在流行期（1949—1969 年）、控制期（1970—1979 年）、稳定控制期（1980—1992 年）、消灭期（1993—2005 年）和巩固期（2006 年至今），按照“预防为主”的方针，实行分类指导、分阶段防控的原则，采取“检、隔、培、治、处”的综合防治措施，最终在我国消灭了马鼻疽。

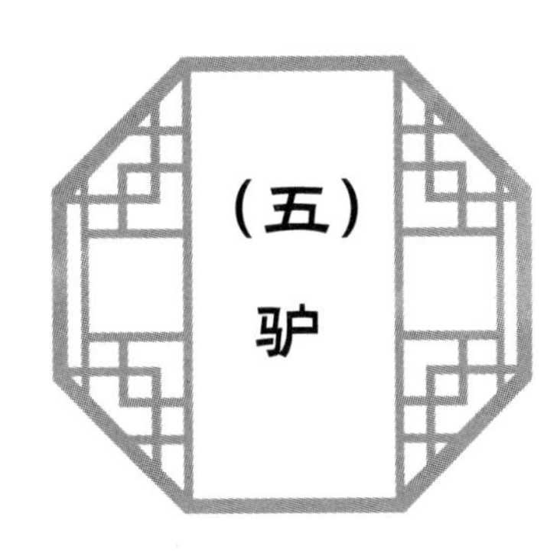

家驴的史话

驴是一种马属哺乳动物，多为灰褐色，形态似马，耐粗饲，善驮载。

驴起源于非洲，非洲野驴为现代家驴的祖先，非洲野驴生活在干燥地区，是一种趋于灭绝的动物。驴约在 5 000 年前被人类驯化。中国的家驴由亚洲野驴驯化而来。亚洲野驴既耐干旱，又耐严寒，有 2 种，分别是藏野驴和中亚野驴。藏野驴也叫中国野驴，主要分布在青藏高原，是国家保护的珍稀动物。相传成吉思汗的坐骑就是野驴。中亚野驴产于中国、蒙古、伊朗、阿富汗等国家，据悉已经灭绝。

3 500 年前，新疆已经驯养了驴，并利用驴和马杂交获得骡。公元前 200 年的西汉早期，大批驴、骡由西北进入陕西、甘肃及中原内地，渐做役畜使用。中国疆域辽阔，驴的驯化要早于马和骡。

中国五大优良驴种分别是关中驴、德州驴、广灵驴、泌阳驴和新疆驴。在我国民间，公驴又叫“叫驴”，母驴又叫草驴、骒驴。

在中国人的印象里，“驴”虽属马科，但出身“蛮夷”、相貌丑陋、叫声难听、胆小执拗，更缺乏马的英姿、速度、灵性和力量，是呆笨、愚钝、低下的象征，它与驽马一起被谑称为“蹇”。很多俗语、谚语、歇后语等都把驴当作嘲讽的对象。驴的形象，被人糟蹋得有些过分。然而，伟大的唐朝给予了驴光辉的舞台，让驴和许多大诗人一起千古流芳。开放的大唐使“漫游天下”成为时尚，唐朝的诗人多数是不得志，甚至是落魄的，它们租不起更买不起高头大马，廉价、善行山路、走路慢、持久力强又耐粗饲的驴，一下子成了“志在远游”诗人的不二选择。骑在驴上既能悠哉欣赏沿途美景，又能慢慢构思诗文，且行且吟中，大量优秀的作品被创作出来。诗人骑驴，以唐宋为最。大诗人李白有过华阴县（今华阳市）骑驴的经历。杜甫曾“骑驴三十载，旅食京华春”。贾岛更是骑驴吟诗，冲撞了韩愈的仪仗，二人一起“推敲”，成为千古佳话。陆游则“此身合是诗人未？细雨骑驴入剑门”。由于唐宋诗人的巨大影响，“骑驴”在某种程度上已成为中国诗人的一种标准形象。唐朝社会独特的“驴意象”文化，使光环下的驴不出名都不行。随着驴意象的经典化，驴甚至成了张果老等神仙的坐骑。

对驴青睐的还有三位了不起的画家，黄胄专以画驴名闻天下；赵望云以画驴出色而获得“赵望驴”的雅号；而清初八大山人朱奄更是自号为“驴”，常在画上用“驴”字落款。

三十年河东三十年河西，现在，驴跌入了“驴生”的低谷，随着人类机械化、智能化的发展和普及，驴的役使功能基本没有市场了，于是，驴只有献身了，人们杀驴吃驴肉，美其名曰：天上龙肉，地上驴肉。

山东东阿阿胶有限公司创办的东阿毛驴文化博物馆，是中国乃至世界唯一的以传播弘扬毛驴文化为主题的单体博物馆。

蒙古族不养驴

就动物分类上讲，马和驴都属马属动物，但又同属不同种。驴，蹄小坚实，体质健壮，不易生病，耐粗饲，抵抗力强，而且吃苦耐劳，性情温驯，易于驾驭，尤其是未驯化的蒙古野驴善于奔跑。驴有这么多优点，为什么蒙古族没有驯化、饲养驴，而选择马呢?

蒙古民族在长期的游牧生活实践中掌握了一整套科学的养马、驯马和套马的生产技术，并且根据实际需要训练出了各种用途的马。蒙古民族喜爱马，主要有下面几个原因：

一是马具有强大的环境适应性。蒙古马体小灵活，矫健有力，敏锐迅捷，而且眼疾能避险。更主要的是，蒙古马具有耐寒暑的奇特本领，和蒙古人一样，能适应冬季高寒、夏季高温的环境。

二是马智慧和机敏。蒙古马善解人意，具有惊人的记忆和超强的灵活性，能很好地配合主人完成围猎等竞技表演和军事演习任务。

三是马通人性，对主人竭尽忠诚。在很多时候，不管主人遭遇什么劫难，马都对主人不舍不离，因而深受蒙古族喜欢。

四是马亲情很重。蒙古马即使离散多年甚至到死，都能准确认出双亲马和兄妹马，并保持亲密的家族关系。家族马相聚时以互咬鬃毛表示亲热。蒙古马从不与生身母马交媾，因而蒙古人称赞马为“义畜”。

除此之外，蒙古马在家畜中是最爱干净的，它饮河水、湖水和井水等洁净水，从不喝死水和脏水。吃的草也是新鲜的，宁可挨饿，也不吃腐烂变质的草。正因为马尤其是蒙古马有这么多优点和高贵的品质，它才深深地融入了蒙古族的生活，成为蒙古族的挚爱。

驴拉磨

在旧时的农耕经济社会，各种大家畜作为主要的劳力都被人做了分工和定位，牛负责耕田犁地，马、骡负责拉车耙地，而驴更多的是拉磨驮物。

驴适合拉磨，说明驴的自身特点与其所从事的工作性质比较匹配。这可以从三个方面来分析：一是驴的价值较低。与牛、马相比，驴的“身价”要小得多，用较低价值的驴来拉磨以碾米磨面，比较划算。二是驴的身材适中。石磨一般安放在比较狭小的磨坊或院子的角落里，如果用牛，身量太宽；如果用马，体形太高，都不相配。而驴则额面较低，与碾子的中心高度一致，正好使力。同时与之配套的磨盘的高度与人的大腿等高，也适宜人们上料和扫面。三是驴气力较小，脾性温驯，能长时间劳作。换作牛拉磨，牛力气太大，大材小用；换作马拉磨，马性烈，不能持久。由于碾子是在水平面上做圆周转动，不需要很大的力气，平稳和持久最好，而驴能“任劳任怨”地一拉一整天。当然，驴拉磨时要蒙上眼，其目的，一是防止驴长时间转圈发生眩晕，以保持身体的自然平衡；二是防止驴偷吃粮食。

尺有所短，寸有所长。驴正是发挥了自身力小、身矮、耐力持久和稳当的特点，外则驮妇背孺，内则拉磨碾米，实现了自己独特的驴生价值。

驴爱打滚

驴打滚一般在两种情况下发生：一种情况是当驴完成枯燥的拉磨、长时间的驮运或繁重的拉车等体力劳作后，卸下套具时，会在地上打滚，前跳后蹦撒欢，同时利用尘土吸干汗液，这是驴在健康状态下，心情愉悦的肢体表现，也是驴舒筋活血、自我解乏、恢复体力的天然习性动作。另一种情况是当驴背上或驴背两边生虱子、疥螨等体外寄生虫，驴感到瘙痒难耐时，会在地上打滚，通过皮肤与地面的摩擦，用蹭痒痒的方式，挤杀寄生虫，减轻身上的瘙痒。这种现象，是寄生虫与驴之间长期斗争、自然选择的结果。如果寄生虫寄生在驴的其他部位，驴会通过在墙上或树上反复蹭磨，将寄生虫赶走。而寄生虫选择在驴背上或驴背两边“做活”，驴却很无奈，在站立的情况下，既蹭不着，尾巴也扫不到。于是身体比牛轻便得多的驴选择用打滚的方式对抗体外寄生虫的过分不良影响。

驴打滚时，会选择在较宽敞、地表有沙土的干燥土地上进行，这样尘土飞扬会增加沙土粒与皮肤的接触面，蹭痒效果会更好。同时，驴打滚时，多是单侧面打滚，很少从身体这一侧蹄朝上翻滚到另一侧。

驴打滚，对驴很实用，但在人类看来，既不卫生，更不雅观。于是在武侠小说中，经常用“驴打滚”来形容单挑或群殴时武功不济的人尴尬退场的狼狈动作。

驴皮的特别用途

驴皮有两个主要作用,从古至今,从未改变,那就是制作阿胶和皮影。

驴皮的主要价值是熬制阿胶。中国九成以上的阿胶产自山东，其中以东阿县出产的最为珍贵。汉《神农本草经》将其列为上品，明《本草纲目》称其为滋补上品、补血圣药。阿胶，味甘平，入肺、肝、肾经，具有补血止血、滋阴润燥等功效，可药食两用。长期服用可补血养血、美白养颜、抗衰老、抗疲劳、提高免疫力，适用人群广泛。《中国药学大辞典》对东阿县的阿胶熬制原料及熬胶用水做了明确论述：每年春季，选择纯黑无病健驴，饲东阿镇狮耳山之草，饮狼溪河之水，至冬宰杀取皮，浸狼溪河内四五日，刮毛涤垢，再浸泡数日，取阿井水，用桑柴火，煎炼三昼夜即成胶，此即真阿胶也。又说：狼溪河水属阳，阿井水属阴，取其阴阳相配之意，故合此二水熬胶最善。更有东阿县一带的民谣唱道：小黑驴，白肚皮，粉鼻粉眼粉蹄子，狮耳山上去啃草，狼溪河里去饮水，城里大桥遛三遭，少岱山上去打滚，至冬宰杀取了皮，熬胶还得阴阳水。据此，东阿县独特的地理环境，严格的选材用料以及苛刻的工艺要求，铸就了“东阿阿胶”茅台酒一样的传奇身份。

一头300千克的成年毛驴，大约产12.5千克驴皮。按3千克鲜驴皮出0.5千克阿胶计算，一头毛驴可产胶2千克多。若一张驴皮按2 500元计算，0.5千克阿胶光原料成本价就约600元。由于毛驴繁殖难、周期长、见效慢、效益低以及规模化养殖困难，因此供需矛盾导致驴皮价格逐年大幅攀升，于是市场出现了“杂皮胶”。牛皮熬的胶叫黄明胶，其功能与东阿阿胶相似，但效果次之。马皮熬制的“阿胶”医效则与东阿阿胶恰恰相反，马皮药性下（行）血，孕妇一旦食用后，极有可能导致流产。骡皮因有马的基因，所以也不能熬制阿胶。

驴皮的另一个主要作用是制作皮影。皮影发源于我国西汉时期的陕西地区。皮影道具多用牛、羊、驴等家畜皮制作，在中原地区，豫南喜欢用牛皮，豫西喜欢用驴皮。制作时，先将皮子泡制阴干，刮刨磨平，再将人物的图谱描绘在上面，用刀凿刻后，涂上相应的颜料，最后经“发汗熨平”和缀接订制而成。中国独特的戏曲皮影艺术堪称当代影视艺术的鼻祖。

引颈驴鸣的魏晋文人

各种家畜在人们心目中的形象是鲜明、独特和持久的，如牛敦厚，羊温忍，马高俊，狗忠诚，猪憨呆，驴蠢倔。外貌、脾气和鸣叫声均不佳的驴一直是人们嘲讽的对象，可偏偏有魏晋文人对驴崇爱有加。

魏晋文人，尤其是“竹林七贤”的行为怪诞，人们并不陌生，如嵇康爱打铁；阮籍嗜酒如狂，曾醉卧达60天；刘伶则赤身立于屋内，声称以天地为房，视屋为衣裤。但这些都不及“建安七子”之一的王粲，王粲字仲宣，平日里好学驴鸣以自遣。《世说新语》中《伤逝第十七》记载：“王仲宣好驴鸣。既葬，文帝临其丧，顾语同游曰：王好驴鸣，可各作一声以送之。赴客皆一作驴鸣。”大意是说，王仲宣死后，魏文帝曹丕亲赴葬礼，灵柩前，曹丕对一同前往的官员说，王仲宣喜欢学驴叫，我们每人都学一声驴叫，为他做最后送行吧，一时间唁客驴鸣之声四起。

无独有偶，西晋诗人孙楚，字子荆，也是一个喜欢学驴叫的人。据载孙楚的好朋友王济死后，孙楚前往吊唁，抚尸痛哭，众人跟着落泪。孙楚悲伤地说，王济生前喜欢听他学驴叫，他就再学一次。说罢，真的学起了驴叫，周围的人都破涕为笑。谁知孙楚竟一脸正容说，竟然让这样的人（王济）死了，你们却还活着！

王粲与孙楚，都是当时社会上的中上层人物，皆为学富五车、才高八斗的文人雅士，他们有身份，有地位，为什么不龙吟江河、虎啸山川，偏偏要学“不堪入耳”的驴叫呢？这与当时的时代背景有关。汉末魏晋时期，暴腐君迭出，军阀割据混战，社会大动荡，政治高压错乱，像孔融、弥衡等很多敢于直言真语的有识之士都死于非命。既无力与现实直面抗争，又不愿同流合污，更无法排遣心中愤懑的文人们，只能以这种极端又近于滑稽的方式聊以自慰。800 年后，“知音”出现了。王安石在他的《驴二首》中云，“临路长鸣有真意”，意思是说，驴鸣声正音纯、坦率无邪。相同的境遇才能产生共鸣的感受，王安石的话似乎是对魏晋文人不羁行为的最好诠释。

驴打滚跟驴的关系

驴打滚，又叫豆面糕，是东北三省、老北京和天津卫传统小吃之一，成糕红、白、黄三色分明，吃起来香、甜、黏，有浓郁的黄豆粉香味儿，可谓形、色、味俱佳，如此好的食品，怎么起了个“驴打滚”这么个俗不可耐的名字？很多人都极不理解。清朝雪印轩主所著的《燕都小食品杂咏》曾作诗云：“红糖水馅巧安排，黄面成团豆里埋。何事群呼驴打滚，称名未免近诙谐。”他进一步解释道：“黄米拈面蒸熟，裹以红糖水馅、滚于豆面中，成球形，置盘上，售之。取名‘驴打滚’，真不可思议之称也。”意思是说，整个选料和制作过程与家畜驴八竿子打不着，却起了个这样怪诞的名，着实令人费解。

究其驴打滚命名的原因，大致有三种说法。

第一种说法是，因其最后制作完后要放在黄豆面中滚一下，如老北京郊外野驴撒欢打滚，扬起灰尘似的，因此得名“驴打滚”，这似乎是一种形象比喻。

第二种说法是，慈禧太后吃厌了宫里的山珍海味，想尝点新鲜玩意。于是御膳房绞尽脑汁，用江米粉裹着红豆沙做了一道糕点。谁知糕点刚做好，就被一个冒冒失失叫小驴儿的太监碰倒，滚落在了装黄豆面的盆里，重新做又来不及，没办法，御厨只好硬着头皮将这道糕点呈到慈禧太后面前。慈禧太后一尝感觉味道还不错，就问御厨：“这东西叫什么名呀？”御厨想，都是那个叫小驴儿的太监闯的祸，让糕点滚到黄豆面里了，黄不溜秋的，于是回奏：“这叫‘驴打滚’。”由于慈禧太后喜欢，从此就有了“驴打滚”这道小吃。

第三种说法是，乾隆皇帝“迎娶”香妃后，发现香妃经常闷闷不乐，茶饭不思，乾隆急坏了，传旨御膳房，谁能做出香妃爱吃的东西，升官重赏。虽然御厨们穷其所能，但香妃依然对端上的珍肴连看也不看。无奈，乾隆只好下旨令白帽营的人给香妃做家乡吃食送进宫。这时正好香妃的前夫藏身在白帽营里，他做了一盘祖传的自制点心——江米团子呈送入宫。香妃见到江米团子，眼睛一亮，知道是她前夫来了。白帽营给太监报称，这点心名叫“驴打滚”。乾隆知道香妃喜欢吃“驴打滚”，下旨让白帽营天天做“驴打滚”送进宫来。自此，“驴打滚”也就出了名，后来更是声播民间。

看来，“驴打滚”还真跟家畜驴没关系，就像“狗不理包子”与狗没一点关系一样。

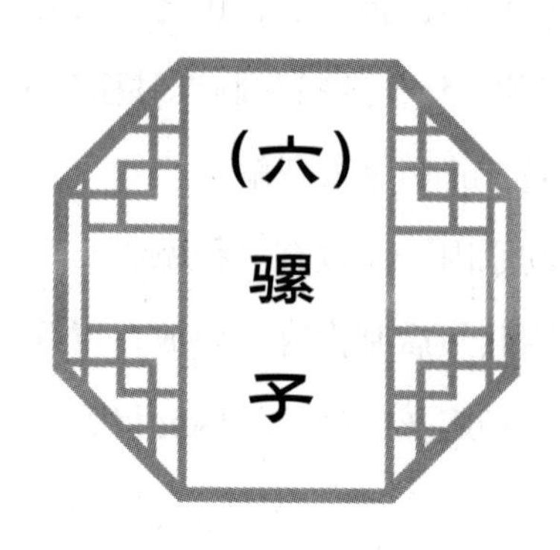

骡子的由来

骡子是哺乳类奇蹄目马属家畜，由马和驴种间杂交而来。由公驴和母马所生的叫马骡，简称骡；由公马和母驴所生的叫驴骡。马骡和驴骡的繁殖力极其差。马骡的数量要远大于驴骡的数量。马骡体型较大，像马，叫声似驴，耳长，鬃毛和尾毛则介于马和驴之间。马骡抗病力强，饲量小，饲料利用率高，体质结实，肢蹄强健，富持久力，易于驾驭，寿命比马和驴都长，力气比马和驴都大，役用价值比马和驴都高，使役年限可长达20～30年。驴骡以中国最多，其他国家很少。

上古时代，我国内地农户没有驴，当然更没有骡。明末清初顾炎武《日知录》记载："自秦以上，传记无言驴者，意其虽有，而非人家所常畜也。"骡子从边疆引入内地，大约始于3 000年前的商汤时期。即使到了2 400～2 500年前的春秋战国，骡子依然被视为珍稀动物，只供王公贵族玩赏用。直到南北朝，西北少数民族带来了大量驴骡，内地农

区人民逐渐掌握了马配驴和驴配马繁殖骡子的方法及饲养技术，才把它列为马属类的牲畜，广泛用于耕种和驮运等生产生活。到了唐朝，中央政府在陕西一带设立繁殖驴骡的牧场，骡子的使用才逐渐遍及全国。中国山东、陕西一带产的大型骡在国际上享有盛名，1914—1916年曾向英国输出山东等地产的大型骡供军用。

学者李兆忠把浮躁、焦虑，盲目而且混乱，功利泛滥，实用主义盛行的现代文化称为“骡子文化”，骡子文化的来源是文化的引进，特点是缺乏主体性。

马和驴在中国传统文化上都有“出镜”和不俗的表现，但骡子因为天生的出身和血统问题，几乎被文化界和艺术界封杀，没有人敢把这个“杂种又绝后的家伙”当作创作对象进行讴歌。但是骡子作为干农活的好“把式”却深受农民喜爱。

骡子不能生育

骡子是马和驴杂交所得的后代，母马和公驴生的称为马骡，公马和母驴生的称为驴骡。马的奔跑速度快，可以作为交通工具，但是食量大，需要精细饲料，养殖成本高；而驴个体小，体质结实，抗病力强，耐粗饲料，但是奔跑速度慢。骡子集中了双亲的遗传基因，具有杂种优势，汇集了马和驴的优点：体格结实，奔跑速度快，耐力和抵抗力强，使用年限长，耐粗饲料，饲量小，因而骡子颇受百姓欢迎，尤其是马骡。如果骡子能自育自繁，人们非常欢迎，但事实是，骡子不能繁育自己的后代，这让人失望，更让人不解。

理论上讲，在自然状态下，骡子并非绝对不育，准确地说应该叫高度不育，即可育概率非常小。下面我们就算算这个概率。马和驴同属不同种，马的体细胞中有64条染色体，即32对；驴的体细胞中有62条染色体，即31对。而生殖细胞经减数分裂后，其染色体数目是体细胞的一半，所以马和驴的生殖细胞分别有32条和31条染色体。当马和驴交配生出骡子时，两性生殖细胞结合，形成受精卵，其染色体数目是生殖细胞数目之和。因此，骡子体细胞中有32+31=63条染色体。当骡子产生生殖细胞经减数分裂时需要同源染色体配对，但是来自马和驴的染色体并非同一物种，无法正常配对，减数分裂无法正常进行，因而很难产生正常的生殖细胞，所以骡子高度不育。如果想要形成正常的生殖细胞，只有在非常极端情况下产生，即一个生殖细胞的32条染色体正好全部来自马，而另一个生殖细胞的31条染色体正好全部来自驴。用数学方法计算，雌性骡子和雄性骡子交配，产生两种正常生殖细胞是独立事件，若同时发生，概率则是两者相乘，此时产生两个正常生殖细胞，即含有来源于马的32条染色体的生殖细胞和来源于驴的31条染色体的生殖细胞，因此骡产生可育生殖细胞的概率是231次方分之一。因此，当骡子产生可育正常生殖细胞时，公、母骡子相互交配产下后代，概率是262次方分之一，约461 000万亿分之一。在这样的天文数字概率面前，骡子生育的概率可以说无限趋近于0。

母骡拥有完整的生殖系统，当母骡和公马或公驴交配时，产下后代的概率会高一些，因为父方是可育的，但是概率依然非常低，每一次成功的生育都会被世界各地的人们当成大新闻记录下来。

中国人用“骡”字来命名这种自然界本来并不存在的动物，“骡”字左边为“马”，右边为“累”。骡子的确有三“累”：杂交而来，身份累；不能繁育，“无后”累；干活拼命，身体累。所以，农村才有老俗话：驴肉香，马肉臭，打死不吃骡子肉。实际上，是老百姓认为骡子命苦，心疼骡子的意思。

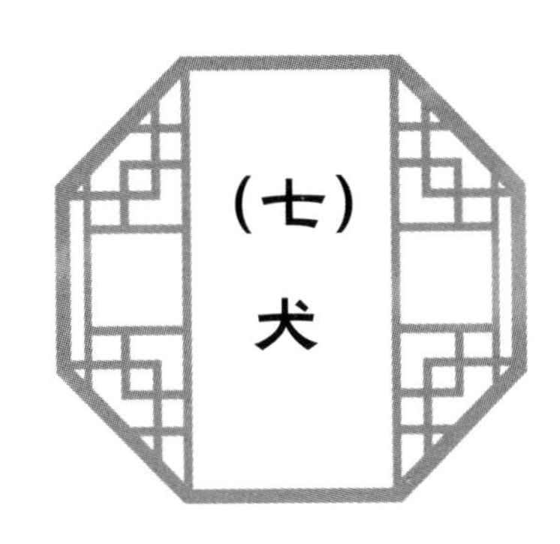

话说家犬

犬，也叫狗。犬科动物 700 万 ~ 500 万年前首次出现在地球上。家犬是由灰狼驯化而来，驯养时间在 4 万 ~ 1.2 万年前。家犬可能是人类驯化的第一种动物，在驯化时间上要远远早于其他家畜。英国学者雅可布・布洛诺夫斯基认为，人类对动物的驯化是一个“井然有序”的过程，即首先是狗的驯化，接着是食用山羊和绵羊的驯化，然后才是驮畜的驯化。世界上出土的最早的家犬化石是在中国吉林省榆树市的周家油坊，距今 2.6 万 ~ 1 万年。犬被称为“人类最忠实的朋友”，是现如今饲养率最高的宠物。

犬的嗅觉灵敏度位居各畜之首，即使眼盲的犬也可以利用鼻子生活得像正常犬。犬的嗅觉灵敏度约为人类的 1 200 倍。犬鼻子大约能辨别 200 万种不同的气味。

犬，别称戌、尨、庞、豹舅、地羊、黄耳和韩卢等，是中国十二生肖之一，也是中国民间“六畜”之一。“狗”字出现于西周早期，晚于“犬”字出现的时间。东汉许慎《说文解字》释称：“狗，犬也。大者为犬，小者为狗。”还说，“蹄子悬空的狗叫犬”。

中国的犬文化历史久远，古人甚至将其升华为一种忠义精神，譬如教育人忠于国家、忠于君王，称为“甘效犬马之劳”。韩信在被杀时也曾仰天大呼“狡兔死，良狗烹”。

人们对自家儿子的谦称叫“犬子”。这个典故来自司马相如，司马相如乳名叫犬子，长大成名后，觉得乳名不好听，加上又仰慕蔺相如的为人，自己便更名为相如。由于大家都想沾沾司马公子的才气，也叫自家的儿子为“犬子”。

古籍中狗的别名很多：狗崽叫“犹”，善斗的狗叫“猁”，善捕猎看田者谓“良犬”。同时《周礼》称养狗的人为“犬人”。汉代开始设训管狗官职，叫“狗监”，汉武帝甚至为狗修建了“犬台宫”。

犬在古代的作用：犬祭，用来祭祀的犬称为“献”，多用肥犬。犬祭的目的是祈求降福降祉，永葆子孙后代生活富足安乐。犬葬，早在新石器时代，人们就用犬殉葬，至殷商时期以犬殉葬已成风气。作为馈赠，《汲冢周书》记载：“商汤时，四方献，以珠玑玳瑁短狗献。”玩赏用，《汉书·鲁恭王传》：“鲁恭王好在宫室种花，玩狗。”

让人费解的“犬儒主义”

犬儒主义是古希腊的一个哲学流派。犬儒，原指古希腊抱有玩世不恭思想的一派哲学家，后来泛指玩世不恭的人，尤指知识分子。“犬儒学派”这个名字的由来有两种解释，一说该学派创始人安提斯泰尼曾经在一个称为“快犬”的运动场演讲；一说该学派的人生活简朴，像狗一样存在，被当时其他学派的人称为“穷犬”。

犬儒一词的演变证明，从愤世嫉俗到玩世不恭，其间只有一步之差。一般来说，愤世嫉俗总是理想主义的，而且是十分激烈的理想主义。玩世不恭则是彻底的非理想主义。偏偏是那些看上去最激烈的理想主义反倒很容易转变为彻底的无理想主义。

犬儒主义的观点：英国学者吉登斯在其著作《现代性的后果》中这样分析犬儒主义，犬儒主义是一种通过幽默或厌倦尘世的方式来抑制焦虑在情绪上影响的模式。犬儒主义者不但对现实不抱希望，而且对未来也不抱希望。犬儒主义的核心是怀疑一切，也就是说犬儒主义是一种完全的虚无主义。这种虚无主义有可能表现为死气沉沉、一潭死水，也可能表现为装疯卖傻、装神弄鬼。犬儒主义常常出现在社会黑暗、绝望感弥漫的历史时期，突出特点是对现实世界的无奈和想象世界的高蹈，两者相互强化。在这个意义上，大概庄子算得上是中国犬儒主义的创始人。

犬儒主义的代表人物：犬儒学派的奠基人叫安提西尼。他先后跟从智者高尔吉亚和苏格拉底学习，曾亲见苏格拉底饮鸩而死。但在此期间，他并没有表现出犬儒的特征，甚至是任何非正统的征象。但是后来他好像一夜之间“看破红尘”一样放弃了这种生活模式，除了纯朴的善良，他不愿意要任何其他东西。他开始和工人生活在一起，进行露天讲演，他所用的方式和讲述的内容是没有受过教育的人也都能理解的。一切精致的哲学，他都认为毫无价值；凡是一个人所能知道的，普通的人也都能知道。他信仰“返于自然”，并把这种信仰贯彻得非常彻底。他主张不要政府，不要私有财产，不要婚姻，不要确定的宗教。

继安提西尼之后，第欧根尼将犬儒学派发扬光大。而他个人的出名主要是因为他生活在一个桶里，并且在亚历山大大帝（公元前356—前323年）亲自去看他的时候，让亚历山大让开，不要挡住他的阳光。第欧根尼决心像狗一样生活下去，这就是犬儒的由来。他拒绝接受一切的习俗——无论是宗教的、风尚的、服装的、居室的、饮食的或者礼貌的。和玩世不恭恰恰相反，早期的犬儒是极其严肃的，第欧根尼是一个激烈的社会批评家。他立志要揭穿世间的一切伪善，热烈地追求真正的德行，追求从物欲之下解放出来的心灵自由。第欧根尼确实愤世嫉俗，他曾经提着一个灯笼在城里游走，说："我在找一个真正诚实的人。"

现代犬儒主义是一种"以不相信来获得合理性"的社会文化形态。"说一套做一套"形成了当今犬儒文化的基本特点。"世界既是一场大荒谬，大玩笑，我亦惟有以荒谬和玩笑对待之。"它是一种对现实的不反抗的理解和不认同的接受，也就是人们平时常说的"难得糊涂"。有人说，犬儒主义者是在并不真傻的情况下，深思熟虑地装傻。

鲁迅先生在《而已集·小杂感》中对犬儒主义做出了生动贴切的阐释和评价："蜜蜂的刺，一用即丧失了它自己的生命；犬儒的刺，一用则苟延了他自己的生命。"

狗真有招财纳福之能吗

民俗中有"狗来福、钱入库"之说，狗真能为人类"招财纳福"吗？

其实，除了把狗作为商品出售，能创造一定价值外，其他的所谓狗与财富之间的关联，并没有令人信服的科学性。倒是有三个说法增加了人们对狗与财的神秘认识。一是狗的叫声与"旺"谐音。人们都喜欢"财旺”，自然爱屋及乌对狗有好感。二是“狗头金”之说。狗头金是天然产出、质地不纯、颗粒大而形态不规则的块金，通常由自然金、石英和其他矿物集合体组成。有人因其形似狗头，称之为狗头金。狗头金是天然存在之物，能捡到狗头金，当然是意外之财。所以当某人获得一笔飞来横财时，有人会酸溜溜地戏谑他——捡到狗头金了。三是“狗屎运”之说。中国旧社会农村化肥少，大多是用粪便发酵后作肥料，但是人粪和家养牲口粪源也有限，于是出现了一种现象，有人大清早起来捡拾狗屎，狗屎也能当粪，也能卖钱，而且捡得多的人卖钱也比较多。“狗屎运”多用来指虽然有点倒霉，但还是有好运气。

财富是人类创造的，狗本身并不能带来财富，但是它对人类财富的忠实守卫和“旺旺”祝福，使人类喜悦，这种喜悦与人类获得财富时的喜悦形成良性循环。因此，这才是狗能给人类“招财纳福”的深层原因。

“狗屁不通”的原意

成语“狗屁不通”的意思是指责别人说话或文章极不通顺。但其最初不是“狗屁不通”，而是“狗皮不通”，是说狗的表皮没有汗腺，盛夏时，狗通过频繁吐舌头来散发体内的燥热，而不是像人或其他家畜一样通过皮肤的汗腺大量分泌汗液来散热。由于“皮”与“屁”谐音，而屁又为污浊之物，对于文理不通或不明事理的人，以屁贬之，意思生动鲜明，故此，人们将错就错，约定俗成地将“狗皮不通”变成了“狗屁不通”。

“狗屁不通”一词，最初见于清朝石玉昆所著的《三侠五义》小说中，这说明，最晚是在清朝时期，人们即知道狗皮肤没有汗腺或表皮汗腺不发达。

命运多舛的“狗皮膏药”

“狗皮膏药”是膏药等外用药的俗称。膏药，古代称为薄贴，最早起源于中国，后流传到韩国、日本等国家。

膏药的作用机制是什么呢？从膏药的组成上看，膏药一般包括膏与药两部分。膏主要由油和丹组成，油就是植物油（多用芝麻油）或动物油，丹即黄丹（四氧化三铅）。而药则是由多味中药材组成的复方。油的作用是润泽肌肤，并使丹药不干，使药效缓释与持久；丹有拔毒生肌、杀虫止痒等功效。药物部分依据中药归经、内病外治的原理，经患病部位或经络穴位（中医称之为阿是穴）的皮肤渗达皮下，在患部蓄积相当的药物浓度，然后药到病除。这种方法早在西汉帛书《五十二病方》里就有记载。

传统的膏药对治疗跌打损伤、风湿骨病、腰肌劳损及颈肩腰腿痛等有较好的效果。这种神奇的“膏药”真是用狗皮做的吗？实际上人们仅仅用狗皮做药膏的依托材料。敏慧的古人利用狗皮的这种特性制成的膏剂，既能防止水分散发、软化肌肤，又能增强药物的渗透力，提高膏药的整体功效。一时间狗皮膏药“贴到病除”，民多称颂。包括吴师机（清代名医）等在内的历代名医都对“狗皮膏药”赞誉有加。客观地讲，“狗皮膏药”治病的方式就是今天透皮给药或透皮缓释给药的雏形。

有传说，铁拐李曾将狗皮膏药传技于河南安阳的王医生，因此民间敬奉铁拐李为狗皮膏药行的祖师爷。历史记载，明末清初御医姚本仁，告老还乡，居彰德府（今河南省安阳市），悬壶济世，将黑膏药涂在狗皮上制成黑膏药贴为当地百姓治病，更加深了人们对狗皮膏药的认识。清代医家吴尚先就因善用膏药治病而被称为神医。

为何狗皮膏药由原来的治病良药演变成现在人人嗤之以鼻的反面形象？原因有四：一是真正的狗皮膏药用料讲究，工艺复杂，成本太高，因此很多坊家就以次充好，使狗皮膏药药效下降，让人渐生误解。二是旧时有人常用假狗皮膏药来骗取钱财，进一步损害了狗皮膏药的名声。三是抗日战争期间常有汉奸为讨好日本侵略者把狗皮膏药贴脑门上，这完全颠覆了狗皮膏药原来治病救人的用途，变成了汉奸走狗的可耻“标签”。四是狗皮膏药使用较麻烦，易染污衣物，有碍美观，给药方式与口服、打针等方式相比为人们所不喜，淡出医药舞台也属必然。

犬夏天爱吐舌头

夏天犬要通过吐舌头来降温，为什么这样说呢？要弄清这个问题，先要了解犬的汗腺特点。犬的汗腺分两类：一类是小汗腺，主要分布在犬的脚掌底部；一类是大汗腺，分布在除小汗腺之外的全身各处。犬的小汗腺又叫排泄汗腺，可以分泌汗液，但通过排汗来降温的功能很有限，主要起到湿润足掌垫，让自身体味融入汗液，并通过足印留下标记的作用。大汗腺又叫顶浆汗腺，其分泌的浓稠汗液经细菌分解后主要用来散发动物特有的体味，又由于犬全身密被体毛，大汗腺排汗功能也极有限。所以在炎热的夏天，犬只能张口伸舌，通过急喘流涎的方式来降温去热。

因为犬的舌头上密布毛细血管，而唾液的分泌和蒸发会带走大量热量，有利于犬降温纳凉。同时犬通过急速张口吐舌呼吸，增加了舌与空气接触的表面积，再加快吐舌的频次，以此来快速降温。

总是湿润的狗鼻子

如果你留心观察，会发现狗的鼻子总是湿湿的，这是因为狗主要通过鼻子来辨别气味，而湿润的鼻镜更有助于狗增加嗅觉。空气中飘浮着很多微小粒子，这些微粒是气味的来源或载体，它们伴随着狗的呼吸进入鼻子里，然后被吸附在鼻孔内的黏膜上。如果黏膜是湿润的，微小粒子就更容易吸附在上面。黏膜上的嗅觉细胞会感知气味粒子的各种信息，感知结果会被周边的嗅觉神经迅速收集并传导到大脑中枢神经。狗鼻子上的黏液一部分来自鼻腔内的鼻泪管液，一部分是狗经常用舌头舔的结果，可以说，鼻镜上的湿液是狗嗅觉能力的倍增器。

狗的嗅觉灵敏度是人类的 1 200 倍。狗从这些浩瀚纷杂的信息中分辨敌我、亲疏、雌雄以及亲善和危害等状况，这也是它们长期自然选择和适应自然的结果。如果狗鼻子出现干燥现象，说明狗很可能患了病，尤其是犬瘟热等传染病，这时候就需要及时带狗去看兽医了。

狗见生人汪汪叫

狗见了生人会汪汪叫，是狗的一种本能反应。因为狗是由古代的野狗驯化而来的，野狗和狼拥有共同的祖先，它们都是社会化程度很高的动物，团队意识很强，领地意识也很强。只要有人或其他动物，包括其他的野狗群进入它们的领地，野狗就会大声吠叫，以此来警告、保护自己的地盘不受侵犯。人类敏锐地观察到了野狗的这一习性，并对它们不同于狼低嚎的高亢吠声赞誉有加。于是经过长期驯化，野狗变成了今天的家犬。

家犬很好地继承了野狗领地意识强、叫声大的特点，并把主人的家园当成自己的领地。只要有人靠近，通过嗅觉和听觉来判断来人的气味以及脚步声，当它判定是生人抵近时，会对着生人大声吠叫，一方面提醒主人有生人来临，另一方面警告生人止步。若生人继续走近，狗会加快叫声频率并采取攻击行动。正是因为狗见了生人就汪汪叫，所以，狗是人们看家护院的好帮手。

狗不能吃巧克力

巧克力由可可豆加工而成，含有多种甲基黄嘌呤的衍生物，咖啡因和可可碱就属于这类物质。这些物质会作用于狗的中枢神经和心肌，与细胞表面的某些受体结合，进而阻止动物体内的天然物质与受体结合，从而让狗中毒。服用小剂量的甲基黄嘌呤类物质，狗会呕吐、腹泻。巧克力含有大量的可可碱和少量的咖啡因，如果狗食用过多的巧克力，狗的心跳速率会骤升至平常的 2 倍以上，某些狗还会四处狂奔，就像喝了一大杯浓咖啡一样兴奋，严重的会发生肌肉痉挛，甚至休克。

据统计，无糖烘焙巧克力所含甲基黄嘌呤的量，是奶油巧克力的 6 倍以上。对一些小型犬而言，一次性摄入约 120 克的奶油巧克力就可能致命。倘若吃得又急又多，治疗办法只有一个，让狗吞下活性炭，把巧克力中的甲基黄嘌呤类物质清除掉，阻止它们通过消化系统进入血液循环。因此，狗主人需注意让狗禁食巧克力。

狗翻肠

狗翻肠是犬细小病毒病的俗称。因为犬细小病毒病发病时通常会出

现严重的腹泻甚至血便、拉出肠黏膜的可怕消化道症状，所以被称为狗翻肠。以前，老百姓一直认为，狗翻肠是狗一生中的一劫，翻得过去以后就没病了。若翻不过去，狗只有死路一条。

犬细小病毒是一种传染性极强的病毒，并且存活能力特别强。病毒感染的病犬，有肠炎型和心肌炎型两种临床型。肠炎型以拉酱油色恶臭血便为特征。患犬先出现呕吐后出现腹泻，剧烈的腹泻会导致脱水，眼球出现凹陷，皮肤弹性也会下降，最终会因严重脱水而死亡。心肌炎型则以突然死亡为特征。心肌炎型多发生于 2 月龄以下的小狗，最后多因心力衰竭而死亡。

治疗上原则是应用特异性抗体灭毒，然后开展消炎止血止吐、清理胃肠、调解胃肠功能等对症性治疗。若周边有犬细小病毒病疫情威胁，健康小狗可在 7 ~ 8 周龄时预防接种犬六联活疫苗。

农村老话说“狗肉不上席”

“狗肉不上席”的“席”，在农村是指“大席”，大席一般是用于规模较大的仪式、宴会和待客等的宴席，比较正规、隆重。其他家畜肉可以摆上桌，唯独狗肉上不了大雅之席，归结文献和传说，主要有以下几个原因：

在我国南北朝时期，游牧民族居多，狗是他们放牧牛羊的守护者和狩猎的有力帮手，对主人又极忠心，所以他们极少宰狗，忌食狗肉。

二是与宋徽宗的禁令有关。《曲洧旧闻》记载，崇宁初年（公元 1102 年），生肖属狗的宋徽宗听信大臣范致虚所谓“上方十二宫神，狗居戌位，为宋徽宗本命”的奏言，遂颁令，民间禁屠食狗。

三是与努尔哈赤有关。满族人传说，狗和乌鸦曾救过努尔哈赤的命，故努尔哈赤下令，不吃狗肉。清统治者入关后，汉族也不得不附和。

四是认为狗是吃屎的，不健康，品质太差，故不能上席面。

五是古人认为“打狗散场伙”，意思是请人吃狗肉，就是代表散伙，分道扬镳，所以请客不用狗肉菜，因为容易让人误解，不吉利。

六是道家和佛教的忌讳。李时珍曰：“道有以犬为地厌，不食之。”南北朝时期是佛教繁盛的时期，佛典上将狗列为不洁之物，严禁屠食。

犬不再是家畜了

2020 年 4 月 8 日，农业农村部在其官网公布了《国家畜禽遗传资源目录（征求意见稿）》，向社会公开征求意见。2020 年 5 月 27 日，农业农村部发布公告（第 303 号），公布了经国务院批准的《国家畜禽遗传资源目录》（以下简称《目录》）。《目录》首次明确了家养畜禽种类 33 种，包括其地方品种、培育品种、引入品种及配套系。其中，传统畜禽 17 种，分别为猪、普通牛、瘤牛、水牛、牦牛、大额牛、绵羊、山羊、马、驴、骆驼、兔、鸡、鸭、鹅、鸽、鹌鹑；特种畜禽 16 种，分别为梅花鹿、马鹿、驯鹿、羊驼、火鸡、珍珠鸡、雉鸡、鹧鸪、番鸭、绿头鸭、鸵鸟、鸸鹋、水貂（非食用）、银狐（非食用）、北极狐（非食用）、貉（非食用）。《目录》属于畜禽养殖的正面清单，列入《目录》的，按照《中华人民共和国畜牧法》管理。

农业农村部负责人对《目录》内的部分专业术语进行了解读：“传

统畜禽”是我国畜牧业生产的主要组成部分。其中猪、牛、羊、马、驴、鸡等驯化超过上万年，骆驼、兔、鸭、鹅、鸽、鹌鹑等驯化少则也在千年以上。“特种畜禽”是畜牧业生产的重要补充，一部分是国外引进种类，在我国虽然养殖时间还不长，但它们在国外至少也有上千年的驯化史，种群稳定、生产安全，如羊驼、火鸡、鸵鸟等；一部分是我国自有的区域特色种类，养殖历史悠久，已经形成比较完善的产业体系，如梅花鹿、马鹿、驯鹿等；还有一部分是非食用特种用途种类，主要用于毛皮加工和产品出口，已经有了成熟的家养品种，如水貂、银狐、北极狐、貉等毛皮动物。从《目录》的内容到农业农村部负责人的解读，细心的人会发现，“传统畜禽”名单中没有了犬，也就是说，从此以后，犬被移出了家畜的范畴，至少在法律法规层面，犬不再是家畜了。

过去春节写对联，老人们经常写“五谷丰登”“六畜兴旺”，目的是希望来年谷满仓、畜满圈；家喻户晓、妇孺皆知的《三字经》（南宋王应麟所著）也说“马牛羊，鸡犬豕。此六畜，人所饲”。由此可见，在700多年前，人们就把犬当成了家畜。现在一纸公告，将犬移除了家畜行列。

对此疑惑，专家们给出了较为科学的解释：一是《目录》征求了36个中央和国家机关、各省级人民政府以及科研院所、高等院校、产业界专家学者意见，并向社会公开征求意见，结果是大多数赞成犬不列入《目录》。二是认为犬过去主要是看家护院与狩猎放牧，现在随着时代进步，人们的文明理念和饮食习惯在不断变化，犬的用途更加多样化，体现为宠物陪伴、搜救警用、陪护导盲等功能，与人类的关系更加密切，因此应移风易俗，不宜再将狗当作家畜对待。三是与国际接轨，联合国粮农组织统计的家畜家禽中没有犬，国际上普遍不按畜禽管理。四是法律配套和经济需求的原因，也是最主要的原因，即《目录》是畜牧法的配套法规，属于正面清单，列入的畜禽按照畜牧法管理，它们是城乡居民重要农畜产品供给的主要来源。从畜牧法规范这个角度讲，犬不宜，也不可能大规模进入现代法律意义上家畜的行列。

狂犬病与葛洪

狂犬病（Rabies）一词源于世界上最古老的语言之一——梵语，Rabbahs，意为“狂暴”。

狂犬病是狂犬病病毒所引起的急性传染病，人兽共患，多见于犬、狼、猫等肉食动物，人多因被病兽咬伤或抓伤而感染。临床表现为特有的恐水、怕风、咽肌痉挛、进行性瘫痪等。因恐水症状比较突出，故本病又名恐水症。我国的狂犬病主要由犬传播。人患狂犬病后的病死率近100%，患者一般于被咬伤后3～6天内死于呼吸或循环衰竭。2010年调查显示，中国属狂犬病高发国家，我国每年人用疫苗总量及狂犬病的发病与死亡数仅次于印度，居全球第二位。

狂犬病并非近代才有，而是一种非常古老的疫病，世界上首次有关狂犬病的记录出现在伊拉克埃什努纳的《美索不达米亚法典》中（约公元前1930年）。法典规定：狗主人应当采取预防措施防止狂犬病病犬咬人，如果有人被病犬咬伤后死亡，狗主人将被罚款。狂犬病在我国至少已有2 500年的历史，古时叫瘈咬病、恐水病、疯狗病。早在春秋时代，《左传》中就有“襄公十七年（公元前556年），十一月甲午，国人逐瘈狗，瘈狗入于华臣氏，国人从之。华臣惧，遂奔陈”的记载。故事背景是宋国（今河南商丘一带）人驱逐狂犬，狂犬闯入华臣的府第，人们跟在狗后面穷追猛打，华臣以为自己是被驱逐的目标，竟吓得跑到陈国去了。由此诞生了一个成语“瘈狗噬人”，意即疯狂的恶人做尽坏事。这里提到的“瘈”即瘈咬病，也就是狂犬病。另外战国时期的《吕氏春秋》中有“郑子阳之难，猘狗溃之”的说法。西汉《淮南子》也载“因猘狗之惊，以杀子阳”，认为郑国丞相子阳之死，是被狂犬咬伤所致。

我国东晋道教理论家、炼丹家和医药学家葛洪对狂犬病颇有研究。葛洪这个名字大规模进入现代人的视野跟我国科学家屠呦呦 2015 年 12 月获得诺贝尔生理学或医学奖有关。屠呦呦在获奖时的演讲中提及：“当年我面临研究困境时，又重新温习中医古籍，进一步思考东晋葛洪《肘后备急方》有关‘青蒿一握，以水二升渍，绞取汁，尽服之’的截疟记载。这使我联想到提取过程可能需要避免高温，由此改用低沸点溶剂的提取方法。”先贤的智慧和经验泽被了后世。葛洪（公元约 281—341 年），字稚川，号抱朴子，丹阳郡句容（今江苏句容市）人，世称小仙翁。《抱朴子》是其代表作，另外还撰有医学著作《金匮药方》百卷，《肘后备急方》四卷，惟多亡佚。“抱朴”两字出自《老子》，原句是：“见素抱朴，少私寡欲。”素、朴皆指质朴无华，这句话的意思是：保持本来有的纯真，少一点欲望，不要为外界诱惑。正是因为坚持“抱朴”的处世信念，葛洪一心治学，取得了卓越成绩。

葛洪对狂犬病的发病规律、创口处置和治疗手段的记述都是系统性的。他不仅总结出了“初中毒时，人不觉，平时忽然发惊，日久哮吼，嘶喊叫跳奔跑者，难医，九死无一生”的狂犬病临床症状，更是在《肘后备急方》中提及：“凡猘犬咬人，七日一发，三七日不发，则脱也，过百日则大免尔。”意思是说，被疯狗咬的人，7 天内一定会发作，出现症状；如果 21 天都没有发作，可以暂时脱离患病危险；要是过了 100 天还没有发作，基本就没事了。葛洪在 1 600 多年前总结的狂犬病发病规律与现代科学对狂犬病的潜伏期的表述惊人一致，不能不佩服古人的伟大。葛洪还说：“得犬啮者难疗，凡犬食马肉生狂。及寻常，忽鼻头燥，眼赤不食。避人藏身，皆欲发狂。”葛洪在《肘后备急方》中提出对狂犬病伤口的处理，即“疗猘犬咬人方，先咖去血，灸疮十壮”。即除去伤口处的狗涎及流出的血，并用针灸在伤口处加热消毒，之后再彻底清洗伤口。葛洪的临床治疗办法是“以毒攻毒”，他在《肘后备急方》中特别介绍：“乃杀所咬之犬，取脑敷之，后不复发。”即把疯狗捉住，杀死，取出狗脑，敷在病人的伤口上，以后病人就不会再复发。这可以称得上是原始免疫学的简单实操行为。欧洲的免疫学是从法国的巴斯德开始的，方法比葛洪科学，但时间晚了1 000多年。

狂犬病病人死亡率之所以超过99%，在于其病毒有奇特的能力，可以逃过生物体的免疫防御机制，其中最重要的是侵入神经系统中时，几乎不造成神经组织结构的破坏，也几乎只在神经系统中穿行，从而让免疫机制失效。魔高一尺，道高一丈。一切生物与现象都有踪迹和规律，而聪明的人类善于捕捉这些敏感的信息，从而在学习自然、了解自然和服务自然中掌握主动，以保证整个自然的动态和谐。

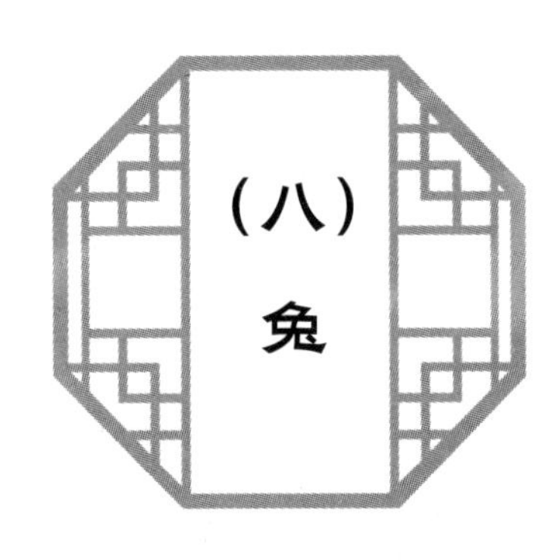

话说家兔

家兔属于兔科穴兔属草食性哺乳动物。特点是：食量大，以野草、树叶及嫩枝等为食；多为白色、灰色与黑色；喜欢独居，白天活动少，处于假眠或休息状态，多在夜间活动；有啃木、刨土的习惯；胆小怕惊、忌热、畏潮，喜欢安静、清洁、干燥、凉爽的环境；性成熟早，繁殖力强，多胎多产，孕期短。

家兔是由野生穴兔驯化而来的，依据是通过两者头骨对比，可以看出家兔头骨翼内窝极窄，其两侧壁向里弯曲，而颚桥则相对较长，这些解剖学特征和穴兔的头骨非常相似。同时，家兔与中国野兔的头骨相比，在某些构造上明显有别，说明家兔不是起源于中国野兔，由于中国和亚洲各地均无野生穴兔和穴兔化石的报道，说明穴兔是由亚洲之外引入的。

家兔大约在 3 000 年前从西班牙扩散至地中海的各个岛屿。比较主流的看法是，世界各地的家兔都起源于欧洲，特别是西班牙和法国等地。中世纪的法国僧侣们为了食用而驯养了野生的穴兔，然后再逐渐通过丝绸之路传到东方的亚洲国家。中国在先秦时期（旧石器时期至公元前221年）即已引入野生穴兔，因此中国也有可能是驯养家兔最早的国家之一。欧洲家兔于明代崇祯年间传入中国。明代之前，中国的家兔都是土黄色野兔。

世界上著名的兔品种有安哥拉兔、阿亨特兔和比华伦兔等。

家兔在人类医学研究及生物制品方面的贡献是其他家畜所无法比拟的。主要体现在：一是制备免疫血清，家兔的最大用处是产生抗体，免疫学研究中常用的各种高效价和特异性强的免疫血清，大多数是采用家兔来制备的；二是动脉硬化的研究，最早用于这方面研究的动物就是家兔，如利用纯胆固醇溶于植物油中饲喂家兔，可以引起家兔典型的高胆固醇血症、主动脉粥样硬化症、冠状动脉硬化症；三是用于热原试验，家兔体温变化十分灵敏，最易产生发热反应，而且发热反应典型；四是应用于生殖避孕、眼科研究、微生物学等方面。

兔别称讨来、卯畜、缺鼻、跳猫子、舍舍迦、三瓣嘴、明视、月德和月精等。在中国传统古文化中寓意颇丰，玉兔、兔轮、兔影、兔魄是月亮的别称，是吉祥的象征；兔是“不死之药”，是长寿的象征。兔是生育之神，是多产的象征，妇女生小孩医学上叫分娩，而《尔雅·释兽》云：兔子曰嬔。这是一种类比思维的结果：兔子一胎怀29天，与月亮的圆缺周期、女子月经周期接近。

在五大文明古国中，巴比伦、埃及、希腊的十二生肖中并没有兔子，而印度和中国的十二生肖中都有兔子。

北大（北京大学）的“三只兔子”典故：“三只兔子”分别是北大校长蔡元培，生肖属兔；时任文学院院长陈独秀，刚好比蔡元培小一轮，生肖也属兔；时任北大哲学系教授胡适刚好比陈独秀小一轮，生肖也属兔。刚刚建校的北大，当时学校的教师大部分都是前清翰林院的酸儒，而能上得起北大的学生大部分是达官贵胄的子弟。为了改变当时学校不正的校风、学风，在陈独秀和胡适的支持下，蔡元培在就任仪式上发表了著名的讲话，表明了自己重塑新北大的决心，比如思想包容、唯才是举、不看出身等。1917 年，三位联手，打破旧传统，开创了北大的新气象。故世人称这三人是“改变中国文化的三只兔子”。胡适也曾俏皮地说：“北大是由于三只兔子而出名的。”

兔子的食粪行为

兔子是食草性动物，但和牛、羊等复胃家畜不一样的是，它是单胃动物。单胃草食家畜不能在胃中大量储存食物，为了适应天敌众多、处于食物链下游的残酷环境，兔子逐步形成了一种巧妙的双重消化机制，即食粪行为。几乎所有的家兔和野生穴兔从一开始会进食时，就有食粪行为。

兔子食粪行为机制的核心器官在盲肠。盲肠是兔子腹腔中最大且最突出的器官，长度与其体长相近。在所有家畜中，兔的盲肠在体腔中所占比例最大。

大量嚼碎的植物被兔子吞到胃里，经过胃肠初步消化，先在盲肠里发酵分解出大量营养物和菌体蛋白，形成半液状小丸，称为“胃丸”。“胃丸”经过肠道呈串状排出体外，成为软粪、晚粪，科学上称为“维生素粪便”或“盲肠食物”，此时完成了第一重消化。排出体外的软粪立即又被兔子吃进去，几乎不经过咀嚼便被吞下，包裹的黏液在酸性的胃中形成屏障，但在碱性的小肠中则可被再吸收，完成第二重消化。第二重消化的目的是使第一次没有被充分利用的营养，再次被消化吸收，最后，形成了正常的圆而硬的一粒粒粪便被排出体外，此时的粪粒被称为硬粪。

兔子一般白天排出硬粪，夜里排出软粪。软粪富含维生素 B_1 和维生素 K，据测定，软粪中维生素 B_1 的含量比正常粪便高 4～5 倍。借此双重消化机能，兔子可以白天大量进食，晚上循环消化吸收。兔子这种为适应恶劣环境所形成的生物学特性使它比其他草食性家畜在生存方面有更多优越性。

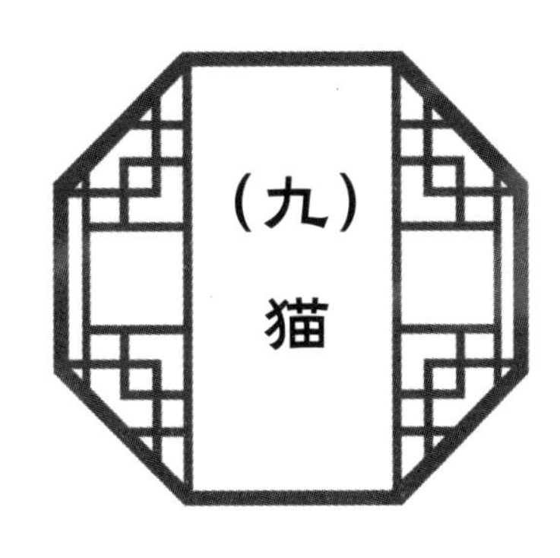

家猫史话

在家畜中，猫，即家猫，在中国饲养的时间有 2 500 年以上。猫属食肉类的猫科哺乳类动物。家猫的祖先是野猫。西方考古学家认为养猫数古埃及最早,驯化的历史已有3 500年,家猫的祖先是古埃及的沙漠猫、波斯的波斯猫。埃及人把猫奉为月亮的化身，将猫雕刻成菩萨头像，供奉在寺庙，猫首人身的巴斯特是埃及神话中的猫女神。

猫别称狸奴、天子妃、虎舅、衔蝉等。猫的本字是“貓”，《大雅·韩奕》中提到：“有熊有罴，有貓有虎。”中国汉代以前，狸、猫同养。由于狸凶狠，常盗食家禽，猫温顺，因此汉代人们逐步弃狸而多养猫。有人认为，狸和猫只是名称不同，就像狼和狈一样。明朝李时珍等则认为，狸和猫有所不同。明末张自烈在《正字通》中更明确指出：“家猫为猫，野猫为狸。”狸又叫山猫、豹猫、钱猫等名称。唐宋时，人们将猫爱称为“狸奴”。日本上原虎重的《猫的历史》中也说，中国猫在西汉末年才家畜化，并在奈良时代（公元710年）前不久，经朝鲜输入日本，其中优良者称为“唐猫”。

中国有丰富的相猫史。传说我国曾有《相猫经》，可惜已失传。宋代陆佃的《埤雅》记述：“猫有黄黑白驳数色，狸身而虎面，柔毛而利齿，以尾长腰短，目如金银及上腭多棱者为良。”元代俞本宗的《家常必备》对猫的相鉴也有阐述。嘉庆三年（公元1798年）王初桐编著的《猫乘》和咸丰三年（公元1853年）黄汉编著的《猫苑》是两部精彩的“猫史”木刻本。其中《猫苑》的内容更丰富，全书分《种类》《形相》《毛色》《灵异》《名物》《故事》《品藻》等七部分。

薛定谔的猫

薛定谔是奥地利著名物理学家，是量子力学的奠基人之一。薛定谔的猫是一个理论实验，目的是反驳哥本哈根学派关于量子力学中对于叠加态的观点。哥本哈根学派认为，叠加态会因和外部世界的相互作用，或被外部世界测量时变成一种固定态。

薛定谔的猫中的“猫”并不真实存在，他的实验内容是这样的：把一只猫放入一个密闭不透光的盒子，同时放入一个放射性原子、一个可以检测原子衰变的装置和一个毒气释放装置，在1小时内，原子有概率发生衰变，衰变会被检测到并激发毒气释放装置，毒气释放毒死猫。就这个理论实验的结果，用哥本哈根学派的解释应该是，关于猫的死活，只有打开盒子才能判定，也就是说，猫的死活与打开盒子的动作直接相关，打开盒子，就知道了猫的生死，不打开盒子，就不能断定猫的生死。而薛定谔则认为，猫的生死与打不打开盒子无关，也就是说，猫的生与死在打开盒子之前就已决定了。若猫死了，你打不打开盒子，猫都是死的。薛定谔通过这个简明的思想实验驳斥了哥本哈根学派关于量子力学中叠加态的观点。

适时扼住猫命运的后颈部

母猫转运小猫时，会叼住小猫的后颈皮，这时小猫两条后腿上屈，尾巴收在两后腿之间，整体呈现椭圆形，一动不动、一声不吭，任由母猫将其带至新的地方。不仅猫，就是处在食物链顶端的狮子、老虎、豹子和狼等食肉动物，一样用这种叼后颈皮的方式转移和携带幼崽，或者说有犬齿的动物多用这种方式转运幼崽。

为什么它们会不约而同选择幼崽的后颈皮下口叼运？其中一定有某些道理和长期选择的结果。试想一下，若叼住幼崽头部，则头部五官易伤损，脑袋瓜上就是一层薄薄的头皮，无法下嘴；腰背部脊椎骨太宽，也无法下嘴；若叼着尾巴，则除了造成幼崽尾巴疼痛外，还会头尾倒置，大量血液会直冲大脑，而且转运中会剧烈晃动。所以后颈就成了最佳选择，原因有四：一是后颈皮肤厚实且松弛。二是颈部的主要器官都在颈部下方，如血管、气管和食管（简称“三管”）。三是颈部宽度较细，适合下嘴，是天敌和至亲都相中的理想部位，天敌咬住颈下部，可以使动物快速窒息而死。至亲叼住颈上部，可以将幼兽平安转移。四是食肉类动物身体的纵向都是水平方向的，当然，它们的躯干能保持水平，是因为有四肢做支撑，而头部之所以也保持在水平方向上就要靠牵拉，负责牵拉的组织在解剖学上叫项韧带。项韧带由以弹性纤维为主的致密结缔组织构成，具有强大的韧性和限定作用。所以猫以犬齿叼住小猫的后颈部，实际上有双层保护在里边，外层是厚实的毛、皮、肉，内层是项韧带。

当幼崽的后颈部被母亲叼住时，神经中枢反应启动，颈背反射发生，颈背反射是屈肌反射的一种，幼崽自动蜷收身体，配合母亲以最安全、最有效和最迅速的方式转移。在动物生理学上，这种现象又叫掐捏诱导的行为抑制。掐捏诱导的行为抑制与动物由于惊吓而出现的“强直性静止”，进而发生的暂时性瘫痪性质不同。

颈背反射会随着动物年龄的增长而减弱，因为动物的体重在增加，活动能力和自卫能力在增强，被动式的保护模式让母畜和幼畜都逐渐不适应。但是后天既已形成的本体反应不会完全消失。在自然界中，雄性动物会借此叼住雌性动物的后颈部以便更安全地交配；在宠物店，宠物医生会用夹子夹住猫的后颈部使之静止下来，方便后续各种操作，这叫夹子催眠。就像行间形象所说，当猫不听话时，我们可以适时扼住它命运的后颈部。

西方军舰上要养只猫

西方的舰船上自中世纪（公元 496—1500 年）就有养猫的习惯，即使当前现代化的军舰或航母上也或多或少会养几只猫，这种猫，人们

专称为“舰猫”。

舰船出海远行时食物和淡水十分珍贵，人们为什么要在船上养猫？难道不怕猫浪费粮食和淡水资源吗？其实，西方舰船上养猫既有其一脉相承的现实原因，也有浓浓的传奇因素。

首先，中世纪的战船都是木质的，战船上湿热和卫生不佳的环境特别适合老鼠生存，一旦老鼠大量繁殖，轻则糟蹋食物、污染水源，重则咬穿船体，造成船毁人亡。尽管现在的军舰钢体铁胎，仍然担心老鼠在缝隙里钻来跑去，啃噬电线光缆与精密仪器。而老鼠的天敌是猫，因此，在舰上养一只会捉老鼠的猫显得极有必要。相比于老鼠泛滥成灾造成的损失而言，养一只猫的成本消耗几乎可以忽略不计。所以，在舰员们看来，在舰上养猫既是一种传统，又是一种吉祥的象征。

其次，也是源于一个传奇故事。第二次世界大战时的1941年，德国的“俾斯麦”号巡洋舰被英国击沉，胜利的英军在一片狼藉的海面上唯独发现了一只幸存的德国奶牛猫，船员们将猫救起，并从落水信号旗上的“o”（Overboard）上获得灵感，给这只大难不死的猫命名为“奥斯卡”（Oscar）。谁知道随后“奥斯卡”演绎了更传奇的经历：它先后搭乘过的四艘战舰都被击沉了，而它却一次次死里逃生，坚强地毫发无损地活着。“奥斯卡”生动地诠释了“猫有九命”的俗语，直至高寿15岁龄（猫的一般寿命10~12年）谢世，它的画像还被挂在英国格林威治国家海事博物馆里。所以舰员把猫当成好运和攻无不克的象征，希望自己在战斗中也像猫一样有惊无险，这同时是一种鼓舞士气的好办法。另外，出海执行任务，舰上生活很枯燥，这时养一只小动物，船员闲暇时逗逗乐，可以排解抑郁情绪，缓解心理压力。尤其在精神高度集中的战后能有一个娱乐的对象，缓解一下心情，给生活增加情趣。

还有人说，老鼠传播的鼠疫（又叫黑死病）曾夺走欧洲约1亿人的生命，所以西方列强们不想把这种灾难通过船上的老鼠带到他们在世界各地的殖民地，以进一步损伤自己的利益。因此，他们在船上养猫，通过猫灭老鼠，在保护木壳船体的同时，来掐断鼠疫传播途径。

不管什么原因，在舰船上养猫是西方人的事情。需要说明的是，我国有自己独特的、有别于西方的传统和习惯，我国的军舰上不允许养猫。

猫爱伸懒腰

人们经常发现，猫刚睡醒时，前肢向前挺直，下压，整个身躯向后拉，痛快地伸一个懒腰。而且老虎、狮子、豹子等许多猫科动物也都有这个标志性动作。

猫为什么喜欢伸懒腰？答案无疑与其睡眠有关。一只猫平均每天要睡 12 ~ 16 小时，大约是人类睡眠时间的 2 倍。睡眠是一种机体休眠形式，是一个主动性保护过程，目的是恢复精力。所以在整个睡眠过程中，猫身体各部位是放松的，尤其是肌肉处在放松状态。当猫刚醒过来的时候，全身的肌肉不会被瞬间激活，大部分的肌肉还比较僵硬、闭锁。这时候为了快速进入捕猎的状态，就需要伸懒腰了。伸懒腰的英文单词是 stretch，就是拉伸的意思，就像人们在开始剧烈运动之前，都会做伸展运动等热身动作一样，猫伸懒腰也是为了“唤醒”肌肉。

肌肉有弹性、伸展性和黏滞性，这些物理特性会受到肌肉温度影响。当肌肉温度下降时，肌浆内各分子间的摩擦力增大，肌肉的黏滞性变强，伸展性和弹性则会下降；反之，当肌肉温度上升的时候，肌肉黏滞性下降，而伸展性和弹性则增加。肌肉唤醒的意义也在于此。

伸懒腰这个动作的目的，就是给充足睡眠后的肌肉增温，以快速唤醒肌肉，提高肌肉的伸展性和弹性，有利于提高运动的能力和效率。另一方面，猫的全身肌肉处在拉伸的状态，还可以刺激某些关节的神经系统活动。最后，伸懒腰还可以让血液流速增快，血压升高，让更多的血液流向肌肉和大脑，尽快唤醒昏沉沉的身体，准备战斗，解决“吃”的问题。

草食动物随时随地低下头就能找到食物，而猫等食肉动物只有经过激烈的奔跑才能抓到猎物，填饱肚子。所以，伸懒腰，可以看作它们杀敌前的磨刀、擦枪动作。就这个意义上讲，伸懒腰不是它们喜欢不喜欢的举动，而是生存必需的动作。当然，现在所谓猫伸懒腰的爱好更多的是遗传性、习惯性行为罢了。

猫叫春

有些动物发情时发出叫声，因多在春季，所以称叫春，也称嚎春。母猫在发情期，会频繁发出凄厉、高亮、悠长的求偶哀叫声，并多在夜间鸣叫，民间把这种现象叫作“猫叫春”，又叫“反群”。这是动物生理本能的需要和行为，母猫通过鸣叫向公猫传递求偶信息，以吸引公猫来完成交配繁育的天然使命。

母猫的性成熟时间，早熟的在四五月龄，也有晚的到一岁半。春秋两季是猫交配的主要季节。母猫性成熟后，每隔 14 ~ 21 天发情 1 次，发情期持续 3 ~ 5 天，要求交配时间在 2 ~ 3 天。母猫发情时，除了凄惨的求偶声，还表现为：见到公猫后发出“喵呜”叫声，愿与公猫追逐玩耍，主动举尾，让公猫交配；用手按压母猫背部，会安静不动，并出现举尾动作；特别敏感，眼睛明亮，食欲不佳，到处游走；阴门红肿、湿润，甚至流出黏液。

猫叫春的声音很大，尤其在夜深人静时，常让人感觉恐怖，甚至有迷信者认为猫半夜叫不吉利。消除母猫发情的办法：一是做绝育手术，即将母猫的子宫及其生殖器摘除，但即使做了绝育手术，母猫也会在两三个月之后才不发情，因为母猫体内的激素完全消尽需要两三个月时间，做绝育手术后，母猫将永不发情，主人一劳永逸；二是找公猫交配，这是中断母猫发情最自然、最人道的做法；三是人工刺激排卵法，通过人工帮助母猫排卵，从而达到消除发情的目的；四是给母猫吃抑制发情的药物或猫粮，此外还有给猫播放愉悦的音乐等办法。

忌食猫肉

猫是人类成功驯化的家畜之一，数量也很庞大，其他家畜都经常被人类屠宰食用，为什么人们吃猫肉的现象要相对少得多呢？统而记之，说法甚多。

有说是因为猫的捕食特点。汉字“猫”的结构，左边一个“犭”，右边一个“苗”，可见，猫最初以祸害农田的田鼠为食，随着与人类关系的走近，逐渐转为以家鼠为主食。但不管是吃田鼠还是吃家鼠，猫保护了庄稼和粮食，这对深知“粒粒皆辛苦”的农民而言，猫俨然是大功臣。把这样的大功臣宰掉吃肉，无异于忘恩负义，自毁长城，老百姓不答应。

有说是文化原因。东汉汉明帝（约公元67年）时，猫随同佛教一起进入中国，由于人们对佛教的广泛信奉，进而对猫也产生了神化和敬畏。据传，佛讲经时，一只猫坐在下面静听，有弟子问，猫也会听佛吗？佛说：“猫有灵性，其命有九，人只得其一。故猫之灵性，殊非人类可及耳。”佛经《上语录》进一步说：“猫有九命，系通、灵、静、正、觉、光、精、气、神。”所以猫天生有别于其他动物，不进入俗世的属相。民间传说，猫可以来回于阴阳界，而且记仇，所以吃了猫肉，会过不去奈何桥，就不能投胎转世，还会脱离六道，变成野鬼。于是，“猫肉不能吃”的理念深植人心，代代相传，妇孺皆知。

有“医家之说”。李时珍在《本草纲目》中关于猫、狸一类的注解说：“然狸肉入食，猫肉不佳，亦不入食品，故用之者稀。”宋王硕撰所著的《易简方》也说：凡预防蛊毒，自少食猫肉，则蛊不能害。此亦《隋书》所谓猫鬼野道之蛊乎？《肘后》治核肿，或已溃出脓血者，取猫肉如常作羹，空心食之，云不传之法也。可见，古医家认为，猫肉作防疫及医病用或可，若食之则不宜。

有说是健康原因。民间认为“猫易传百病，不宜吃”。猫自古以老鼠为食，而老鼠极易携带各种致病性细菌和病毒，因此猫也不干净。此外，猫食性杂，除了老鼠，鱼、蟹、虾、虫等都吃，感染寄生虫的概率很高。基于健康角度考虑，人们不吃猫。

有说是口感原因。吃过猫肉和没吃过猫肉的人都说，猫肉酸。还有人说不仅发酸，而且涩、韧、柴。

有说是心理因素。有国外心理学家把人类不吃猫肉现象归结为一种复杂的社会和心理机制，这种机制让人类把动物分为可食用和不可食用两类。为什么猪被放上了盘子，而猫没有？原因是，我们所食用的动物性食品，其中95%来自封闭的养殖工厂，也就是说我们从来没见过这些动物。所以，这一切的结果都是自然距离和因自然距离而产生的情感所决定的。现代社会，生产分工越来越细，家畜中猪、牛、羊和猫狗因人类的干预走向了两种完全不同的生存道路。猪、牛、羊进入封闭的、流水线式工艺的大规模饲养工厂，与普通人的距离越来越远，接触越来越少，情感越来越淡，变成了一只无异于杯子一样的活商品。而猫、狗则恰恰相反，它们广泛进入普通人的家庭，成为人们的朋友，甚至精神伴侣。一疏一密，结局必然迥异。所以当猪、牛、羊被屠宰、被食用时，人们无动于衷，认为理所当然；而当猫、狗被宰杀、被端上餐桌时，人们无法接受，就像“身边的朋友被谋杀”一样震惊和愤怒。结果就造成了今天的局面：当猪、牛、羊、鸡等各种家畜家禽肉充足的时候，很少有人敢“冒天下之大不韪”去吃猫肉。

回过头来清捋以上各说法，一把保护伞逐渐明晰：先有佛教影响的传统因素庇佑，后有人们情感原因的呵护，无怪乎从古至今、从国内到国际，猫活得比其他任何家畜都滋润。

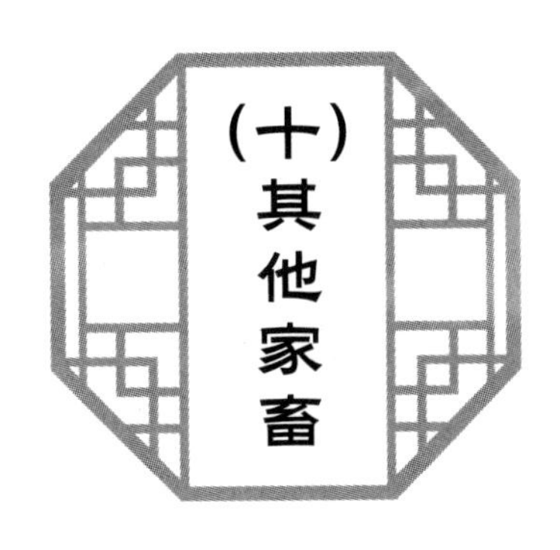

沙漠之舟——骆驼

骆驼是沙漠里重要的交通工具，人们把它当作渡过沙漠之海的航船，故有“沙漠之舟”的美誉。为什么骆驼会有此殊荣呢？这是骆驼与其生活的特殊环境相互选择、相互适应和高度融合的结果。

骆驼有特殊的身体构造，非常适应沙漠的生活。骆驼躯体高大，四肢细长，可以看得远走得持久；蹄掌扁平如盘，脚趾长着又厚又软的肉垫，可以在沙漠中行走自如；耳朵里有毛，能阻挡风沙进入；眼睑有两重，睫毛很长，可以挡住沙尘，防止迷眼；鼻孔斜开，能自由开闭，防止灰尘进入；皮毛很厚实，冬天沙漠地带非常寒冷，骆驼的皮毛对保持体温极为有利；熟悉沙漠里的气候，有大风快袭来时，就会跪下，预先做好准备。而且，骆驼的嗅觉细胞比较集中，不仅可以寻找食物，而且在干旱的沙漠，对没有味道的水源，它们在很远的地方也能嗅到潮湿的感觉。

另外，骆驼的驼峰里储存着脂肪，这些脂肪在骆驼得不到食物的时候，能够分解成身体所需要的养分，供骆驼生存需要。靠着这些脂肪，骆驼能够连续4~5天不进食。另外，驼峰里的脂肪还可以帮助机体调节体温，冬天保温、夏天隔热。除了驼峰，骆驼的胃里有许多瓶子形状的小泡泡，那是骆驼储存水的地方，这些“瓶子”里的水能让骆驼即使在几天不喝水的情况下，也不会有生命危险。在干旱情况下，骆驼有防止水分散失的特殊生理功能。骆驼一般不出汗，因而其血液中的水分保持良好，不容易脱水。当其他动物都对满身尖刺的仙人掌避犹不及时，骆驼能轻松采食沙漠中的仙人掌，以补充水分。骆驼巨大的口鼻部是保存水分的关键部位。鼻子内层呈涡形卷，增大了呼出气体通过的面积。夜间，鼻子内层从呼出的气体中回收水分，同时冷却气体。据计算，骆驼的这些特殊能力可使它比人类呼出的温热气体节省70%的水分。

此外，骆驼还有强大的动能和功率。如果一只骆驼驮200千克的货物，每天走40千米，它能够在沙漠中连续走3天。无负重时，它每小时可跑15千米，且连续8小时不停。

因此，人们授予骆驼“沙漠之舟”的美誉，它当真受之无愧。

高原之舟——牦牛

牦牛，藏语叫雅客，因其叫声像猪鸣，所以又称猪声牛。牦牛的尾巴像马尾，所以也有人称它为马尾牛。牦牛是生活在3 000米以上高海拔缺氧地区的特殊牛类，它之所以能适应严酷的生态环境，是长期自然选择的结果。在自然选择中牦牛通过进化，形成了与普通牛不一样的外形体态、身体结构和生活习性。

外形体态：牦牛躯长身矮，颈短耳小，体侧及下部裙毛密生，这样的身体外形使它们既能保暖又能防寒。

身体结构：第一，牦牛比普通牛多一对肋骨（普通牛 13 对肋骨），因此牦牛有比普通牛更大的胸腔，可以让它容纳更大的心肺系统；第二，牦牛的心肺比普通牛大一倍，这使它拥有更加强大的心肺输出和循环功能；第三，牦牛血液中的红细胞也比普通牛更大，这使牦牛在单位血量下能携带、交换更多的氧气；第四，牦牛的汗腺极不发达，可以避免因运动出汗导致热量的散失；第五，牦牛的脚趾有一块坚韧的软骨，能在崎岖不平的山道上行走自如。

生活习性：牦牛雄健力大，耐粗饲，耐高寒，善走崎岖小径。一头用来驮运的牦牛，一般能负重 40 ~ 50 千克，甚至多达 100 千克，每天可行走 20 ~ 25 千米。在海拔五六千米的高寒地区，尤其在雪原中和冰河上，牦牛比马行进快且稳当，因而成为牧民翻越雪山和横渡冰河的首选。在大雪封山时，牧民常让牦牛打头阵，牦牛能用蹄子和嘴扒开积雪，开辟道路，而且牦牛识途，是牧民们可靠的向导。最神奇的是，牦牛过草地沼泽，可以像船一般地托浮着身体，贴着沼泽表面慢慢吞吞地跨越过去；如果陷得深了，它会自动停止前进，另觅新径。

我国是世界牦牛的发源地，全世界 90% 的牦牛生活在我国青藏高原及毗邻的 6 个省区。不论野牦牛，还是家牦牛，它们在青藏高原上都生活得自由自在。它们能背负重物，翻山越岭、爬坡攀岩，灵活得就像船儿在水中游弋一样，所以才有“高原之舟”之称。

二
家禽类
说畜话禽

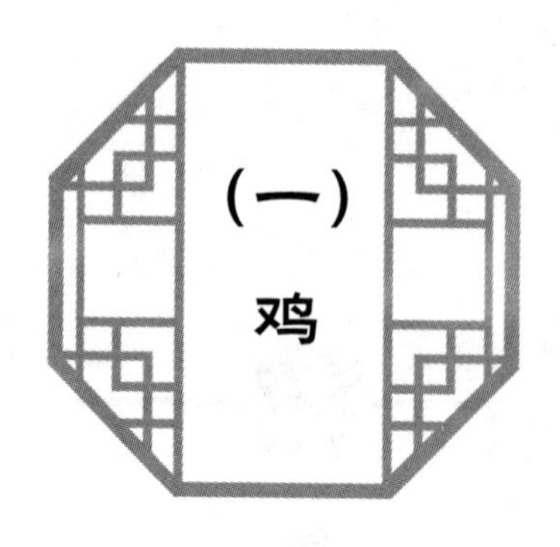

（一）鸡

家禽与家畜在机体构造上的差别

家禽属于脊索动物门鸟纲，而家畜属于脊索动物门哺乳纲。具体机体构造差异表现在以下九个方面：

第一，体表被覆物。家禽全身披羽；而家畜全身被毛。

第二，皮肤上的腺体。家禽，尤其是水禽有发达的皮脂腺，无毛囊和汗腺；而家畜皮脂腺、毛囊和汗腺都有。

第三，口部。家禽的上下嘴唇角质化成了喙，无牙齿，只能啄食后直接吞咽；而家畜有上下嘴唇，且有牙齿，可以先咀嚼食物再吞咽。

第四，消化器官。家禽有两个胃，外加一个储存食物的嗉囊；而家畜有一个胃或四个胃。

第五，膈。家禽没有膈，因此家禽的胸腔和腹腔是相通的；而家畜有膈，膈把家畜的体腔分成了胸腔和腹腔。

第六，气囊。家禽体内有 9 个气囊，气囊和气管、肺相通，是呼吸

系统的一部分；家畜没有气囊。

第七，膀胱。家禽（除了鸵鸟）没有膀胱，家禽产生的尿液无须储存，直接混入粪便排出；而家畜都有膀胱，膀胱可以储存尿液，等有尿意时排出。

第八，生殖系统。家禽右侧生殖系统退化，只有左侧生殖系统正常，母禽行卵生方式，无须公禽即可产卵；而家畜无论公母，双侧生殖系统都正常，母畜行胎生方式，没有精子参与受精，母畜无法完成胎生。

第九，淋巴结。家禽尤其鸡无淋巴结，鸭、鹅等水禽仅有两对简单的淋巴结；而家畜都有大量的淋巴结。

家鸡的由来

鸡是一种家禽，家鸡的祖先是野生的原鸡，原鸡身轻能飞，雄鸡常栖于树上高声啼鸣。原鸡早在 6 000 年前中国的黄河流域就有分布，但主要分布于中国的云南省、广西壮族自治区和海南岛，以及南亚次大陆和中南半岛。公鸡能打鸣，母鸡会下蛋；既能吃人类的残羹，又能自己刨食，人类正是看中了鸡的多项“优点”，才利用其生物的变异性，将原鸡逐步驯化成了今天的家鸡。中国是世界上最早驯养鸡的国家，驯化时间约 5 000 年前，但大量生产商品鸡肉和鸡蛋却仅开始于 1 800 年前。

鸡，在中国古称德禽，又叫烛夜、戴冠郎、司晨、时夜、知时畜、翰音、羹本、金禽、兑禽、巽羽、祝祝、酉禽、晨禽、窗禽、白精、勃公子、鸠七咤、稽山子、会稽公和长鸣都尉等。僧家称鸡为“穿篱菜”。西汉韩婴在《韩诗外传》和清朝陈淏子在《花镜》中都赞鸡为五德之禽：

“五德：首顶冠，文也；三足搏距，武也；见敌即斗，勇也；遇食即呼，仁也；守夜有时，信也。”

鸡位列十二生肖之一，是灵禽，凤的形象来源于鸡，北宋《太平御览》记载：“皇帝之时，以凤为鸡。”

世界上最奇特的鸡是以色列培育的红色无毛鸡，通体无毛更无羽，产蛋率提高 20%，只适合在热带生存。最贵的“鸡”，一只明朝成化年间烧制的斗彩鸡缸杯，2014 年成交价 2.8 亿元。

公鸡司晨

对于公鸡为什么会在凌晨打鸣，科学界有两种理论：一种是生物钟理论，一种是褪黑素理论。

生物钟理论认为，鸡在长期的进化和自然选择过程中，体内形成了生物钟调节机制，即在太阳刚刚出来的黎明时分准时启动鸣叫程序。这种鸣叫程序启动的物质基础是雄性激素，而不是光线的刺激。只要鸡体内存在雄性激素，鸡就可以打鸣。哪怕是一只母鸡，只要给它注射雄性激素，它也能鸣叫；同时与光线的有无无关，哪怕把一只公鸡关在黑暗的笼子里，只要黎明时分到来，公鸡照样打鸣。

褪黑素理论认为，鸡的颅腔内有一个松果体器官，松果体能分泌褪黑素（也叫抑鸣激素），褪黑素具有镇静作用。晚上松果体分泌褪黑素增加，鸡处于镇静休息状态，极少打鸣；白天松果体分泌褪黑素减少，鸡处于活跃状态，可以随时打鸣。但第一声打鸣时间基本一致，久而久之，给人们以“雄鸡报晓”的固定印象。

实际上，仔细分析，上述两种理论有相同之处，表现在：一是打鸣必须有雄性激素这个基本物质支撑条件，这也就是阉公鸡不会打鸣的原因。同时，雄性激素越多打鸣越频繁，鸣叫声音也越高亢。二是打鸣现象受光线刺激影响。在生物钟理论的试验中发现，虽然公鸡在黑暗中也能在自然黎明时分打鸣，但随时间的增加，这种规律逐渐减弱；在褪黑素理论中，更是发现褪黑素在黎明时分光照逐渐增强时分泌显著减少，公鸡随即开始打鸣。

就家畜生态学和形态学讲，鸡和大多数鸟类一样属于夜盲动物。夜晚黑暗环境下，鸡因夜盲停止一切活动，宁声静卧，实际上是一种长期自然选择下的自我保护。除非有突发刺激，才会尖鸣和骚动。黎明时分鸡群醒来，公鸡开始仰头打鸣，打鸣本身说明，这只公鸡是这群鸡的“头领”，也是这片领地的主人。鸡是高度社会化的群体，地位顺序分明，“首领”公鸡可以率先打鸣，标示领地和地位，并对食物、鸡窝和交配权等都拥有优先选择权，其次才能轮到同群其他公鸡和母鸡。

公鸡司晨，母鸡下蛋。这是现象也是结果。只有分工合作，鸡才能顺利地繁衍下去。

鸡蛋方程

鸡蛋方程是麦克斯韦在 14 岁时总结出来的。

麦克斯韦是苏格兰著名的数学家、物理学家。他最大的成就就是把当时的关于电磁理论的结果融合进一套方程组里面，这就是著名的麦克斯韦方程组。而且人类第一张彩色照片也是根据麦克斯韦三原色理论得到的。他还是第一个注意到物理学中量纲分析的人。

鸡蛋方程怎样产生的呢？据说，麦克斯韦小时候去学画画，学画画的基本功练习就是画蛋。有一天，麦克斯韦突发奇想：要是能给出鸡蛋图线方程的话，画蛋可能就容易了。1845 年，麦克斯韦在他 14 岁时终于想明白了鸡蛋方程该是什么样子的。

麦克斯韦从椭圆性质出发进一步探索。椭圆可以定义为到两个点（焦点 F_1 和 F_2）距离之和为常数的点的集合，这个条件写成方程就是 $l_1+l_2=$ 常数。我们还可以写得更简单一点，到两点的距离，都有同样的倍数，如图 1（左），因此椭圆关于这两个焦点是对称的。如果到两点的距离有不同的倍数，也即把方程变成 $a\,l_1+b\,l_2=$ 常数（$a \neq b$）的样子，所得的图形是否就一头大一头小像个鸡蛋了呢？很容易看出，确实是这样，如图 1（右）。麦克斯韦仔细研究了到两点距离取不同倍数所得到的卵形线的性质。

麦克斯韦的父亲非常为儿子感到自豪，他把麦克斯韦的研究结果呈送给爱丁堡大学的教授 Forbes，得到了高度评价。1846 年，麦克斯韦关于卵形线的研究成果发表在苏格兰皇家科学院的院刊上，那一年他 15 岁。就这样，著名的鸡蛋方程诞生了！

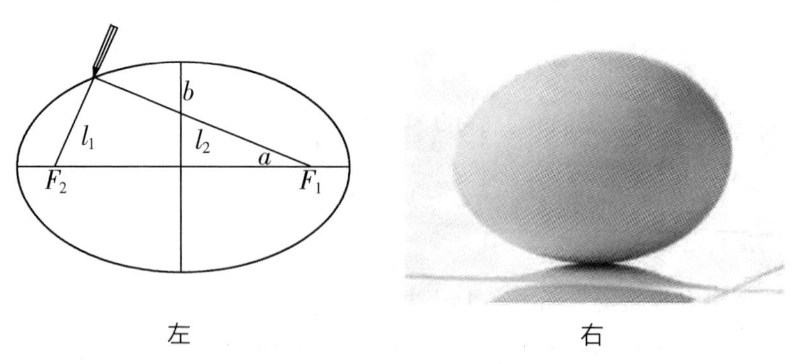

图 1　从椭圆看如何画卵形线

熟鸡蛋复原生鸡蛋技术

把煮熟的鸡蛋再复原成生鸡蛋，听起来不可思议。但是有人做到了，当然不是在神秘的魔术桌上，而是在科学家的实验室里。美国加州大学欧文分校和澳大利亚弗林德斯大学的研究人员的确做到了这一点。

他们的做法是：将鸡蛋清放在 90 ℃的水中煮 20 分钟，蛋清内的蛋白质加热后蛋白质长链展开，失去活性，重新组合成一种更紧密、更复杂的结构，这时蛋清从透明的黏液状变成白色有弹性的固体。紧接着研究人员加入一种化学物质使蛋白液化，然后用涡旋射流装置“暴力拆解”紧密缠结的蛋白质分子链，以使它们正常重构，从而使蛋清恢复到煮熟之前的状态。整个“复原”过程仅在几分钟之内完成。

科学家认为，这一创新将极大地减少癌症治疗、食物生产等成本，预计节省约 1 600 亿美元。尤其在癌症治疗领域，传统的蛋白质结构恢复方法需要大量资金和时间。制药公司常常使用的癌症抗体主要提取自仓鼠卵巢细胞，所以价格昂贵。如果利用“熟鸡蛋复原生鸡蛋”技术，制药公司可以从廉价的酵母蛋白或者是 E 杆菌细胞中提取抗体，并实现蛋白质的流水线加工，使治疗药品很快投入市场，更多的癌症患者也能负担得起治疗费用。

需要说明的是，“熟鸡蛋复原生鸡蛋”技术，并不会把熟鸡蛋百分之百还原成本来的生鸡蛋，复原后的生鸡蛋（若煮熟前是受精蛋）并不能孵出小鸡。从生物化学角度讲，这种技术实际上是“蛋白复性技术”，就是用某种化学物质让鸡蛋的蛋白质变性，使分子变小，结构重组，达到“复性”的目的，但是“复性”的蛋白质只是一堆没有活性的蛋白质。另外，从实验室到临床和餐桌，这项技术要想实现成熟的市场化应用，科学家们还有很长的路要走。

“壮汉握不破鸡蛋”背后的道理

“累卵之危”的意思大家都知道，卵易破，累卵更易破，原因就是，蛋壳的主要成分虽是碳酸钙，有一定硬度，但厚度仅为0.3～0.35毫米，因此易碎。所以移动鸡蛋时要小心翼翼，轻拿轻放。那么“壮汉握不破鸡蛋”的说法又是什么道理呢?

事实证明，握在手心里的鸡蛋，即使用尽全身力气，也握不破。个中原因，一是源于鸡蛋的形状，鸡蛋呈椭圆形，当鸡蛋放在掌心时，手指所施加的力会沿着蛋壳边沿传递，鸡蛋表面的曲面结构能够分散所承受的压力，所以鸡蛋不易破裂。二是得益于蛋壳内附着的内薄膜，即壳膜，壳膜为包裹在蛋白之外的纤维质膜，是由坚韧的角蛋白构成的有机纤维网。壳膜为两层：外壳膜较厚，紧贴着蛋壳，是一层不透明、无结构的膜；内壳膜约为前者厚度的1/3，附着在外壳膜的内层，内壳膜与外壳膜大多紧密接合，仅在蛋的钝端二者分离构成气室。有弹性的壳膜所产生的预应力，能帮助蛋壳的整个结构被拉紧，使蛋壳更加坚固。因此，握鸡蛋的手，力量没有集中在一起，而是分散到了鸡蛋的各个部位，所以就握不破了。

这就是拱形原理。

拱形原理在日常生活中的应用很广泛，如安全帽、灯泡、摩托车头盔等。在建筑上的应用尤为经典，从河北的赵州桥到北京火车站大厅顶棚，再到世界著名的悉尼歌剧院，都采用了这种有惊无险的“薄壳”结构。

养鸡要添饲沙粒

鸡吃沙粒的现象与鸡特殊的生理结构有关系。鸡的嘴演变成了角质的喙，虽然又尖又硬，但没有牙齿，因此鸡的喙只有食物的采取和吞咽功能，而无咀嚼与初步消化能力。

为了更好地消化食物，鸡进化演变出了特有的双胃结构，前一个胃是腺胃，后一个是肌胃。腺胃比肌胃小很多。腺胃有发达的乳头状消化腺，食物在腺胃中短暂停留，裹上一层消化液后，立即进入肌胃中。肌胃有发达坚实的肌肉和金黄色角质状的内表层(中医上说的“鸡内金”)，在肌肉强大的动力和内表层的强硬碾压下，谷物杂粮等被磨成粉状变成食糜进入小肠。

在肌胃工作阶段混入适量沙粒，作用有四：一是显著增强肌胃的动力和研磨作用，提高肌胃的效能。二是促进消化器官的发育。三是补充矿物质含量。四是可以使消化液更容易混入食糜中，提高粗饲料的可消化性，促进营养物质更好地被机体所吸收，提高肉鸡的增重和蛋鸡的产蛋率。当缺乏沙粒时，谷粒料中所含营养物质约有 30% 不能为家禽所利用。

放养的家禽可自行觅食沙粒来满足生理需要，但对于舍饲的家禽来讲，在饲料中添加沙粒尤为重要。各种年龄和饲养条件下的家禽，对沙粒的需要量、粒子大小、质量和需要的时间是不同的。在鸡饲料中一般加入 3% 左右的沙粒。沙粒应选用不易溶解的、含硅的或花岗岩沙粒，直径要在 2 ~ 5 毫米。

母鸡抱窝

春末和夏天，母鸡产蛋一段时间后，会停止产蛋，整天卧伏不动，抱蛋而窝，俗称抱窝，也叫抱性、恋巢、就巢性，古时叫菢窝、毻窝。抱窝是母鸡的繁殖本能，也是天然的母性体现，有时即使窝里没蛋它也霸着窝。家禽的繁殖方法和家畜不同，家禽的胚胎发育是在母体外完成的，因此必须由母禽依靠自己的体温抱孵，胚胎才能继续发育。当母鸡产一窝蛋后，由于脑垂体前叶分泌的类似哺乳动物的泌乳激素增多，使鸡体内发生很大的变化，如卵巢机能衰退，体内血液流动加快，两翅张开，即出现抱窝。

抱窝母鸡的特征是：恋巢，食欲下降，体温升高，被毛蓬松，停止产蛋，喜静怕动，性情暴躁倔强。动物和人一样，为母则刚，一旦发现身下的孵蛋可能有危险，母鸡会立刻反击。

抱窝行为本来与遗传因素呈正相关，但现在的养鸡场母鸡抱窝的自然现象很少见了，这正是人类为了“蛋效益”定向选育繁殖和大规模人工孵化的结果，即一代代留存不具有抱窝性的母鸡，同时淘汰有抱窝行为的母鸡，此外，利用人工智能孵化机替代母鸡原始的身体孵育。比如来航鸡已经没有抱窝性了。母鸡的抱窝性除了受遗传影响之外，受环境的影响也比较大，所以褐壳蛋鸡在春季依然会出现少数抱窝情况，尤其是在温暖阴暗的环境下，母鸡抱窝的可能性最大。

母鸡抱窝持续时间常因品种不同而异，少则数日，多则长达几个月，一般在 25 天。有的农村老母鸡一年需要抱窝 3 ~ 4 次，这也是农村土鸡全年产蛋量低的主要原因。由于会严重影响产蛋量，因此，一旦发现母鸡抱窝应立即隔离，采取有效的办法使母鸡醒抱。

使母鸡醒抱的方法很多：如改变环境法，即将抱窝鸡装在笼中，挂在凉爽且光线充足的地方，多给些青菜和饮水，一周后能醒抱。药物法，肌内注射丙酸睾丸素、硫酸铜或口服安乃近。电击法，用低电压刺激母鸡。土法醒抱，用缝衣针刺鸡两脚底或将抱窝鸡放入浅水中，浸鸡的小腿部。此外还有羽毛穿鼻法等。

令人尊敬的鸡蛋性别检测技术

2018 年 11 月，世界上第一批“不杀生”（no-kill）鸡蛋在德国柏林的超市上架，而且其包装上印有“Respeggt”（尊重鸡蛋）字样。这里所说的“不杀生”鸡蛋，是指鸡的受精种蛋经专业设备的雌雄性别检测后，由雌性鸡蛋孵化并长大的母鸡所产的供人类食用的商品鸡蛋。

“不杀生”鸡蛋的诞生背后有一个沉甸甸的社会问题，即每年全世界有 40 亿 ~ 60 亿只雄性小鸡一出生就被销毁。它们有的被闷死，有的被活生生直接投入机器绞碎或碾碎，以作为动物的饲料。被销毁的原因是普通雄性小鸡不会产蛋，长肉也没有雌性小鸡快，种用价值不高，若继续饲养下去，各方面都不经济，而最简便的办法，就是把它们直接摧毁，另作他用。但这种粗暴处置动物生命的方式引起了消费者和动物保护组织的强烈抗议。2015 年，一段视频在网上疯传，一名以色列动物权利活动家愤怒地关闭了一台切鸡机，并要求一名警察把它打开，里面是一群血肉模糊的小黄雏鸡。社会各方面的激烈反应促使全球竞相开发一种对待雄性小公鸡比较人性化的解决方案。在这方面，德国、加拿大、美国及以色列等国的研究水平处于世界前列。

德国超市雷韦集团制订了一个4年计划，该计划的负责人、Seleggt公司总经理布列罗博士表示："如果你能确定一只正在孵化的蛋的性别，你就可以完全不用扑杀活的雄性小鸡。"意思是说，与其在小鸡出生后通过肛鉴法或快慢羽法分辨出小鸡雌雄再将雄性小鸡销毁，不如在受精蛋孵化早期未破壳出生前先检测受精蛋的性别，再将价值不大的雄性鸡蛋直接终止孵化，转为他用。在这一理念的指导下，布列罗博士首先请人研究出一种原理类似验孕的化学标示法，可以检测到雌性鸡蛋中大量存在的激素。若是雄性，检测剂会显示蓝色，而雌性则显示白色，其准确率高达98.5%。随后，他又请一家荷兰科技公司开发出一台能在孵化场进行性别检测的自动化仪器。该仪器使用激光束在蛋壳上烧出0.3毫米宽的孔，接着在壳体上施加空气压力，挤出一滴蛋液作为检测之用。每颗鸡蛋的取液过程只需1秒钟即可完成。

目前已经取得专利保护的"Seleggt"程序可以在卵子受精3天后确定受精卵的性别。于是雄卵被拣出加工成动物饲料，同时对雌卵修复激光切割孔，送回孵化器继续孵化直至小鸡出壳。这套成熟的技术和设备操作简便、可扩展、灵活、精确且卫生，可以在不接触鸡蛋的情况下从鸡蛋中收集液体。最重要的是速度快，因为鸡蛋不能离开孵化器超过两小时。

雷韦集团计划2019年在德国各地的超市推出这种新型的"不杀生"鸡蛋，并希望最终能推广到欧洲各国。而Seleggt公司也计划从2020年开始在独立的孵化场中安装这种设备。

感谢德国、荷兰及其他国家的科学家为动物福利的保护和人类文明的发展所做的伟大贡献。

母鸡产蛋时，是鸡蛋大头先出来还是小头先出来

鸡蛋是人类最常见，也是食用最多的食物之一，但是鸡蛋由母鸡身体内产出时，是大头先出来还是小头先出来估计能说清楚的人不多。

要想弄清这个问题，不妨先了解一下鸡蛋的形成过程。鸡蛋的蛋黄由母鸡的卵巢生成，蛋白在母鸡的输卵管形成，而蛋壳则在母鸡的子宫内形成。在鸡蛋由卵巢向子宫一路前进并形成的过程中，尤其是在蛋白和内外壳膜聚集形成的后一段，鸡蛋是小头朝前移动的。小头朝前运行有利于鸡蛋在输卵管和子宫的黏膜管道中减少阻力，前进顺畅。在子宫内，鸡蛋形成了蛋壳、着上了蛋壳色，完成了最后的成品组装，等待产出的神经命令。在接到允许产出的指令后，鸡蛋在子宫内像变魔术一样，神奇地做了一个 180° 大翻转，大头朝前，进入母鸡的阴道。在阴道中随阴道壁肌肉向外的缓慢努责推动，于是鸡蛋大头朝外产出母鸡体外，至此母鸡完成了历时约 24 小时的全套产蛋程序。另外，鸡蛋大头朝外产出也是因为鸡蛋蛋壳薄，而大头表面积大，相较于鸡蛋小头，落地时单位面积受力均匀，受力较小，较好地避免了蛋壳的损伤，提高了母鸡后代的成活率，这也是长期自然选择，母鸡适应生存的结果。所以，母鸡产蛋时，鸡蛋是大头朝外的。

双黄鸡蛋能孵出两个小鸡吗

双黄鸡蛋就是一个蛋壳中有两个蛋黄的鸡蛋。与正常的一个蛋壳内一个蛋黄的鸡蛋相比，它比较少见。在日本及中国的某些地方，它是喜庆祥瑞之物，象征着“百年好合、白头到老”。但是，双黄蛋能孵出小鸡吗？能孵出两个小鸡吗？

从理论角度讲，只要双黄蛋的两个蛋黄都受了精，应该能孵出双胞胎小鸡。但是事实上的孵化情况要复杂得多。若两个蛋黄都受精，在适宜条件下，两个胚盘都启动孵化程序，在孵化进程中就会发现麻烦接踵而至。首先，两个蛋黄共用一个蛋白，营养不足；其次，两个蛋黄共用一个气室，氧气不足。因为双黄蛋虽然比单黄蛋大，但它拥有的蛋白和气室绝不是单黄蛋的 2 倍，因此，平均下来，双黄蛋每个受精卵所能得到的营养和氧气都不足，在这种不利情况下，大多数雏鸡在孵化的 10 ~ 13 天死亡。个别存活的也可能在孵化的 14 ~ 15 天因无法转身，继而无法啄开蛋壳死亡。因为在正常情况下，14 天时，雏鸡的头部会从鸡蛋小头一边转到鸡蛋的大头一边即气室一边，在方便呼吸的同时，21 天时，啄开蛋壳，开门出世。当然也会有极个别的幸运儿破壳出生，但多数会因为营养不良、身体虚弱而夭折。

还有两种特殊情况不能不说：一是若两个蛋黄先天发生粘连，即使两个雏鸡都能孵化，但在最后 18 天蛋黄吸入鸡腹腔时很可能两个雏鸡谁都无法单独吸入蛋黄，而成为连体鸡或粘连鸡。二是若两个蛋黄只有一个发生受精，则胚盘的前期孵化一定没有问题，但是在最后吸收蛋黄破壳而出时发生尴尬，即蛋黄太多，雏鸡腹腔吸纳不下，导致腹腔先天闭合不严或极度膨大。这两种情况都预后不良。

因此，双黄蛋不适合孵化，宜趁其新鲜时食用为佳。

白壳鸡蛋和红壳鸡蛋哪个营养价值更高

人们购买鸡蛋时，通常认为白壳鸡蛋比红壳鸡蛋营养价值高，真实情况是这样的吗？人们都知道鸡蛋的营养价值很高，也知道吃鸡蛋吃的就是蛋黄和蛋白，但蛋黄和蛋白在蛋壳里包着，看也看不到，于是人们从蛋壳颜色来推测鸡蛋的营养价值，这种推测有没有依据呢？

首先，来看看鸡蛋是怎么样形成的。鸡蛋在鸡的生殖系统中形成，其中蛋黄由卵巢形成，蛋白由输卵管形成，包在最外边的蛋壳在鸡的子宫内形成。由此可见，在蛋壳最后组装之前，代表鸡蛋营养价值的蛋黄和蛋白早已形成。其次，就鸡的品种上来讲，蛋壳的颜色跟鸡的品种有关，一般黄羽鸡产红壳蛋，白羽鸡产白壳蛋，而黄羽鸡与白羽鸡的杂交鸡产的是粉壳蛋。也就是说，鸡蛋壳的颜色是由鸡的遗传基因决定的。就生化上讲，蛋壳的颜色主要来自两种物质：原卟啉和胆绿素。这两种物质比例不同，蛋壳就呈现不同颜色。其中，原卟啉产生黄色、红色和褐色，而胆绿素产生蓝紫色和绿色。原卟啉主要由鸡的输卵管细胞合成。胆绿素的形成则主要由衰老的红细胞在肝脏被破坏的时候产生。所以，鸡蛋的营养价值高低不能从蛋壳的颜色上来判断，蛋壳的颜色只能反映鸡的品种和健康状况。

实际上，各种鸡蛋的营养价值都差不多，那种所谓“土鸡吃虫草下的白壳蛋营养价值高，洋鸡吃饲料下的红壳蛋营养价值偏低”的说法是没根据的。只要鸡健康，所吃的料营养全面，无论什么颜色蛋壳的鸡蛋，营养价值都高。

新鲜禽蛋有“八怕”

禽蛋离开母体后，从外观上看，它是一个静止的蛋形物体，但实际上它是一个活的、还在进行生理活动的生命体。这个脆弱的新鲜禽蛋娃娃有八个特征，也叫“八怕”。

一、怕高温

存放新鲜禽蛋的适宜温度以0℃左右为好。如果室温在10～20℃，禽蛋的外蛋壳膜很快消失，蛋内的系带和浓厚蛋白变稀薄，蛋内水分通过气孔向外蒸发，存放时间变短。如果这枚禽蛋是受精蛋，若室温继续上升，则会引起胚胎变化。一般气温在21℃以下胚胎不会发育；当气温升至21～25℃时，胚胎发育开始启动；到25～28℃时，发育加快；当气温进一步升至37.5～39℃时，达到孵化温度，在此温度下，鸡蛋21天、鸭蛋28天、鹅蛋31天雏禽就会破壳而出。

二、怕潮湿

潮湿是新鲜禽蛋变质的一个常见原因。禽蛋经雨淋、水洗或受潮后，蛋壳上的胶质薄膜会立即消失，致使蛋壳上的气孔大开并与外界相通，在适宜的温度下，细菌很快侵入蛋内，使蛋白质分解，蛋出现腐败；同时，霉菌的菌丝也侵入蛋内生长，使蛋发生霉变。

三、怕异味

新鲜禽蛋存放时，蛋内的生命活动并未停止，蛋的呼吸还要进行，因此，新鲜禽蛋具有吸收异味的特性。这时若禽蛋正好与鱼腥产品、农药、煤油等“味大”物质存放在一起，就会沾上异味，影响食用。

四、怕冻结

当存放温度低至 –2 ℃，蛋内容物开始出现冻结；当存放温度低于 –4 ℃时，蛋壳冻裂。

五、怕污染

新鲜禽蛋受禽粪、蛋液等污物沾染后，蛋壳上会留存大量有害微生物。这些微生物一旦侵入蛋内，就会导致禽蛋腐败变质。

六、怕撞击

蛋壳的主要成分是碳酸钙，其厚度也仅为 0.3 ~ 0.35 毫米，因此蛋壳易碎。若在禽蛋的捡拾、包装、运输等过程中，受到撞、碰、压或过度震荡，都会引起蛋壳破裂，甚至出现系带脱落，蛋黄膜撕裂，进而造成蛋壳裂纹、沾壳和散黄。

七、怕久存

新鲜禽蛋属鲜活商品，若存放时间过久，蛋白的水分就会渗入蛋黄，致蛋黄膜破裂成为散黄蛋。同时蛋白也变稀薄，系带逐渐消失，继而成为沾壳蛋。

八、怕闷气

若将新鲜禽蛋存放于不通风环境中，蛋的呼吸会受影响，将导致蛋的变质。

鸡蛋不新鲜时，蛋黄会偏离一侧吗

新鲜的鸡蛋平放时，蛋黄并不是“四无着落”地浮在鸡蛋中央。蛋黄两侧存在着两条叫作“卵黄系带”的结构，新鲜的卵黄系带很粗且富有弹性，它沿着鸡蛋长轴方向一端连接着蛋黄，另一端连接在蛋壳膜上，可以把蛋黄牢牢地固定在鸡蛋的中央。但是随着鸡蛋保存时间的延长，卵黄系带会受到蛋清内的酶的作用而发生水解，逐渐变细变脆弱，甚至完全消失，由于蛋黄密度比蛋清密度小，蛋黄会漂浮到蛋的上层。如果蛋黄偏离严重，蛋黄膜与蛋壳膜发生粘连，就会出现“贴壳蛋”。因此蛋黄是否发生偏离，可以作为判断鸡蛋是否新鲜的一个指标。最简便的操作方法是把鸡蛋平放在桌面上，轻轻转一转，如果鸡蛋总是一面朝下的话，那就说明蛋黄偏心上浮，不新鲜了。但这种简单的鉴别方法不适用于煮熟的鸡蛋，煮熟的鸡蛋在加热过程中卵黄系带会断裂，因此蛋黄总是偏在一侧，不能反映煮熟前的真实状况。

不宜吃生鸡蛋

鸡蛋营养丰富而且各种营养元素比例很适合人类需求，是人类天然

的美味佳肴，但生鸡蛋却不适合人们食用，这是为什么呢?

第一，生鸡蛋具有一种特殊的腥味，这种腥味可以抑制中枢神经，使消化液分泌减少。因此，吃生鸡蛋会影响食欲，进而可能引起食欲不振和消化不良。

第二，生鸡蛋中的蛋白质不易消化吸收。生鸡蛋的蛋白质结构致密，在胃肠道不易被蛋白水解酶所水解，同时，生鸡蛋中还有一种抗胰蛋白酶，这种物质能抑制胰蛋白酶对食物蛋白质的水解。此外，生鸡蛋呈半流质样黏胶状，在胃肠道停留时间很短。上述情况使生鸡蛋中大部分蛋白质和其他营养素由于消化吸收不完全而造成浪费，使鸡蛋的实际营养价值大幅降低。

第三，生蛋清中含有一种对人体有害的蛋白质——亲和素。亲和素在肠道中能与生物素（维生素 H）等紧密结合，成为一种稳定而无活性的复合物，从而妨碍生物素的吸收，但生物素是合成维生素 C、脂肪及蛋白质代谢不可或缺的必要物质。因此，过量食用生鸡蛋会引起维生素缺乏，机体可能出现脱毛、体重减轻、皮炎和失眠等症状。

第四，大量未经消化的蛋白质可能在大肠下部受到大肠杆菌的作用而发生腐败，产生较多的有毒物质，如胺、酚、氨、吲哚、硫化氢等。这些有毒物质虽然一部分可以随粪便排出体外，但还有相当一部分被肠道吸收，经门静脉进入肝脏，由肝脏进行解毒处理。因此，吃生鸡蛋会增加肝脏负担，造成肝功能损害。

最后，生鸡蛋蛋壳上和流质内会带有一些细菌、霉菌或寄生虫卵等病原体，如果吃了受病原体污染的生鸡蛋，则可能会引起急性肠胃炎。

东阳童子蛋

东阳童子蛋是浙江省东阳市用童子的尿煮的鸡蛋。童子蛋在东阳市历史悠久，每到开春季节，人们都会煮童子蛋，吃童子蛋。2008 年童子蛋入选东阳市非物质文化遗产。

童子蛋的作用：利用小便中沉淀物结晶体——“人中白”的功效，可以滋阴降火，止血治瘀。开春时节下地劳作的人吃，既有鸡蛋的营养，还使人春不犯困，夏不中暑。

童子蛋的原料：鸡蛋和童子尿液。童子尿也称“轮回酒”“还元汤”，古代医家认为，小儿是纯阳之体，代表着无限生命力的阳气、元气，尿液是肾中阳气温煦产生的，虽已属代谢物，但仍保留着真元之气。其味咸、寒、无毒，主治寒热头疼，最是滋阴降火妙品。童子尿应取自 4 ~ 5 岁健康男童，若童子能不食荤膻，同时能取其排尿时中段的清澈如水的尿液为最佳。

童子蛋的做法：先把鸡蛋加入新鲜的童子尿液大火煮开，再把蛋取出蛋壳敲破，再放进锅中继续煮，过一段时间，把上下层的鸡蛋颠倒位置，反复煮，煮上整整一天一夜，这样煮熟的鸡蛋叫童子蛋。吃时烤热，则外焦里嫩。

煮熟的鸡蛋蛋黄外面会呈现灰绿色

煮鸡蛋时会发现，煮 3 分钟，蛋黄未固化成型；煮 5 分钟，蛋黄表面会出现灰绿色；煮 10 分钟，蛋黄表面明显出现灰绿色层。为什么会出现这种颜色变化呢？原来，鸡蛋在沸水中煮得时间过长，鸡蛋内部会发生一系列化学变化。如蛋白中蛋白质含有较多的蛋氨酸和半胱氨酸，经过长时间加热后，两种氨基酸能分解出硫化物（如硫化氢），硫化物朝着鸡蛋中温度低的地方流动，也就是鸡蛋的中心部位——蛋黄，它与蛋黄中的亚铁离子发生反应，在蛋黄的周围形成绿色或灰绿色的硫化亚铁。硫化亚铁不易被人体吸收利用。因此，长时间煮鸡蛋会造成鸡蛋中营养素大量流失，降低鸡蛋的营养价值，所以一直在热锅中泡煮的茶叶蛋实际营养有限。

煮鸡蛋正确的方法是：鸡蛋放入锅中，加凉水（水没过鸡蛋），加热至水沸腾，持续 5 ~ 7 分钟为宜，停火，把鸡蛋捞出，放在冷水中冷却即可。

鸡精是从哪里来的

鸡精，从字面意思理解，应该是鸡的精华。既然是精华，不仅要营养全面，而且要营养丰富。多数人想象，鸡精应该是这样被制出来的：取一只健康母鸡，宰杀后，去除内脏，洗剥干净，放在大锅中熬，熬到骨烂汤浓后，烘干制成细粒状即成鸡精。其实，鸡精不是从鸡肉中提取的，它是一种复合鲜味剂，说白了，就是一种调味品。

鸡精是在味精的基础上加入核苷酸等化学调料制成的，因为核苷酸带有鸡肉的鲜味，故名鸡精。所有适合使用味精的场合加入鸡精都有增鲜调味的作用。按照鸡精调味行业标准，鸡精中味精的含量不低于35%，食盐的含量不能高于40%，呈味核苷酸二钠即鲜味剂的含量不低于1.1%，而鸡精中鸡肉 / 鸡骨的含量要求不低于3.2%。也就是说，只要鸡精中鸡肉 / 鸡骨的总含量不低于3.2%，该产品就可以称为“鸡精”。鉴于鸡精中占比最大的两样物质都不是营养物质，所以鸡精可谓“增鲜有余，营养不足”。这进一步提醒我们，鸡精的定位是调味品不是营养品，只可微量添加，不可过量投入。还要提醒大家，因为鸡精中钠含量高，高血压者慎用；因为核苷酸能降解为尿酸，痛风患者忌用。

鸡毛信

鸡毛信源于“羽檄”。“羽檄”是古时征调军队的文书，《汉书·高帝纪下》载：“吾以羽檄征天下兵。”唐颜师古注：“檄者，以木简为书，长尺二寸，用征召也。其有急事，则加以鸟羽插之，示速疾也。”古代驿站，凡传递特急信件者，习惯在信件背后插上三根鸡毛，人们称之“鸡毛信”。“羽檄”又叫“羽书”。南朝齐梁虞羲《咏霍将军北伐》诗：“羽书时断绝，刁斗昼夜惊。”杜甫《秋兴》诗：“直北关山金鼓振，征西车马羽书迟。”

北宋沈括《梦溪笔谈》载，“驿传旧有三等：曰步递、马递、急脚递。急脚递最遽，日行四百里，惟军兴则用之。熙宁中，又有金字牌急脚递，如古之羽檄也”。可见，北宋的“金牌”令相当于宋之前的“羽檄”。历史也有实例证明：当抗金名将岳飞在朱仙镇大捷后准备挥师北伐时，一天连接宰相秦桧十二道金牌，不得不班师回撤。到清朝时，不管清王朝还是太平天国，又大量使用“羽檄”。

抗战时期，在国民党和日伪军的严密封锁下，“鸡毛信”这种近乎原始的传书方式再次被启用，尤其是在太行山抗日根据地使用广泛。黄克诚大将甚至说过：“鸡毛信源于山西牺盟会（山西牺牲救国同盟会）。”鸡毛信分一般、急件和特级三种，无邮票邮戳，只在信的右上角标上“+”“++”“+++”以示紧急程度。信封用本地所产的棕黑色桑树皮纸折围而成，若信封上插或粘三根鸡毛，表示最高级别，必须派一个营或一个连的兵力护送。鸡毛信的使用，的确改善了根据地情报渠道不畅、信息不及时的状况。

目前全国现存的鸡毛信实物十分罕见，其中一件保存于安徽省档案馆，这是一封黟县档案馆收藏的鸡毛信实物。信封所署时间是民国初年，由芜湖申报分馆向黟县一位名叫王立培的人寄出，信中只有一句话:“如再不理，即传票仍由黟县转交，勿谓言之不预也。”

另一件是抗日战争初期由河北省元氏县仙翁寨发出的。这件实寄封正面从右到左写着“递至邢台县安荘交刘德齐先生尊启，八路军自元氏县仙翁寨缄”字样。背面有两根羽鸡毛痕迹和五个戳，戳上面印着“冀西抗日区交通网”，起寄时间和到达时间都有。

鸡是五德之禽，同时“鸡”与“疾”“吉”同音，所以在信封上插（粘）上鸡毛，是希望信件的投递如鸡疾走一样迅速，而且能逢凶化吉，又快又安全地到达。这也许是“鸡毛信”的真正寓意。

扎鸡毛掸对鸡毛的选择

鸡毛掸又叫鸡毛扫帚，就是用鸡毛做成的用具。以一根野藤条为主杆，周边绑扎上许多羽毛，用于清除器物表面的灰尘。鸡毛掸去尘的原理是羽毛通过摩擦产生静电，而静电可以吸附灰尘。

鸡毛掸源于中国，出现在约 4 000 年前的夏朝。在中国，上至皇家，下到平民，家家都用到鸡毛掸。过去宦贾之家的中堂上多摆放一对掸瓶，掸瓶里插上一把鸡毛掸，寓意“平（瓶）安吉（鸡）祥”。上等的鸡毛掸用雄鸡羽毛制成，看上去色彩鲜艳，神气活泼。人们认为，凤凰是由雄鸡演变而来的，是吉祥物。旧时一些地方姑娘出嫁，娘家总要陪送两把鸡毛掸，一是给姑娘壮胆（掸），二是为了纳福迎祥。

公鸡的尾毛、颈毛（项毛）、背毛称为公鸡的“三把毛”，公鸡尾巴上长的几根黑色长毛，又叫甩毛。尾毛、颈毛、背毛和甩毛都可以用来制作鸡毛掸，但混合鸡毛中的下脚毛一定要舍弃。上等的鸡毛掸只选取鸡脖子和翅膀之间的一小段羽毛来做。选好的羽毛至少要经过 8 次筛择，然后将相同部位的羽毛用针穿连起来，再经历清洁、穿杆、上杆等数十道工序，才能完工。当然鸡脖子上的羽毛最漂亮，要放在鸡毛掸最显眼的位置上。一把鸡毛掸要用质量 5 两（1 两 =50 克）左右的雄鸡鸡毛。

清朝是鸡毛掸子发展的鼎盛时期，当时最负盛名的制掸名家是天津蔡家。蔡氏贡掸创始人蔡锡九扎的鸡毛掸，漂亮耐用，从不掉毛，深受百姓喜爱，后经人引荐，成为皇家贡品。皇家对红、黑两种颜色的鸡毛掸最关注，认为红色贡掸能招财纳福，而黑色贡掸（又叫墨龙）能辟邪镇宅。极品贡掸对选羽极为苛刻，必须来自 1～4 年散养、吃活食的成年公鸡，每只公鸡可选羽毛不超过 10 根，一把用羽 8 000 根的贡掸，至少要在 1 000 只公鸡中精细选毛，而这种公鸡在上百只鸡中才能选出 1 只，也就是说，一把贡掸要在数十万只鸡中选毛。现在，蔡氏贡掸中最贵的标价 18 万元。

打鸡血

“打鸡血”是一种调侃的说法，形容某人对特定的人或事突然情绪亢奋。“打鸡血”的说法从何而来？打鸡血真的能让人兴奋吗？

民间的确有过“鸡血疗法”，这是一种流行于20世纪六七十年代的保健术，前后历时10个月左右。方法是从12月龄公鸡（据说体重2千克以上纯种白色来航鸡最好）翅膀下的静脉抽取鸡血几十毫升，然后直接注射到人体肌肉中，每周一次。据了解，鸡血注射后，一些人有进补后的感觉，浑身燥热，脸色红润，短期内产生“兴奋”感。

真正鸡血疗法的创始人是上海医生俞昌时，俞昌时毕业于上海亚东医科大学，在武昌开过私人诊所，抗战期间担任过军医，还在南丰县担任过卫生院院长，行医时间有20多年。俞昌时给人打鸡血的想法起源于1952年偶尔一次在鸡的肛门里量了一下温度，发现鸡的体温竟高达43℃，因此推断鸡血的发热机能特别高，神经中枢的调节作用特别强，可以促进新陈代谢，并且抗菌、抗毒。本来中医里就有很多内服、外敷鸡血以治病的方子，俞昌时结合自己的现代医学知识，决定尝试给人注射鸡血。于是1959年5月26日，在上海永安棉纺三厂，俞昌时在邀请来的围观群众面前，给自己打了一毫升新鲜鸡血，不仅没出现任何不良症状，反而面色红润、精力充沛，还说“不到三小时，就感觉奇饿，中午吃了八两饭”。俞昌时自己印发的《鸡血疗法》小册子和当时“少花钱，治大病；不花钱，也治病”的医疗宣传口号不谋而合。结果“一针鸡血祛病强身”的神奇传闻不胫而走。一时间，全国很多地方，每天早上都有人在医院的门诊外抱着公鸡排着长队，准备打鸡血。

那么，鸡血“大补”的实际机制是什么呢？其实是过敏反应。因为鸡血被注射进人的肌肉组织，而不是静脉血管，打进肌肉的鸡血会被吸收，但由于异种蛋白会引起人体免疫系统的排异和过敏反应，因此人会表现出皮肤潮红、心率加快等保护性临床症状，的确给人一种“大补”的感觉。这种非特异性免疫反应也的确对某些疾病有一定的疗效。但如果过敏反应过于严重，则会带来比如过敏性休克、死亡等并发症。而鸡血本身会带有寄生虫和致病菌，直接注射进人体危害可想而知。根据上海市卫生局1962年的调查报告，688个病例，其中16.6%打过四针以上鸡血的病人出现了畏寒、发热、淋巴结肿大、荨麻疹、局部红肿疼痛等症状，还有6个病人休克。1965年，上海市卫生局召开专家座谈会，再次研究“打鸡血”问题，最后得出结论：新鲜鸡血不安全，虽然对某些慢性病有治疗效果，但都是些无伤大雅的小病，不值得冒着过敏反应的风险去打鸡血。

斑蝥黄

2019年央视“3·15”晚会上曝光的以笼养蛋鸡所产的普通鸡蛋假冒土鸡蛋现象，虽然不是食品安全问题，但还是从新闻角度向广大消费者宣传和普及了一个添加剂名词——斑蝥黄。

在了解斑蝥黄之前，先要知道什么是斑蝥。斑蝥又叫龙尾、花壳虫等，也就是鲁迅先生《从百草园到三味书屋》中记述的放屁虫，它是一种芫菁科昆虫，分南方大斑蝥和黄黑小斑蝥两种，以广西、安徽、河南产量较大。中医上斑蝥具有破血逐瘀、散结消癥、攻毒蚀疮的功效，主治癥瘕、经闭、顽癣、瘰疬、赘疣、痈疽不溃、恶疮死肌等病症。在国外，古罗马时期一度将斑蝥作为春药，后作堕胎药和兴奋剂使用。

斑蝥黄，又称β–胡萝卜素–4，4’–二酮、斑蝥黄素、斑蝥黄嘌呤、斑蝥素黄嘌呤、角黄素、裸藻酮、鸡油菌黄质等，是一种非维生素A源的酮式类胡萝卜素，天然品存在于甲鱼、鱼类、藻类和昆虫体内，具有着色、抗氧化、免疫促进、保护皮肤和骨骼健康等多种生理功能，可应用于食品加工、化工、医药和饲料等行业。由于这种着色剂染出来的颜色酷似斑蝥背甲壳上的黄色，因此将之命名为斑蝥黄。

2013 年 12 月农业部发布《饲料添加剂品种目录（2013）》（中华人民共和国农业部公告第 2045 号，于 2014 年 2 月 1 日开始实施），允许 β－胡萝卜素－4，4’－二酮（斑蝥黄）、β－胡萝卜素、辣椒红等作为饲料添加剂在家禽饲养上使用。

作为着色剂，斑蝥黄的主要成分为斑蝥黄质、玉米淀粉、黄糊精、蔗糖、乙氧基喹啉、抗坏血酸棕榈酯等，着色对象是食用家禽和蛋黄等。斑蝥黄日常广泛用于各种配合料、预混料、粉料、颗粒剂和膨化料，能显著增加家禽皮肤、脚、酮体和蛋的颜色及亮度。原农业部公告对使用量没有具体限制，只要在适当范围内，不会影响人体健康。着色后色调不受 pH 影响。斑蝥黄具有抗氧化性，对日光照射也相当稳定，不易褪色。

人们之所以偏爱土鸡蛋，是因为土鸡蛋是由在舍外或室外自由采食的母鸡生产的，又因为母鸡能吃到更多富含叶黄素的野草、蔬菜（至少连续吃 20 天以上，蛋黄才会更黄）以及动物性蛋白（如昆虫），所以土鸡蛋的蛋黄比普通笼养饲料鸡的蛋黄更黄更橙，人们也由此来简单区分土鸡蛋和普通鸡蛋。土鸡蛋的价格比普通鸡蛋自然要贵许多，一些脑袋“灵活”的蛋鸡养殖户找到了“捷径”——直接在饲料中加斑蝥黄。有更大胆的，在饲料中加苏丹红，它们都能使蛋黄很快变黄，甚至变橙色，但这两种“捷径”的性质截然不同。在饲料中加斑蝥黄是国家允许的，因此鸡蛋的食用安全没有问题，有问题的只是经济上“挂羊头卖狗肉”的欺诈行为。而在鸡饲料中添加苏丹红则纯粹是食品安全方面的违法问题，是不可饶恕的犯罪行为。

牝鸡司晨的麻烦

成语“牝鸡司晨”的意思是，母鸡报晓，旧时用来比喻女人篡权乱世，人们认为这是凶祸之兆。

“牝鸡司晨”出自春秋时孔丘的《尚书·牧誓》：“古人有言曰：‘牝鸡无晨；牝鸡之晨，惟家之索。’今商王受惟妇言是用，昏弃厥肆祀，弗答……”“牝”中的“匕”，既是声旁也是形旁，是“妣”的省略，因此，“牝”指雌性的鸟兽类及锁孔和溪谷。若代表女性，则通常指生育过的妇女。后来“牝”泛指阴性的事物。所以，“牝鸡”指的是母鸡（或指阉割过的母鸡）。“牡”字与“牝”相对，“牡”指雄性的鸟兽类及锁匙和丘陵。《牧誓》是周武王伐纣时在牧野向部下将士和各盟友宣读的誓师词，或叫战斗檄文。所以，上面的一段话可以解读为：“古人说：‘母鸡是没有在清晨报晓的；若母鸡报晓，说明这户人家就要衰落了。’现在商纣王只听信妇人的话，对祖先的祭祀不闻不问，这种情况（我们）不能答应啊……”

母鸡的职责是在窝内下蛋（俗称：嬔蛋），雄鸡的任务是在巢外“一唱天下白”。若雌鸡像雄鸡那样啼鸣（指母鸡报晓），是不正常的生物性逆转现象（当家禽左侧卵巢机能衰退或丧失时，右侧未发育的生殖腺有时能重新继续发育，若成为卵睾体或睾丸，则出现性逆转现象）。早在周代之前，人们已笃信“牝鸡司晨”是家道衰败的前兆。《集解》引孔安国（公元前156—前74年，孔丘第十世孙）曰：“喻妇人知外事，雌代雄鸣，则家尽也。”孔传（公元1065—1139年，孔丘第四十六世孙）

亦曰："喻妇人知外事。雌代雄鸣则家尽，妇夺夫政则国亡。"意思是说，（旧时）妇人宜主内，男人合主外。若妇人强势掌权主外，将颠倒阴阳，混乱常纲，于家，则家败；于国，则国亡。

"牝鸡司晨"现象，历史上多有记述。北宋薛居正《旧五代史·庄宗纪论》："外则伶人乱政，内则牝鸡司晨。"清赵翼《乾陵》诗："一番时局牝朝新，安坐妆台换紫宸。臣仆不妨居妾位，英雄何必在男身。"研究不难发现，真正牝鸡司晨者的身份都是太后、皇后及太皇太后等皇帝的近亲，据统计，从秦昭王之母宣太后一直到慈禧太后，一共有 24 位之多。其中武则天更是干脆自当皇帝，所以明杨慎《艺林伐山·牝朝》说："唐人目武后之世为牝朝。"

期望满满的鸡首壶

鸡首壶，又名鸡头壶、天鸡壶，晋时又称"罂"，是一种盛酒（水）的器皿。因壶嘴作鸡首状而得名。它是中国瓷器史上最早的"有嘴"的壶，因此地位独特。

鸡首壶最早出现于西晋时期，由浙江地区的越窑首先创烧。西晋时器形小，圆腹，肩部附一鸡首，鸡首小而无颈，壶嘴实心。到东晋时，鸡首部分的作用逐渐由装饰性变为实用性，即鸡首与壶腹相通，成为可以出酒（水）的流部。同时鸡首具短颈，喙变圆，冠加高，鸡尾消失。南朝时，壶身加高，鸡颈增长。隋代壶体更高，鸡颈长且作仰首啼鸣状，鸡尾柄变塑贴龙首。至唐（公元 618—907 年）初，鸡首壶被执壶所替代，渐趋消亡。

古人造壶为何会选择“鸡”的造型呢？鸡首壶的出现，应该与我国自古崇鸡的文化现象有关。鸡是人们日常生活中最常见的家禽，是十二生肖中唯一的禽类动物。鸡在十二生肖中排第十，称为“酉”。东汉思想家王充（公元27—97年）在其著作《论衡》中说：“酉，鸡也。”“酉”的汉字造型与酒器象形。汉代淮南王刘安“鸡犬升天”的神话、东晋陶渊明“阡陌交通，鸡犬相闻”和“鸡鸣桑树颠”的诗句，尤其东晋祖逖“闻鸡起舞”的典故，说明当时的乡野村落中鸡已经极为普遍。汉代《韩诗外传》将鸡称为具有文、武、勇、仁、信五德的“德禽”。“鸡”与“吉”谐音，寓意吉祥，执鸡首壶与人斟酒、加水，意谓“送吉添祥”。鸡首壶延续使用了数百年，反映出人们在汉末魏晋南北朝那段社会大动荡时期，对吉祥安宁生活的美好向往。特别是在隋朝时，鸡首壶雄鸡头配龙形把柄的完美造型，寓意龙凤呈祥，大吉大利，表达了人们对平静祥和田园生活的无比珍惜。

《礼记·中庸》曰：“事死如事生，事亡如事存，孝之至也。”两晋墓葬中大量陶瓷鸡和鸡舍的出土，真实地反映了两晋民众当时的社会生活状况和社会心理期求。

羽毛测风器——五两

风是自然界最常见的现象之一，我国古人很早就利用各种装置或媒介来观测风。在商代，就借助旗上的飘带来观测风向，有了“四面风”的观念；到春秋战国时，更有了“八方风”认识；到了汉代，发明了铜制的测风器——“铜凤凰”和“相风铜乌”。“铜凤凰”最早见之于公元前104年的西汉，“相风铜乌”铸烧于东汉时期。这些铜制的测风器，是世界上最早的测风仪器，比西方的“候风鸡”早了近1 000年。但是铜制的测风器比较笨重，转动不甚灵便，因此逐渐被出现于晋朝以后唐朝之前的羽毛测风器所替代。

对于羽毛测风器，唐朝李淳风（公元602—670年）在《乙巳占》中记载：“凡候风者，必于高迴平原立五丈长竿，以鸡羽八两为葆，属于竿上以候风。”北宋徐兢（公元1091—1153年）也在《宣和奉使高丽图经》中说：“立竿以鸟羽候风所向，谓之五两。”羽毛测风器上所选用的羽毛多为鸡羽，一般重量为五两到八两。有一定重量的羽毛测风器不但能指示风向，还能根据羽片飞起的高度测定风力的大小。至此，羽毛测风器在唐以后广为使用，人们又称其为“五两”。

“五两”不仅应用到人们生产生活的方方面面，也多见诸于名人的诗句中，北宋诗人晁说之在其《次韵作·芳草摇轻碧》诗中慨叹：“梦断三千里，愁生五两风。”明代诗词名家张挨在其《西溪步归》诗中写道：“樵唱千村雨，渔歌五两风。”清代诗人元璟在其《蛟门》诗中吟唱：“十丈帆张五两风，笑谈间已出蛟宫。”

咏 鸡

咏鹅

鹅，鹅，鹅，曲项向天歌。

白毛浮绿水，红掌拨清波。

这首脍炙人口的小诗，是距今约1 390年“初唐四杰”之一的诗人骆宾王在7岁时创作的，诗歌以简练上口的语句给人们展示了一幅形象、声音、色彩、动态俱备的白鹅戏水图。

无独有偶，在2016年湖南湘阴第二届“农民文学奖”评选上，70岁的农民诗人危勇老先生仿《咏鹅》题材，创作参选的一首《咏鸡》得到了评委们的一致好评，斩获“农民文学奖”大奖。

咏鸡

鸡，鸡，鸡，尖嘴对天啼。

三更呼皓月，五鼓唤晨曦。

白居易是唐朝三大诗人之一，与李白、杜甫齐名。传说他每有新作必先念给家中或邻居的老太太听，然后问她们能否听懂，若是听懂了，把诗记录下来；若是没听懂，则继续修改，直至她们理解听懂。所以白居易的诗才能流传千古，被社会各阶层主动传诵。《咏鹅》和《咏鸡》也是如此，那些真正深入生活实际，仔细观察生活细节，并用简朴又朗朗上口的语言创作出来的作品，才能接地气，才能被广大民众接受。

受《咏鸡》创作灵感的影响，《咏牛》《咏猫》《咏猪》等类似的作品也被网民创作出来，或慨叹，或戏语，或讥讽，百花齐放，真是高手在民间啊。

咏牛

牛，牛，牛，终生苦无酬。

奋蹄耕岁月，俯首驮春秋。

咏猫

猫，猫，猫，整日爱撒娇。

白毛配短腿，没事就喵喵。

咏猪

猪，猪，猪，头大脖子粗。

以前十来块，现在三十五。

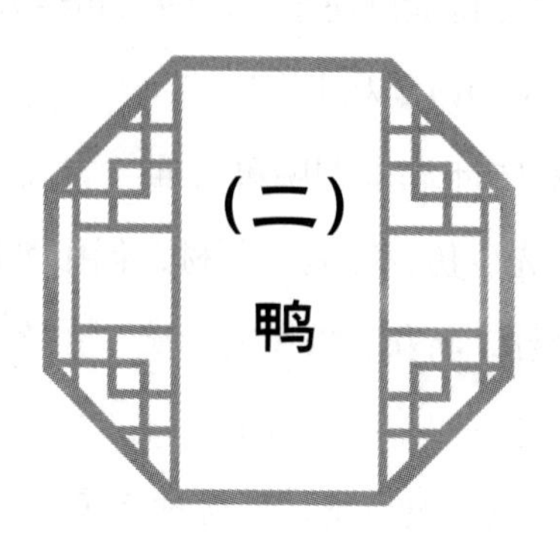

话说家鸭

家鸭是经人工驯化和饲养的鸭，属于常见家禽的一种，是一种水、陆两栖动物，但不能在水中待太久。鸭子体型较小，羽毛较短，飞行距离有限。所有鸭都在头一年内性成熟，仅在繁殖季节成对，不像天鹅和雁那样成熟较晚且终生配对。

鸭子是 2 000 多年前由其野生祖先驯化而来的，驯化之后，肉鸭、蛋鸭发生了分化。有关基因的变异导致鸭子产生了白色的羽毛。在驯化过程中，一些与大脑和神经系统发育有关的基因受到了正选择，使得鸭子变得更加温驯。从众多家鸭品种的生物学特性、形态特征和染色体核型的研究结果看，除疣鼻栖鸭以外，几乎所有家鸭品种都是由野生绿头鸭和斑嘴鸭驯化而来。绿头鸭春天从南方飞到北方产卵，秋天再飞到南方越冬。它们被人类驯养后，便失去了迁徙的飞性。家鸭的变异要比家鸡少得多，虽然在羽毛上与野鸭有很大不同，但公鸭的四根中央尾羽向

上卷曲，和绿头鸭的公鸭一样，有时身体上的羽毛也十分相似。任何野生动物被驯化为家养，必须要经过一个强制过程。因为只有经过几代、几十代的驯养，野鸭的野性才可能退化，家鸭的“文明”才可能显示并稳定下来。中国是世界上最早把野鸭驯化为家鸭的国家，其次是东南亚地区，晚一点的是欧洲、美洲等。

我国地方家鸭品种丰富。根据鸭的特有行为，鸭可分为钻水鸭、潜水鸭和栖鸭 3 个主要类群。绿头鸭是一种典型的钻水鸭。在我国现有的鸭种中，北京鸭是世界上最著名的肉鸭品种，樱桃谷鸭、枫叶鸭等都是由北京鸭繁育而来。

家鸭在我国古代文献中称“舒凫”或“鹜”，别称左军、仙凫、青头鸡、减脚鹅等。我国最早的一部古籍《尔雅》中就有关于养鸭的记载。周代已有将鸭作为烹饪原料的记载。公元 1184 年宋朝罗愿所著的《尔雅翼》一书中，就明确指出鹜就是绿头鸭。苏轼的“竹外桃花三两枝，春江水暖鸭先知”是中国咏描鸭子的最著名诗句。

鸭在中国的饮食文化中是相当重要的食材，像北京烤鸭和南京咸水鸭都是享誉中外的风味名菜。

在军事上，人们在设计战机的外形时，参照鸭子的姿态，运用仿生学原理，发明了“鸭式布局”，也就是飞机飞起来像一只鸭子，这样的布局大大提高了战斗机的机动性。

鸭子不会孵化鸭蛋

“鸡、鸡，三七二十一；鸭、鸭，四七二十八；鹅、鹅，一月才伸脖。”

这句地方农谚生动、精确地总结了鸡、鸭、鹅三种家禽的孵化时间。而同时又有农村俗话说："母鸡抱窝，母鹅抱窝，唯有母鸭不抱窝。"这两句话传递了一个意义相反的信息：一个说母鸭孵化小鸭的时间是28天，一个却说母鸭不会孵蛋。那么到底鸭子会不会孵蛋呢？答案是鸭子会孵蛋。鸭子如果不会孵蛋早就灭绝了。野鸭不仅会孵化小鸭，还会自己筑巢，直至把小鸭养育成"鸭"。也就是说，作为"母亲"，野母鸭生、养、育都会，毕竟这是它们物种繁衍的基础技能。其实上面所说的"母鸭不抱窝"特指的是家鸭。家鸭一身轻松，只会生，不懂孵育。

家鸭这种习性是人类对鸭子选择性驯化的结果。人们及时收走鸭巢中的鸭蛋，使鸭子在鸭巢中长期接触不到鸭蛋，更没时间孵蛋，渐渐地鸭子孵蛋的本能消失了。人们之所以不让鸭子来孵蛋，是因为母鸭一年中抱窝的次数较少，鸭子孵蛋的过程时间比较长，而且在孵蛋期间母鸭不但停止产蛋，而且体重也会下降，这样会严重影响鸭蛋和鸭肉对人类的供应。所以，人类消除鸭子孵蛋本能的目的，是为了使母鸭专心产蛋、轻松长肉。当然，鸭的抱窝并不是彻底退化了，在生产生活中，人们发现，仍有少数鸭会在日龄过大或气温炎热时出现抱窝现象。

鸭蛋总得有谁来孵，这时候老母鸡被推选出来，母性满满的母鸡并不能够分辨鸡蛋和鸭蛋，只知道一窝一窝地孵，而且还能把孵化出来的小鸭子带大。人们多用母鸡孵化鸭蛋的另一个原因就是一年中母鸡的抱窝次数相对要多一些，与此同时母鸡孵化鸭蛋的时间要短一些。后来，人们为适应大规模孵化所需，又发明了智能电孵法。

鸭蛋心为什么这样红

“苏丹红”一词之所以在广大消费者中知名度很高，主要“得益”于“红心鸭蛋”事件：鸭蛋心红得过分，鲜艳得不正常，经食品安全监测机构检测，原来是其中添加了“苏丹红”。

苏丹红学名苏丹，是一种人工合成的亲脂性偶氮染料，成品为黄色粉末，不溶于水，微溶于乙醇，易溶于油脂。分为苏丹红Ⅰ（苏丹红一号）、苏丹红Ⅱ、苏丹红Ⅲ和苏丹红Ⅳ等四种。常作为化工染色剂，被广泛用于如溶剂、油、蜡、汽油的增色以及鞋、地板等增光方面。由于用苏丹红染色后的食品颜色非常鲜艳且不易褪色，能引起人们强烈的食欲，所以一些不法食品企业或个人把苏丹红添加到食品及饲料中。常见的添加苏丹红的食品有辣椒粉、辣椒油、红豆腐、红心禽蛋等。物极必反，最后使苏丹红“爆红”，同时又千夫所指的就是红心禽蛋。

苏丹红并非食品添加剂，其分子中含偶氮结构，有致癌性，尤其是苏丹红Ⅰ。机制是进入体内的苏丹红主要通过胃肠道微生物还原酶、肝和肝外组织微粒体和细胞质的还原酶进行代谢，在体内代谢成相应的胺类物质。在多项体外致突变试验和动物致癌试验中发现苏丹红的致突变性和致癌性与代谢生成的胺类物质有关。同时发现苏丹红对人体的皮肤有致敏性，对肝肾器官具有明显的毒性作用，能导致肝肾细胞DNA的突变。国际癌症研究机构将苏丹红Ⅰ、苏丹红Ⅱ、苏丹红Ⅲ和苏丹红Ⅳ归为三类致癌物，即动物致癌物。

2005年4月卫生部发布《苏丹红危险性评估报告》。该报告通过对“苏丹红”染料系列亚型的致癌性、致敏性和遗传毒性等危险因素进行评估，最后得出结论：对人健康造成危害的可能性很小，偶然摄入含有少量苏丹红的食品，引起的致癌性危险性不大，但如果经常摄入含较高剂量苏丹红的食品（如印度的辣椒粉）就会增加其致癌的危险性。报告称，就其毒性程度来说，按照食品中的检出量和可能的摄入量，食品中苏丹红含量增加 10 万 ~ 100 万倍才能诱发动物肿瘤，而对人体的致癌可能性极小。也就是说，不是一接触苏丹红就致病，而是一个蓄积渐进、由量变到质变的缓慢过程。尽管如此，我国和欧盟（EU）等国家仍然禁止在食品中添加苏丹红，要求对 4 种苏丹红加强检测，尤其是苏丹红 I 的检测。

当然苏丹红与如胭脂红、新红、苋菜红等上千种列入国家目录的红色食品着色添加剂有着本质区别。这些着色剂可在部分食品中使用，但国家有严格的限量规定，严禁超量使用。在标准范围内使用食品添加剂，没有安全问题。

尽管苏丹红红心鸭蛋已被禁售，但是我们依然要警钟长鸣，严防死守，保护我们舌尖上的安全。

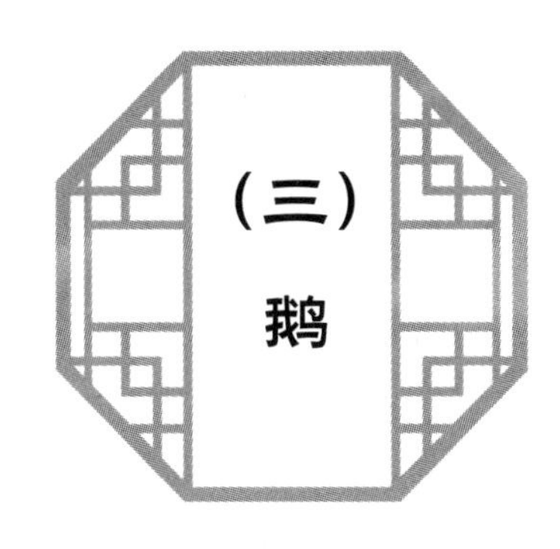

家鹅的由来

鹅是三大家禽之一。家鹅是由野生鸿雁和灰雁驯化而来的，中国鹅各地方品种中，除伊利鹅外，其他品种都由鸿雁驯化而来，绝大多数欧洲鹅和我国的伊利鹅则由灰雁驯化而来。在外形上，两种家鹅差别较大，凡起源于鸿雁的家鹅头部都有肉瘤，特别是公鹅较母鹅发达，同时颈较细长，呈弓形；体型斜长，腹部大而下垂，前驱抬起与地面呈明显的角度。而起源于灰雁的家鹅，头部没有肉瘤，头部虽浑圆而无疣状突起，颈粗短而直；前驱与地面近乎平行。

家鹅也是最早被驯化的家禽。我国早在 6 000 年前的新石器时代就开始驯养鹅，非洲的养鹅历史为 4 000 年左右，而欧洲仅为 3 000 多年。

鹅，又叫舒雁、家雁、羲爱、右军、兀地奴、白乌龟和白羽先生等，从春秋战国时的《管子》《周礼》到西汉的《礼记》《盐铁论》，从《隋书·经籍志》到北魏的《齐民要术》，从明朝的《本草纲目》到清朝的

《三农记》，中国的很多有关农事和科技的古书籍中都提到了对鹅的驯化、饲养、选种、繁殖、管理、加工和流通等方面的内容。

鹅的寿命可达 40 ~ 50 年。

狮头鹅是中国体型最大的鹅。

骆宾王的《咏鹅》是中国较著名的咏鹅诗。王羲之的“爱鹅”，更让鹅身价倍增。

价格不菲的鹅肝是欧洲人所谓的“世界三大珍馐”之首。

鹅的不俗战力

过去农村有“三大霸”：大鹅、土狗和公鸡。其中鹅位列第一，可见鹅的霸道。明朝《增广贤文》中说“与人不和，劝人养鹅”，也是鹅战斗力强悍的佐证。

黄鼠狼和蛇怕鹅。北宋苏东坡（公元 1037—1101 年）在其《仇池笔记》中说：“鹅能警盗，亦能却蛇。其粪杀蛇，蜀人园池养鹅，蛇即远去……”有人说黄鼠狼的爪子和蛇皮碰到鹅屎就会腐烂，是因为鹅屎中有硫黄和雄黄。实际上，硫黄和雄黄在鹅体内都不会合成，更不会出现在鹅粪中。黄鼠狼和蛇真正怕的是鹅的攻击力。鹅天生战斗力强，可归结为四个原因。

一是鹅的领地意识强，护巢（护家）。若有陌生人或其他动物进入它的领地，它会主动发起攻击。

二是鹅生性凶猛，体型大，喙善拧。鹅的嘴里没有牙，也没有嘴唇和上颚，但鹅嘴的上、下喙边缘形成许多锯齿状的横褶（也叫嚼缘），上、下喙的横褶相互交错，在鹅采食时能切断草的茎叶和撕碎饲料。可想而知，被鹅的上、下喙狠狠咬住，再一拧，痛感对人和任何动物都会印象深刻，甚至能直接杀死蛇。就像老虎的爪、野牛的角和长颈鹿的蹄一样，鹅的喙就是鹅的进攻和自卫武器，不锋利、不制敌不足以保护自己。农村有俗话“宁叫狗咬，不叫鹅拧”，是有一定道理的。

三是鹅夜视力好，睡眠浅，警惕性高，叫声大，对黄鼠狼有威慑力。黄鼠狼爱夜里偷鸡，农家只好鸡鹅混养，以鹅保护鸡。黄鼠狼的偷袭很容易惊醒鹅，见不容易得逞时，很自觉就打退堂鼓了。

四是“鹅吃素，不吃荤”。鹅是食素动物，百草都是药，鹅粪中很可能含蛇畏惧的某种特殊草药气味。另外，鹅粪偏酸性，鹅粪中的氮素以尿酸态为主。鹅粪的这些特征都能被蛇敏锐地捕捉到，因为蛇的口腔中有强大的嗅觉器官——锄鼻器，借助蛇信和锄鼻器，蛇的嗅觉比狗还强大。

黄鼠狼和蛇因为怕鹅，进而怕鹅粪。农夫在鸡舍周围撒上鹅粪，蛇和黄鼠狼不是因为怕挨上或踩上鹅粪烂脚丫子，而是误以为强敌在此，出于“惹不起，躲得起”的考虑，只好知难而退。

与人不和，劝人养鹅

“与人不和，劝人养鹅。”这句谚语最早出自明朝的《增广贤文》。横看成岭侧成峰，各人角度不一样，对这句话的见解就差之千里。一是说，这句话教人捐弃前嫌，勿结仇怨。因为鹅既是寻常家禽，又是看家守门之物，有吉祥之义。也说，这句话充满教唆意味，给人挖坑，诱人误入孤立境地。因为俗话讲“家有万担粮，养不起脖子长”“家有万贯，带毛的不算”。养鹅有三不划算：首先，鹅吃得多，在粮食比较紧张的古代，对一个男耕女织的小农家庭来说，养鹅是个不小的负担；其次，鹅产蛋少，一只成年鹅夏天歇伏不下蛋，冬天太冷也不产蛋，一年中只有半年的产蛋期，若平均两天下1枚蛋，一年收获不到100枚蛋；再次，鹅领地意识强，谁从它主人门口过，就扑上前拧谁，尤其对未成年人威胁更大，让人不敢或不愿从这家门口过。再加上鹅的叫声很高，打扰四邻不能清静，所以养鹅的这家人时间一长就会被邻里厌烦，并渐渐疏远。

如果这个时候依然不能确定“与人不和，劝人养鹅”这句话是褒是贬，不用急。其实这句谚语的后面还有一句话，“与人不睦，劝人架屋”，意思是，如果与某个人不和睦，就劝这个人去盖房子吧。在古代农村，盖房子可是件大事，不仅自己要劳神费钱准备大量建材，还要艰难地处理好与四邻的关系。过去农村最多的邻里纠纷就是宅基地和房屋的纠纷，建房时房屋的高低、朝向、滴水的安排、地基的宽窄等，甚至一棵树的挪动都是矛盾的导火索，处理不好，轻者吵嘴不来往，重者打架伤人吃官司。

历史上最有名的邻里房屋纠纷典故就是清康熙年间安徽桐城的“六尺巷”：面对老家邻里意欲侵占两家共用巷子的家书，身为文华殿大学士兼礼部尚书的张英平静地给家人回了首“让墙诗”——千里家书只为墙，让他三尺又何妨？万里长城今犹在，不见当年秦始皇。家人阅罢，明白其中道理，主动让出三尺空地。对家见状，深受感动，也主动让出三尺房基地，“六尺巷”由此得名。张大学士能高风亮节，让人感叹。但在旧时农村，谁退让，就显得谁门势软，谁就好欺，谁就没面子的世俗观念，导致矛盾双方谁也不会轻易让步，所以建房纠纷居高不下。就这个意义上讲，就不难理解“劝人架屋”的动机了。由此及彼，“与人不和，劝人养鹅”的真面目也就看清了。

美味的鹅肝

鹅肝有丰富的营养和特殊功效，欧洲人将鹅肝与鱼子酱、松露并列为“世界三大珍馐”。其实用于烹饪的鹅肝为鹅肥肝，是在活鹅体内培育的脂肪肝。鹅肥肝含脂肪40%～60%，在这些脂肪中，不饱和脂肪酸占总脂肪量的65%～68%，而另外的三分之一是饱和脂肪酸。

鹅肝的历史渊源。现在鹅肝的出名主要因为法国著名的菜肴鹅肝，但是烹饪鹅肝其实并不是法国的专利，埃及人早在建造金字塔时就发现，野鹅在迁徙之前会“暴饮暴食”，把能量储存在肝脏里，以适应长途飞行的需要。而在这段时间捕获的野鹅鹅肝味道也最为鲜美。这种“取肝食肝”的办法从埃及传到了2 000多年前的罗马。恺撒大帝品尝过烹饪的鹅肝后，视其为佳肴。之后这道菜肴又传到了法国，被进贡至宫廷献给路易十五，深受国王喜爱，从此声名大噪。

鹅肝的有目的培育。为了满足人类的口味和贪婪，就需要大量的鹅肥肝。于是，那些被圈养起来的鹅，生存的全部意义就仅仅是长出更大的肝来。野生的鹅在自然“增肥”期间一般每天吃1千克左右的食物，而养殖的鹅则不得不吃得更多。虽然它们也不愿意，但人类会把一根20～30厘米长的管子插到它们的食管里，拿个漏斗往里灌，用强喂来“扩胃增肝”。在“长肝”后期，它们每天会被灌进2～3千克的食物。尤其是在电动泵的帮助下，灌进这么多食物甚至只需要几秒钟。最终，鹅肝急剧膨胀，最大的可以达到野生鹅肝的10倍。

鹅肥肝的苛刻选择：①鹅的品种，需选择法国史特拉斯堡鹅、朗德鹅和图卢兹鹅等品种。②鹅的育雏时间，选春天出生的鹅最佳。③鹅肝的颜色,鹅肝带有浅粉红的象牙色、淡金黄色或淡青黄色,很少带有血色。④鹅肝的重量，一般选择重量为700~800克的鹅肝。⑤鹅肝的完整性，必选品相完整的，若有受伤或破损，一律淘汰他用。

羽毛笔

现代钢笔发明之前，我国古代人写字用的是毛笔，而欧洲人用的则是鸟类羽毛做成的羽毛笔。最常用来制笔的是鹅的羽毛，因此羽毛笔通常也被叫作鹅毛笔。第一支羽毛笔的由来和出现时间众说纷纭，一般认为是在大约公元6世纪时由罗马人发明的。而罗马人的灵感来自他们发现了空心芦苇秆和飞鸟羽毛间的中空相似之处。最早记录羽毛笔的资料保存在意大利罗维那的圣维陶教堂中。羽毛笔由于外形美观、蘸写方便、书写时显得风度潇洒，因此深受欧洲各国人的喜爱。从中世纪到公元19世纪，欧洲文明中几乎所有的文字著作都是用这种造价低廉的羽毛笔书写的。

羽毛笔的制作过程。第一，挑选羽毛：除了鹅羽，还有天鹅、乌鸦、老鹰、猫头鹰、火鸡等羽毛能制笔，一般挑选鸟类翅膀上最大的五根羽毛来制笔。各种羽笔中，天鹅羽毛制成的笔最为珍贵，而书写精细字体则是乌鸦的羽毛最好。

第二，初步处理：清理掉羽毛根部的鳞片和皮肤组织，剪除有碍书写的羽毛，同时用牙签清理羽毛管内部，确保畅通。

第三，硬化笔杆：硬化笔杆是为了增加笔杆硬度，方便书写且不易腐蚀。具体方法包括热沙加热、直接烘烤、阳光下风干等。其中最常用的方法是热沙加热，即将羽干裸露部分插进170℃的沙子中加热15～20分钟，取出后冷却，笔杆颜色变为不透明。

第四，削笔尖：先在羽毛根部斜削一刀作为口子，再在底部中间向上划一刀制成墨水槽，接着往上削并延长中间线，在中间线中部穿一个小孔，这样一支新笔就制作成了。当然新制的笔有时会不够顺手，多用用就好了。

在书写时，中文方块字较英文字母更易损笔尖，可以用小刀略作修整。以前外国人总是揣着把小刀用来削笔尖。羽毛笔的有效使用时间是1周左右。羽毛笔笔尖一般蘸一次可书写100～110个英文字母，或60～70个汉字。

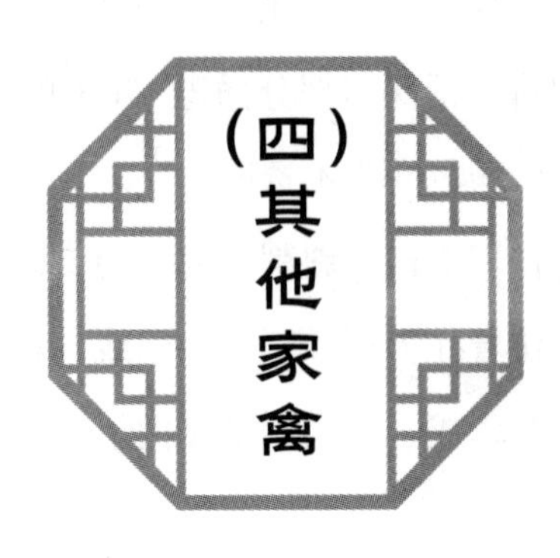

鸽子肺

“鸽子肺”是人肺隐球菌病的俗称。人肺隐球菌病是由新型隐球菌及其变种引起的一种急性和慢性深部真菌病。干燥的鸽粪和鸽羽毛是主要传染源。“鸽子肺”与硅肺病、“蔗尘肺” “蘑菇肺”等一样属于人的职业病。就感染源性质上分，硅肺病属于无机尘肺病，而“鸽子肺”“蔗尘肺”和“蘑菇肺”属于有机尘肺病。

“鸽子肺”为外源性过敏性肺病，过敏因子的反复性、持续性刺激可引起肺部变态反应，如误诊错治，易导致肺间纤维化，使患者肺功能减弱直至丧失。若养鸽人出现发烧、频咳、气急、肺部有啰音等症状，在排除肺结核等病后，即可向“鸽子肺”方向做进一步检测，切不可贻误诊治时机，以防造成更大伤害。

爽约又称“放鸽子”的原因

“放鸽子”这个词，现在的主流意思是，对定下的事，尤其是约会，不履行，不赴约，也不事先告知，带有欺骗的意思。

为什么会有这种说法呢？先说说“放鸽子”的来历。一是说，老北京养鸽子人的惨事，就是有人专门裹人家的好鸽子，即裹鸽人看到别人放飞鸽子，就赶紧放出自己专门培训的“诱鸽”，诱鸽混入鸽群，诱骗鸽群迷失方向，最后把鸽群带回裹鸽人的笼子。二是说，源于老上海一种叫“白鸽票”的彩票，一般投资人都有去无回。三是说，老上海的一种诈骗伎俩，以女人到雇主家做保姆或小妾为名伺机卷走被骗人的财物，这种行径被称为“放鸽子”。

为什么人们把爽约与“放鸽子”联系在一起呢？究其原因，古时候的人看中鸽子天生的定向能力、卓越的飞翔能力以及独特的恋家本性，常利用鸽子来通信。说某一次，一人与另一人约定，到时候给他来信。但是被约定人只是放来了鸽子，却没有写信。于是提出约定的那个人就惊问，你怎么只放鸽子，不捎信，不履行诺言呢？自此，“放鸽子”就成了不履行诺言的代名词。

快速鉴别鸽子性别

快速鉴别鸽子性别，有三种方法可供参考：

第一种：把鸽子握在手中，用拇指和食指轻轻拉动鸽嘴向前，引伸直后，即刻松手。若鸽子头向后挣，用力后甩的，应视为公的；若鸽子嘴仅“吧唧”两三下的，应视为母的。

第二种：握住鸽子，用右手将鸽子的三个脚趾并在一起，呈平行的样子，左边脚趾长的应视为公的；一样长的应视为母的。注意，鸽子的两只脚的长短通常基本一样，若能左右脚同时查看，更有把握。

第三种：握住鸽子，用手摸鸽子的耻骨。若耻骨平行的应视为母的；若左边耻骨向里凹进，并有不平行感觉的应视为公的。

令人刮目相看的鸵鸟

鸵鸟原产于非洲草原和阿拉伯沙漠，这种异邦之物早在 1 900 多年前就被当作珍禽异兽供奉到中国，《东观汉记》卷二二《西域》记载：“永元二年（公元 90 年），安息王献条支大雀，此雀卵大如瓮”（安息即今天的伊朗，条支即今天的也门）。当时的国人称鸵鸟为“大鸟”“大

爵”“大雀”“大马雀”“安息雀”等。

鸵鸟在禽界独树一帜，创造并占据着许多世界第一：世界上最大的鸟，身高可达 2.75 米，体重可达 150 千克；世界上最笨的鸟，只会跑，不会飞；世界上跑得最快的鸟，时速可达 80 千米；世界上唯一能骑的鸟，可承重 100 千克；鸵鸟蛋一般长达 15 厘米，宽 8 厘米，重量可达 1.5 千克，相当于 30 枚鸡蛋，是目前世界上最大的蛋。

18 世纪上叶，南非人最早开始鸵鸟的人工养殖。我国的人工养殖鸵鸟品种及技术是 1992 年从美国引进的。2020 年 5 月，我国公布的《国家畜禽遗传资源目录》将鸵鸟列为特种畜禽品类。

鸵鸟浑身都是宝，其生产价值主要表现在五个方面：鸵鸟肉营养丰富，具有高蛋白、低脂和低胆固醇的特点，鸵鸟肉属于红肉。鸵鸟全身的羽毛基本都是绒羽，保暖性好，手感柔软，过去用来制作贵族服饰和头饰；还有它的羽毛是不带任何静电的，可以用于擦拭精密仪器。鸵鸟皮柔软透气性好且耐磨，其韧度比牛皮多 5 倍，是制作名牌包的优质皮革，制成产品后随着使用时间的增长，产品表面会变得非常有光泽。鸵鸟蛋俗称软黄金，营养全面，是提高免疫力的首选食材；鸵鸟蛋蛋壳厚度达 2.5 毫米，且有象牙般的光泽，适合彩画和雕刻。鸵鸟能骑乘，可以为游客提供与骑马不一样的互动骑乘感觉。

日本京都府立大学校长塚本康浩开发团队使用从鸵鸟蛋中提取的抗体研发出一种检测新冠病毒的口罩。只要用紫外线一照，口罩上附着病毒的地方就会发光。研究人员希望这项创新能够帮助人们在家中实现低成本的病毒测试。

制作过程是这样的，向雌性鸵鸟注射灭活新冠病毒，从它们产下的蛋中提取抗体。接着，将这些抗体混入荧光染料中，再把荧光染料喷涂到一种特殊的过滤器上，最后过滤器放置于口罩内。如果口罩上沾染新冠病毒，过滤器在紫外线照射下会发光。该研究小组对 32 名感染新冠病毒的患者进行了长达 10 天的观察后发现，感染者佩戴的所有口罩在紫外线照射下都会发光，但随着时间的推移和病毒载量的减少，口罩会褪色。研究人员乐观地表示，以智能手机的 LED 灯作为光源检测病毒，将大大扩展该口罩使用的人群范围。

研究人员之所以选择鸵鸟作为抗体培育的载体，是因为鸵鸟蛋的形成要比鸡蛋快得多，而且其质量几乎是鸡蛋的 30 倍；同时鸵鸟寿命可达 60 年，产蛋期 40 年，一年可产蛋 130 枚，足可以提供强大的载体物质基础。

三
综合类
说畜话禽

“六畜兴旺”中的“六畜”

旧时农村写春联经常写“五谷丰登、六畜兴旺”，那么“六畜兴旺”中的“六畜”指的是哪“六畜”呢？“六畜”指的是马、牛、羊、鸡、狗和猪。为什么是这“六畜”入选，而不是猪、牛、羊、鸡、鸭、鹅或其他六种畜禽呢？《三字经·训诂》曰：“马牛羊，鸡犬豕。此六畜，人所饲。”原来这“六畜”都是与人们生产、生活最密切相关的动物，在古时以小农为主、男耕女织的农村，牛能耕田劳作，马能负重致远，羊能供备祭器，鸡能司晨报晓，犬能守夜防患，猪能宴飨宾客。

古人把“六畜”中的马、牛、羊列为上三品，马和牛只吃草料，却担负着繁重的使役劳动，是人们生产劳动中不可或缺的好帮手，理应受到尊重；性格温顺的“羊”，通“祥”，在古代象征着吉祥如意，人们在祭祀祖先的时候，羊又是第一祭品，羊更有“跪乳之恩”的好形象，尊其为上品，实在是顺理成章之事。而鸡、犬、猪为何沦为下三品，也只能见仁见智了，猪往往和懒惰、愚笨和脏等联系在一起，整天吃吃睡睡、无所事事，最终供人宰杀，仅有“庖厨之用”，因此地位不高，也就不足为奇了；鸡在农耕时代的家庭经济结构中，只起到拾遗补缺的作用，尽管雄鸡能报晓，母鸡能下蛋，其重要性与牛马相比还是相去甚远；狗给人的坏印象由来已久，我们耳熟能详的成语和俗语中，如狼心狗肺、狗急跳墙、狗仗人势、狗腿子……几乎全是贬义的词句，犬不乏忠于职守、贫贱不移等优点，但在古代依然无法与马、牛、羊的重要性相比。

在农耕时代，牛有特殊的地位和价值，它既能耕田又能拉车，是古代的主要生产资料，也是老百姓的重要财富，还是一种非常重要的战略物资。所以，历朝历代朝廷都是不允许随意杀耕牛的，也禁止吃牛肉。只有年老或者生病不能劳动的牛才允许屠杀，不过杀牛要报官府备案，只有官府批准才能杀。随意杀牛、出售和食用牛肉都是犯法的，轻则判刑，重则流放。宋代规定：屠牛者判一年，发配一千里。所以老百姓是不会随便杀牛的。

换个角度识“牲畜”

牲畜也叫家畜，由张沅教授主编的《家畜育种学》定义：家畜是指在人类控制干预下，能够顺利地进行繁殖的、有相当大的群体规模、其有利于人类的选择性状得到充分发展并能遗传下去的家养的哺乳类脊椎动物。最常见的家畜包括牛、马、绵羊、山羊、猪等；较常见的有驴、骡、骆驼、兔、狗、猫等。

过去，牲畜分大牲畜和小牲畜两种。大牲畜，又叫大家畜，是指体型较大，须饲养 2~3 年以上才发育成熟的牲畜。如马、牛、驴、骡、骆驼等。小牲畜，又叫小家畜，是指体型较小，饲养 1 年即可发育成熟的牲畜。如猪、羊、狗等。在豫中平原的农村，农历正月十六被视作是牛、马、驴、骡四大力畜的“牲畜节”。俗话说，“十五、十六，骡马歇鞍”，意思是，在农历正月十五、十六这两天，不要说人，就是拉犁、拉耙的骡马也得休息。这次休息，既是劳累一年后的休整，也是为来年开春大干积蓄力量。

牲口：是牲畜的俗称，专指供人役使的家畜，如牛、马、骡、驴等。

"牲口"一词最早出现于唐朝，唐朝杜佑编撰的《通典 · 食货七》记载："自十三载以后，安禄山为范阳节度，多有进奉驼马牲口，不旷旬日。"农历七月十五，在中原地区是家畜的牲口节。

三牲："可以用来宴飨祭祀的家畜"叫"牲"或"牺牲"。牲分大三牲和小三牲。大三牲是指牛、羊、猪。小三牲是指猪、鱼、鸡。"牲"在祭祀前先暂饲于牢，故这类"牲"又称为牢。牛、羊、猪三牲全备称为"太牢"，天子祭祀社稷用太牢。只有羊、猪，没有牛，称为"少牢"，诸侯祭祀用少牢。而道教则视獐、鹿、麂为玉署三牲。

五牲：是指牛、羊、猪、犬、鸡等五种用作祭品的家畜，马不在其列。

三牺：有三种解释。一是指三只纯色的牛，《左传 · 僖公二十九年》："介葛卢闻牛鸣，曰：'是生三牺，皆用之矣。'"二是指祭祀用的雁、鹜、雉，《左传 · 昭公二十五年》："为六畜、五牲、三牺，以奉五味。"孔颖达疏云："三牺，雁、鹜、雉。"三是指牛、羊、豕（猪）。《经义述闻 · 春秋左传下》："今案五牲，牛羊豕犬鸡也；三牺，牛羊豕也。"汉班固《东都赋》："于是荐三牺，效五牲；礼神祇，怀百灵。"

六扰：指马、牛、羊，豕、犬、鸡。其中，五扰指前五种，四扰指前四种。

役畜

役畜也称力畜、使役动物，民间多称大牲口，包括用于耕作、驮运、骑乘等的牛、马、骡、驴、骆驼等。评定役畜生产能力的主要指标是挽力、速度和持续工作时间。生产能力的大小与畜种、品种、体重、性别、饲养管理和调教情况有关。

役畜的挽力与体重相关。各种役畜的挽力相当于其体重的百分比是：牛 18%～26%，马 13%～15%，骡 10%～15%，驴 10%～16%，骆驼 25%～30%。

役畜一般白天每工作 1 小时，需要休息 10～15 分钟；每工作 3 小时，需喂料 1 次，喂料后休息 20～30 分钟。在中国南方，水牛经常在高温高湿的水田中耕作，每工作 2 小时需休息 1 次，以恢复体力，降低体温。役畜的使役年龄一般是：牛 3～12 岁，马 3～18 岁，骡 3～20 岁，驴 3～15 岁，骆驼 3～25 岁。

役畜是农业的动力之一，尤其是役牛更是耕田种地的好帮手，因此对役牛的认识和选择很重要。役牛的选择标准：①嘴大（嘴大能吃粗料）、鼻大（呼吸器官发达，耐劳），眼大有神。②体重和体躯大（挽力大，耕作能力强），骨骼粗壮、坚实，挽床（役畜肩与颈结合处称挽床）对称，胸深宽（力气大，耐持久），背长腰短（胸发达），腹围大（内脏器官发达，消化能力强），肋骨开张。③四肢健壮，肢势正常。应前肢盖住后肢，肢势既不内靠，也不外向。四蹄圆大，蹄叉紧，质坚实。自然站立时，四肢立得正，站得开，蹄间距宽。④前驱较后驱强大，即役牛整体呈前高后低的形态。俗话说："前肩高一寸，使牛不用棍；前肩低一掌，只听鞭棍响。"

偶蹄类动物比奇蹄类动物更具竞争力的原因

偶蹄类动物脚踝上的距骨是一个最具特征的部位之一，这块骨头具

有两个滑车部（也就是关节面），向上的一个滑车与胫骨连接，向下的一个滑车与脚踝的其他跗骨连接。偶蹄类的距骨完全不同于只有一个滑车的奇蹄类距骨，这种双滑车的距骨使其后肢能在很大程度上进行弯曲和伸展。正是借助于距骨的这一特点，大多数偶蹄类动物具有非凡的跳跃能力。

偶蹄类比奇蹄类演化得更为成功，其重要原因还得益于大多数偶蹄动物所拥有的特殊消化系统，比如牛由 4 个胃室组成复胃和相关的肠道系统。具有这种消化系统的偶蹄类动物被称为反刍动物。在反刍动物的取食过程中，植物性的食物在被咬碎、切断后首先进入第一个胃室（瘤胃）和第二个胃室（蜂巢胃）。胃内的食物在细菌作用下被消化成软块，然后这些软块又被重新驱回口内咀嚼。这一过程就是反刍。重新入口的食物块经充分咀嚼成小食物块后，再被吞入第三和第四个胃，即瓣胃和皱胃，做进一步消化。

这种复杂的消化过程正是偶蹄类动物在生存斗争中取得优势的原因。它们可以在强敌到来之前的很短时间内匆忙吞下大量食物，然后迅速逃离险境躲避到一个安全的地方，这时再将食物反刍进行细致的咀嚼和彻底的消化。这种能快速大量吞下食物然后进行反刍和消化的特点，使偶蹄类在逃避大型食肉动物的追捕过程中，仍然能够得到足够的食物并进行充分的消化。

偶蹄类动物的这一特点在开阔草原范围不断扩大的新生代晚期具有明显的竞争优势。因为在草原上，偶蹄类和奇蹄类虽然都取得了快速的奔跑能力，但凶猛的食肉动物同样也可以快速地进行追捕，然而偶蹄类能在逃跑之前迅速进食，为它们在与奇蹄类动物的生存竞争中取得绝对的胜利奠定了基础。

从化石记录来看，偶蹄类动物与奇蹄类动物几乎同时出现在地球上，在早期演化阶段，奇蹄类动物还显著占优，但随着时间的推移，奇蹄类动物的种类和个体数量都逐渐让位于偶蹄类动物，使后者在新生代晚期占据了优势地位。

中国“国宝级”的羊和猪

中国有两个“国宝级”的羊和猪，它们分别是小尾寒羊和太湖猪，之所以称之为“国宝级”，是因为它们都有强大的繁殖能力。

小尾寒羊是我国肉裘兼用型绵羊品种，主产于汶上，由本地大绵羊和新疆细毛羊杂交育成，具有生长发育快、早熟、繁殖力强、性能遗传稳定、适应性强等特点，有中国“国宝”、世界“超级羊”及“高腿羊”等美誉。2014 年 2 月被列入《国家畜禽遗传资源保护目录》。小尾寒羊终年可繁殖，繁殖力极强，是一个多胎羊种，年产 2 胎，胎产 2 ~ 6 只，最多一胎可产 9 羔；平均产羔率每胎达 281.9%，每年产羔率达 500% 以上。其繁殖性能有两个显著特点，一是前四胎之内，随着胎次的增加，产羔率大幅度提高；二是第三、第四胎次的三羔率和四羔率约为第一、第二胎次的 2 倍，占分娩母羊数的 40% 以上。而杜泊羊和波尔山羊的平均产羔率仅为 125% 和 190%。

太湖猪是二花脸、梅山、枫泾、嘉兴黑、横泾、米猪、沙乌头等猪种的统称。太湖猪以繁殖力强著称于世，是全世界已知猪品种中产仔数最高的一个品种，是中国的“国宝”级猪。初产母猪产仔数 12.1 头，经产母猪二胎 14.5 头，三胎及三胎以上 15.8 头。无论初产母猪还是经产母猪，在产仔数上，太湖猪相对于三大外来猪种都有很大的优势：英国的大白猪，初产母猪和经产母猪产仔数分别仅为 10 头和 12 头；丹麦的长白猪，初产母猪和经产母猪产仔数分别仅为10.8头和11.3头；美国的汉普夏猪，初产母猪和经产母猪产仔数分别低至8头和9.5头。

扯　皮

一件事情出了问题，与之相关的几个人来回推诿责任，这种现象，就叫“扯皮”。辞典上对“扯皮”的解释是：毫无必要地争论、推诿。“扯皮”的典故是什么？是谁在扯皮？扯的又是什么皮呢？

其实，扯皮是制鼓行业的一个行话。鼓在古代被视为神器，用途极为广泛，音乐、戏曲、社火、报时、官厅、作战及各种庆典等场合都离不开它。制鼓离不开框架和皮张。鼓框多用木、竹和铜制作，鼓皮多用兽皮和蛇皮，兽皮中以牛、猪、羊皮最佳。制鼓有一道工序叫钉鼓皮，一般大鼓、中鼓的鼓皮要多个助手参与才能完成。钉皮时，先将泡软的皮张紧紧蒙在鼓框上，再由助手用力下拽，以便师傅钉钉。这时师傅每钉一钉，都要喊一声“扯”，提醒助手扯紧皮张，增强张力，防止皮张松弛，直到环绕一周全部钉完。鼓皮扯得越紧张，做出的鼓面敲起来声音才会越清脆。所以制鼓行也叫这道工序为“扯皮”钉钉，这就是“扯皮”一词的由来。

毫 笔

毫笔即用动物体毛制成的毛笔，大致又分硬毫笔、软毫笔和兼毫笔三种。硬毫笔主要用狼毫（黄鼠狼的尾尖毛）制成，也有的用貂、鼠、马、鹿、兔毛制成，硬毫的笔性刚健，适合画线条。软毫笔主要用羊毫制成，也有用鸟类羽毛制成的，性柔质软，含水性强，适合做大面积的渲染用。常见的软毫有大鹅、纯羊毫提笔等。兼毫笔是用羊毫与狼毫（或兔毫）相配制成，性质在刚柔之间。兔毫、狼毫弹力较羊毫强。狼毫吸水性最差，羊毫吸水性较好但弹性小。

这里简述用家畜羊毛制成的羊毫笔。书法最重笔力，而羊毫书柔润含蓄，故历代书法家甚少使用。羊毫造笔，虽盛于南宋，但清初之后，才广加用之。因为清代书画界讲究温敛含蓄，讳避露才扬己。

羊毫笔比狼毫笔经久耐用，此类笔以湖笔为多。长江三角洲太湖沿岸的湖州、苏州、宜兴等地区所产的白山羊，其羊毛毛色洁白，毛杆匀称，锋颖明润，是制作毛笔的上品。采收羊毛的时间宜选在立冬之后，立春以前。羊毛则多选羊之须或尾毛。冬季温度越低，收采的山羊毛质量越好。其中尤以当年春季产的羔羊，到采毛季节时，体重在 15 千克的山羊身上的毛质量最好。未经阉割和本交过的雄性山羊身上采的毛叫“光锋”毛，质优。经阉割和本交过的雄性山羊身上采的毛稍次。“光锋”毛的特点是，毛杆粗壮顺溜、光滑，锋颖长且呈透亮的白玉色。而从雌性山羊身上采的毛叫“尖锋”毛，“尖锋”毛的特点是毛杆细匀，锋颖细长嫩润，富弹性。“尖锋”毛的质量要优于“光锋”毛。羊毫是应用最普遍的毫料，多用山羊中的青、白、黑、黄羊毫。其中宿羊毫存放多年，脂肪已干化，容易着墨；陈羊毫有些刚性；颖羊毫精细，尖端透明；净羊毫无杂质。羊毫性柔软、笔头肥厚滋润、储墨量较好，宜工行书和草书，这是其他毫笔所不具备的。

古人用动物器官避孕

今天人们一般用避孕套来避孕，避孕套是用天然橡胶或聚亚安酯等材料做成的。古代没有现代材质的避孕套，那么古人是怎样避孕的呢？一般来说，古人避孕的主要方法分四大类：一是用植物法，即食用柿子蒂、石榴籽、胡萝卜子或用藏红花水洗；二是用矿物质法，即饮服加水银的水或含铅的打铁水；三是物理推拿法，即按摩推拿女性下体，把精液排出体外；四是利用动物器官法。能用的动物器官包括猪或羊的膀胱和盲肠，以及鱼的鳔。例如公元 17 世纪，英王查理二世的御医康德姆发明了现代安全套，它用小绵羊的盲肠制成，薄度可达 0.038 毫米（乳胶保险套一般为 0.03 毫米）。它的制作方法是先把羊盲肠剪成适当的长度，洗净晒干，接着用油脂和麦麸等柔软剂把它揉软，直至变成薄薄的橡皮状。平时盲肠套会变硬变干，使用时要用温和的奶泡软。虽然使用起来并不是很方便，而且来自动物身上，但它有一个很好听的名字，叫荷兰小帽。

中国传统弓箭制作材料要用到的畜禽产品

传统弓箭是远距离使用的冷兵器，是古代战争、演习及射猎的标配武器，它的制作要求高，工艺复杂，用料讲究。传统弓箭的制作材料极其依赖畜禽产品原料，主要表现在：

一是弓胎外侧要贴牛角，内侧要贴牛筋。牛角起的是弹性作用，牛筋起的是韧性作用。

二是弓胎窝角处所用的黏合剂都是动物胶。动物胶又叫鳔胶，如用猪皮膘、鱼鳔等经过蒸、砸、滤、凝等工序制成，鳔胶能够渗入弓胎、牛皮、牛筋的内部，一定要刷很多层，晾晒一个多月才能黏固定型，使三者紧密贴合。

三是箭羽最好是雕羽，其次是天鹅羽，然后是地蹼羽，其后是猫头鹰羽，最次是大雁羽。关键是必须是吃肉的猛禽羽，越好的猛禽，羽毛越厚重，这样射出的箭走势越稳，穿透力越强，杀伤力越大。因为现在很多禽类成了国家级保护动物，目前制作箭羽多用法国鹅毛代替。

四是弓弦多用皮线和丝线。皮线即生牛皮条，丝线即蚕丝。

五是扳指多用鹿角制成。鹿角扳指中间是通透的血线，运动时能透汗，而且无异味。射箭时，戴在大拇指上，拉弦放箭。

神奇的“腹罨疗法”

《元史》记载，元太祖成吉思汗西征的时候，手下一员大将胸口中箭，伤势严重，随行的医生按常规方法治疗，效果不大，命悬一线之际，成吉思汗命令手下将一头活牛宰杀，把牛肚子清空，再把伤者放到刚杀的牛肚子里。得益于这种血腥又神奇的土疗法，大将居然起死回生。在《元史》中，对这种疗法的记载不止一次出现。

这种治疗方法实际上是蒙医“腹罨疗法”，也是蒙古族积累的独特的医药学理论和治疗方法。罨的“罒”指“网”，“奄”意为“被覆”“遮盖”，“罒”与“奄”联合起来表示“被覆式的大网”，即“罨”的本义是指“被覆式的网罩”。重伤者的“腹罨疗法”，即把牛或骆驼的腹腔剖开，将伤者放入，利用其温度环境施疗。“腹罨疗法”的基本原理，就是利用刚死去的动物体温（牛的正常体温 37.5 ~ 39.5℃，骆驼的正常体温 36.5 ~ 38.5℃），温敷患者的局部或穴位点，让失血过多的人保持住体温不致休克，起到促进气血运行，镇痛消肿的作用；而且牛腹部相对于人体是无菌环境，可以防止感染；同时牛血和人伤口的血相遇，也会有凝血反应。“腹罨疗法”产生的背景是：驰骋在草原上的蒙古人，放牧时马背上摔伤、骨折以及战争受伤等伤病经常发生，迫使草原上的医生不断探索、总结医治这类野外伤病的疗法。在长期、反复的实践中，就地取材、简便高效的“腹罨疗法”应运而生。明朝李时珍还把这种疗法载入《本草纲目》。《本草纲目》记录：“伤重者，破牛腹纳入，食久即苏也。”也就是说，受伤严重的人，放入剖开的牛腹中，一顿饭的工夫人就苏醒了。李时珍同时在《本草纲目》中注明，此方来自《元史》中成吉思汗以腹罨疗法医治布智儿等人的故事。腹罨疗法一直到清朝时期还在使用，只不过清朝的病例借助的是骆驼腹。

无独有偶，中医上也有类似于“腹罨疗法”的罨包疗法，即把中草药或其他物品放在患处，加以覆盖、包扎，用以治疗外露疾病的方法。罨包疗法是中医简易外治法之一，具有简、便、廉、验的特点。罨包疗法又可分干罨和湿罨两种。若将药粉撒于患处，称为干罨；将药液蘸于包布上，称为湿罨。

不管借助于家畜的腹腔环境还是利用中草药等物质，它们在治疗的目的和效果上异曲同工，都是各地区人们智慧的结晶，都是人类宝贵的物质财富和精神财富。

拂尘多用什么家畜毛制成

拂尘，又称尘拂、拂子、云展、麈尾，是将兽毛、马鬃尾等扎成一束，再加一长柄做成的工具或器物，一般用作扫除尘迹或驱赶蚊蝇。《辞源》载：“拂尘，拂子也，所以去尘及蚊虫者。古用麈尾为之，今多用马尾。”

拂尘起源于中国，最早见于秦汉时期，最初用于驱蚊扫灰。汉魏时期渐受士大夫阶层喜爱，谈玄雅客多有执麈尾清谈之风，魏晋文人称之为“麈谈”。麈乃兽名，《埤雅·释兽》曰：“麈，似鹿而大，其尾辟尘。”另有说，麈为头鹿，取“领袖群仑”之意，麈尾为小扇形，时时摇动，群鹿唯麈尾为瞻。

拂尘是道教的象征物，一些武术流派也将拂尘作为一种武器。佛教传入中国后，禅宗以拂子为庄严具，主持手持拂子上堂为大众说法，即所谓“秉拂”。拂尘观音又名麈尾观音，是民间最常见的观音法相之一。观音执白拂，白拂用白马尾毛或白犀牛尾毛制成。《佛经》曰：“时时勤拂拭，莫使染尘埃。”意思是说，既要拂尽世间的尘埃，也要拂净心中的俗念。后来拂尘在官家成为一种礼器，是身份的象征，例如唐宋明清时，皇帝身边有权利的大太监多手执拂尘。

由此可见，古之拂尘多用麈尾制成，现今拂尘多用马尾制成，也有用牛尾毛或其他材料制成的。选马尾毛时，宜用中间柔韧性较好的一段，而尾根毛和尾梢毛都不能用。

医用缝合线与动物产品

医用缝合线是常见的线型材料，广泛应用于各类外科手术中，用以缝合伤口、联结组织。随着科学技术的不断进步，缝合材料经历了四个发展历程；第一代为丝线，第二代为羊肠线，第三代为化学合成可吸收缝合线（PGA、PGLA、PLA），第四代为胶原蛋白可吸收缝合线。其中，不论品种还是数量，来自动物的材料占据了整个缝合材料的将近一半。

第一代缝合材料为非吸收性材料。早在公元前 3500 年，古埃及人就用马鬃等来缝合伤口；中国古代史书中也早有用猪鬃、头发等缝合的记录。这是缝合技术和缝合材料的最初始阶段。

第二代缝合材料具有可吸收性。1800 年左右，出现了一种新型材料制成的线材——羊肠线，但并未用于医学领域，只是用作网球拍的网线，这是羊肠线的首次面世记录。1860 年，英国医生 Joseph Lister 用灭菌的羊肠线开始现代缝合，从此诞生了最原始的可吸收缝合线。它是用羊的肠系膜制作而成的，特点是比较硬，在使用时要用盐水浸泡，在有效期内必须用保护液保存（一旦失去保护液的保护，羊肠线张力则没有保障），张力较低，在植入人体后吸收时间不确定，有较严重的组织排异反应。现代使用的医用羊肠线分为铬制羊肠线和平制羊肠线。铬制羊肠线即原料羊肠衣经铬化物溶液浸制处理后制成的羊肠线，由于含铬而显绿色。平制羊肠线即原料羊肠衣未经铬化物处理而制成的羊肠线。铬制羊肠线和平制羊肠线均不染色。

第四代医用缝合材料为胶原蛋白可吸收缝合线。于 1995 年由中国曾家修教授首创发明。该材料经国家医用高分子产品质量检测中心检测，胶原蛋白占 93%，弹力蛋白占 3%，脂肪占 4%。生产过程中无任何化学成分掺入，为原生态蛋白质材料。具有吸收完全无致痕、使用方便、生物相容性好、无组织排异反应、吸收时间合适的优良特性。该材料取材于特种动物獭狸（又名海狸鼠）尾部的肌腱组织。

骨质瓷

骨质瓷简称骨瓷，英文名字叫 BONE CHINA，权威翻译应当是“骨灰瓷”，为避讳“骨灰”中“灰”的意味不佳，1991 年以后逐渐改称“骨质瓷”。得名的原因是烧制的原料中加入了食草家畜的骨粉。

骨质瓷是世界公认的高档瓷。骨质瓷以英国产的最为知名，其次是日本。骨质瓷是英国人发明的，时间在 18 世纪中后期（公元

1765—1794年）。发明人和发明时间说法不一。一种说法是由英国陶瓷之父乔希亚·威基伍德发明的，1765年被英国皇室选为御用品牌，至今威基伍德的骨质瓷器已被英皇室御用200多年；另一个说法是由皇家道尔顿创立人约翰·道尔顿于1794年发明，1901年得到爱德华七世授权为皇家生产御用餐具，从此使用Royal皇家商标，以镀金餐具闻名世界。直到现在，英国驻全世界的大使馆都在使用道尔顿瓷器。

骨质瓷的成分主要有氧化硅、氧化铝和氧化钙，其中氧化钙的含量越高，色泽越好。一般骨粉含量超过25%的原料烧制的瓷器叫骨质瓷，而上等骨质瓷骨炭（成品）含量应在40%以上。骨粉可以用牛、羊等草食家畜的骨头，其中牛骨更好。英国最初的骨质瓷采用天然牧场的小牛骨做原料，以此保证骨质纯正。骨质瓷烧成温度较低，与高温硬质瓷相比属于软质瓷。一般分两次烧成，头一次高温素烧，第二次低温釉烧。

正宗骨质瓷，色泽奶白如脂，透光性强，质体轻盈，釉面柔润，器形规整，线条美观，或素面或画面鲜艳优雅。骨质瓷曾经是身份和富贵的象征。因保温性好于普通瓷器，西方上层人士饮茶，多用骨质瓷茶具。即使现在英国皇室和唐宁街十号首相府仍然使用英国产骨质瓷。真正的骨质瓷名贵到什么程度？一套好的英国骨质瓷西餐具，可以换回一辆名牌奔驰或宝马轿车。

中国直到1975年才在唐山烧制成功绿色骨质瓷，1982年真正出窑了白色骨质瓷。

动物三宝：牛黄、马宝和狗宝

一、牛黄

牛黄是牛科动物牛胆囊的胆结石。牛黄又叫西黄、犀黄、丑宝。在胆囊中产生的称“胆黄”或“蛋黄”，在胆管中产生的称“管黄”，在肝管中产生的称“肝黄”。牛黄分天然牛黄和人工牛黄两种。由牛胆汁提取加工而成的称人工牛黄。

牛黄完整者多呈卵形、类球形、三角形或四方形等，大小不一，其直径为 0.6 ~ 4.5 厘米。表面金黄至黄褐色，细腻而有光泽，有的表面挂有一层黑色光亮的薄膜，俗称“乌金衣”。质轻，酥脆，易分层剥落，断面金黄色，可见细密的同心层纹，有的夹有白心。气清香，味苦而后甘，有清凉感，嚼之易碎，不粘牙。中医学认为牛黄气清香，味微苦而后甜，性凉。可用于消热、解毒、定惊。内服治高热神志昏迷、癫狂、小儿惊风、抽搐等症；外用治咽喉肿痛、口疮痈肿、尿毒症。

天然牛黄全年均可收集。宰牛时注意检查胆囊、胆管及肝管，如有结石，立即取出，除尽附着的薄膜，用灯芯草或棉花等包上，外用毛边纸或纱布包好，置阴凉处，至半干时用线扎好，以防裂开，阴干。储藏时可置于深棕色玻璃瓶内或存放在用塑料袋包装的铁盒中。牛黄不宜冷存，以免变黑失效，一旦发霉，可用酒擦洗。天然牛黄很珍贵，国际上的价格要高于黄金，因此日常大部分使用的是人工牛黄。

二、马宝

马宝俗称马粪石、黄药，为马科动物马胃肠中的结石，《本草纲目》

和《辍耕录》中称鲊答。马宝呈球形、卵圆形或扁圆形，大小不等，一般直径 5 ~ 20 厘米，重 250 ~ 2 500 克，但也有小如豆粒者。表面蛋青色、灰白色至油褐色，光滑有光泽，或附有杂乱的细草纹，亦有凹凸不平者。质坚体重，剖面灰白色而有同心层纹，俗称“涡纹”，且微具玻璃样光泽。剖开后气臭、味淡且微咸，嚼之可成细末。以色青白、外表有光泽、润滑如玉、有细草纹、质坚硬、断面涡纹细微者为质佳。

药效等同牛黄，具镇惊化痰、清热解毒之功，主治惊痫癫狂、痰热内盛、神志昏迷、恶疮肿毒及失血等。

马宝自马胃肠道或其粪便中找到后，用清水洗净，或先用开水煮沸数分钟（开水煮后，容易干燥），晾干或晒干，储于密闭干燥容器中。

三、狗宝

狗宝是生长在狗胃里的一种石头样物质。多呈圆球或椭圆球状，一般直径 1 ~ 5 厘米，表面呈灰白色或灰黑色，略有光泽，并有多个类圆形突起，结构坚实，质地细腻，指甲一划可见划痕。断面为白色或牙白色，呈同心环状层纹，近中心部较疏松，但多不能分离，气微腥，味微苦，嚼之有粉性而无沙性感觉。传统中医认为具有降逆风、开郁结、解毒之功能。主治胸肋胀满、食管癌、胃癌、反胃、疔疮等，是多种良药的重要原料 。

动物福利

动物福利（Animal Welfare）是指动物如何适应其所处的环境，满足其基本的自然需求。如果动物健康、感觉舒适、营养充足、安全，能

够自由表达天性并且不受痛苦、恐惧和压力威胁，则满足动物福利的要求。而高水平的动物福利除需要疾病免疫和兽医治疗，还需要适宜的居所、管理、营养、人道对待和人道屠宰。动物福利尤其指的是动物的生存状况。

动物福利提出的背景：动物是人类的朋友，它们对改善、提高人类的工作和生活水平做出了巨大牺牲。出于道义和感恩，人类有必要善待它们。但在现实生活中，动物尤其是家畜、家禽被人类虐待的现象比比皆是。从饲养环境恶劣，到屠宰方式野蛮；从肥鹅肝的残忍灌食到象牙的疯狂掠夺，人类对待动物的某些行径有时到了变态的地步。于是有爱心人士和爱心组织提出了“动物福利”的理念和建议。

动物的分类：按照国际公认标准，动物被分为农场动物、实验动物、伴侣动物、工作动物、娱乐动物和野生动物六类。世界动物卫生组织尤其强调了农场动物的福利，指出农场动物是供人吃的，但在成为食品之前，它们在饲养和运输过程中，或者因卫生原因遭到宰杀时，其福利都不容忽视。

动物福利五要素：生理福利，即无饥渴之忧虑；环境福利，也就是要让动物有适当的居所；卫生福利，主要是减少动物的伤病；行为福利，保证动物表达天性的自由；心理福利，即减少动物恐惧和焦虑的心情。

按照现在国际上通认的说法，动物福利被普遍理解为五大自由：一是享受不受饥渴的自由，保证提供动物保持良好健康和精力所需要的食物和饮水；二是享有生活舒适的自由，提供适当的房舍或栖息场所，让动物能够得到舒适的睡眠和休息；三是享有不受痛苦、伤害和疾病的自由，保证动物不受额外的疼痛，预防疾病并对患病动物进行及时的治疗；四是享有生活无恐惧和无悲伤的自由，保证避免动物遭受精神痛苦的各种条件和处置；五是享有表达天性的自由，被提供足够的空间、适当的设施以及与同类伙伴在一起。

动物福利建议提出的初衷和目的是好的，但是理想和现实之间还有很大差距。有人说，人的福利还保证不了，妄想啥动物福利？看来，动物福利的实现还需要人类更大的勇气、智慧、冷静和耐心。

哨兵动物

哨兵是负责军队驻扎地守卫或警戒的兵士。同理，在畜牧兽医领域，也存在被人类赋予类似使命的哨兵动物。

哨兵动物也称岗哨动物，是在某特定区域内用于监控或预警环境中各有毒有害物质或潜在性有毒有害物质污染程度的一类动物。在重大动物疫病防控上，哨兵动物专指为了查明某一特定环境中某传染因子的存在，有意识地在该环境中暴露的易感动物。

哨兵动物的作用机制：当哨兵动物被引入某地或某场区时，由于在新的环境条件下机体缺乏特异性的免疫力，故发病率和死亡率明显升高，病原体的富集作用也比较强。自然来源的野生动物和人工标记的养殖动物均可以作为哨兵动物。

哨兵动物的应用：哨兵动物在环境监测、毒理分析、食品卫生和疫病监测等许多领域得到广泛应用，目的是帮助人类了解环境中有毒有害物质的污染状况并进行风险评估。哨兵动物尤其适用于对动物疫病的预防和控制过程，哨兵动物能及时“侦查”出病原体的存在和威胁，及时预警疫情的可能发生和发展，警告和提示人类采取必要的生物安全防控措施。

例如：针对非洲猪瘟的防控，发生过疫情的猪场若计划复养的，在经过彻底的清扫、清洗、消毒、烘干和空置后，引入哨兵猪并进行临床观察，饲养45天后（期间猪不得调出），对哨兵猪进行血清学和病原学检测，均为阴性且观察期内无临床异常的，相关养殖场方可启用。应注意：一是哨兵猪在入场前必须临床健康，且非洲猪瘟血清学和病原学检测均为阴性；二是投放数量为存栏量的5%～10%；三是猪的大小要基本与被测圈所养猪一致或使用青年猪；四是要保证猪能到达圈舍的任何地方（含圈舍内的净道）。

动物的血型

马的血型。马的血型有30种，但全球公认的只有8种，即A、C、D、K、P、Q、U和T型。观察发现，当与其他血型的血红细胞的抗原结合时，A、C、D型血抗原会促发强烈的免疫反应，因此这三种血型的血绝不可以捐献给血型不一致的受血畜。同时，马的每一种血型都是多态性的，所以很难在马群中找到100%血型相符的供血畜和受血畜。

牛的血型。牛有11种被国际上公认的血型，即A、B、C、F、J、L、M、R、S、T和Z型。其中B型血有60多种抗原，因此型式众多，所以要想确认B型血的供血畜和受血畜之间是否相容是个相当麻烦的问题。J型血的抗原是一种脂类且溶于体液，因此这种抗原在新生犊牛中无法找到，而犊牛则在出生后头6个月内从母乳中获得。

绵羊的血型。绵羊血型分为7种，即A、B、C、D、M、R和X型。其中B型血也同样有几种型式。并且R型血绵羊的抗原已被证实与体液兼容。

山羊的血型。山羊有5种血型在国际上获得公认，即A、B、C、M和J型。检测证明，山羊血型中的抗原结构与绵羊血型中的抗原结构非常相似。

犬科动物的血型。犬科动物的血型分8种，分别是DEA1.1、DEA1.2、DEA3、DEA4、DEA5、DEA6、DEA7和DEA8。在这8种血型中，DEA1.1血最为重要。DEA1.1阳性型血犬是万能受血犬。另一方面，DEA1.1阴性型血犬是万能供血犬，即它们的血可以供给任何DEA1.1阴性或阳性血的犬类。然而，DEA1.1阴性血型犬也是最不兼容犬，因为只有DEA1.1阴性型血可以输给它们。大部分的德国牧羊犬、比特犬、灵缇犬、杜宾犬和拳师犬是DEA1.1阴性型血，这意味着它们是万能供血犬。但大部分犬是DEA1.1阳性型血。

猫科动物的血型。猫科动物是AB血型系统，其中已鉴定的3种血型是A型、B型和AB型。这三种血型中，A型最常见，占猫类的94%～99%，B型血较为常见，AB型血最罕见。

鸡和猪分别有14和16个血型系统。

因此，动物也是有血型的，而且血型系统各不相同。所以在动物需要输血时，兽医也要在供血畜（禽）和受血畜（禽）之间做一个交叉配血来查看血液的兼容性，否则很可能“草菅兽命”。

淋巴结

淋巴结是哺乳动物特有的器官，也是机体重要的免疫器官，多呈圆形或椭圆形。因为它一般埋在皮下或重要器官周围的脂肪中，因此老百

姓形象地叫它“胰疙瘩”。淋巴结是淋巴系统中的过滤装置，当机体某器官或局部发生病变时，该部淋巴结中的巨噬细胞能吞噬、阻截和消灭细菌、病毒或异物，成为阻止病原扩散的直接屏障。淋巴结阻留病原微生物的同时，自身呈现相应的病理变化。不同的病原体引起的疾病，会在淋巴结中表现出不同的病理变化，这些病理变化具有证病意义。当机体中多个淋巴结出现病变时，通过观察，汇总相应淋巴结的综合状况，能反映出病原体侵害机体的范围、途径、程度，甚至性质。

不同家畜体内的淋巴结数量差别很大，例如，马有 9 000 多个，牛有 300 多个，猪有 180 多个。因为家畜有数量众多、发达敏感的淋巴系统，所以家畜宰后检疫淋巴结能够发现宰前发现不了的动物疫病，这在兽医公共卫生上有积极意义。

鸡没有淋巴结，只有一些淋巴小结，且很不发达。鸭、鹅仅在颈胸部和腰部有两群简单的淋巴结，因此家禽宰后检疫淋巴结没有意义。

红肉和白肉

红肉和白肉是营养学上的分类。

红肉指的是在烹饪前呈现出红色的肉，如猪、牛、羊、鹿、兔等大部分哺乳动物的肉都是红肉。红肉的颜色源于肉中含有的肌红蛋白，肌红蛋白是一种蛋白质，具有运输氧的功能。红肉的特点是肌肉纤维粗硬、饱和脂肪含量较高和慢肌纤维（又叫红肌纤维）较多。

白肉广义上是指肌肉纤维细腻、脂肪含量较低、脂肪中不饱和脂肪酸含量较高的肉类。一般指禽类、鱼、虾等的肉，也包括爬行动物、两栖动物、甲壳类动物（虾蟹等）或双壳类动物（牡蛎、蛤蜊）等的肉。白肉之所以呈白色是因为缺乏肌红蛋白，糖原的颜色发白。白肉含白肌纤维（又叫快肌纤维）较多。

家畜身上的皮肤厚度都一样吗

家畜的皮肤被覆于畜体表面，由复层扁平上皮和结缔组织构成，内含大量的血管、淋巴管、汗腺以及丰富的感受器。因此，皮肤具有保护、感觉、调节体温、排泄废物和储存营养物质等功能。

皮肤的厚薄由于家畜种类、品种、年龄、性别以及身体的不同部位而异。牛皮肤最厚，绵羊的最薄；老龄畜比幼畜的厚；公畜比母畜的厚；同一畜体，背部、四肢外侧的皮肤比腹部和四肢内侧的厚。

皮肤虽然厚薄不同，但其结构均由表皮、真皮和皮下组织构成。表皮是皮肤的最表层，无血管和淋巴管，为角质化的复层扁平上皮。角质层是表皮的最外层，其浅表死亡的细胞从皮肤的表层脱落，形成皮屑。真皮位于表皮的深层，由致密结缔组织构成，是皮肤最厚的一层。皮革就是由真皮鞣制而成的。皮下组织位于真皮深层，由疏松结缔组织构成，内含大量脂肪组织，具有保温、储藏能量和缓冲机械压力的作用。由于皮下组织结构疏松，使皮肤具有一定的活动性，可形成皱褶，如牛的颈垂皮。

家畜类生物入侵导致的灾难

所谓生物入侵是指某种生物从外地自然传入或人为引种后成为野生状态，并对本地生态系统造成一定危害的现象。或者可以定义为：生物由原生存地经自然的或人为的途径侵入到另一个新的环境，对入侵地的生物多样性、农林牧渔业生产以及人类健康造成经济损失或生态灾难的过程。入侵的生物包括植物和动物等。家畜概莫能外，引入不当也会造成灾难。

在广袤的澳大利亚，原本没有兔子，1788 年和 1859 年英国人两次将欧洲兔子引入。由于当地没有鹰、狐狸和狼等兔子的天敌，再加之这里气候温和，青草遍地，土壤疏松，适合打洞，于是兔子繁殖速度极快。1866 年，澳大利亚又有人在野外放养了一批兔子，结果在天堂般的环境里，兔子的数量呈爆炸式增长，到 1926 年，澳大利亚的兔子数量达到了惊人的 100 亿只。

铺天盖地的兔子引发了难以想象的生态灾难。兔子过度啃食地面上的灌木和青草，在地下咬断树根，使地面上植被退化，水土保持能力下降，甚至荒漠化严重。兔子的强盛导致了本地动物生存的严重危机，几十年间，澳大利亚最古老、最小巧的袋鼠——鼠袋鼠灭绝了，还有兔耳袋鼠等几十种原生动物灭绝或濒于灭绝。100 亿只兔子所吃掉的青草相当于夺去了 10 亿只羊的口粮，因此给畜牧业造成了巨大威胁。对此，一位评论家不无感慨地指出：“在人类引进的有害动物中，兔子是到目前为止危害最为强烈的。它们适应了澳大利亚的生活后，对当地的经济和动植物造成了有史以来最大的悲剧。”

人类只有反击，反击的目的就是消灭兔子。猎杀、堵洞、下毒、修建篱笆、引入狐狸，甚至用飞机轰炸等，澳大利亚人用尽各种办法，依然无法阻止兔子的疯狂繁殖和扩张。就在澳大利亚政府几乎绝望又崩溃的时候，科学家们成功地找到了生物控制的办法，即用一种经由蚊子传播的病毒——黏液瘤病毒来感染并致死兔子，效果奇好，兔子的死亡率达到了 99.9%。

生物入侵导致的灾难在中国一样触目惊心，据统计，在中国境内目前已确认的入侵生物共有 286 种。不说其他，就简单说说中国的“猪灾难”吧。在世界 300 多种猪品种中，中国有 125 种，现存的地方品种有 88 种，但在 2006 年开始的为期五年的全国第二次畜禽遗传资源调查中发现，其中 85% 的地方猪种存栏急剧下降，其中 31 个品种处于濒危状态和濒临状态,横泾猪等8个地方品种未发现,项城猪等4个品种已灭绝。中国是世界上最早养猪的国家，一些已经存活 8 000 多年的土猪在不到 30 年的时间里消失了。在 1994 年之前中国土猪占有 90% 的市场份额，而到 2007 年时跌至不足 2%，这一切的结果，都是因为国外品种猪的入侵。1990 年以后，来自美国的杜洛克猪，来自丹麦的长白猪，来自英国的大约克夏猪，以及它们的二元杂交猪、三元杂交猪，几乎横扫中国生猪市场，它们以饲养周期短、瘦肉率高、料肉比低博得养猪户的青睐。在满足居民消费需求的大环境下，中国的家猪生态系统博弈结果以洋猪完胜、本地猪完败的局面持续至今。从技术和生态角度讲，正如一位教授所疾呼的那样：“同所有物种灭绝一样，猪种的灭绝同样是一场生态灾难。”也就是说，国外品种猪种的引入，虽然改善了人们的膳食需求和生活质量，但是对中国地方猪种遗传资源多样性及其基因库保护的摧毁是惨痛和不可逆的。

风土驯化

风土驯化是指家畜逐步适应新环境条件的复杂过程。家畜能否达到风土驯化，不但要看其种群在新的环境条件下能否生存、繁殖、正常地生长发育，并且要求能够保持其原品种的特征和生产性能。所以，所谓风土驯化，既可以指优良的育成品种对不良生活条件的适应能力，也可以指原始地方品种对良好和丰富的饲养管理条件的反应，还可表示家畜对新环境中某些疾病的免疫能力。一般来讲，家畜的风土驯化主要是气候驯化和饲养条件驯化。

例如，我国 20 世纪 60 年代曾把黑白花奶牛和西门塔尔牛运往拉萨（海拔 3 658 米），这些家畜多因不适应高海拔环境而得心脏病，甚至死亡。与此同时，在高海拔地区的秦川牛则丧失繁殖能力，来航鸡和北京鸭孵化率仅 7%～8%。同样把高海拔的牦牛移到海拔 1 500 米的兰州，也难以维持健康。这都是驯化不良的例子。驯化不良引起的生理障碍是繁殖力下降，公畜常发生精子生成障碍，母畜则表现为排卵障碍和胚胎死亡率高。

家畜的风土驯化主要通过两种途径：一是直接适应，即家畜在新环境条件下，在行为上和生理上产生一系列反应，直至基本适应新环境条件为止。二是定向改变遗传基础，即通过人工选择的干预，淘汰不适应的个体，留下适应的个体，从而改变群体的基因频率，使家畜的遗传物质发生改变。在实践中往往是先通过直接适应，然后通过人工选择，使遗传的物质基础发生变化并稳定下来，从而达到风土驯化。

动物的安乐死

动物安乐死方法的最重要标准是：安乐死应具有保证动物中枢神经系统立即达到死去痛觉的早期抑制作用。理想的安乐死方法应该符合几个条件：在最短的时间内让动物失去知觉；使动物所受的紧张恐慌减到最少；使动物在无痛安详的状态下死亡；在最短时间内让动物死亡；如果是实验动物，要不影响动物实验的结果。

需要安乐死的动物大致分两类，一类是实验动物，一类是发生严重疫情的动物或伴侣动物。

一、实验动物适用的安乐死方法

（一）物理学方法

物理学方法主要有击颈法、颈椎脱臼法、断头法、脊髓断离法、低温法等。

1. 颈椎脱臼法　颈椎脱臼就是用外力将动物颈椎脱臼，使脊髓与脑髓断开，致使动物无痛苦死亡。由于其能使动物很快丧失意识、减少痛苦、容易操作、动物内脏不受损害等，被认为是很好的动物安乐死方法。颈椎脱臼法常用于小鼠、大鼠、沙鼠、豚鼠、家兔等小型动物。

2. 断头法　断头法虽然残酷，但由于其过程是一瞬间的，且脏器含血量少，故也被列于动物安乐死的一种。断头时通常使用断头器快速切断延髓，使头颅与身体迅速分离。主要用于哺乳纲啮齿目、兔形目，两栖纲、鸟纲、鱼纲等动物的安乐死。

（二）化学吸入或注射法

1. 吸入法　将动物置于箱中，释放二氧化碳使动物窒息死亡。此法较常用于哺乳纲啮齿目、兔形目，两栖纲、鸟纲、鱼纲等动物。或将动物投入盛有乙醚、氟烷挥发性气体的干燥器或玻璃缸中，使之过量接触麻醉剂而死亡。

2. 注射法　主要化学物有巴比妥钠类、乌拉坦类、甲磺酸三卡因等。也可以注射空气使其无痛死亡。

二、发生严重疫情的动物或伴侣动物适用的安乐死方法

（一）氯化钾法

用 10% 的氯化钾注射液以每千克体重 0.3 ~ 0.5 毫升快速静脉注射，造成动物瞬间高血钾，高浓度的钾离子可导致动物心脏的传导阻滞，收缩力减弱，最后抑制心肌，使心脏突然停搏而死亡。

（二）戊巴比妥钠法

以每千克体重 1.5 毫升或每千克体重 75 毫克快速静脉注射即可。静脉注射困难时，可进行腹腔注射。这实际上是造成动物深度麻醉而引起意识丧失、呼吸中枢抑制及呼吸停止，进而导致心脏停止跳动。动物先表现兴奋（短暂），后变为嗜眠乃至死亡。

（三）饱和硫酸镁法

用 40% 硫酸镁溶液以每千克体重 1 毫升快速静脉注射，动物不出现任何挣扎和不安，迅速死亡。

动物胶

动物胶就是以动物的皮、骨或筋等为原料，将其中所含的胶原（即胶原蛋白，它是哺乳动物体内含量最多的一类蛋白质，占蛋白质总量的25%~30%）经过部分水解、萃取和干燥制成的蛋白质固形物。

动物胶的特性是冷却后会冻结成有弹性的凝胶，受热后又恢复为溶液。这种特性可以定量地以凝胶强度来表示，简称冻力。冻力越大，其凝胶刚性越强，商品价值越高。

动物胶按原料可分为骨胶和皮胶两大类。广义上，动物胶还有血胶、鱼胶、乳酪胶、龟板胶等。按产品分为明胶和工业胶（骨胶和皮胶）两类。按产品的精制程度分，简单加工的粗制品为骨胶和皮胶，精细加工的精制品为明胶。明胶的用途比骨胶和皮胶要广泛得多。现代的动物胶生产企业大多以明胶为主要产品。业内人士习惯上把骨胶、皮胶和明胶统称为“三胶”。

动物胶在经济上有着独特的地位，多达30个行业1 000余种产品都要用到动物胶。动物胶主要用作工业黏接剂、乳化剂、乳化稳定剂、选矿时的絮凝剂、造纸和纺织工业中的施胶剂，以及用于印刷工业中制版和制造墨辊等，在食品、照相材料、医药品、化妆品和微胶囊技术等生产领域中也有广泛的用途。

动物胶不是现代科技和现代工业的产物。在考古上，发现的最早的动物胶实物存在于约公元前27世纪埃及的金字塔内。中国在公元前500年的《周礼·考工记·弓人》中有“鹿胶青白，马胶赤白，牛胶火赤，鼠胶黑，鱼胶饵，犀胶黄”等记载，说明 2 000 多年前中国已开始提炼和应用动物胶，主要是药用、墨用和黏接用。东汉郑玄（公元 127—200 年）曰：“皆谓煮用其皮或用角。”唐朝孔颖达（公元 574—648 年）疏：“惟鹿用皮，亦用角，今人鹿犹用角，自馀皆用皮。”唐朝张彦远（公元 815—907 年）在《历代名画记·论画体工用拓写》中注：“云中之鹿胶，吴中之鳔胶，东阿之牛胶、漆姑汁，炼煎并为重采，郁而用之。”明朝宋应星（公元1587—？）的《天工开物·过糊》中录：“凡糊，用面筋内小粉为质，纱罗所必用，绫绸或用或不用。其染纱不存素质者，用牛胶水为之，名曰清胶纱。”欧洲在 18 世纪初开始从小牛骨中提取明胶，用作食品添加剂。1847 年法国首先将明胶用于照相纸生产。1871 年英国开发了照相专用明胶。中国于 1921 年在上海建立了上海明胶厂。1932 年在济南建立了第一个骨胶厂。

换种方式生产肉

科学家们提出“换种方式生产肉”的观点是基于两个相关联的沉重背景：一个是全球人口增长迅速，对动物蛋白质的需求不断增加，仅仅依靠现在家畜家禽“过腹成肉”的传统方式去生产，未来的地球将不堪重负。例如，生产 1 千克牛肉仅水就需要 1 万～1.5 万升（包括用于种植饲料的水）。据世界卫生组织统计，到 2030 年，全世界每年肉类产量将达到 3.76 亿吨。这意味着，庞大的肉类生产，需要耗费更庞大的土地、水、饲草等资源。另一个背景是：温室效应加剧正导致全球气候变暖等一系列自然灾害。全球温室效应气体排放约 20% 来自动物养殖业，排放量超过世界上所有汽车、船、飞机与火车排放的总量。甲烷是产生温室效应的主要气体之一，在地球上人为产生的甲烷中，畜牧业就占了16%。动物排泄物产生的氧化亚氮更是比交通工具产生的氧化亚氮多了296倍。

上述两个让人触目惊心的背景数据，迫使人类思考有必要重新调整饮食结构，以减少自然肉类的生产量和摄入量，也就是说既要少饲养、少屠宰家畜又能保证肉类的供应量。

这时候，实验室“人造肉”和素食肉类应运而生，并成为食品科技界的新宠。实验室“人造肉”，又称“清洁肉类”。目前“人造牛肉”取得初步成功，鸡肉和鸭肉也在积极“制造”中。世界“人造肉”研发最活跃的国家分别是荷兰、以色列和美国。与传统肉类相比，实验室培育的“人造肉”可以减少45%的能源消耗、96%的温室气体排放以及99%的土地占用。此外，从1头动物身上取得干细胞所能制成的人造肉，比屠宰1头动物所得肉量多100万倍。

实验室“造肉”过程采用了培养人体组织和器官的医疗技术，具体分四个步骤：第一步，从新鲜牛肉上分离出干细胞；第二步，将干细胞浸泡在含有糖、氨基酸、油脂、矿物质和多种营养物质的营养液中，干细胞三周后数目可扩增到100万个，初步长成黏性物质；第三步，黏性物质不断长大，合成小“肉丝”；第四步，将肉丝混合成大块，加入动物脂肪，用藏红花和甜菜着色，制成肉饼。肉饼重142克，大约由2万条“肉丝”组成。每条肉丝长约3厘米，宽约1.5厘米，厚0.5厘米。2014年8月5日世界上第一个“试管汉堡”在英国伦敦问世。这个汉堡的“牛肉饼”是荷兰马斯特里赫特大学血管生物学家马克·波斯特用牛的干细胞培育而成的，成本高达32.5万美元。波斯特研制人造肉已有6年时间，目前，从干细胞到制成汉堡的过程耗时又昂贵，但未来可望缩短到6周。研究人员说，培养出食用安全可靠、可工业化生产的人造肉至少需要 20 年。当然，即使这种人造牛肉将来能大范围推广，也无法替代牲畜养殖，因为生产人造牛肉所需的干细胞必须从活畜身上提取。

所谓素食肉类，简单地说就是看起来、吃起来像肉的肉类替代品，也叫人造肉、植物肉。科学家们不无幽默地说，既然“吃肉”损耗资源，伤害地球，那我们就“吃素”拯救地球。

创制“植物肉”并不容易。首先要弄明白是什么让肉的味道如此之香。肉类香味中的关键成分是血红素。血红素是高等动物血液和肌肉中的重要物质，它与蛋白质结合在一起，在血液中形成血红蛋白，在肌肉中形成肌红蛋白。但是血红素不只存在于动物身上，一些豆科植物也有，比如大豆的根部。由于从大豆里提取血红素很麻烦且成本高，科学家们转而利用经过基因工程改造的酵母制造血红素蛋白。随后利用小麦、土豆蛋白等，将植物蛋白重新排列成我们熟悉的肉类的纤维结构，加上调味料之后，植物素肉就初步完成了。“不可能汉堡”是人造素肉界中最耀眼的“明星”，由前斯坦福大学生物化学家帕特里克·布朗创立的不可能汉堡公司生产，已经在美国的 1 000 多家餐厅销售。

感谢科学家们前瞻性的风险预警和未雨绸缪的专项研究。

“瘦肉精”的来龙去脉

“瘦肉精”既非兽药，也非饲料添加剂，而是一类非法添加物。主要添加于肉用畜禽饲料中，畜禽食用后在机体代谢过程中，能促进蛋白质合成，加速脂肪的转化和分解，提高了畜禽的瘦肉率。在育肥猪上使用最早、最多，也最广泛。“瘦肉精”能使猪提高生长速度，增加瘦肉率；猪毛色红润光亮；出栏猪收腹，饱臀，双脊背，卖相好；屠宰后，肉色鲜红，脂肪层极薄（1厘米左右），往往是皮贴着瘦肉，瘦肉丰满。

“瘦肉精”是一类药物的统称，主要是肾上腺类、β受体激动剂（也称β-兴奋剂）。最常用的一种化学名称叫盐酸克伦特罗，简称克伦特罗，又名克喘素、氨哮素、氨必妥、氨双氯喘通。为白色结晶状粉末，味略苦。

国务院食品安全委员会办公室《“瘦肉精”专项整治方案》（食安办〔2011〕14号）规定的“瘦肉精”品种包含：盐酸克伦特罗、莱克多巴胺、沙丁胺醇、硫酸沙丁胺醇、盐酸多巴胺、西马特罗、硫酸特布他林、苯乙醇胺A、班布特罗、盐酸齐帕特罗、盐酸氯丙那林、马布特罗、西布特罗、溴布特罗、酒石酸阿福特罗、富马酸福莫特罗等16种。

“瘦肉精”被畜禽吃下后，有显著的营养“再分配效应”，即促进动物体蛋白质沉积、促进脂肪分解抑制脂肪沉积，显著提高胴体的瘦肉率、增重和提高饲料转化率，因此常被非法用作猪、牛、羊、禽等畜禽的促生长剂、饲料添加剂。1毫克/升的盐酸克伦特罗添加于猪饲料中即可促生长；莱克多巴胺（商品名：培林）的效率同样非常高，不到20毫克/升的添加量，就可以让最后长肉阶段的猪增加24%的瘦肉，减少34%的脂肪。

盐酸克伦特罗属于非蛋白质激素，耐热，而且在畜禽饲养期间使用时间长，代谢慢，如果在畜禽出栏前没有经过足够的休药期，比如在猪体内，尤其是在猪的肝脏等内脏器官残留较高，由于一般的加热处理不能将其破坏，因此残留药物经肉食品进入人体，造成人体积蓄中毒。主要临床症状是：面颈部与四肢肌肉颤动，心慌，战栗，头疼，恶心，呕吐等，特别是对高血压、心脏病、甲亢和前列腺肥大等疾病患者危害更大，严重的可导致死亡。对儿童会出现性早熟。对于专业运动员来说，往往无辜受牵连，因为瘦肉精属蛋白同化制剂，能减少胴体脂肪合成，促进蛋白质合成，被世界反兴奋剂机构严令禁止。当然，长期添加瘦肉精对育肥猪危害也很大，瘦肉精中毒猪发生四肢震颤、无力、心肌肥大、心力衰竭等毒副作用，在驱赶等应激情况下会发生猝死。

鉴于“瘦肉精”的巨大危害，农业部 1997 年发文禁止“瘦肉精”在饲料和畜牧生产中使用。2001 年 12 月，2002 年 2 月和 4 月，农业部分别下发文件禁止食品动物使用 β 受体激动剂类药物作为饲料添加剂（农业部 176 号、193 号公告、1519 号条例）。但由于西方国家一般不食用动物内脏，所以在美国、加拿大、新西兰等国家，“瘦肉精”这类药物的使用是合法的。目前，美国等 24 个国家开放使用莱克多巴胺，但仍有 160 多个国家禁用。

鉴别正常肉与“瘦肉精”肉的方法：

一看，看猪肉脂肪。一般含瘦肉精的猪肉其皮下脂肪层明显较薄，通常不足 1 厘米，切成二三指宽的猪肉比较软，不能立于案上；瘦肉与脂肪间有黄色液体流出；含有“瘦肉精”的猪肉，尤其是两侧腹股沟的脂肪层内毛细血管分布较密，甚至充血。

二看，观察瘦肉的色泽。含有“瘦肉精”的猪肉肉色较深，肉质鲜艳，尤其是后臀肌饱满突出，颜色为鲜红色，纤维比较疏松。而一般健康的瘦猪肉是淡红色，肉质弹性好。

三测，用 pH 试纸检测。正常新鲜肉多呈中性和弱碱性，宰后 1 小时 pH 为 6.2 ~ 6.3，自然条件下冷却 6 小时以上 pH 为 5.6 ~ 6.0，而含有“瘦肉精”的猪肉则偏酸性，pH 值明显小于正常范围。

四看章索票，购买时一定看清该猪肉是否盖有检疫印章，同时向摊主索取《检疫合格证明》进一步查看。

认识“三聚氰胺”

2008年三鹿集团“毒奶粉事件”中，很多婴儿因食用该集团生产的奶粉被发现患有肾结石，随后检测机构在其奶粉中检测出非法添加物——三聚氰胺。

三聚氰胺，化学式为$C_3N_3(NH_2)_3$，俗称蛋白精、密胺。国际纯粹与化学联合会将其命名为“1，3，5-三嗪-2，4，6-三胺”。常温下为白色晶体，几乎无味，微溶于水（3.1克/升，常温）。对身体有害。2017年10月，世界卫生组织公布的致癌物清单中，三聚氰胺位列B类致癌物。

三聚氰胺常用作化工原料：与甲醛反应可制得三聚氰胺树脂，用于塑料、纺织物及涂料工业的防褶、防缩处理剂；其改性树脂用作金属涂料；还可用于坚固、耐热装饰薄板，防潮纸及灰色皮革鞣皮剂，合成防火层板的黏接剂，防水剂的固定剂或硬化剂等。由三聚氰胺、甲醛、丁醇为原料制得的582三聚氰胺树脂，用作溶剂型聚氨酯涂料的流平剂。

为什么用作化工原料的三聚氰胺，会出现在与其八竿子打不着的奶制品中？原因是一些不法奶牛养殖场（户）钻了奶制品厂的收购标准空子。奶制品厂收购原料奶时，以原料奶的蛋白质含量高低来出价，蛋白质含量越高，收购价就越高，反之亦然。而蛋白质含量的计算又以奶中含氮量的高低来推算，这个时候，如果往奶中添加三聚氰胺（含氮量达66.7%），可显著提高奶中氮的含量。所以，当检测部门检测奶制品的营养指标时，发现奶中蛋白质含量都“充分达标”。但是这些所谓的“氮”不是来自动物蛋白质的营养氮，而是来自化工原料三聚氰胺的毒氮。这些“氮”不但不营养，还会致结石、致癌。

2008 年 9 月，国家食品质量监督检验中心指出，三聚氰胺属于化工原料，不允许添加到食品中。同年 10 月，由卫生部、农业部等四部委联合发布公告，制定三聚氰胺在乳与乳制品中的临时管理值：婴幼儿配方乳粉中三聚氰胺的限量值为 1 毫克 / 千克，高于 1 毫克 / 千克的产品一律不得销售；液态奶（包括原料乳）、奶粉、其他配方乳粉中三聚氰胺的限量值为 2.5 毫克 / 千克，高于 2.5 毫克 / 千克的产品一律不得销售；含乳 15% 以上的其他食品中三聚氰胺的限量值为 2.5 毫克 / 千克，高于 2.5 毫克 / 千克的产品一律不得销售。2012 年 7 月，联合国负责制定食品安全标准的国际食品法典委员会为牛奶中三聚氰胺含量设定了新标准，即每千克液态牛奶中三聚氰胺含量不得超过 0.15 毫克。

古人对动物油的认识和使用

我国在汉代以前人们食用的油均为动物油，称为“脂、膏”。《说文解字》云：“戴角者脂，无角者膏。”就是说，有角的动物如牛羊类，其油叫脂；无角的动物如猪狗类，其油叫膏。《周礼·冬官·梓人》记载：“天下之大兽五：脂者、膏者、裸者、羽者、鳞者。”汉郑玄（公元 127—200 年）注解：“脂，牛羊属；膏，豚属。”意思是说，古时人们用“脂、膏、裸、羽、鳞”五个字表述自然界动物的根本特征，并据此将所有动物分为五大类。

《周礼·天官·庖人》记载：“凡用禽兽，春行羔豚，膳膏香；夏行腒鱐，膳膏臊；秋行犊麛，膳膏腥；冬行鲜羽，膳膏膻。”大意是说，吃肉的话，春天吃羔羊乳猪，要用牛油烹制；夏天吃鸡干鱼干，宜用狗油烹饪；秋天吃小牛幼鹿，应选猪油烹调；冬天吃鲜鱼大雁，用羊油烹煎最好。另外，《礼记·内则》记：“脂用葱，膏用韭。”可见当时人们已经对各种动物油的性质有充分的认识，并建议特定季节、特定肉类和调味品要用适宜的动物油来烹制。

相较于动物油，植物油的榨取和使用要晚，约始于东汉。

生鲜肉要经过排酸处理才好吃

所谓排酸处理技术是把家畜宰后的胴体转移至冷却间，在一定的温度（0~4℃）、湿度和风速作用下，经一段时间后，完成冷却排酸后熟处理，才可上市销售的肉品加工工艺。以牛肉为例，普通牛肉，排酸时间为 24 小时，而高级牛肉排酸时间则需 72~144 小时。肉排酸成熟后的主要特征是，肉块表面形成一层“干燥薄膜”，有羊皮纸样感觉，这层膜既可以防止深层肉质干燥，减少干耗，又能防止微生物的侵入；肉的横切面有肉汁流出，断面潮湿；具有特殊的芳香味及微酸味，容易煮烂，肉汤澄清透明，具有浓郁的肉香味；有一定弹性；呈酸性反应。

排酸技术的原理：一般讲，家畜死亡或屠宰后，在胴体酶和外界因素的作用下，会发生僵直、成熟、自溶和腐败等一系列不可逆的变化。在僵直和成熟阶段肉是新鲜的，而自溶现象的出现意味着肉腐败变质的开始。在肉的僵直期，肌肉纤维坚韧、保水性差，缺乏风味。因此，综合胴体肉的食用安全、营养风味、商品外观等因素，在胴体肉成熟期上市销售最为合适。同时肉的成熟期还是肉的酸软化作用期。肉僵直期产生的乳酸和磷酸环境，使肌纤维和肌纤维间结缔组织膨胀软化，松散断裂，因此肌肉变得松软有弹性。另外，在酸环境作用下，蛋白质缓慢分解成肽和氨基酸、核苷酸，最后形成次黄嘌呤，赋予肉一种特殊的香味和鲜味。乳酸在提供酸性条件，促使胴体肉发生一系列复杂的生理生化反应的同时，自身也部分分解为二氧化碳、水和乙醇挥发掉，维持了肉的微酸环境。

畜禽特殊部位的肉不宜吃

第一，禽“尖翅”。鸡、鸭、鹅等禽类屁股上端长尾羽的部位，学名腔上囊，是淋巴腺体集中的地方，因淋巴腺中的巨噬细胞可吞食病菌和病毒，即使是致癌物质也能吞食，但不能分解，故禽“尖翅”是个藏污纳垢的“仓库”。

第二，鸡头。我国有句民谚：十年鸡头胜砒霜。为何鸡越老，鸡头毒性就越大呢？医学专家分析，其原因是鸡在啄食中会吃进有害的重金属物。

第三，兔子“臭腺”。位于外生殖器背面两侧皮下的是白鼠鼷腺，紧挨着白鼠鼷腺的褐色鼠鼷腺和位于直肠两侧壁上的直肠腺，味极腥臭，食用时若不除去，则会使兔肉难以下咽。

第四，羊“悬筋”。羊“悬筋”（又称“蹄白珠”），一般为圆珠形、串粒状，是羊蹄内发生病变的一种组织。

第五，家畜“三腺”。猪、牛、羊等动物体上的甲状腺、肾上腺、病变淋巴腺是三种“生理性有害器官”。甲状腺和肾上腺是内分泌激素器官，而淋巴结是病害微生物的过滤和潴留器官，尤其病变淋巴结坚决不能食用。因此驻定点屠宰场的官方兽医要监督屠宰工将“三腺”摘除，做无害化处理。

第六，鸡脖、鸭脖。鸡脖、鸭脖不宜吃皮，也不宜吃到气管，里面都含有大量的胆固醇。

黄脂肉与黄疸肉的鉴别

鉴别黄脂肉和黄疸肉有三种办法：第一种方法是观察两者黄染的范围。如果黄染仅发生在皮下脂肪、腹腔网膜脂肪、肠系膜脂肪和肾脏周围脂肪等，可断定为黄脂肉；若除脂肪外，皮肤、黏膜、浆膜、血管内膜、肌腱，甚至实质器官也发生黄染现象，可判定为黄疸肉。第二种方法是悬挂法。若随悬挂时间延长，黄染现象减退或消失，则该肉为黄脂肉；若随悬挂时间延长，黄染现象加深，则该肉可判定为黄疸肉。第三种是实验室检测法。可采取脂肪样品分别或单独用硫酸法和氢氧化钠法检测，操作简便，结果易判。

黄脂肉与黄疸肉的处理结果不一样。黄脂肉的发生一般与饲料原料变质或维生素 E 缺乏有关，当长期饲喂黄玉米、胡萝卜、鱼粉等饲料的下脚料时，可引起脂肪组织变黄。这种肉可以食用，若有不良气味，则做工业用。而黄疸肉的发生与传染病、中毒、寄生虫病或溶血性疾病有关，当上述病变发生时，体内胆红素生成过多或排泄障碍，造成内脏器官及组织的大面积黄染。黄疸肉原则上不能食用，若系传染病引起，必须进行销毁或无害化处理。

猪、鸡饲料不能用来喂牛、羊

牛、羊养殖规模相对于猪、鸡来说不够大，加之对科普宣传力度不够，因此很多农户对牛、羊饲料的专属性认识不足，再加上牛、羊料生产、销售不发达，导致有些养殖户使用猪、肉鸡饲料饲喂牛、羊，这是错误的，原因在于：

一是猪、肉鸡饲料中添加有大量未被保护的脂肪，饲喂以后会使牛、羊采食量和纤维素消化率下降，导致产气增加，胃部膨胀。

二是猪、肉鸡饲料中添加有大量保健性抗生素，牛、羊长期饲用后会杀灭瘤胃内的有益微生物和纤毛虫，破坏瘤胃微生物的生态平衡，继而影响正常发酵，并有碍反刍动物对非蛋白氮的吸收利用。

三是猪、鸡饲料中常添加大量的动物源性饲料，为彻底切断疯牛病和羊痒病的传播途径，防止两外来病在我国境内发生，因此禁止使用。

四是牛、羊饲料中添加有大量的瘤胃调控剂、瘤胃缓冲剂，而猪、鸡饲料中这些成分则没有，长期食用会导致牛、羊瘤胃酸度过高，影响食欲和生长。

五是若长期用猪、鸡饲料饲喂有可能造成牛、羊慢性中毒，羊出现腿软、不能站立、胃消化不良、后期生长速度慢等临床症状；牛则有烦躁不安、跳栏等不良现象。

外来动物疫病

外来动物疫病包括：本国从未发生的动物疫病；本国曾发生，但已根除的动物疫病；本国虽已存在，但血清型不同的动物疫病；新发动物疫病和人畜共患病。

1950年以来我国外来动物疫病传入情况（截至2019年）：

多种动物共患病（4种）：亚洲I型口蹄疫、A型口蹄疫、缅甸株O型口蹄疫和衣原体病。

猪病（7种）：非洲猪瘟、猪细小病毒病、猪萎缩性鼻炎、猪密螺旋体痢疾、猪繁殖与呼吸综合征、圆环病毒2型和副猪嗜血杆菌病。

禽病（11种）：高致病性禽流感、马立克病、传染性法氏囊病、减蛋综合征、传染性鼻炎、传染性脑脊髓炎、鸡病毒性关节炎、鸡支原体病、鸭浆膜炎、禽网状内皮组织增生症和传染性贫血。

反刍动物疫病（9种）：牛结节性皮肤病、小反刍兽疫、牛病毒性腹泻、传染性鼻气管炎、牛鞭虫病、绵羊痒病、蓝舌病、梅迪-维斯纳病和山羊关节炎-脑炎。

其他动物疫病（3种）：兔瘟、魏氏梭菌病和水貂阿留申病。

科学防控动物疫病的关键点

所谓动物疫病是指由生物性病原引起的动物群发性疾病，包括动物传染病和寄生虫病。其中动物传染病是指由致病微生物引起的具有一定潜伏期和临床症状，并具有传播性的动物疾病。传染病的特征：①由特定的病原体引起。②具有传染性和流行性。③机体发生特异性反应；④具有特征性临床症状。⑤具有明显的流行规律。⑥耐过动物能获得特异性免疫。

动物疫病要想流行起来必须同时具备三个要素：传染源、传播途径和易感群体。传染源即体内有病原体寄存、生长、繁殖，并能将其排出体外的动物，以及一切可能被病原体污染使之传播的物体，包括病畜。传播途径是指病原体由传染源排出后，再侵入其他易感动物所经历的路途。传播方式包括水平传播和垂直传播。易感群体是指对某种病原体或致病因子缺乏足够的抵抗力而易感染的动物等生物性群体。去除了这三个要素中的任何一个，动物疫病都流行不起来。所以，常用的动物疫病防控方法是：消灭传染源、切断传播途径和保护易感群体。以处置猪口蹄疫疫情为例，传染源是口蹄疫病猪和其他口蹄疫病毒携带猪，以及被口蹄疫病毒污染的物品。病原体是口蹄疫病毒。易感群体，即易感动物是其他健康猪。划定疫点、疫区，并扑杀疫点、疫区内的所有病猪和同群猪就是消灭传染源；划定受威胁区，并在疫点、疫区和受威胁区设立消毒检查站并严格消毒，就是切断传播途径；禁止受威胁区生猪的移动、实施严格检疫、紧急免疫并加强场区生物安全措施，就是保护易感群体。

阻击传染病的幕后英雄——抗体

抗体（antibody，Ab）是人类及高等动物受抗原刺激后体内产生的能与抗原特异性相互作用的一类球蛋白，具体地说，就是机体B淋巴细胞（简称B细胞）识别抗原后活化、增殖分化为浆细胞，并由浆细胞合成与分泌的、具有特殊氨基酸序列的、能够与相应的抗原发生特异性结合的免疫球蛋白分子。所以，抗体又称为免疫球蛋白（immunoglobulin，简称Ig）。抗体主要存在于脊椎动物的血液、淋巴液、组织液中及其B细胞的细胞膜表面。1968年世界卫生组织决定，将具有抗体活性或化学结构与抗体相似的球蛋白统称为免疫球蛋白。Ab是生物学和功能上的命名，而Ig是结构和化学本质上的概念，Ab一定是Ig，但Ig不一定是Ab。免疫球蛋白具有标记中和病原体、活化补体及联合调整作用。

针对抗体的生物学研究最先始于1890年，德国著名医学家埃米尔·阿道夫·冯·贝林及日本免疫学家北里柴三郎首次提出了血清中存在一种可以与外来抗原相反应的某种介质（命名为“抗毒素”，最早发现的抗体）的假设，同时描述了抗毒素对白喉及破伤风痉挛毒素的抵抗作用。两位学者无疑将体液免疫理论往前推进了一步。德国免疫学家保罗·埃尔利希受到他们这一推理的启发，于1891年在其《免疫力的试验性研究》文章中首次提出了“抗体”一词（德语的抗体“Antikörper”出现在该文章的结论部分）。其中指出了“如果两种物质导致两种不同抗体的产生，那么这两种物质必然是不同的”。然而这一术语并没有立即被接受。心无旁骛的保罗·埃尔利希在1897年进一步提出了抗体与抗原互动的侧链理论假说。他假设在细胞的表面存在能和特定毒素发生一把钥匙对应一把锁类似的特异结合作用的感受器，而结合反应则会进一步导致相关抗体的生产。20世纪五六十年代，科学家逐步解析了抗体的“Y”形结构及其各结构的分子生物学功能。

哺乳动物有五种不同的抗体，根据理化性质尤其是免疫学性质的不同，可分为IgG、IgM、IgA、IgD和IgE。位于体内淋巴器官的细胞可分泌IgG、IgM，位于机体表面的细胞可分泌IgM、IgA、IgE。

IgG是血液中含量最多的免疫球蛋白，同时也是半衰期最长的免疫球蛋白，半衰期可达21~23天。IgG还是唯一能通过胎盘传递的免疫球蛋白。IgG的主要作用是对侵入机体的微生物进行结合与标记，然后激活补体，利用补体和吞噬细胞来消灭入侵的微生物，也应用于免疫学检测。

IgM也称巨球蛋白，是分子量最大的Ig。IgM在胚胎晚期已能合成，是个体发育过程中最早产生的抗体，也是抗原刺激后最早出现的抗体，因此IgM的检测常用于传染病的早期诊断。IgM作为IgG的“预备队”，一般只存在于血液中，属于天然血型抗体。

IgA由黏膜表面的B细胞和浆细胞产生，分为血清型和分泌型两种。血清型IgA主要由肠系膜淋巴组织中的浆细胞产生，而分泌型IgA由呼吸道、消化道、泌尿生殖道等处的固有层中浆细胞产生。IgA主要存在于初乳、唾液、泪液，以及呼吸道、消化道和泌尿生殖道黏膜表面的分泌液中。分泌型IgA的合成和主要作用部位在黏膜，作用是参与机体的局部免疫。

IgE又称亲细胞抗体，是IgA的“备胎”，主要产生于机体表面，可预防寄生虫的侵袭，如蠕虫和节肢动物。

IgD是功能意义最小的抗体，它是B细胞的重要表面标志，IgD的出现代表着B细胞的成熟。

如果把机体的免疫系统比作如来佛祖的话，这五大 Ig 就像五指山一样监控、压制着孙猴子般闹腾的病原微生物，不致它们扰乱机体天庭的正常运转秩序。

抗体的产生来源于免疫预防。免疫预防分为主动免疫和被动免疫。机体感染病原微生物康复后获得的免疫属于天然主动免疫，使用各种疫苗获得的免疫属于人工主动免疫；人工注射免疫血清属于人工被动免疫，母源抗体属于天然被动免疫。

胎儿或新生动物通过胎盘、初乳或卵黄等途径从母体获得的特异性抗体称为母源抗体。就家畜而言，猪、牛、羊、马主要通过初乳传递 Ig；犬、猫除通过胎盘途径传递少量的 IgG 抗体给胎儿外，大部分 IgG、IgA、IgM 等抗体依然通过初乳传递。由于母源抗体对保护初生动物感染具有重要作用，而多数动物不能经胎盘传递母源抗体，因此早吃初乳对初生动物健康十分重要。但在接种疫苗时也一定要考虑母源抗体的影响，因为母源抗体会干扰疫苗的主动免疫，是导致免疫失败的因素之一。

科学家对抗体的研究、认识、开发和利用还在继续，单克隆抗体、人 - 鼠嵌合抗体、人源化抗体、全人源抗体、小分子抗体、单链抗体、纳米抗体、双特异性抗体等，各种新型抗体层出不穷，功能各异，效果显著，这位阻击传染病的幕后英雄不但自身青春永在，而且发展得枝繁叶茂。科学家让我们看到了它的真身，所有的受益群体都要感谢它的丰功伟绩。

口蹄疫又叫“五号病”

世界各国都有自己“保密”的动物疫病，我国也不例外。20 世纪 80 年代（1984 年前）我国畜牧上有“七大保密病”：

一号病——牛瘟；

二号病——口蹄疫；

三号病——鸭瘟；

四号病——马传染性贫血；

五号病——非洲马瘟；

六号病——猪传染性水疱病；

七号病——牛传染性气喘病。

通过一段时间的认识，并对各种疫病的严重程度进行区别和评估，1984 年后我国“七大保密病”排序修改为：

一号病——猪传染性水疱病；

二号病——非洲马瘟；

三号病——马传染性贫血；

四号病——鸭瘟；

五号病——口蹄疫；

六号病——牛瘟；

七号病——牛传染性气喘病。

所以，1984 年前人们叫口蹄疫为“二号病”，1984 年后人们改叫口蹄疫为“五号病”了。

布鲁氏菌病也称懒汉病

布鲁氏菌病简称布病，是一种由布鲁氏菌引起的人畜共患传染病。《中华人民共和国传染病防治法》将其列为乙类传染病，《中华人民共和国动物防疫法》将该病列为二类疫病。

人感染布病后的主要临床症状是发热、多汗、关节及肌肉疼。“发热”多为“波浪热”，有时甚至是高热，但患者往往意识清醒。“多汗”多出现在晚上及凌晨，表现为大汗淋漓，湿透衣裤，这时病人体虚乏力、萎靡不振，甚至会在体温下降时出现虚脱。关节及肌肉疼有时表现为游走性疼痛，关节疼多是髋、肩、膝等大关节疼，肌肉疼多出现在大腿外侧和臀部，臀部疼痛有时甚至是痉挛性疼痛。由于关节和肌肉疼痛难忍，病人即使不发烧不出汗也不能劳动，成为能吃不能干活的赖床“懒汉”，所以有的地方把布病形象地称为“懒汉病”或“蔫巴病”。

布病的传染源是羊、牛等患病畜，以及病畜的产品、排泄物和分泌物等，因此对于养殖者、屠宰工和兽医等职业人群要加强自身生物安全防护，避免接触性感染；对于广大非职业人群要拒饮生鲜乳，拒食烧涮不熟的烤肉和涮肉，生熟案具分开，不买未经检疫的乳制品和肉制品，防止“菌”从口入。

人畜共患蛔虫病

蛔虫，还可以写作蚘虫或蛟蛕，古书中也称之为“长虫”，在家畜寄生虫学上叫似蚓蛔线虫。当前发现的蛔虫卵最早可以追溯到2.4万年前，是从当时的人类粪便化石中发现的。隋朝巢元方所著的《诸病源候论》（公元610年）对蛔虫的记载为：“蚘虫者，是九虫内之一虫也。长一尺，亦有长五六寸。”

蛔虫病是一种比较常见的人畜共患传染病，蛔虫主要寄生在人和家畜家禽的小肠内，虫体颜色多为白色，也有粉色和黄色的。在人体内发现的蛔虫长度可达35厘米。蛔虫是猪小肠内最大的线虫，长度可达40厘米。

20世纪50~70年代，我国农村生猪散养很普遍，猪圈多为简陋的土圈，很多猪都有不同程度的蛔虫病。在那个缺少化肥、“庄稼一枝花，全靠粪当家”的农耕年代，猪粪和人粪是增产保丰收的宝贝，但是它们绝大多数未经充分的发酵腐熟处理，就直接施撒到田地或菜地里。于是耕地和菜地被蛔虫卵大面积污染，蛔虫卵数量庞大、抵抗力强，而且不需要中间宿主就可以直接通过粪口传播模式感染到人，再加上那个年代人们还没有形成“饭前便后洗手”的卫生习惯，结果是在地里劳作的大人和玩耍的小孩纷纷中招。人们不明白其实猪才是传染源，猪不仅在猪圈中形成了猪–粪–猪感染的自循环，而且形成了猪–粪–人和人–粪–人感染的外循环。那时的农村，蛔虫病患者包括带虫者，已经多到似乎是司空见惯的地步，即使到了1986年，我国的蛔虫病感染人数依然高达 5.31 亿。

人感染蛔虫后，患者会出现不同程度的发热、咳嗽、食欲不振、营养不良、失眠、脸上长“狗皮藓”、磨牙等症状。夜间磨牙多见于儿童，是因蛔虫产生的毒素或代谢物质刺激到大脑皮层，使其兴奋或抑制过程障碍，造成磨牙。除以上普通的症状外，严重的还会引起其他并发症，如蛔虫数量多时可能造成肠梗阻；胆道钻孔可导致胆道蛔虫病；进入阑尾引起阑尾蛔虫病和肠穿孔。

猪蛔虫病多发生在 3～6 月龄的保育猪，当大量蛔虫幼虫侵袭猪肺脏时，发生蛔虫性肺炎，表现为咳嗽、体温升高或食欲减退；蛔虫成虫寄生在猪小肠时，出现食欲不振，消化机能障碍，发育不良，甚至生长停滞，成为僵猪。严重感染时，伴发下痢、腹痛、肠梗阻，甚至肠破裂。牛、马、鸡等家畜家禽感染蛔虫病时也有相似的症状。家畜家禽感染蛔虫病后，虽然病死率不高，但生产性能大受影响。

人或家畜家禽等易感对象沾染上蛔虫卵后，蛔虫卵很快经口到达胃部，虫卵外面的角质层在胃液的腐蚀下破裂，幼虫混入食糜进入小肠。蛔虫卵借助其表面胶水一样的波动膜粘在小肠壁上，不致自己随废弃残渣到大肠里被排出体外。在小肠里安顿下来后，蛔虫卵很快孵化成微小的幼虫。幼虫钻进肠壁的小血管里，随着血液四处游弋，先进入肝脏，后到达肺部的小血管，再跨越肺泡、支气管和气管，一直往上爬到咽喉处。这时候如果宿主恰巧感到恶心或者咽喉发痒，就会把幼虫咳吐出来。不过，更多时候它们会随宿主的吞咽、喝水和进食再次被带到胃里，再次经过胃的洗礼后，最终又回到小肠。周游宿主胸腹腔后，蛔虫的幼虫会选择在小肠里长期寄居，它们的使命只有两个：生存与繁殖。

经过两个月的发育后，它们开始疯狂繁殖，每条雌虫一天可以排卵约 24 万个，一个生命周期内可排卵 3 000 万个。强大的繁殖力是它们赖以生存的法宝。

蛔虫的幼虫在人或动物体内移行的过程，神秘且复杂，它一路攻击性前进，抵御免疫系统的枪林弹雨，给机体造成了机械性损伤，同时部分成功抵达靶目的地——小肠，完成自我的涅槃，在小肠内的栖息地成父为母，繁育后代。物竞天择，也许蛔虫幼虫在人或动物体内移行的过程，就是它们淘汰弱者，留下强者以利于强者繁育后代，保持它们强大生命力的自我选择、自我优化过程。

肚里蛔虫，这个成语很有意思，比喻对别人的心里活动知道得十分清楚。这个寓意的本意，不仅诠释了自古以来蛔虫对人类感染的普遍性，也说明了蛔虫在宿主体内移行范围的广泛性（它对人们的胃、肠、肝、肺等脏器“都知道”）。

有了病，不能不治，这时候一种具有时代意义的“宝塔糖”驱虫药应运而生。关于“宝塔糖”，这里面还有个鲜为人知的典故轶事。原来，面对新中国刚成立不久人间泛滥的蛔虫病疫情，在中苏两国专家的共同努力下，他们从一种原产于北极圈高寒地区叫蛔蒿的植物中发现了一种能够麻痹蛔虫的成分，只要蛔虫被蛔蒿之中的这种成分麻痹，就可以束手就擒，随粪便排出体外。蛔蒿在植物学上又称“山道年蒿”。山道年蒿开始作为驱蛔药时多为片剂或粉剂，味苦难咽，孩子们极为排斥。办法总比困难多，政府部门匠心独具把它变成糖果，加入天然甜味剂，并塑造成宝塔样，以吸引年幼的孩子。宝塔糖一经问世，香甜的口感和五颜六色的色泽就深受群众喜爱。那时候糖果零食不多，宝塔糖一时间成了孩子们最爱吃的糖果。宝塔糖因其形似宝塔而得名，又称“打虫糖”。宝塔糖为驱肠虫类非处方药，通用名叫磷酸哌嗪宝塔糖。

起初，我国生产“宝塔糖”的原料药一直从苏联进口。因为蛔蒿是北极圈内特有的高寒药用植物，中国没有，且种植难度极大。1952 年，作为苏联的援华项目，我国从苏联引进了 20 克蛔蒿种子试种。这 20 克种子又被平均分成了 4 份（每家只有 5 克），护送到有试种任务的呼和浩特、大同、西安、潍坊等4家国营农场分别试种。结果只有潍坊的一家农场试种成功。为了保密起见，潍坊农场将试种成功的蛔蒿对外宣称是“一号除虫菊”。20世纪50年代后期，潍坊这家农场不但为全国十几家制药企业提供“宝塔糖”生产原料，还有少量出口。后来由于种种原因，药厂停止了宝塔糖的生产，又因种子保存不当，最终导致1982年9月蛔蒿在中国彻底绝种。

没有了宝塔糖，科学家研究出了新型抗蛔虫药——盐酸左旋咪唑和阿苯达唑，它们的除虫效果比蛔蒿更好。在中兽医上，给家畜治疗蛔虫病多使用使君子（有效成分为使君子酸钾）、苦楝皮（有效成分是川楝素，也叫苦楝素）等中药材，现在多采用阿维菌素、伊维菌素、左咪唑等西药。

大千世界，无奇不有，在大多数人想方设法将人或家畜家禽体内的蛔虫驱除的时候，居然还有人自愿引虫上身，用自己的身体供养蛔虫。原来是部分爱美人士听说蛔虫会吸收人体营养，就想着利用蛔虫帮自己消耗一部分营养，这样身体吸收营养少了，可以减肥。这种没有科学依据的减肥方法，还是谨慎对待为好。

畜禽冠状病毒之殇

在系统分类上，新型冠状病毒属于套式病毒目冠状病毒科冠状病毒属。冠状病毒属的病毒是自然界广泛存在的一大类病毒，它的结构特点是具囊膜、基因组为线性单股正链RNA；流行病学特点是具有胃肠道、呼吸道和神经系统的嗜性，感染主要发生在冬季和早春。冠状病毒是目前已知RNA病毒中基因组最大的病毒，它仅感染脊椎动物，如人、牛、猪、猫、犬、狼、鸡、鼠等。新型冠状病毒（SARS-CoV-2）是目前已知的第七种可以感染人的冠状病毒，其余6种分别是HCoV-229E、HCoV-OC43、HCoV-NL63、HCoV-HKU1、SARS-CoV（引发“非典”）和MERS-CoV（引发中东呼吸综合征）。疯狂肆虐的新型冠状病毒对人类犯下滔天罪行的时候，人们才开始关注这类病毒，实际上动物尤其是家畜家禽早已是深受其害。

冠状病毒最先是1937年从鸡身上分离出来的。1965年才分离出第一株人的冠状病毒，由于在电子显微镜下可观察到其外膜上有明显的棒状粒子突起，使其形态看上去像中世纪欧洲帝王的皇冠，因此命名为“冠状病毒”。1975年国际病毒命名委员会正式命名了冠状病毒科，冠状病毒科的代表株为禽传染性支气管炎病毒（IBV）。

兽医界根据冠状病毒的遗传学及血清学差异将其分为三个群：第一个群包括猪传染性胃肠炎病毒、猪流行性腹泻病毒、猫冠状病毒和犬冠状病毒；第二个群包括牛冠状病毒、小鼠肝炎病毒和大鼠冠状病毒；第三个群包括禽传染性支气管炎病毒、火鸡冠状病毒和雉冠状病毒。

猪传染性胃肠炎1933年首先在美国发现，1956年传入中国，临床上以发热、呕吐、严重腹泻、脱水和2周龄内仔猪高死亡率为特征。猪流行性腹泻1971年首先发现于英国，1981年左右传入中国，以呕吐、腹泻和食欲下降为基本临床特征。猫的冠状病毒病又称猫的传染性腹膜炎，幼猫最敏感，临床上以频繁呕吐、腹泻、沉郁、厌食为特征。犬的冠状病毒病1971年在德国军犬中首次发现，是一种传染性的胃肠道疾病，以呕吐和腹泻为主要临床特征。

牛冠状病毒病又叫新生犊牛腹泻，1973年在美国首次报道，临床上以出血性腹泻为主要特征，同时还能引起牛呼吸道感染和成年奶牛冬季血痢。

冠状病毒能引起鸡的传染性支气管炎（简称传支）和传染性喉气管炎（简称传喉）两种病。传支是鸡的烈性传染病，1936年首先发现于美国，1972年传入中国。根据其毒株不同可分为呼吸型、生殖型、肾型、肠道型和腺胃型5种。传喉于1925年首先在美国报道，是鸡的一种急性、接触性上呼吸道传染病，以呼吸困难、咳嗽和咳出含血样渗出物为特征。火鸡冠状病毒病也称蓝冠病、泥淖热和传染性肠炎等名称，幼龄火鸡最敏感，临床上以畏寒、腹泻、部分呈观星样神经症状为特征。鸭冠状病毒病又名“烂嘴壳”，幼鸭易感，发病率近100%，病死率可达50%，病鸭死前嘴壳由淡黄色变为淡紫色，嘴壳上皮脱落，出现破溃。

由于冠状病毒对动物机体上皮细胞的靶向亲嗜性，因此呼吸系统和消化系统受侵蚀最严重，所以临床上因畜禽种类不同表现为以呼吸障碍或腹泻、脱水为特征，流行病学上以幼畜禽易感和冬春多发为主。冠状病毒对动物尤其是畜禽的危害可谓“面广毒深”，它对畜禽生命的伤损和生产力的削弱是巨大的，但往往不为畜牧业以外的人员所知晓。飞机大炮，抵不过“病毒风暴”，看来人类必须认真面对冠状病毒，必须同时打好、打赢人间和畜间两场病毒阻击战，才能过上健康平顺的好生活。

虫 癌

“虫癌”是一种寄生虫病，是包虫病的泡型，因患者十年内死亡率高达94%，像癌症一样极难治愈，故被人们称为“虫癌”。

包虫病是棘球绦虫的幼虫寄生在人体所致的一种人兽共患传染病，有囊型包虫病和泡型包虫病两种类型，分别由细粒棘球绦虫的幼虫（棘球蚴）和多房棘球绦虫的幼虫（泡球蚴）寄生在人体组织器官所引起。我国是世界上包虫病高发的国家之一，以新疆、西藏、宁夏、甘肃、青海、内蒙古、四川等 7 省（区）最为严重，发病率高达 10%。棘球蚴和泡球蚴可寄生在人体的任何部位，因体积大，生长力强，不但使周围组织受到高压而萎缩，还能产生继发感染，尤其当蚴体破裂时，大量囊液进入血液，可使人发生过敏性休克而骤死。

家犬和狐狸等野生动物是终末宿主和主要传染源。犬因食入病畜内脏而感染，病畜内脏的幼虫在犬肠道内发育成成虫。家犬在排出成熟节片及大量虫卵时，污染草地、水源、家居环境，或附着在其毛皮上。包虫虫卵非常小，肉眼基本看不到，人由于与家犬接触，或食入被虫卵污染的水、蔬菜或其他食物而感染。另外，许多人在放牧、剪毛、挤奶、皮毛加工等过程中接触虫卵后误食感染。作为中间宿主，10 种家畜可被感染，其中绵羊的平均感染率约为 64%（犬伴牧羊群，致犬羊循环感染）、牛 55%、猪 13%。终末宿主家犬的平均感染率为 35%。

根据传染病的防控规律，只要能消灭传染源，切断传播途径和保护易感群体，就能很好地防控包虫病。即在包虫病的防治上，勤洗手、喝熟水、不吃生肉、少和狗接触，人感染包虫病的概率应该极低。但是包虫病高发地区普遍有几个现实特点，或叫防控难点。一是群众信教不杀生，尤其不杀狗（即使已感染包虫），并视犬为家庭成员，甚至野狗和野生动物也受到群众喂食和照顾，这使得大量传染源得以长期存在并持续排毒。二是当地居民有吃生肉、饮用未烧开的水等生活习惯，使得传染途径很难切断。

针对这种复杂状况，2017 年 3 月和 5 月，国家相关部门分别印发了《2017 年国家动物疫病强制免疫计划》和《动物疫病防控财政支持政策实施指导意见》，明确要求“在包虫病流行区，对新补栏羊只进行包虫病免疫”。并进一步明确了包虫病的强制免疫补助和强制扑杀补助的畜禽种类、补助范围和标准。在此基础上，采取的综合防控措施是“羊免疫、犬驱虫”。羊免疫专用疫苗为羊棘球蚴（包虫病）基因工程亚单位疫苗。犬驱虫用吡喹酮咀嚼片（爱普锐克），但吡喹酮咀嚼片会散发特殊气味，犬类因嗅觉灵敏，常不愿吃含药饵的食物。现在新型的吡喹酮缓释剂只需注射一次，就能维持半年的药效，大大提升了驱虫的效果。

兽医专家之所以决定把疫苗打在羊身上，是因为犬的感染主要源于犬吞食羊的患病器官。羊免疫后产生抗体，这种特异性抗体能够阻止六钩蚴在羊体内继续发育为棘球蚴，在增强自身抗病力的同时，也阻止犬特别是流浪犬、野生动物吃到患病脏器。由于包虫的自然生活史被切断，所以收到了犬和羊一起防控包虫病的双重目的。另外，把包虫病疫苗接种到羊身上，还解决了流浪犬数量过多管理困难，以及其他野生动物寄宿主无法掌控等难题。

可怕的炭疽病

炭疽病是一种由炭疽芽孢杆菌（俗称炭疽杆菌）引起的人畜共患病，主要发生在牛、羊、马、骆驼及鹿等草食为主的动物身上，我国北方牧区和南方丘陵地区均存在炭疽自然疫源地。人直接或间接接触病畜和染疫的动物制品会感染本病。

炭疽病在世界上的出现最早记载于公元 80 年，其名字来源于古希腊文，意思是煤炭，古埃及称其为“第六种瘟疫”。由于最易染上炭疽病的人群是剪羊毛工人、屠宰工人和制革工人，因此一度人们将它称为“剪毛工病”。

1870年，德国医师兼科学家罗伯特·科赫第一次从皮肤炭疽患者手上分离出了炭疽杆菌，这是人类第一次证明一种特定的细菌是引起一种特定的传染病的病因，也首次证实了微生物具有造成疾病的能力。1880年他分离出了伤寒杆菌，1881年他发现了霍乱弧菌，1882年他又分离出了结核杆菌，并发明了结核菌素，鉴于他非凡的医学成就，1905年科赫荣获了诺贝尔生理学或医学奖，并被后人尊称为细菌学之父。

历史上炭疽病曾造成巨大的传染性灾难。公元80年，古罗马炭疽病流行，死亡近5万人；19世纪中欧6万人因炭疽病丧生，数十万牲畜死亡，1867—1870年仅俄罗斯诺夫戈罗德一个地区就死亡500人和近6万头家畜。

离开传染源的炭疽杆菌，一接触到足够的氧气和适度的温度（15～42℃），就迅速形成芽孢。芽孢是炭疽杆菌的休眠体，它生命力极强，可抵御各种常见的消杀手段，例如，高温、低温、干燥、太阳光线和化学药物。细菌的营养细胞在70～80℃时10分钟就死亡，但芽孢在120～140℃还能生存数小时；一般营养细胞在5%苯酚溶液中很快失活，而芽孢能存活15天。理论上这种致病菌中最大的革兰氏阳性杆菌可以在土壤中存活90年。炭疽杆菌的芽孢，即使深埋、真空封存，几十年后仍有很强的感染能力。这就是为什么发现炭疽病或疑似炭疽病动物病例时，严禁扑杀和深埋的原因。

动物与泥土接触的机会最多，尤其是食草动物。它们在进食的时候，鼻子离地面很近，而且常常把草连根拔起来吃掉，炭疽杆菌一般都深藏在土壤中，这样就很容易接触或吸入土壤中的细菌，造成局部或全身感染。尤其是洪水或地震过后更容易将深埋的病菌暴露在地表，这也就是为什么大灾后易发生大疫的原因。

感染炭疽杆菌的动物会出现一系列的症状，急性的症状又称为败血症，具体表征为：突然站立不稳、全身痉挛、迅速倒地、高热、呼吸困难、天然孔出血、血凝不全并迅速死亡。死亡动物主要表现为：血样呈煤焦油色，不易凝固，尸僵不全，腹部膨胀等。

人若接触患病的牲畜、污染的皮毛、土壤、水源，进食病畜肉类，吸入含该菌芽孢的气溶胶或尘埃，也会被感染。人感染炭疽常见的三种类型：皮肤炭疽、肺炭疽和肠炭疽。其中皮肤炭疽最常见，占发病病例的95%，但死亡率较低，临床上多在面部、手、颈、肩和脚等裸露部位皮肤出现红斑、丘疹、水疱、溃疡和焦痂，无明显疼痛，黑痂在1～2周内脱落。而经口或呼吸道感染的肺炭疽死亡率较高。

蛊毒与血吸虫病

据说蛊毒共分为13种，常见的主要有情蛊、金蚕蛊、蛇蛊、疳蛊、石头蛊、癫蛊、肿蛊等。其中最令人津津乐道的，当属“情蛊”，将此蛊种入心爱的人身上，从此对方便会对种蛊人死心塌地，终生不离不弃。十三蛊中最毒的就是“金蚕蛊”，传说它“无色无形，水火不侵”，中蛊者全身犹如千万条毒虫在噬咬，求生不得，求死不能。此蛊没有解药，因此“金蚕蛊”又称“夺命蛊”。

不仅传说多，诡秘又神奇的“蛊”在《左传》和《史记》中都有记载。《左传·昭公元年》：“晋侯求医于秦，秦伯使医和视之，曰，疾不可为也，是为近蛊。”《史记·夏本纪》：“（秦德公）二年，初伏，以狗御蛊。”《史记·正义》：“蛊者，热毒恶气，为伤害人，故磔狗以御之。”汉武帝时的“巫蛊之祸”最为惨烈，当时牵连甚广，几动摇国之根本。汉代以降直至清末，历朝历代关于“蛊”的记录无论官私典籍，从未断过。

那么，蛊究竟是何物呢？有学者认为，蛊本质上是中国古代“巫术信仰”习俗中的一种，是为“巫蛊文化”，它起源于民间信仰，是一种虚幻的古代文化现象。“练蛊”人相信，抓百余只毒虫放入罐中，一年之后开启密封罐，罐中必有一只虫食尽其他虫而独活，这只虫便称为蛊。由这只虫晾干后磨成的粉，便叫蛊毒。但医学专家们表示有不同看法，他们认为，“蛊”不但真实存在，而且是一种确切的病症，古人因无法医治这种病，所以称其为“蛊”。

我国长江中下游地区流传千年的“蛊患”，在《隋书·地理志》中有明确记载：“新安、永嘉、建安、遂安、鄱阳、九江、临川、庐陵、南康、宜春，其俗又颇同豫章，而庐陵人庞淳，率多寿考。然此数郡往往畜蛊，而宜春偏甚。”隋朝医学典籍《巢氏诸病源候总论》中的第二十五卷《蛊毒》中更进一步对“蛊患之人”的症状进行了详细的描述：“病发之时，腹内热闷，胸胁支满，舌本胀强，不喜言语，身体恒痛，又心腹似如虫行，颜色赤，唇口干燥，经年不治，肝鬲烂而死。”难怪《说文》曰：“蛊，腹中虫也。”在我国传统医学中，把血吸虫引起的臌胀病归属为“蛊症”范畴，称之为“蛊胀”“蛊毒”“水肿”“水毒症”和“溪毒”等，也简称蛊。

科学家敏锐地发现，我国“蛊”的出现和分布具有明显的地域性，概括地说，华南较华北多，而这其中，云贵川地区和长江中下游流域更是“蛊”的高发地。1971 年在长沙马王堆出土的西汉女尸中查出血吸虫卵，说明自古以来包括长沙在内的长江中下游地区就是血吸虫病的疫区。

1905 年我国在湖南省常德县确诊了中国第一例血吸虫病例，但是由于清政府的腐败、军阀混战、抗日战争及解放战争等大环境因素，社会动荡，政府更替，无人顾及这些寄生虫病防治问题。直到 1956 年，我国著名中医学专家傅在希教授在《进一步探索血吸虫病的来源》一文中指出长期流行于江南地区的“蛊病”实为血吸虫病（日本血吸虫病）。这一石破天惊的研究结论引起党中央的高度重视。事实上，早在1949年党中央就注意到，参加渡江战役进军至江浙沪地区的解放军战士们就饱受血吸虫的侵害，仅上海地区第9兵团就有3.3万人患病。这个时候，对日本血吸虫病的再认识和积极防治才真正提上日程。日本血吸虫病是一种人兽共患的寄生虫病，人感染后表现为巨肝巨脾症和腹水，在家畜等动物中可以感染黄牛、水牛、猪、马、犬、猫及一些野生动物，其中尤以黄牛的感染率最高。

从1950年开始，我国对血吸虫病展开摸底调查，调查结果触目惊心，在全国排查的12个省的300多个县市中，均产生了血吸虫病大流行，累计血吸虫病感染人数高达1 160万人。虫患猛如虎，在江苏高邮县最严重的新民乡地区，5 442名居民中就有4 300人感染血吸虫，1 335人接连死亡。

日本血吸虫生活史中，人是终末宿主，钉螺是必需的唯一中间宿主。消灭血吸虫病，关键是要斩断其传播宿主——钉螺的传染链。当时消灭钉螺的手段主要有两种，一是在水域里喷洒药物，二是填埋水坑或沼泽地，彻底消除钉螺的生存环境。同时，为消灭传染源，还对粪便、阴沟和水塘展开了治理。到1958年6月，江西余江县率先宣布消灭了全县境内的血吸虫病。截至2003年，南京12个血吸虫流行区县，就有2个达到彻底阻断标准，2个达到传播控制标准。只有想不到，没有做不到。在新中国的新体制下，一切“蛊”“毒”在新生产力面前都会现出原形，都只是个不堪一击的“短命鬼”。

聪明的蜱虫

蜱虫主要分硬蜱和软蜱两大类，硬蜱与软蜱的主要区别在于硬蜱有几丁质硬化成的盾板，而软蜱缺失。硬蜱寻找宿主吸血多在白天，而软蜱吸血则多在夜间。硬蜱种类多且对人畜危害严重，因此引起人们的关注。

硬蜱也叫螕、壁虱、鳖吃，俗称草爬子、狗鳖、草别子、牛虱、草蜱虫、狗豆等。蜱虫全营寄生生活，离开宿主的营养供应无法独立存活。因此它们在寻找宿主、选定寄生部位和吸食血液方面均有自己聪明的拿手技法。

蜱虫寻觅宿主的方式：它们在灌木、草尖上爬行，等待，同时将第一对足向上高举，摇晃，用第一对足上跗节背部的哈氏器（Haller's organ）作为嗅觉器官像雷达一样扫嗅四周，哈氏器嗅觉敏锐，对动物的汗臭和二氧化碳很敏感，当与宿主相距 15 米时，即可感知，蜱虫即由被动等待状态转化为活动等待状态，当宿主经过并与之接触时即爬附到宿主体表上。

相对于蜱虫的微小躯体而言，宿主的体表面积是庞大的，因此选择安全的取血部位显得至关重要，毕竟是盗窃行为，要越安全越快越好，因此世代相传的经验让它们轻车熟路地直奔靶向部位——体表皮肤柔软、毛少且不易被挠蹭到的躯位，如眼部周围、耳郭内、大腿内侧、腹部和乳房周边等。

搞定了宿主和具体位置后，蜱虫迫不及待地开始了关键又核心的操作——吸血。蜱虫的叮咬和吸血程序是个复杂的过程，它咬破宿主的皮肤后，很快把抗凝剂和麻醉剂注入皮肤创洞的四周，防止被吸出的血液凝固，同时麻痹宿主的神经，避免引起宿主激烈的保护性反应。在宿主未发觉或无可奈何的情况下，它吸饱血后，从叮咬处脱落，这个过程需要48小时。雌蜱一生只产一次卵，卵的数量成千上万，但雌蜱自身也会油尽灯枯，很快死去，因此是否能安全、高效地吸到血，是它能否全身而退并繁育后代的关键。

蜱虫是很多如森林脑炎、新疆出血热、回归热、莱姆病、Q热等自然疫源地型疫病的传播媒介，也能导致某些特殊人群出现严重的“红肉过敏症”，它所携带的新型布尼亚病毒还能引发人体出现“发热伴血小板减少综合征”。与民争利即为害。消灭蜱虫的方法很多，宜因地施法，家畜身上蜱虫少时，可用机械清除法；家畜身上沾染蜱虫多时，宜用化学灭除法，即喷涂法和药浴法；对辽阔的草场，建议实行牧场轮换法，每1~2年更换一片牧场，因为硬蜱在活动季节里必须吸血，若吸不到血，其生存时间超不过1年。

几内亚龙线虫病

几内亚龙线虫又称麦地那龙线虫，它的命名源于17世纪欧洲探险家首次发现它们的非洲地区。《圣经》中记载的攻击儿童的“火蛇”可能就是几内亚龙线虫，人们甚至在距今3 000年的埃及木乃伊中也发现了钙化的几内亚龙线虫。

几内亚龙线虫曾经在非洲、中东和亚洲许多地区广泛传播。1986

年时仅非洲和南亚的 20 多个国家每年就有近 400 万病例，造成的伤害可谓哀鸿遍野，而此后的 30 年时间里，人类取得了令人震惊的灭虫业绩，到 2016 年全世界报告的病例仅剩 2 例。在我国，龙线虫只有 2 种，一种是在台湾和东南沿海地区对家鸭危害严重的台湾鸟龙线虫，另一种就是能感染人和犬等哺乳类家畜的几内亚龙线虫，但是后者极其少见。

几内亚龙线虫病对人类造成的伤痛让人刻骨铭心，闻之变色，即将生产的孕雌虫对人类的行为的靶向性掌控也令人惊讶。典型的症状是：在人的脚或小腿部会出现一个很疼且有灼烧感的水疱，疼炙难耐，人们只好把腿或脚伸到凉水里以求舒服一些，而这正是雌虫所需要的，雌虫一旦感觉到外界的水，水疱会破裂，继而雌虫头部从伤口处钻出并剧烈收缩，排出数十万只幼虫。但事情远未完，产完幼虫刚从皮肤里钻出来的雌虫只是它全身体长的一小部分，其余部分大约有 1 米长，尚留在病人身体里，怎样将雌虫从病人身上完整地清理出来，是个费时却又急不得的“大工程”。必须将露出半截雌虫身子的水疱部位持续地泡在水中，诱使雌虫继续离开身体。在整个清除过程中，寄生虫会被缠绕在一根棍子上，以免缩回到体内。清除过程不能着急，只能一点一点地痛苦地把它拔出来，而这个过程可能需要两个月的时间。也不能太过用力，一旦将寄生虫扯断在体内，可能会造成更严重的伤口感染。更惨的是，有时候一个人体内的寄生虫不止一条，甚至像这样的寄生虫水疱可能有 60 多处。幸运的是，从胃部移驻到脚或小腿皮肤仅仅是几内亚龙线虫的正常“行军路线”，有时候，一些寄生虫会迷失方向，南辕北辙地攻击心脏和脊髓，导致宿主死亡或瘫痪；如果它们寄生在关节附近，可能会造成关节僵直，甚至可能完全卡住，结果就是宿主四肢因长期不伸缩而枯萎。成熟的几内亚龙线虫雌性体长 50 ~ 120 厘米，并且在人体内的移行和成长期可达 1 年，但是人体不会感觉到它的存在，因为它会分泌有止疼功能的物质来消除疼痛，同时它能机智地躲过宿主免疫系统的监视。

几内亚龙线虫造成的悲剧罄竹难书，所以科学家必须弄清楚这种可怕寄生虫的生活史，才好把它消灭，将疫区的人、兽从灾难中解脱出来。研究结果发现，几内亚龙线虫的生活史并不复杂，刚产出的几内亚龙线虫幼虫在水中游荡，当遇到剑水蚤的幼虫时立刻钻入其体内，这时候，如果人们直接饮用河流、塘渠的生水，会将剑水蚤幼虫无意间吞下。人或家畜的胃酸会消溶掉剑水蚤幼虫，正好几内亚龙线虫借此游逸而出，从胃中钻出经肠并穿过胸壁或腹壁，在那里，雄虫和雌虫会成熟并交配。成年雌性有目的地潜行至脚或小腿部的皮肤组织，临近分娩的雌虫会分泌出灼热的酸，在宿主皮肤表面灼成水疱，人们无法忍受热针扎般的刺痛，只好把脚或腿伸入凉水中来减轻痛苦，这时候雌虫破疱而出，完成产幼使命。于是科学家明白了剑水蚤幼虫是几内亚龙线虫传播繁衍的中间宿主，而剑水蚤幼虫所生活的自然界的生水才是几内亚龙线虫传播的媒介。

这种疾病主要通过水源传播，如何确保易感人群喝上干净的水，变得尤为重要。有关国际组织已经使用多种策略，包括免费分发管道过滤器，让人们大规模地喝上了过滤饮用水。

斗转星移，时间来到 2020 年，一名越南河内国家热带疾病医院的医生突然宣布，发现一名青年男子可能感染了几内亚龙线虫病，因为他从该男子身上取出了罕见的麦地那龙线虫，同时证实，该男子发病前吃了很多生鱼片和螃蟹。一石激起千层浪。如果这名病人确诊，不仅病原体穿越数千千米从非洲到东南亚的流行病学无法解释，也让 2030 年在全球根除几内亚龙线虫病的宏伟目标蒙上阴影。但有一点可以确认，2020 年及以后相当长一段时间内几内亚龙线虫病在越南和非洲大规模卷土重来的现象不会发生。

与畜禽有关行业的祖师爷

一、火腿业的祖师爷：宗泽

宋朝抗金名将宗泽是浙江金华义乌人，一次他带着家乡腌制的猪火腿进献给宋钦宗，火腿色、香、味俱全，尤其是色泽红艳如火，宋钦宗特赐名“火腿”。

二、烤鸭业的祖师爷：朱元璋

明朝开国皇帝朱元璋酷爱吃鸭肉，但水煮、红烧、清蒸的鸭子吃多了便觉得腻烦无味，不得已御厨们绞尽脑汁改变传统烹制方法，另辟蹊径，采用果木炭火挂炉烘烤，使鸭肉肥而不腻，香气沁人，被朱元璋命名为“烤鸭”。

三、涮羊肉业的祖师爷：忽必烈

忽必烈统兵征战间隙忙着吃饭，厨师们来不及做传统的炖羊肉，灵机一动，直接将羊肉切成薄片用沸水涮，发现味道异常鲜美，从此流传开来。

四、兽医行业的祖师爷：伯乐

伯乐，春秋中期郜国（今山东省成武县）人，本名孙阳，字子良，善相马。传说，在天上管理马的神仙叫伯乐，在人间，把精于马匹优劣鉴定的人也叫伯乐。韩愈曾赞之曰“世有伯乐，然后有千里马”。孙阳在马的医治方面颇有建树，成为当时著名的兽医，有《伯乐相马经》《伯乐针经》等著作传世。

五、屠宰业的祖师爷：真武大帝、张飞

真武大帝年轻时以杀猪为生，但心地善良，后为观世音菩萨度化，

放下屠刀，立地成佛而得道。

张飞，字益德，三国时涿郡（今河北省涿县）人，早年以杀猪为业，后为蜀汉重要军事将领。

六、牲口牙行的祖师爷：马神

马神，即马王爷，天上的天驷星，称“三眼华光”。又说是汉武帝时的匈奴王子金日磾，擅长养马。生日是农历六月二十三。

七、牛行的祖师爷：龚遂、姚离

龚遂，汉郎中令，长期与车马奴仆和炊事人员饮酒作乐。

姚离，少为牧童，力大无穷，东周时断臂刺庆吉，忠烈感人，后人尊其为牛王爷。农历四月初八为祭祀日。

八、狗皮膏药行的祖师爷：铁拐李

铁拐李，又称李凝阳，古巴国津琨（今重庆市江津区）人，专精于药理，炼制专治风湿骨痛之药膏，百姓拥封为“药王”，传说为“八仙”之首。

九、皮匠业的祖师爷：比干

比干，商朝人，商末时野兽横行，民深为患。比干调军队杀死野兽，除将兽肉分食于民外，还集思广益，发明了用硝鞣制兽皮的办法，并将制裘技术广授庶众。

各国生肖动物与家畜家禽

世界上有生肖文化的国家和地区有 13 个。但是各国生肖的动物数量、种类和排列顺序大多不一样。

中国：鼠、牛、虎、兔、龙、蛇、马、羊、猴、鸡、狗和猪。生肖动物 12 个。

越南：鼠、牛、虎、猫、龙、蛇、马、羊、猴、鸡、狗和猪。生肖动物 12 个。生肖动物与中国相比，有猫无兔。

缅甸：老虎、狮子、双牙象、无牙象、老鼠、天竺鼠、龙和妙翅鸟。生肖动物 8 个。老虎主星期一，狮子主星期二，双牙象主星期三上半天，无牙象主星期三下半天，老鼠主星期四，天竺鼠主星期五，龙主星期六，妙翅鸟主星期日。因此，缅甸人除一年过一次生日外，每个星期还要再过一次生日，正所谓："常庆常生，常吃常喝。"

印度：鼠、牛、狮子、兔、龙、蛇、马、羊、猴、金翅鸟、狗和猪。生肖动物 12 个。13 世纪的印度神话《阿婆缚纱》说，十二生肖动物为十二神的兽骑。

埃及：牡牛、山羊、猴子、驴、蟹、蛇、狗、猫、鳄、红鹤、狮子和鹰。生肖动物 12 个。

希腊：牡牛、山羊、猴子、驴、蟹、蛇、狗、鼠、鳄、红鹤、狮子和鹰。生肖动物 12 个。希腊的生肖与埃及相似，但有鼠无猫。

墨西哥：虎、兔、龙、猴子、狗和猪，以及六种当地常见动物或古代常见动物，即松鼠、猩猩、鹿、蜥蜴、豹和孔雀。墨西哥十二生肖又称"十二兽历"。

日本：鼠、牛、虎、兔、龙、蛇、马、羊、猴子、鸡、狗和野猪。生肖动物 12 个。原因可能是 3 700 年前殷商创立的天干地支生肖文化传至日本时，日本还未将野猪驯化，野猪比家猪更常见。

韩国、朝鲜、泰国和柬埔寨：四国的生肖动物数量、种类与中国完全一样，只是个别生肖的排列顺序不一样。

欧洲：欧洲各国的生肖文化基本相同，多是以天文学上的星宿为生肖，如法国人以宝瓶、双鱼、摩羯、金牛、白羊、巨蟹、双子、狮子、室女、天秤、天蝎、射手等组成。

综上可知：各国生肖动物中有猪、牛、羊、马、鸡、狗、猫、驴和兔等9种；在这9种动物中，作为生肖动物选用最多的是狗，其次是牛和羊，最少的是猫和驴；各国生肖动物的多少，反映出在人类文明的艰难前行中，人们对某种动物的依赖度和亲和力的大小。

时辰与家畜家禽的巧妙对应

时辰是中国古代的计时单位，古人把一天划分为十二个时辰，每个时辰相当于现在的两小时。而对各个时辰的命名主要是参照天象、动物生物钟及日常作息等信息，其中与家畜家禽相关的就有七个。

“丑时”，又叫鸡鸣、荒鸡，即凌晨1~3时。这时候牛吃足了草，“倒嚼（反刍）”最细、最慢、最舒适，所以丑时同牛生肖搭配。

“卯时”，又叫日出、日始、破晓、旭日等，即清晨5~7时。这时太阳刚刚露脸，月亮的光辉还未隐退完全。玉兔是月亮的代称，是神话月宫中唯一的动物，因此卯时就同兔生肖搭配。

“午时”，又叫日中、日正、中午等，即上午11时至下午1时。依据旧时中国道士的说法，中午太阳当顶，阳气达到极点，阴气渐渐增加，在阴阳换柱之时，一般动物都躺下休息，只有马还习惯地站着，甚至睡觉也站着，从不躺卧，所以午时与马生肖对应。

“未时”，又名日昳、日跌、日央等，即下午1~3时。太阳偏西为日昳，据说羊在这个时候撒尿最勤，撒出的尿可治愈自身一种惊风病，因此未时与羊生肖搭配。

“酉时”，又叫日入、日落、日沉、傍晚等，即下午 5 ~ 7 时。日落山岗，鸡开始进笼归窝，夜宿，于是酉时与鸡生肖对应。

“戌时”，又叫黄昏、日夕、日暮、日晚等，即晚上 7 ~ 9 时。此时太阳已落山，天将黑未黑，天地昏黄，万物朦胧，故称黄昏。黑夜来临，狗看家守夜的警惕性最高，其特殊的视力和听力，看得最远，听得也最清楚，所以戌时与狗生肖搭配。

“亥时”，又叫人定、人静、定昏等，即晚上 9 ~ 11 时。此时夜色已深，不仅人进入深睡眠，连猪也睡得最酣，发出的鼾声最洪亮，全身肌肉抖动得最厉害、长肉最快，于是亥时与猪生肖搭配。

武皇帝一箭三雕巧解禁令

有学者研究发现，从公元 618 年到公元 907 年这不到 300 年的时间里，整个唐王朝 21 位皇帝绝大多数都颁施过各种“断屠钓”诏令，而且次数达 43 次之多。“断屠钓”，其中“断”指禁止，“屠”指屠宰（杀），“钓”指渔猎、采捕等活动。因此，所谓“断屠钓”诏令，就是禁止屠宰牛、马，禁打猎采捕以及祭祀时减用牲牢的法规。

笃信佛教，不惜开凿洛阳龙门石窟的武则天更有好生之德，于如意元年（公元 692 年）五月一日下旨：“禁天下屠杀及捕鱼野。”其间有一趣事，《资治通鉴》卷二百零五载：右拾遗张德，生男三日，私杀羊会同僚，补阙杜肃怀一餤，上表告之。明日，太后对仗，谓德曰：“闻卿生男，甚喜。”德拜谢。太后曰：“何从得肉？”德叩头服罪。太后曰：“朕禁屠宰，吉凶不预。然卿自今召客，亦须择人。”出肃表示之。

肃大惭，举朝欲唾其面。大意是说，右拾遗（唐时官名，掌规谏君主、举荐人才之职）张德喜得贵子，偷偷宰了一只羊宴请同僚，不承想补阙（与拾遗职责相同，但比拾遗品阶稍高）杜肃宴后竟上表向武则天打了小报告。第二天，武则天对张德说，听说你家生了男孩，可喜啊。张德赶快拜谢。武则天接着说，那你吃的肉从哪来的啊？张德忙跪地认罪。武则天说，我颁布禁屠令，是吉是凶不知道，但是你自己招待客人，总该好好挑选一下人吧。说完，拿出杜肃告发他的奏折给他看。站在一旁的杜肃羞惭之极，几乎遭到满朝大臣的唾弃。

张德犯禁当罚，杜肃举报该奖，原本一起简单的司法案件，武则天巧妙地将它转换成了一次关于人性的现场批判教育会。张德怀畏私宰，及时认错，被宽大处理；杜肃品行龌龊，卖友求荣，遭抖露奚落。武则天忠奸兼治，恩威并施，让人感觉痛快畅利。另外，武则天也知道“禁屠令”并不受老百姓欢迎，甚至还出现了“江淮旱，饥，民不得采鱼虾，饿死者甚众”的人为悲剧，但碍于面子又不能自废禁令，因此也借此向朝臣传递了一个意欲解除禁令的信息，以期自己有个台阶下。果不其然，久视元年（公元 700 年）十二月，凤阁舍人崔融上书，请求解除禁令，武则天从谏如流。于是，“复开屠禁，祠祭用牲牢如故”，一箭三雕。

华佗的五禽戏与家禽的关系

五禽戏又叫“五禽操”“五禽气功”“百步汗戏”等，是由我国东汉末年三国时期著名医学家华佗根据中医原理，模仿虎、鹿、熊、猿、鸟（鹤）等五种动物的动作和神态编创的一套导引术。五禽戏中的“禽”

指禽兽，古代泛指动物；五禽戏中的“戏”在古代是指歌舞杂技之类的活动，在此指特殊的运动方式。

导引功法的起源可上溯至先秦，《庄子》曰：“熊经鸟伸，为寿而已矣。”可见早在2 200年前我国已有多种模仿动物形神的导引图文。有关“华佗五禽戏”的文字记载只见于《三国志》《后汉书》等史书里，而华佗本人有关五禽戏的著录早已失散。目前所能见到的较早载录五禽戏具体练法的文献，是南北朝时陶弘景（公元456—536年）所编撰的《养性延命录》。

华佗五禽戏包括虎戏、鹿戏、熊戏、猿戏、鸟戏（鹤戏）等五种仿生导引术，“五术”根据五种动物的生活习性和活动方式特点，或雄劲豪迈，或机速灵敏，或沉稳厚重，或变幻无端，或轻捷高飞，虽形不同，但意相通，故运习者可练形取意为己所用。从传统中医的角度讲，虎、鹿、熊、猿、鹤五种动物分属金、木、水、火、土五行，又对应心、肝、脾、肺、肾五脏，人们模仿它们的神态进行适当运动，正是起到了锻炼脏腑的作用。《后汉书·华佗传》记载：“佗语普曰：人体欲得劳动，但不当使极耳。动摇则谷气得消，血脉流通，病不得生，譬犹户枢，终不朽也。是以古之仙者为导引之事，熊经鸱顾，引挽腰体，动诸关节，以求难老。”据传华佗的徒弟吴普依法锻炼，活到90多岁依然耳不聋，眼不花，牙齿完好，竟达百岁高龄。当然华佗也进一步指出，五禽戏的锻炼量度以“沾濡汗出”为宜。

五禽戏的作用原理实际上是通过肢体的运动加速气血流通，祛病康体。现代医学研究也证明，作为中国最早具有完整功法的仿生医疗健身体操，五禽戏不仅使人体的肌肉和关节得以舒展，而且有益于提高心肌排血力，改善心肌供氧量，增强心肺功能。2011年，华佗五禽戏经国务院批准，列入第三批国家级非物质文化遗产名录。

看来，华佗的五禽戏与家禽不相干，倒是与家畜中的“鹿”有重要关系。

从畜牧角度看老北京胡同的命名

“胡同”一词由“衚衕”二字简化而来，最早见于元杂曲，蒙古语中是对“北京小巷”的通称。1272 年，元迁都北京后，历经元、明、清、民国 670 多年的发展。老北京城到底有多少条胡同？很难说得清楚，当地俗语说：“著名的胡同三千六，没名的胡同赛牛毛。”这么多数不清的胡同个个都有名，名字还五花八门。这里简述一下用家畜家禽名称命名的老北京胡同。据明朝张爵所著《京师五城坊巷胡同集》和清朝朱一新所著的《京师坊巷志稿》记载，老北京胡同和地片中以“猪”命名的就达 18 处，以其他家畜家禽名字命名的胡同和地名更多。

一、以“猪”命名的老北京胡同和地片

猪市口，现称珠市口，位于前门大街中部，东边是东城区，西边是西城区，有“东（西）珠市口大街”之称。明朝此处设有猪市。《京师五城坊巷胡同集》载：“猪市为交易生猪、猪秧儿（猪崽）之所。市当始于其地尚未划入外城之先，至迟废于明末。至于市之具体坐落，今已不详，后为雅化，而易猪为珠。”明朝时猪市口是北京外城最热闹的地段，皇帝每次去天坛或先农坛祭祀都要打这经过，但猪市上臭气熏天，猪叫喧嚣。后来崇祯皇帝直接下旨，将猪市迁至东四。猪市移走后，人们虽没有了猪臭之扰，但觉得猪市口之名实在不雅，故取其谐音改为珠市口。于是也就有了“珠市口无珠宝”之说。清朝时，大学士纪晓岚就住在这条街上。

猪市大街，1965 年至今称东四西大街，位于北京东城。明朝时此街以东四为中心，分散着数十家猪店和猪肉铺，各店白天收猪，夜里宰杀，翌日凌晨卖肉，由此成为京城重要的生猪及其产品交易集散地，俗称“猪市”。据民国八年（1919 年）《京师总商会众号一览表》记录的数据：猪市大街从事生猪收购、宰杀、批发、加工猪肉的作坊约有 80 余家。猪市的经营一直延续到新中国成立后的 20 世纪四五十年代，终因卫生、环保和城建等原因迁往城外。

母猪胡同，现称北梅竹胡同或墨竹胡同，位于北京东城区中部。据说至少在明万历之前曾有人在此建猪舍，养母猪，以出售猪崽赚钱为生，时称“母猪胡同”。清初已无猪舍，但地名没变。民国三十六年（1947 年），取其谐音改为“梅竹胡同”，后改称现名沿用至今。

猪毛胡同，现称朱茅胡同，位于北京东城区东南部。明清时，朝廷常在天坛、地坛等地举行祭祀，上供的“太牢”（猪牛羊）祭品要先煺掉鬃毛，去掉的鬃毛有专人收购，用以制作刷子等用具。当时收集、加工猪毛的作坊集中于该胡同，为京城猪毛集散地，故而得名，民国时用其谐音改为朱茅胡同。

官猪圈，现称官书院胡同，位于北京东城区北部。元朝大德六年（1302 年）朝廷在此建文庙，常举行皇家祭祀。为保证祭祀牺牲的随时取用和宰杀，特在庙东侧建一处官猪圈，专设太监就地养猪。同时在庙内设有省牲亭。明末官猪圈迁往他处，但名称沿用了下来。

此外，以猪命名的地名还有小猪圈胡同（现称小珠帘胡同）、小猪店（现称小庄北里）、猪房（现称朱房村）、猪尾巴胡同（现称朱苇箔胡同）、猪营儿（现称珠营胡同）等。

二、以“猪”之外的其他畜禽命名的老北京胡同和地片

骟马张胡同，又叫拴马胡同，位于南城琉璃厂附近。得名原因是，这里曾住过一个专门骟马的姓张的小刀手，骟马技术精湛，名气很大，找他骟马的人太多了，为了好认路，人们干脆把他住的胡同叫骟马张胡同了。

驴市胡同，现名礼士胡同，位于北京东城区东南部。明清时期，这里是贩卖驴骡的交易市场，因驴的交易量大，故名“驴市”，直至清末宣统年间，这个牲口市场才取缔。清末时，人们按惯例改驴市胡同为礼士胡同。

鸡爪胡同，现名吉兆胡同，位于北京东城区东部。之所以原来叫“鸡爪胡同”，是因为该胡同分岔多，俯瞰形似一只鸡爪。据说段祺瑞住此胡同时，有一次在家中猛然手足抽搐成一团，医治好后，有风水先生给他破灾：“鸡爪胡同”这个名不吉，妨主。于是，段祺瑞下令将“鸡爪胡同”易名为“吉兆胡同”。

此外，以猪之外其他畜禽及其产品命名的地名还有羊坊（现称大羊坊）、牛栏山（沿用至今）、兔儿山（现称图样山胡同）、亮马桥（沿用至今，由晾马河演变来）、观马圈（现称观马胡同）、何纸马胡同（现称黑芝麻胡同）、狗尾巴胡同（现称高义伯胡同）、马尾胡同（现称慕义胡同）、羊尾胡同（现称扬威胡同）、羊毛胡同（现称杨茅胡同）、牛蹄胡同（现称留题胡同）、鸡鸭市（现称集雅士）、骡马市（现称骡马市大街）、马店（现称马甸）、马尾帽胡同（沿用至今）、驼房营（沿用至今）、驴肉胡同（现称礼路胡同）、羊肉胡同（现称洋溢胡同）、熟肉胡同（现称输入胡同）、生肉胡同（现称寿刘胡同）、灌肠胡同（现称官场胡同）、臭皮胡同（现称受壁胡同）以及臭皮厂胡同（现称寿比胡同）等。

如此众多以家畜家禽及其产品命名的地名存在于一个大国最繁华的首都，恰恰说明清末民初之前的中国农耕经济特征的明显和农耕文明影响的深远。农耕经济的特点是男耕女织，自给自足，规模较小，分工简单，以散养为主的畜牧业辅助种植业的发展，人们守护田园，丰衣足食。

但是当中国的农耕文明与来自西方的工业革命和海洋文化相冲突时，立马落败。民族特色固然不能丢，但第一次工业革命以来的世界发展历史证明，对于一个国家来说，第一产业好，仅能“自饱”；第一、第二产业都好，才能“自立”；第一、第二、第三产业全好，方可“自强”。

老北京七十二行与家畜家禽

都说千年历史名城老北京民间有“七十二行”，也许“七十二行”并不是确切数字，但由此可以证明旧时京城营生广博，街面上热闹繁华。这七十二行中有哪些与家畜家禽相关呢？这里数点一下。

一是拉冰床。拉冰床是一种冬天的冰嬉活动，是满族人的习俗，拉冰床的绳子是骆驼毛拧成的，以防冻手。

二是蘸羊油烛。将羊油烧化熔融，将油浇在灯芯上制成蜡烛，分八支一斤和十支一斤不等，颜色分红、白两色。

三是贩骡马。古时有人专营长途贩运骡马，也有专门的骡马集市，供人们买卖骡、马、驴等大家畜。

四是赶脚。类似于现如今跑出租的，赶脚的把驴拴在城墙根下，有需要者就骑上它，赶脚的紧随驴后，骑后按脚程收钱。

五是劁猪。也叫骟猪，即手工摘除猪的性器官，让猪性情温顺，多吃快长，而且公猪长大后肉无腥膻味。

六是打太平鼓。太平鼓是满、蒙和汉等民族的捶击膜鸣乐器，因单面蒙皮又称单皮鼓，鼓面光素或绘制花纹图案，蒙皮多用驴、马和羊等皮。

七是卖皮鞭子。皮鞭子多由牛皮条制成。

八是打梳头油。中国六朝以前的年代，民间梳头油的“油”全部用的是动物油脂，最多的是猪油。六朝到唐朝之间的时间，用的是猪油和芝麻油、藿香油等植物油的混合油。唐朝以后，动物油脂彻底退出梳头油的配方。

九是宰羊。

十是卖鸭蛋。

酷刑与家畜

家畜是人类驯化的服务于人们生产和生活的特殊动物，多数家畜有灵性，是人类的朋友。如果有人动了邪念之心，用了歪点子，这些动物及其动物产品也会变成惩罚人的可怕工具。

车裂，又叫五车裂，俗称五牛分尸或五马分尸，就是把人的头和四肢分别绑在五辆车上，套上牛或马匹，分别向不同的方向拉，直至把人的身体撕裂为数块。有时，执行这种刑罚不用车，而直接用五头牛或马来拉。春秋战国时期，车裂之刑使用很普遍，隋唐之后基本不用。历史上著名的例子比如秦惠王车裂商鞅，子婴车裂赵高。

猫刑，把人衣服除去装到一个麻袋里，只露出头，然后把猫放进麻袋，封住袋口，外面用棍子狠狠打猫，猫发狂抓咬袋子里面的人，受刑人的肌肤往往被猫的利爪抓得稀巴烂。猫刑有时又叫“虎豹嬉春”，这时将猫和老鼠装在一起，里面点燃鞭炮，猫和老鼠被鞭炮惊吓，拼命抓咬犯人，增加犯人的痛苦。

笑刑，17 世纪“欧洲 30 年战争”期间发明的一种酷刑，即将犯人的脚固定，在脚底上涂上蜂蜜、白糖汁或食盐，然后牵来一只山羊，让它大舔脚底上的美味涂料。山羊舔人的脚心时，使得受刑者奇痒难忍，无法克制，终至因狂笑造成极度缺氧窒息而死。笑刑在中国汉朝即已出现，受刑者通常是贵族。而古罗马的笑刑是先把人的脚浸泡在盐溶液中，再让羊舔舐他的脚底板。

纵狗咬人，驱使大型恶犬扑倒、撕咬人，使人精神恐惧，身体受损。

鞭刑，这是比较常见的刑罚，即用牛皮做成的鞭子抽打人。做鞭子最宜用的皮是牛臀皮。

猪鬃毛扎人，最典型的例子是对明末清初“大汉奸”——孙之獬的惩处。明末时孙之獬加入阉党，对魏忠贤阿谀谄媚，清初时他提议“剃发易服”，是汉人痛恨的“剃发令”的始作俑者，义军惩罚他时将他全身用针扎满孔，针孔里插上鬃猪毛，使之既奇疼无比又顺猪毛淌血。猪鬃刚韧富有弹性，不易变形，常有残忍施刑者用以扎人敏感部位，使人痛不欲生。

专门颁发给动物的勋章

为表彰在战争和灾难中荣立功勋的动物，英国于 1943 年设立了迪肯勋章，又名迪金勋章。迪肯勋章，又被称为动物界的维多利亚十字勋章。

自第二次世界大战以来到 2017 年 11 月，英国共为这些另类英雄颁发了 69 枚迪肯勋章。获得勋章的动物及数量为：狗获得 32 枚，马获得 4 枚，猫获得 1 枚，信鸽获得 32 枚。由此可见，获得勋章的动物都是与人类关系密切的家畜家禽。

这里简介三个获奖的动物英雄：

“朱迪”：雌性猎犬，出生于中国上海，自幼被作为吉祥物送给英国皇家海军。太平洋战争爆发后，朱迪与船员被日军俘虏，并送到战俘营。朱迪不仅多次帮助集中营的士兵们躲避毒虫猛兽的侵扰，还引开、袭击日本看守，并为战俘们获取宝贵的食物。朱迪的非凡表现，极大地鼓舞了战俘们的勇气。第二次世界大战后，朱迪获得了迪肯勋章，人们在给它的授勋贺词中写道：“授予朱迪，由于它超凡的勇敢和忍耐力，极大地鼓舞了它的战俘伙伴，并且它以自己的智慧和机警挽救了许多条战俘的性命。”

“西蒙”：一只公猫。1949 年“中英南京事件”中，英国紫石英号军舰战斗中被击毁，西蒙也受伤严重，但侥幸活命。受损的舰舱闷热、潮湿，令人烦躁，更要命的是鼠群猖獗，本已不多的食物以及睡着的士兵脚趾都遭到了老鼠的啃噬。正当绝望情绪蔓延的时候，拖着病残身体的西蒙竟然捉到了一只大老鼠，这极大地鼓舞了那些原感回家无望的舰员，使他们的生活和心情都改善了许多。苦熬了 101 天后，舰员和西蒙成功返回英国。西蒙勇士般的表现赢得英国国王乔治六世的贺电，并被授予迪肯勋章，这是迄今为止唯一一只被授予此勋章的猫。不幸的是，西蒙很快死了。它的遗体被放在一口用英国国旗装饰着的小棺材里，安葬在 PDSA 宠物公墓，这是绝对的海军荣誉。

“温克”：一只信鸽。第二次世界大战中，英军一架鱼雷攻击机因故障坠落北海，机组人员虽平安，但发报机损坏了，无法上报失事的具体位置。关键时刻，机组人员放飞了随机携带的信鸽温克，希望它能向总部报信。全身沾满了油污的温克，不负众望坚持飞行了 120 英里（1 英里≈ 1.6 千米），成功返回鸽舍，带回了出事机组的准确信息。为此，温克成为第一只获得迪肯勋章的信鸽，人们也由此发现了信鸽在军事通信方面的巨大价值。

令人心痛的是，大多数获得迪肯勋章的动物英雄授勋于阵亡之后，感伤不如关怀，请善待我们身边的动物朋友。

为家畜家禽建立的纪念碑

一、俄罗斯：狗纪念碑

在俄罗斯列宁格勒实验医学研究所的大院里，有一座“无名狗纪念碑”。这是应苏联著名生理学家伊万•彼德罗维奇•巴甫洛夫的建议，于1935年建立的。通过对狗的唾液腺和胃分泌等消化生理的深入研究，巴甫洛夫发现了条件反射的规律，并进一步创立了伟大的“条件反射学说”。纪念碑台座上的题词是：“因长期对人友好、机灵、耐心和驯服，狗多年乃至终生地为实验者效劳。”此外，法国还有“巴利纪念碑”，美国有“老鼓纪念碑”，日本东京涉谷火车站有“哈奇科青铜像”，它们建立的目的都是为了纪念狗对人类的帮助、忠诚和信义。

二、法国：鸽子纪念碑

为感谢鸽子的救命之恩，人们在巴黎建了一座鸽子纪念碑。1942年法国一艘商船在海上遇险，对外通信联络全部中断，船上的人生命危在旦夕。幸好一名船员养了一只信鸽，他放出鸽子，由鸽子把消息带了出去，全船的人才获救。

三、荷兰：牛纪念碑

荷兰奶牛举世闻名，如荷斯坦奶牛（又名黑白花奶牛）。荷兰每年的牛奶产量达800多万吨。大量的牛奶让荷兰人获得了丰富的营养，因此荷兰人对奶牛有着特殊的情感。荷兰北部的吕伐登市建立了一座牛纪念碑，纪念碑的铭文亲切地称奶牛为“我们的奶妈”。

四、意大利：驴纪念碑

在意大利首都罗马，有一座驴纪念碑，碑上塑有一尊驮着火炮炮筒的驴子。为驴立碑的目的是感谢在第一次世界大战期间，驴作为意大利军队的主要运输工具，在战役中立下的汗马功劳。

五、英国：动物英雄纪念碑

伦敦海德公园建有一座“动物英雄纪念碑”，它是为纪念那些在两次世界大战中为英军服役而“阵亡”的动物英雄们修建的。碑首写着“它们别无选择”，碑铭为：本纪念碑谨献给有史以来在战争和战役中曾经与英军和联军并肩作战而牺牲的所有动物。很多第二次世界大战英国老兵伤感地记得，为击败日军，那些用于缅甸战场协助驮运军械与物资的骡子，为避免鸣叫暴露行踪，事先都割掉了声带。

英国200万只宠物被安乐死

战争对人类以及人类的宠物而言都是一场可怕和痛苦的灾难。

1939年第二次世界大战爆发前夕，英国有预见性地成立了国家空袭预防动物委员会。该委员会的核心任务就是明确一旦战争爆发，应该对宠物采取什么措施。人口4 700万的英国三分之二的食物依赖进口，由于担心即将到来的食物分配制度，国家空袭预防动物委员会向宠物主人发布了指导性建议，即最好把城市里的宠物送到乡下或者人道毁灭。

战争“如期而至”，人们争先恐后把宠物送到兽医院或者宠物医院里实施安乐死。据统计，仅在战争爆发的前四天，伦敦就有超过40万

只猫、狗被结束生命，几乎占伦敦宠物数量的四分之一。1 周后，约 75 万只各种宠物被杀掉。1940 年 9 月，德国轰炸机开始轰炸伦敦，又有一批在战争初期侥幸活下来的宠物被荣誉死亡。

猫、狗等宠物被大量安乐死的原因主要有三个：一是食物短缺的客观现实。在食物配给制度下，人人节衣缩食，这个要命的非常时期把有限的食物拿来喂饲宠物显然说不过去。二是英国内政部发布命令不允许宠物进入防空洞。因为本已空气混浊的防空洞里挤满了人，若留存宠物，只会增加防空洞的拥挤度，并使空气进一步恶化。三是战争初期，人们错误地认为，一旦刺耳的空袭警报拉响，猫、狗等宠物就会发狂，失去控制，所以与其看着宠物在乱窜中惨死，不如让它们平静地安乐死亡。

事实上，1940 年秋天，英国政府发布了严禁浪费食物的命令，若有人执意拿分配的食品喂养宠物，会被法庭判处 2 年牢狱。与此同时，政府还秘密发起了一场灭狗战役，并支持起诉那些拿牛奶去喂猫的人。

第二次世界大战结束时，英国总共有 200 多万只宠物被杀掉。但是战争中，宠物不都是一无用处，每次空袭过后，总有一些幸存下来的忠诚的猫、狗引导救援人员去营救被困在废墟中的主人。另外，宠物的陪伴也可以让受到空袭惊吓的孩子们安静下来。

今天，在伦敦的英国皇家海德公园内，仍竖立着一座“战争动物纪念碑”，以纪念猫、狗等动物们在战争中为国家做出的巨大牺牲和伟大贡献。

风马牛不相及

“风马牛不相及”，最早见之于《左传·僖公四年》：“四年春，齐侯以诸侯之师侵蔡。蔡溃。遂伐楚。楚子使与师言曰：‘君处北海，寡人处南海，唯是风马牛不相及也。不虞君之涉吾地也，何故？’”《左传》中的这段话大意是：僖公四年春，齐王统帅诸侯联军进攻蔡国，蔡国溃败。随后讨伐楚国。楚国使者对联军说，你们住在北海，我们住在南海，相互遥不可及，不知道你们侵犯我们的领地，是什么原因？“风马牛不相及”作为成语，现在引申为“毫不相干”的意思。它的本意是什么呢？汉以降，学者多有争论，但主要为以下四种见解。

第一种见解，西晋杜预在其《春秋左氏经传集解》中，把“风”注释为“风逸”，意即“放逸、走失”；“及”是“到达”的意思。故特指两国相去极远，绝不相干，虽牛马放逸，也无从相及。

第二种见解，东汉的服虔和贾逵根据“牝牡（兽类雌雄）相诱谓之风”认为，因马与牛不同类，即使在最佳的交配季节——春天同时发情，双方也毫无关联。因此楚国使者的话可以理解为：齐楚两国相距遥远，从来没有关系，就像发情的马与发情的牛根本没有任何关系一样，不知为什么齐国诸侯联军来犯楚国？

第三种见解，唐孔颖达疏《左传》曰：“马牛牝牡相诱也不相及。唐人语简，使后人误会。”其本意应为，纵使马或牛因发情，牝牡互相引诱而追逐奔跑，奔跑虽快且远，但齐楚两国相隔甚远，也绝不会跑入对方境内。

第四种见解，清吴楚材《古文观止》注解说："牛走顺风，马走逆风，两不相及。"俞琰的《席上腐谈》卷上载："牛顺物，乘风而行则顺；马健物，逆风而行则健。"张世南《游宦纪闻》卷三亦曰：牛走顺风，马走逆风，故楚子曰："君处北海，寡人处南海，唯是风马牛，不相及也。"张岱在《夜航船》中进一步说："马喜逆风而奔，牛喜顺风而奔，北风则牛南而马北，南风则牛北而马南，故曰"风马牛不相及"也。由此可见，"风马牛"的本义是方向相反，故"不相及"。意思是说，马、牛都是食草动物，无风时一起自由采食。有风时，马善逆风啃食（马用门齿咬住食草，拉扯方便），而牛善顺风卷食（牛舌伸出勾住青草），两者各有所喜，各有方向，毫无关系。就像齐楚两国一样距离遥远，互不冲突，你们为什么要侵犯我境?

比较四种见解，根据马、牛的生物学特点来判断，第二种见解和第四种见解更为可信，因为楚国使者的话意是，用马和牛在"风"上的无关联来比喻齐楚两国的无关联，进而指责齐国出兵的无名、无理。

宁可信其有的"奶头乐"理论

"奶头乐"理论也叫"奶头乐"陷阱，是由美国前国家安全事务助理、大战略家布热津斯基提出来的。这个理论提出的背景是：在全球化的经济竞争中，必将导致一个 20：80 社会的到来。什么是 20：80 社会呢？也就是只有 20% 的人最后会赢，分享收益，剩下 80% 的人则成为失败者，在全球化时代被抛下。出现 20：80 现象，不足以让社会精英们担心，真正让他们担心的是：如果那 80% 的人在挫败和失落中怒了，要造 20% 的人的反，那可怎么办？

这时，“奶头乐”理论应运而生，布热津斯基以他一如既往的冷峻和现实主义考量，献上良谋：人，只会被自己热爱的东西毁掉。给那 80% 的人嘴里塞上“奶头”，灌之以大量娱乐、游戏和其他感官刺激节目或内容，使他们沉浸其中无暇顾及，忘掉现实中的落魄境遇。换句话说，要让贫穷的人安分守己，让富足的精英们高枕无忧，就需要采取温情、麻痹、低成本和半满足的方法卸去边缘化人群的不满。就如同婴儿，有奶头才能够安静下来，不哭不闹，不影响大人们做事。

就全世界而言，美国就是 20%，美国以外的世界就是 80%，所以美国必须保护自己的利益；就美国而言，精英阶层就是 20%，精英阶层以外的就是 80%，所以美国必须保护精英阶层的利益。布热津斯基不愧为“人精”，这个理论目标明确，亲疏有别。

动物药中的家畜家禽药材

中国几千年前的先民们就知道利用动物的各种器官、组织及代谢产物进行防病治病。战国时的《五十二病方》载有将鹿肉、鸡血及蛋卵等动物药入方剂以疗病。《黄帝内经》共有 13 例方剂，其中 5 个处方是以人或动物器官及组织入药，如左角发酒、鸡矢醴、马膏等。《神农本草经》有牛黄、犀角、鹿茸、阿胶等多种动物药的记载。李时珍的《本草纲目》收载药物 1 892 种，其中有动物药 444 种，约占四分之一。现代出版的《中药大辞典》收载药物 5 767 种，其中动物药有 740 种。

动物药疗效独特、毒性低、副作用少、容易被人体吸收，这些特点和优点，确立了动物药在祖国医药宝库中的重要地位。粗略统计，《本草纲目》和《中华本草》所记录的动物药中包含家禽类药材约 38 种，家畜类药材约 153 种。

一、家禽类药材

鸡，又叫烛夜。药用部分为：鸡肉、鸡冠血、鸡肝、鸡胆、鸡嗉囊、膍胵里黄皮（鸡内金、化石胆、鸡盹皮、鸡肫、鸡菌干）、屎白（鸡矢白）、鸡蛋（鸡子）、鸡蛋白、鸡蛋黄、鸡蛋壳、鸡肠、鸡翮羽（鸡翅、鸡翮翎）、鸡脑、鸡头、鸡血等。

鹅，又叫农雁、舒雁。药用部分为：白鹅油、鹅胆、鹅臎（鹅尾罂、含尾脂腺的鹅尾肉）、鹅蛋壳（鹅子壳）、鹅喉管、鹅毛、鹅内金、鹅肉、鹅腿骨（鹅后肢骨）、鹅涎、鹅血、鹅掌上黄皮等。

鸽，又叫鹁鸽、飞奴。药用部分为：白鸽肉、鸽屎（左盘龙）、鸽卵（鸽蛋）等。

鸭。药用部分：鸭肪（鹜肪、鸭脂）、鸭胆、鸭血、鸭头、鸭涎、鸭卵等。

二、家畜类药材

豕，又叫猪、豚、加（公猪）、志（母猪）。药用部分：加猪肉、猪油、猪肝、猪肾（猪腰子）、猪胰、猪肚（猪胃）、猪脬（猪膀胱、猪小肚）、猪胆、母猪蹄、猪肠（猪脏）、猪肺、猪肤（猪皮）、猪骨、猪毛、猪脑、猪脾（联贴、草鞋底、猪横利）、猪髓、猪蹄甲（猪悬蹄、猪合子、爪甲、猪退）、猪心、猪血、猪靥（猪气子）、猪零（猪屎）等。

狗，又名犬、地羊。药用部分：狗肉、狗胆、狗宝、狗齿、狗肝、狗骨、狗毛、狗脑（狗脑髓）、狗乳汁、狗肾、狗蹄（狗四足）、狗心、狗血、烧犬屎（戌腹米）等。

羊，又名古、羝、羯。药用部分：羊肉、羊脂、羊血、羊肾、羊肝、羊胆、羊胃（羊肚）、羊角（青羊角最好）、羊脊骨、羊胫骨、羊屎、羊胎、羊髓、羊乳、羊脬（羊胞、羊膀胱）、羊脑、羊黄（羊胆囊结石）、羊须、羊心、羊皮、羊胰、羊靥（甲状腺）、羊外肾（羊石子、羊睾丸）等。

牛。药用部分：黄牛肉、牛乳、牛脑、角胎（牛角腮、牛角笋、好年听坚骨）、黄明胶（牛皮胶、水胶、海犀膏）、牛黄（丑宝、犀黄、各一旺）、牛胞衣（牛胎盘）、牛鼻、牛肠、牛齿、牛胆、牛肚（牛百叶、牛膍）、牛肺、牛肝、牛骨、牛喉咙、牛筋、牛口涎、牛皮、牛脾、牛肾、牛髓、牛蹄、牛蹄甲、牛血、牛靥（牛食系、牛甲状腺）、牛脂、牛洞（稀牛粪）等。

马。马肉、白马尿、白马通（白马屎）、马宝（鲊荅、马结石）、马齿、马肝、马骨、马皮、马鬐膏（马膏、马脂、马鬐头膏，即马项上的皮下脂肪）、马乳、马蹄甲、马心、马鬃（马鬐毛、马毛，即马的鬃毛或尾毛）等。

驴。驴肉、驴骨髓、驴尿、阿胶（傅致胶）、驴骨、驴毛、驴乳、驴蹄、驴头、驴脂等。

驼，骆驼的简称。药用部分：驼脂、驼黄等。

鹿，又名斑龙。药用部分：鹿茸（斑龙珠）、鹿角、白胶（鹿用胶、鹿角胶）、鹿齿、鹿胆、鹿骨、鹿角霜（鹿角熬制白胶后剩余的骨渣）、鹿筋（鹿四肢肌腱）、鹿皮、鹿肉、鹿胎、鹿髓、鹿蹄肉、鹿头肉、鹿尾、鹿血、鹿靥、鹿脂等。

猫，又名家狸、猫狸、乌圆。药用部分：猫头骨、猫胞衣、猫肝、猫皮毛、猫肉、猫油等。

兔，又叫明。药用部分：兔肉、兔血、兔屎（明月砂、玩月砂、兔蕈）、兔肝、兔骨、兔脑、兔皮毛、兔头骨等。

山羊，即青羊、北山羊和盘羊。药用部分：山羊肝、山羊角、山羊肉、山羊血、山羊油等。

另外还有酪（牛乳、羊乳、水牛乳、马乳等，并可作酪）、酥油（分牛羊酥和牦牛酥）、醍醐（佛书称乳成酪，酪成酥，酥成醍醐）和乳腐（乳饼）等家畜产品也可作药材。

部分有关畜禽的农业谚语

“鸡是千日虫，再养就会穷。”这里说的是农村一个老太太一把米养三五只鸡的现象。就现代规模蛋鸡场而言，为了追求利益最大化，养鸡一般是 500 天。过了 500 天，鸡群群体产蛋率就会大幅下降，此时收入抵不上投入，鸡群必须淘汰。农村散养几只母鸡，一方面是为了吃不要钱的鸡蛋，另一方面是为了利用残羹剩饭和碎米剩麸。所以母鸡养上两三年很正常，除非它生病或不产蛋，实在没有饲养价值。但是母鸡养上三年多，就不能养了。一是因为母鸡年龄渐大，身体囤积脂肪增多，尤其是腹部脂肪增多，慢慢将输卵管阻塞，其产蛋机能会显著下降。二是因为老母鸡的肌肉会很粗糙，不好炖熟，也不好嚼烂，人们不喜食用。

“一九一场雪，猪狗不吃黑。”说的是从头年数九开始，若每一九都下场雪，那么来年一定丰收，就连猪狗也不用吃发黑的大米了。此俗语与人们常说的“瑞雪兆丰年”是一个意思。

“冬天响雷公，十个牛栏九个空。”冬天很少打雷，很难碰上。若冬天打雷，说明这个冬天一定是极寒天气，赶快做好牛棚的防寒保暖工作，要不然可能十栏牛会冻死九栏。

“狼怕一拖，狗怕一摸。”“狼怕一拖”，有两种说法：一种说，狼怕人做拖动击打这个动作，野外遇到狼时，面对狼不要惊慌，做拖物击打狼的姿势，狼就会退去；另一种说法是，“拖”实为“庹”（音tuǒ），成人双臂左右展开的长度称为“一庹”，约五市尺长。意思是，人手里若拿一庹长的木棒类东西用来防身，狼就不敢袭击你。相比较，第二种说法更可信。“狗怕一摸”，遇到狗时，弯腰假装拾石头砸它，狗就会逃走。

“驴骑后，马骑前，骡子骑在正中间。”驴正常的脊椎骨像弓一样突出，骑驴时，骑在驴背稍微靠后的位置会比较舒服。马奔跑时速度很快，骑马时骑得靠前些不会很颠簸。骡子比马速度慢，比驴脾气温驯，因此骑骡子时骑在中间比较稳当。

“蹲蹄骡子，扒蹄马。”这是挑选马、骡的一条规则。“蹲蹄骡子”即窄蹄骡子，旧时骡子的主要作用是干农活，驮货物，窄蹄骡子健步，特别能走，耐力好；“扒蹄马”即宽蹄马，马奔跑速度快，需要宽蹄才能强有力地扒地。同时在飞奔中要不时转向，因此需要宽蹄才能跑起来既稳当又有速度。

“枯草黄，不放羊。”即当山岭上的草又枯又黄的时候，就不要出去再放牧羊了，因为这个时候的牧草已经没有任何水分和营养价值了，羊不喜吃，到处跑，反而令羊掉膘。

“羊盼谷雨牛盼夏，马过小满才不怕。”意思是说，春天进入谷雨节气，有了萌生的嫩草羊才能吃饱。牛却得等到立夏。马就更晚了，得小满节气之后，放牧的马才能吃饱。这充分说明，羊、牛、马三种家畜口腔结构和采食习惯的差异。

“牛摔着轻，马摔着重，小驴子摔着能要命。”牛走得慢，脾气温驯，摔一下比较轻。马跑得快，身架高，摔一下挺严重。而“小驴子摔着能要命”可能有两个原因：一是驴不好驯化，难使唤，在人摔下时，不知道停下或避让，甚至会踩上一脚；二是驴喜欢在树干上或墙根处蹭痒，这时候如果骑驴者缺乏经验，没有提前指挥驴改变方向的话，极有可能被蹭下驴，同时遭受蹭伤和摔伤两重伤，若再被驴踩上一脚，非死即残。

“四蹄不定，必定有病。”若家畜站立不定，频繁换蹄着地，神情紧张，“寝食”俱废，说明它必定患蹄肢障碍或腹痛等疾病。

“狗拿耗子多管闲事。”猫精于抓耗子，狗善于看家，应各司其职。若狗荒废本职工作去抓老鼠，就是越权多管闲事，管闲事则落不是。“狗拿耗子多管闲事。”这句话，不管从谁的嘴里说出来，都没有对狗的行为表示赞许和肯定，而是充满嫌弃意味。

“娇儿不孝，娇狗上灶。”意思是说，对人对畜都不能娇纵，否则他们都会干出违背常理的事来。对孩子娇纵，孩子会没大没小，对长辈不孝顺；对狗娇纵，狗（改不了吃屎的家伙）甚至会到你的灶台上去胡闹。

“猫记千狗记万，老母猪只记八里半。”说的是三种家养动物的记忆力差异，其中狗记忆力最好，猫稍差，猪最次。狗和猫若在距离家很远的地方丢失或遗弃，它们依然能凭嗅觉和记忆找路回家，即使被控制，也会利用自身敏捷的身手瞅机会脱身逃跑。而猪在这两方面都逊色得多，尤其是行动力方面，一旦丢失被人圈起来就永远回不来了。

“驴肉香，马肉臭，打死不吃骡子肉。”驴肉细腻，香，所以才有“天上龙肉，地上驴肉”之说。马肉粗，不好嚼是事实，但说马肉臭显然是夸张了。“打死不吃骡子肉”则有两层含义：一是骡子气力大、脾气温驯、耐持久，是农村干活的好帮手，农民舍不得杀它吃它；二是骡子不能繁育后代，人们害怕吃骡子肉也会导致不孕不育，所以忌讳吃骡子肉。

“九月重阳，放开牛羊。”“要使牛长膘，多食露水草。”即在秋季要早出晚归，尽量延长放牧时间，要选择饲草丰盛的地方，尽量让牛多吃青草，以便增重复壮，为过冬打好营养基础。

“十五十六，骡马歇鞍。”字面意思是，农历大年正月十五十六，不要说人，就是骡马等家畜也要卸下鞍套不干活，休息了。那为什么这么说呢？因为农历十五十六是元宵节，也是春节过后最后一个传统节日，人畜已经休息一个冬天了，不差这两天，这两天人畜彻底休息，人闹元宵，骡马歇鞍。过完这两天，进入春种农忙季节，人畜都要忙了。

“家牛要过冬，草料第一宗。”冬季草料资源少，牛要过冬，采食量又大，作为“长嘴货”，吃的东西绝对不能少，因此必须要提前备足草料防止断草断料。常用的草料有青贮玉米秆、大豆秸秆、干羊草、干苜蓿草和红薯秧等。另外备些酒糟也可以（孕牛禁用）。

“隔年要犁田，冬牛要喂盐。”种地要隔年施肥翻耕，目的是补充肥墒，增强地力。同理冬牛也要补盐，冬季青草缺乏，牛食干草适口性差，食盐可以开胃，增强食欲，促进饲料的消化吸收，有利于健康。

“养牛无巧，圈干食饱。”即养牛无捷径，更无巧径。只要按照动物的科学生长规律，让牛在舒适的环境中生长，就不会养不好牛。圈舍干净、干爽，夏消暑，冬保暖，保证养牛无大碍。

“马不吃夜草不肥。”马胃小，一次进食不能太多，在农忙季节或任务繁重时，白天喂料的时间有限，这时候，要想马不掉膘，保持强壮能干的状态，必须在夜间给马匹补料，而且要少喂多餐。

“每天没有三个饱，很难使牛上油膘。”牛食量大，但又不能一次喂得太多，每天应早、午、晚三次饲喂，让牛吃到“三个饱”。每顿饲料要有一定数量，保持喂量基本恒定，切不可饱一顿饥一顿。一般让牛吃到八九成饱便可。

“早喂吃在腿上，迟喂吃在嘴上。”这里说的役牛的饲喂方法，即役牛要在农忙使役前一两个月加强饲喂，补足营养，使牛壮实，才能保证牛在干活时耕耙有力。若在耕牛使役期间临时补料，结果也仅仅是使牛不掉膘，但很难增膘复壮，同时牛的使役效率会大打折扣。

“老牛入了冬，最怕西北风。”过去农村养牛都是作为使役牛来养的，随着年龄增加，牛的抗寒热、抗病力就会下降，尤其是一些老耕牛，农民使着顺手，舍不得淘汰。牛冬天最害怕西北风，特别是贼风，所以冬天及时做好牛舍的防风保暖，干燥卫生工作，才能保证牛侵袭少，吃得好，发病少，保膘复壮，来年春耕春种不受影响。

“山羊怕交九，绵羊怕打春。”山羊性温怕寒，适宜的温度为15～25℃。当温度低于10℃时，山羊采食量、采食时间减少，好动性不明显。当气温低于5℃时，多数羊停止采食，出现群体取暖或往低洼处避寒现象。如果哺乳母羊在5℃以下，连续受寒两天，多数母羊停止泌乳，这是造成冬羔大量死亡的致命因素，也是山羊不适宜在冬天产羔的重要原因。当长时间的阴雨和下雪结冰时，应停止放牧，转为圈养。“交九”即“冬至”，天气即将进入最寒冷的“数九”冬期。越冬期气温低、草质差，放牧时山羊摄食量减少，摄入的牧草营养差，而抵御风寒，又要消耗过多体能，如不人工补料，羊的代谢就会失去平衡而紊乱，膘力下降，体质变差，免疫力降低，发病率升高，造成大批死亡，所以冬季必须补料和调整营养。“打春”即“立春”，对于绵羊来讲，春季是一年当中最困难的时期。经过漫长的冬季，营养消耗大，体况消瘦，如果饲养管理得当，能减少羊只死亡。春季要给除怀孕母羊外的羊群集中驱虫一次。及时补硒、补盐和饮水，防止跑青，防食非食品类杂物，及时补喂草料，保持圈舍卫生。

“腰长腿细，到老不成器。”农民买大牲口，为了种地干农活，当然要膘肥体壮、四腿粗壮有力型的，绝对不能选四体修长、好看不中用型的。

“驴老牙长，马老牙黄。”在“牲口经济”流行时，人们在挑选牲口时通常通过观察牲口的牙齿来判断牲口的年龄，以便于挑选到年轻力壮能干活的牲畜。

“千里骡马一处牛。”这里说的是骡、马、牛三种家畜的一个生活习性的差异，骡和马可以千里贩运或长途跋涉而不会出现水土不服，而牛则容易发生水土不服现象，继而出现腹泻、不食等症状，所以牛宜就近买卖或劳作。

“兔一，猫二，狗三，猪四，羊五，牛十，马十一，驴一年。”这个时间指的是各种家畜的妊娠期，除狗（正常妊娠期为60天）外，其他家畜都比较准确。

“驴年，马月，猪百天。”这是三种家畜育成上膘的时间。从中看出猪催肥最快，饲养周期最短，养殖最经济。

“马拉花卷，牛拉糕，羊吃青草拉黑枣。”这既是农谚又是童谣，它生动地描述了三种草食家畜的粪便形态和色泽。对人畜来说，牛、羊、马的粪便是排泄物，对庄稼和昆虫来说，它们是营养品和筑巢的材料。

“母畜好，好一窝；公畜好，好一坡。”不管本交还是人工授精，优良的母畜只能保证它产的一窝仔畜好，而优良的公畜却能保证它所配的所有母畜产的仔畜都好。这显示了公畜和公畜精液的强大生产力，说明一个种畜场生命力的核心是种公畜。

“鸡抱鸡二十一；鸭抱鸭二十八；鹅抱鹅，三十四天不敢挪。”陕西关中地区方言把“孵鸡”叫“抱鸡”，所以这句农谚的意思就是，母鸡孵小鸡需要二十一天，母鸭孵小鸭需要二十八天，母鹅孵小鹅需要三十四天。

“鸡娃蛋，拿食换；你没食，它没蛋。”陕西西安地区民间说，鸡蛋里住着个小娃娃，所以把鸡蛋叫“鸡娃蛋”。这句农谚是说，想要吃鸡蛋，就得喂鸡食，你不喂它食，它不给你下蛋。

“牛喂三九，马喂三伏。”这句农谚对仗工整，也恰说明了牛与马的消化系统在三九与三伏农作时令方面的差异。牛和马都是农村劳作的重要劳动力，牛有四个胃，需要反复咀嚼才能消化吸收，因用时长，所以要在三九农闲时加强补饲上膘，只有农闲“养好兵”，才能农忙“打好仗”。马是单胃动物，胃小消化快，在三伏农忙时，可以边干边喂，或者白天干活，晚上饲喂。再者，三伏时节，青草最肥最美，休息之余，放马匹在地边野草处快速饱餐一顿，对延长马匹持续劳作有事半功倍之效。

“旱羊，水马，碱骆驼。”这句谚语说的是三种家畜与水的依存度差异。羊比较耐旱耐渴。说骆驼“碱”固然夸张，但骆驼确实极耐渴，它可以两个星期不用饮水，所以有“沙漠之舟”的美称。而马对水的依存度较高，马大量吃草，需要饮水来帮助消化，牧马人常说：“宁少喂一把草，不可缺一口水。”另外马经常剧烈运动，出汗多，也需要大量补水。还有马喜欢到河边边饮水边洗浴。

“气马，呃牛。”字面上说的是两种家畜的生理现象，实质上反映的是两种家畜在解剖结构和营养代谢上的差异。“气马”即马经常“放屁”，马是草食单胃动物，大量粗纤维在大肠中消化分解，产生的甲烷等气体就近由肛门下行排出。“呃牛”即牛经常“吐气”，牛是草食复胃动物，粗纤维在瘤胃（第一胃）反复消化分解，在这过程中产生的气体就近由食道排出，生理学上称之为“嗳气”。

“眼没神，羊没魂。”眼睛和眼神的状况能大致反映家畜身体的状况。健康的动物眼睛干净、明亮、活泛、有神。在选择羊时，要“人对着羊”，抬头看人的羊，才是健壮的羊。

“羊鼻弯，吃遍天。”羊鼻弯，鼻孔发达，呼吸通畅，体壮，能吃；另外鼻腔大，嗅觉细胞多，嗅觉更好，易找到、辨别和吃到更多青草。

“男怕柿子，女怕梨，母猪最怕西瓜皮。”“男怕柿子”，字面上的意思是，男人不宜吃柿子。因为男人多饮酒，若空腹吃柿子，易患胃柿石症；若酒后吃柿子，则柿子中的鞣酸和果胶易与胃酸反应，出现腹泻、腹胀等腹部不适。“柿子”的谐音为“死子”，于是，“男怕柿子”的引申意为：男怕死子。俗话说：“人到中年思儿郎，国家有难思良将。”

"不孝有三，无后为大。"一个男人到了中年，依然没有子嗣或死了儿子，他是多么焦急啊，没有儿子，就要断了血脉。

"女怕梨"，字面意思是，女人不宜吃梨。因为女人身体多偏寒，而梨子性寒，若女人吃梨子（尤其是过多吃梨子），则女人的身体会寒上加寒，伤身。"女怕梨"的谐音为"女怕离"，所以，"女怕梨"的引申义为女怕离（婚）。俗话说："嫁鸡随鸡，嫁狗随狗。"过去的女人经济不独立，多在家中生儿育女，做饭侍候公婆。一旦离了婚，以后的日子很难过。尤其是有了孩子的，如果孩子随前夫，怕孩子的后娘虐待孩子，母子连心，于心不忍；如果自己带着孩子，则不易再嫁，若执意孤儿寡母过日子，则女人难免要抛头露面，生活的艰难可想而知。即使再嫁成功，也担心后父不容自己带的孩子。思来想去，女人实在是"怕离"。

"母猪最怕西瓜皮"，因为母猪吃西瓜皮容易导致腹泻，甚至出现流产。要知道，母猪最主要的价值就在于产仔，一窝仔猪因为母猪吃西瓜皮给"报销"了，那损失可就大了，所以孰重孰轻，养猪人最清楚。

以畜禽名称命名的常见植物

一、以"马"命名的植物

马齿苋。马齿苋科一年生草本植物。叶互生，有时近对生，叶片扁平，肥厚，倒卵形，似马齿状，故名马齿苋。

马蹄。单子叶莎草科多年生宿根性草本植物。就是荸荠，"马蹄"是广州方言中对荸荠的俗称。而这一称呼又是古代闽、粤方言的"遗传"。

在闽、粤方言中，果子一类东西被统称为“马”（音）。在具体称呼某一种果子时，则习惯于将“马”置于果名之前，像桃子发音为“马桃”，意为桃树的果子。“马蹄”中的“蹄”（音）意指地下。按照闽、粤方言中修饰限制成分常后置的特点，“马蹄”的意思是“地下的果子”。这同有的地方将荸荠叫作地栗颇相似，它道出了荸荠的生长特点。

马唐。禾本科马唐属植物。一年生优质牧草，在野生条件下，马唐一般于5～6月出苗，7～9月抽穗、开花，8～10月结实并成熟。牛、马、羊、兔等家畜均喜食。据《本草拾遗》所述：“马唐，生南土废稻田中。节节有根，著土如结缕草，堪饲马，马食如糖，故名马唐。”

马泡瓜。葫芦科一年生蔓生草本植物。果实长圆形、球形或陀螺状，瓜有大有小，最大的像鹅蛋，最小的像纽扣。且瓜顺秧排列，数量众多，有香味，不甜，果肉极薄。马排尿时间长，尿液下落落差大，遂产生众多液泡，马泡瓜与之形、量相似，可能因此而得名。

马兰。菊科多年生宿根性草本植物。幼叶通常作蔬菜食用，俗称“马兰头”，清明时节的马兰头最是鲜嫩。据说马兰头又由“马拦头”而来，马儿贪吃其多汁的嫩叶，总是留在原地不肯挪步，所以得名。后来，演化出挽留行人之意。袁枚《随园诗话补遗》中记载，汪廷防至上海赴任，离别时，村中小童纷纷献上马兰头以赠行，一时传为美谈。某守备便赋诗说：欲识黎民攀恋意，村童争献马兰头。

马鞭草。马鞭草科多年生直立草本植物。得名说法较多，唐陈藏器《本草拾遗》云“其节生紫花如马鞭节”之说较合乎今马鞭草之株状。马鞭草，花紫色，轮生，初生时花密茎短，呈穗状，随花茎渐长，则层层如节，犹如马鞭之节。

马尾松。松科常绿乔木。针叶2针一束，稀3针一束，长12～20厘米（较其他松树种松针长），细柔，微扭曲，松针整体看起来不紧凑，显得很疏散。把松枝向下垂顺，就像随意耷拉着的马尾巴，可能因此得名。

马蹄金。旋花科多年生匍匐小草本。茎细长；叶肾形至圆形，基部阔心形，叶面微被毛，背面被贴生短柔毛，全缘；花、子皆黄色。故由茎细长似马腿，叶圆肾状似马蹄，加之花与子色皆黄，可能因此名曰马蹄金。

马兜铃。马兜铃科多年生缠绕性草本植物。其命名有两种说法：一是因为其果实像马匹戴的小铃铛，所以叫作马兜铃，这种说法最常见。第二种说法是，根据《史记•魏公子传》曰“而北境传举烽”，《集解》引汉文颖“作高木橹，橹上作桔槔，桔槔头兜零，以薪置其中，谓之烽。常低之，有寇则火燃举之以相告。”《后汉书•光武记》建武十二年“修烽燧”，注引《广雅》：“兜零，笼也。”可见，文颖注中所称“兜零”，就是古代烽火台燃烧柴草的铁笼，上悬绳索。马兜铃的果实为蒴果，成熟后以六瓣开裂，其果柄也相应裂成六条，看上去极似古代盛放柴草的兜零，古代俗称物体大者为马，是表示马兜铃果实很大的意思，所以马兜铃之称，本来应该为“马兜零”，后来的“铃”字为误写。

醉马草。禾本科多年生草本植物。多生长在较干燥的沙质土壤，如低山坡、干枯河床和河滩地区。一般当地家畜多能识别而不采食，但在过分饥饿或与其他植物混杂时往往会因误食而中毒。马属动物采食多量后，可引起步态蹒跚、体温升高、心率加快等如酒醉状的中毒症。该草因此而得名。

马铃薯。茄科多年生草本植物。“形有小大略如铃子”，因酷似马铃铛而得名，此称呼最早见于康熙年间的《松溪县志食货》。

马棘。又名狼牙草，豆科半灌木植物。最早见载于明朱橚《救荒本草》：“生荥阳岗野间，科条高四五尺，叶似夜合树叶而小，又似蒺防叶而硬，又似新生皂荚科叶亦小，稍间，开粉紫花，形状似锦鸡儿，花微小，味甜。”夏纬瑛在《植物名释札记》曰：“非有显著针刺不能叫狼牙、马棘。”言意，马棘之名与家畜之马无关，“马”实指“大”之意，“棘”极指“刺”之多。

马槟榔。又名马金囊，白花菜亚目山柑科灌木或攀援植物。夏纬瑛《植物名释札记》曰，马槟榔果实类马兜铃，故其名可能叫“马颈铃”，后讹传为“马金囊”，再讹传为今之“马槟榔”。

二、以“羊”命名的植物

闹羊花。杜鹃花科落叶灌木。本名羊踟蹰，有大毒，名称由来有两种说法。一是梁陶弘景《本草经集注》曰：“羊误食其叶，踯躅而死，故以为名。”二是晋崔豹《古今注·草本第六》曰：“羊踟蹰，黄花，羊食即死，见即踟蹰不前进。”踟蹰者，以足击地貌。

淫羊藿。小檗科多年生草本植物。南北朝时梁朝医学家陶弘景采药途中听一位牧羊人说：有种生长在树林灌木丛中的怪草，叶青，状似杏叶，一根数茎，高达一二尺。公羊啃吃以后，阴茎极易勃起，与母羊交配次数也明显增多，而且阳具长时间坚挺不痿。陶弘景经过反复验证，发现这种野草的强阳作用不同凡响，后将此药载入药典，并命名为“淫羊藿”。

羊须草。又名白花蛇舌草，莎草科薹草属一年生草本植物。秆疏丛生，高2~6厘米，纤细如发，钝三棱形，光滑，基部具红褐色叶鞘。叶长为秆的5~6倍，细如毛发状，柔软，无毛，状若山羊胡须，故名羊须草。

羊蹄甲。豆科乔木、灌木或攀援藤本植物。单叶，全缘，先端凹缺或分裂为2裂片，有时深裂达基部而成2片离生的小叶，因形似羊蹄而得名。

三、以“牛”命名的植物

牛蒡。二年生草本植物，具粗大肉质直根。为什么叫牛蒡？据我国民间传说，古代有一旁姓的老农，一家五口，老母有视力差等多种疾病。一天老农赶牛耕地时累了，在林下歇息，睡着了，等醒来时见牛在吃一种草，于是再赶牛耕地，发现牛精神多了，力气也大了不少。他想这牛肯定吃了哪种草更有力气了，于是再休息，看牛吃什么草。一看牛吃一种叶子大的草，老农拔了一株这草，根很深，足有一米长，像山药，咬一口，也不难吃，吃了自己精神好多了。就拔了些带回去，用之熬汤，全家人喝了，老母的病好了，全家人都变得健康多了。老农一想这草有医疗作用，但不知叫什么名字，老农认为自己姓旁，草是牛去吃才知有用的，那么就叫“牛旁”吧！因为是一种草，就在旁字上加草字头成了“牛蒡”。又由于牛吃了力气增大，因此牛蒡又叫“大力子”“牛菜”。

牛蒡的另一说法是牛蒡子原名“恶实”，始载《名医别录》，到《本草图经》称恶实为牛蒡子。据《本草名考》记载：蒡，通旁，此处作边、侧讲……牛蒡者，谓牛遇“恶实”，犹须在其侧而远其实，故名牛蒡，因本品为草本，并用其种子，因此称作牛蒡子。

牛筋草。一年生禾本科草本植物。《本草纲目拾遗》说：“夏初发苗，多生阶砌道左，叶似韭而柔，六七月起茎，高尺许，开花三叉，其茎弱韧，拔之不易断，最难芟除，故有牛筋之名。”即该草根系极发达，秆色白丛生，秆叶强韧，叶鞘两侧压扁而具脊，貌、性、色极似牛筋。

牛膝。多年生草本苋科植物，其命名出处有二。一是梁陶弘景曾说：“其茎有节，似牛膝，故以为名。”二是《本草蒙筌》云：“地产尚怀庆，种类有雌雄。雌牛膝节细，茎青，根短，坚脆无力；雄牛膝节大，茎紫，根长，柔润有功……因与牛膝同形，人故假此为誉。”

牛皮菜。藜科二年生草本植物。又名厚皮菜，是甜菜的变种，可能因叶片肥厚而得名。以牛皮形容叶片肥厚有夸张意味。

牵牛花。旋花科牵牛属一年生蔓性缠绕本草花卉。多朝开午谢。其命名有两个来由。一说是，据南朝梁陶弘景《本草经集注》记载：牵牛花的命名来源于乡村野老。当时有一位患者，水气不通，腹胀如鼓，诸医束手无策。百般无奈之中，忽然有一位放牛郎送来草药一包。患者服之，一泻而愈。因为当时谁也不知道这是一包什么草药，人们就以牵牛名之。后经文人捉刀，隐其名曰黑丑。丑者，牛也，牵牛花的子有白色也有黑色，所以人们又叫它白丑或者黑丑，或者干脆直呼其名为二丑。二说是，晚清湖南籍大名士王闿运，撰《牵牛花赋》，其序曰，牵牛花“胎于初秋，应灵匹之期，故受名矣”。“灵匹”乃牛郎织女古称，民间传说，每年七夕节，牛郎织女要飞渡银河相会，牵牛花应时开放。它与星宿牛郎相合，故以“牵牛”命名。

牛扁。毛茛科多年生草本植物。《神农本草经》载：牛扁，杀牛虱小虫，又疗牛病。生川谷。《新修本草》云：此药似三堇、石龙芮等，根如秦艽而细。生平泽下湿地，田野人名为牛扁。疗牛虱甚效。古“扁”音同“便”，故“牛扁”有“便牛”之意，即疗牛虱，便牛利。

牻牛儿苗。牻牛儿苗科多年生草本植物。明朱橚《救荒本草》曰：牻牛儿苗，又名斗牛儿苗，生田野中，就地拖秧而生，茎蔓细弱，其茎红紫色，叶似园荽叶，瘦细而稀疏，开五瓣小紫花，结青蓇葖儿，上有一嘴甚尖锐，如细锥子状，小儿取以为斗戏。其实，“牻牛”即为“牤牛”，北方称牤牛为公牛，公牛角长尖而好斗，故以牻牛儿苗果实之状喻牛角，多半因此得名。

紫金牛。紫金牛科常绿小灌木。宋苏颂《本草图经》曰：“紫金牛，生福州，味辛，叶如茶，上绿下紫，实圆，红如丹朱，根微紫色，八月采，去心暴干，颇似巴戟。”夏纬瑛《植物名释札记》说，紫金牛以根部入药，根为紫色，而“金牛”又极言其药之珍贵，故以“紫金牛”命名。此称谓与家畜之牛实无关联。

四、以“鸡”命名的植物

鸡桑。桑科落叶乔木或灌木。最早的记载见唐陆龟蒙《奉和夏初袭美见访题小斋次韵》：“四邻多是老农家，百树鸡桑半顷麻。”另有明李时珍《本草纲目·木三·桑》：“白桑，叶大如掌而厚；鸡桑，叶细而薄；子桑，先椹后叶；山桑，叶尖而长。”

鸡桑得名有两种说法。一种说是形似，即《中国植物志》曰："叶互生，边缘具锯齿，全缘至深裂，基生叶脉三至五出，侧脉羽状。"叶形似鸡爪故称曰。另一种说法来自夏纬瑛教授，他在《植物名释札记》中述："鸡桑，野生桑树，其名与鸡无关，桑字前加鸡字，实与家桑相区别耳。"

鸡冠花。苋科一年生草本植物，夏秋季开花，花序多为红色，扁平状，形似鸡冠而得名。有"花中之禽"美誉。

鸡屎藤。茜草科多年生藤本植物，据《纲目拾遗》载："搓其叶嗅之，有臭气，未知其正名何物，人因其臭，故名臭藤。"即鸡屎藤叶揉碎后有股鸡屎的臭味，因而得名。又因其名不雅，有人改称"鸡矢藤"。

鸡爪槭。槭树科落叶小乔木。叶纸质而薄，外貌圆形，基部心脏形或近于心脏形、稀截形，5～9 掌状分裂，通常 7 裂，裂片长圆卵形或披针形，先端锐尖或长锐尖，边缘具紧贴的尖锐锯齿；裂片间的凹缺钝尖或锐尖，深达叶片的直径的二分之一或三分之一，故可能因其叶形似鸡爪而得名。

鸡蛋花。夹竹桃科落叶小乔木。花朵外白内黄，就像鸡蛋白包裹着鸡蛋黄一样，淡雅别致，而且花开花后都花香怡人。故而以花形色得名。

鸡血藤。豆科常绿木质藤本植物。它的茎切断时，其木质部会出现淡红棕色，不久会慢慢变成鲜红色汁液流出，很像鸡血，故此而得名。

鸡头。即芡实，为睡莲科一年生大型水生植物。《神农本草经》列为上品，别名鸡头。南朝梁陶弘景曰："茎上花似鸡冠，故名鸡头。"宋苏颂《本草图经》曰："今处处有之，生水泽中。叶大如荷，皱而有刺，俗谓之鸡头盘。花下结实，其形类鸡头，故以名之。"即言芡实花托之宿萼呈尖喙状，全形类如鸡头。

鸡眼草。豆科一年生草本植物。明朱橚《救荒本草》曰："鸡眼草，又名掐不齐，以其叶用指甲掐之，作劐不齐，故名。生荒野中，搨地生叶如鸡眼大，似三叶酸浆叶而圆，又似小虫儿卧草叶而大，结子小如粟粒，黑茶褐色……”夏纬瑛在《植物名释札记》中对此解释不予赞同。余以为可做两种解释：一是，《中国植物志》中鸡眼草之荚果形色，与朱橚《救荒本草》所描述甚符，其状小、侧扁、色漆，虽不圆但椭圆等态状与家鸡之眼珠相似，或以此命名。二是，鸡眼草叶形，尤其是“搨地生叶”，叶形、叶大小颇似鸡眼状（眼外廓），故私以为，鸡眼草或以此得名也未可知。

锦鸡儿。豆科灌木。锦鸡儿的名称最早见于明代的记载。清吴其浚（1769—1847 年）《植物名实图考》引述朱橚的《救荒本草》称：锦鸡儿，生山野间，中州（河南一带）人家园宅间亦多栽。叶似枸杞，有小刺。开黄花，状类鸡形 。夏纬瑛《植物名释札记》曰：“开黄花而有刺，又名欛齿花。黄，即为金；刺，即为棘；欛齿，即为多刺。故锦鸡儿可能由金刺，进而由金棘讹传而来。”夏纬瑛所言结合朱橚“园宅间亦多栽”即可说明古豫州人家爱其黄花赏美，用其多刺隔护庭地的智慧。用“锦鸡儿”比“金棘儿”温婉而不霸露。

五、以“鸭”命名的植物

鸭跖草。鸭跖草科一年生披散草本植物。夏纬瑛《植物名释札记》中解释：鸭跖草为“野竹草”的讹音。唐代陈藏器《本草拾遗•草部》说：“鸭跖草……生江东、淮南平地，叶如竹，高一二尺，花深碧，有角如鸟咀。北人呼为鸡舌草，亦名鼻斫草，吴人呼为跖，跖斫声相近也。一名碧竹子。”据此所说，此草叶似竹，生野外，即为叶竹草或野竹草。

鸭梨。蔷薇科多年生乔木。其名称由来有三种说法。一说“鸭梨”原名“雅梨”，因古人通假字及顺口关系等因素演称为今之鸭梨。二说来自于夏纬瑛《植物名释札记》，夏教授考证认为：古无鸭梨之名，但有鹅梨称谓，故鸭梨应由鹅梨讹传而来。三说，鸭梨，一种白梨，为河北省魏县古老的地方品种，果形美观匀称，似鸭蛋，梗处有突起，果柄歪斜如鸭嘴，故名鸭梨。

六、以“鹅”命名的植物

鹅绒藤。萝藦科鹅绒藤属多年生缠绕草本植物。全株被短柔毛，叶对生，薄纸质，宽三角状心形，顶端锐尖，基部心形，叶面深绿色，叶背苍白色，两面均被短柔毛，脉上较密，手轻抚叶之双面，有抚鹅绒之感，故可能因此得名。

鹅肠草，又名繁缕，石竹科一年生或二年生草本植物。明李时珍《本草纲目·菜二·繁缕》曰：“此草茎蔓甚繁，中有一缕，故名。俗呼鹅儿肠菜，象形也。”

鹅观草。多年生草本植物，鹅观草实为“鹅欢草”，即鹅喜食之草，故此得名，最早见载于明王磐所著《野菜谱》。鹅观草产草量大，孕穗前，茎叶柔嫩，马、牛、羊、兔、鹅均喜食。

七、以“猪”命名的植物

猪殃殃。茜草科一年生草本植物。据说这种草猪吃了会变得病殃殃，因此而得名。

猪毛菜。藜科一年生草本植物，茎及叶片丝状圆柱形，伸展或微弯曲，长2～5厘米，宽0.5～1.5毫米，茎叶密集且形似猪毛而得名。

猪笼草。猪笼草科多年生藤本植物。其拥有一个独特的吸取营养的器官——捕虫笼。捕虫笼呈圆筒形，下半部稍膨大，笼口上具有盖子，因其形状像猪笼而得名。

猪牙皂。豆科植物皂荚的果实。皂荚植株受伤后所结的小型畸形荚果，圆柱状，弯曲成月牙形，因形似野猪獠牙而得名。

八、以“狗”命名的植物

狗牙根草。禾本科多年生深根低矮草本植物。根茎蔓延力很强，秆细而坚韧，下部匍匐地面蔓延甚长，节生细根多韧，极难拔除，常作护坡绿化地面用，可能因形似犬牙咬定地面不放松而得名。

狗尾草。一年生草本植物。明李时珍《本草纲目·草部第十六卷草之五》曰："莠草秀而不实，故字从秀。穗形像狗尾，故俗名狗尾。其茎治目痛，故方士称为光明草、阿罗汉草。"

为家畜家禽业做出贡献的中国畜牧兽医之最

中国兽医的鼻祖是马师皇。马师皇相传为黄帝时的著名兽医，他熟悉马的形体结构，据记载："经他治过的马，没有不痊愈的。"

中国最早正式出现兽医的职称（职务称呼）见于《周礼·天官》。《周礼·天官》记载："兽医，掌疗兽病，疗兽疡。"

中国最早的兽医专著，也是最早的兽医针灸专著是《伯乐针经》。该书由秦穆公（公元前683—前621年）时的孙阳（号伯乐）编撰。

中国最早的一部人畜通用药学专著是《神农本草经》。《神农本草经》出现于汉代，收录药物365种（植物药252种，动物药67种，矿物药46种）。

中国的兽医系统教育最早始于唐代。唐神龙年间（公元705—707年）设太仆寺，有"兽医六百人，兽医博士四人，学生一百人"。

中国现存最早的一部兽医专著，也是最早的一部兽医教科书是《司牧安骥集》。该书由李石编著于唐开成年间（公元833年左右）。

中国最早的兽医院是宋代设置的"收养上下监"。

中国最早的家畜尸体剖检机构是宋代设置的"皮剥所"。

中国最早的兽医药房出现于宋代。

中国流传最广的一部中兽医专著是《元亨疗马集》。该书于公元1608年由明代喻仁（字本元）和喻杰（字本亨）兄弟历时60年完成。

中国最早的中兽医脉诊专著是《元亨疗马集》中的《脉色论》。

中国传统兽医学中唯一被保存下来的猪病学专著是《猪经大全》。该书由贵州省遵义市枫香区中兽医诊所兽医彭遂才献出，但由何人何时编著不详，推测于清朝光绪十八年（1892 年）前刊发。书中记述了 48 种猪病的疗法，并附病状图。

给予中国第一位诺贝尔奖女性获得者屠呦呦制取青蒿素极大帮助的书是《肘后备急方》。《肘后备急方》由东晋葛洪编著。它不仅是一部经典的中医方剂著作，也是一本难得的中兽医著作。屠呦呦正是得益于《肘后备急方》中“治疗疟疾”记载的“青蒿一握，以水二升渍，绞取汁，尽服之”，才获得启发，精确提取出了青蒿素。

新中国第一任农业部总畜牧师和国家首席兽医师（即国家首席兽医官）是贾幼陵。

中国畜牧兽医界第一位当选中国科学院院士的是翟中和。1991 年当选，时为北京大学教授，研究方向是细胞生物学。

中国畜牧兽医界第一批当选中国工程院院士的是殷震、沈荣显和旭日干，他们同在 1995 年当选。殷震是吉林大学（原中国人民解放军军需大学）教授，研究方向是兽医微生物学和动物病毒学。沈荣显是中国农业科学院哈尔滨兽医研究所的研究员，研究方向是家畜病毒病的免疫学。旭日干是内蒙古大学教授，研究方向是家畜繁殖生物学。

中国畜牧兽医界第一位女性院士是陈化兰。陈化兰 2017 年当选为中国科学院院士，时任中国农业科学院哈尔滨兽医研究所国家禽流感参考实验室主任。

蔡元培的儿子是个兽医

蔡无忌（公元 1898—1980 年），蔡元培的次子。蔡无忌自幼受家庭教育和蔡元培革新思想的熏陶，立志要学好本领，以科技救国，以知识报国。1913 年蔡元培出国考察，蔡无忌随父同行去法国求学。离开上海口岸时，他站在甲板上看到英、美、法、日等列强的国旗在中国国土上空飘扬，心情十分沉重。航行途中，他读到一本关于农村改革的小说，联想到祖国蒙受的苦难和贫穷、饥饿的百姓，遂产生了一个想法：到法国去学习农业科学。

1919 年蔡无忌从法国国立格里农学院毕业。同年，返回家乡。在家乡，他看到农村养畜和兽医技术十分落后，许多牲畜因得不到治疗而死亡，给农民带来巨大损失乃至破产。他痛心疾首，决心当一名兽医，于是到法国阿尔福兽医学校攻读兽医科学。1924 年，他以优良的成绩毕业，获兽医博士学位，成为我国现代最早留学国外获兽医学博士的学者。

回国之初，他创建了上海现代第一个西兽医诊所，为农民诊治病畜。1930 年蔡无忌创办了上海兽医专科学校，兼任校长并亲自执教，该学校成为我国专家自己教授西兽医学的最早的兽医专门学校。

1935 年，在蔡无忌的指导下，中国第一所牲畜隔离所——上海江湾牲畜隔离所建成并投入使用。隔离所设观察场、检疫场、病畜隔离场、健康牲畜场等场所。所有进口牲畜，先经商检局兽医上船检验牲畜的生活史料及某些传染病的免疫证明等材料，然后送江湾所进行隔离检验。

经过规定程序，证明确实健康无疫的，准予运走；病畜则须经治疗痊愈后才准运走；有严重传染病且预后不良的，立即屠杀销毁。得益于隔离所卓有成效的工作，使输入性动物疫病在口岸就得到严格控制。这是我国现代进出口检验检疫局的雏形和前身。

1936 年，蔡无忌发起成立了中国畜牧兽医学会，并被推选为首届理事会会长。学会的成立，团结和激励了全国畜牧兽医工作者，扩大和增进了学术交流，推广和应用了新技术，促进和提升了我国畜牧兽医学术的发展。

1941 年 7 月，重庆国民政府农林部决定成立中央畜牧实验所，蔡无忌任首任所长。“中畜所”是我国第一所中央一级的畜牧兽医研究和推广机构，初步建成了兽疫防治和畜禽良种繁育系统。

实际上，蔡无忌从参加工作到新中国成立后的 20 世纪 80 年代，大部分时间都在进出口商品检验部门工作，他领导过我国第一个商品检验机构的工作，起草了中华人民共和国第一个商品检验条例。他拥有农业和兽医双学位，因此知识渊博，从农产品检验到畜产品检验，从创办兽医学校到防控牛瘟，从设立口岸隔离所到参加核查朝鲜战争美军使用生物武器的国际核查团，到处都留下他忙碌勤奋的身影，人们从《改进中国茶业计划》《中国的猪鬃》《中国的肠衣》和《兽医检验手册》等 6 种蔡无忌编撰的主要论著中,可见他涉猎事业的广泛和取得成绩的卓著。难怪后人称他是我国现代畜牧兽医事业的先驱和商品检验特别是畜产品检验事业的奠基人之一。

附录

畜牧及其产品有关指标数据

表1 役畜在不同速度下的牵引功率

役畜种类	平均体重/千克	高速			低速		
		速度/(千米/小时)	挽力/千克	牵引功率/千瓦	速度/(千米/小时)	挽力/千克	牵引功率/千瓦
马	500	7.4	63	0.44	4.0	50	0.51
骡	600	7.4	96	0.66	4.0	60	0.66
驴	190	7.4	30	0.22	4.0	19	0.22
公牛	450	7.4	64	0.44	4.0	45	0.51
母牛	200	7.4	20	0.15	3.5	16	0.15
水牛	650	7.4	90	0.59	3.2	65	0.59

表2　常见畜禽染色体数目

动物名称	双倍体数 / 个
黄牛	60
猪	38
狗	78
猫	38
马	64
驴	62
山羊	60
绵羊	54
兔	44
家鸽	约 80
鸡	约 78
火鸡	约 80
鸭	约 80

注：染色体是细胞内具有遗传性质的遗传物质深度压缩形成的聚合体。因易被碱性染料染成深色，所以叫染色体。

表 3　常见动物体温分级表

畜　别	正常体温 /℃	疑似病畜体温 /℃	高温 /℃
猪	38.0 ~ 40.0	40.1 ~ 41.0	41.0 以上
牛	37.5 ~ 39.5	40.0 ~ 41.0	41.0 以上
羊	38.0 ~ 40.0	40.1 ~ 41.5	41.5 以上
马	37.5 ~ 38.5	38.6 ~ 40.0	40.0 以上
兔	38.5 ~ 39.5	40.0 ~ 40.5	41.0 以上

表 4　常见动物脂肪融解温度和凝结温度

动物脂肪	融解温度 /℃	凝结温度 /℃
牛脂肪	42 ~ 45	38 ~ 40
羊脂肪	44 ~ 50	38 ~ 41
猪脂肪	28 ~ 38	22 ~ 28
驼脂肪	42	32 ~ 33
马脂肪	21 ~ 32	18 ~ 20
狗脂肪	30 ~ 40	20 ~ 25

注：引自王新华等，1998 年《动物性食品卫生检验学》。

表 5　常见动物性食用油脂的熔点和消化率

脂肪种类	熔点 /℃	消化率 /%
羊脂肪	44 ~ 55	81
牛脂肪	42 ~ 50	89
猪脂肪	36 ~ 50	94
奶脂肪	18 ~ 36	98

注：引自王新华等，1998 年《动物性食品卫生检验学》。

表 6　畜禽正常体温、呼吸和脉搏

畜别	体温 /℃	呼吸 /(次 / 分)	脉搏 /(次 / 分)
猪	38.0 ~ 40.0	12 ~ 30	60 ~ 80
牛	37.5 ~ 39.5	10 ~ 30	40 ~ 80
羊	38.0 ~ 40.0	12 ~ 20	70 ~ 80
马	37.5 ~ 38.5	8 ~ 16	24 ~ 44
骆驼	36.5 ~ 38.5	5 ~ 12	32 ~ 52
鸡	40.0 ~ 42.0	15 ~ 30	140
兔	38.5 ~ 39.5	50 ~ 60	120 ~ 140

表 7　常见家畜怀孕期及预产期计算

家畜	怀孕期平均时间/天	怀孕期时间范围/天	预产期计算
猪	114	110～118	“3、3、3 法”，母猪配种日再加 3 个月 3 周 3 天，即为预产期
羊	150	144～152（绵羊） 147～155（山羊）	配种月份加 5，即为预产期
黄牛、奶牛	280	270～285	预产期推算方法为：月减 3，日加 6。即母牛配种月份减 3，配种日子加 6，则为预产期。如配种月份在 1、2、3 月不够减时，则需借 1 年（即加 12 个月）再减；如配种日期加 6 超过 1 个月时，则需减去本月，日数按剩余日数计，同时在月份上加 1。例如：某牛于 2006 年 2 月 28 日配种受孕，预计产犊日期为月份 2＋12（借 1 年）－3 ＝ 11；日期 28＋6－30 ＝ 4；月份再加 1，即 12 月。即预产期为 2006 年 12 月 4 日
水牛	330	320～348	月减 1，日加 2。若月份为 1 月或日期加 2 后超过 1 个月时，处理办法同黄牛
马	340	330～350	预产期推算方法为：月减 1，日加 1
驴	360	350～365	
狗	60	58～64	
兔	30	29～31	

表8 国际组织及中国部分省份牛瘟消灭时间表

国际组织及中国部分省份	消灭年份 / 年	备注
联合国粮农组织	2010	—
世界动物卫生组织	2011	—
中华人民共和国	1956	—
河北省	1953	—
山西省	1951	—
内蒙古自治区	1952	—
辽宁省	1953	—
吉林省	1954	—
黑龙江省	1952	—
上海市	1915	—
浙江省	1952	武义县
福建省	1948	—
江西省	1952	—
山东省	1941	—

续表

国际组织及中国部分省份	消灭年份 / 年	备 注
湖南省	1954	—
广东省	1955	—
海南省	1955	—
广西壮族自治区	1952	—
四川省	1954	—
贵州省	1954	—
云南省	1956	—
甘肃省	1956	—
青海省	1955	囊谦县
西藏自治区	1954	—

注：备注中的县为该省最后一个消灭牛瘟的县。

表 9　几种畜禽的血液总量（占质量分数）

动物	牛	猪	绵羊	山羊	马	狗	猫	鸡
血量 /%	8	4.6	6.7	7.1	9.8	8 ~ 9	6 ~ 7	6 ~ 7

注：动物体内的血液总量叫血量。

表 10　家畜的驯化时间和地区

动物	驯化时间	驯化地区	食　性
狗	12 000 年前	西南亚	食肉
绵羊	11 000 年前	西南亚	食草
山羊	11 000 年前	西南亚	食草
普通牛	8 000 年前	西亚、中国	食草
水牛	4 000 年前	印度、西南亚	食草
马	6 000 年前	中亚、中国	食草
猪	8 000 年前	中国	杂食
鸡	5 000 年前	东南亚、中国	杂食
火鸡	6 000 年前	中南美	杂食
鸵鸟	19 世纪	南非、澳大利亚	食草

表 11 家畜家禽的自然寿命

家畜家禽	寿命 / 年
家猪	20
家驴	50
家马	30
狗	15
家牛	25
家猫	10 ~ 12
家羊	15
家鹅	40 ~ 50
家鸽	30
家鸡	20

表 12　几种家畜家禽消化道长度与体长的比例

家畜	比例
马	12：1
牛	20：1
猪	14：1
羊	27：1
兔	10：1
狗	6：1
猫	4：1
鹅	10：1
鸡	6：1

表 13　役畜驮运时的负载力（每天做 6 ~ 8 小时）

役畜种类	一般体重 / 千克	速度 /（千米 / 小时）	负荷 / 千克	
			平均	最大
马	500	5.6	60	75
骡	650	7.2	82	115
驴	190	3.0	40	60
公牛	450	3.5	55	115
水牛	650	3.0	82	100
双峰公骆驼	630	4.0	175	250
单峰公骆驼	500	4.0	140	200

注：役畜即供使役用的家畜。

表 14 主要畜禽红细胞形状、直径和数量

畜别	形状	直径 / 微米	红细胞数 /（10^6/ 厘米^3）
马	双凹圆盘状	5.6	8.5
驴	双凹圆盘状	5.3	6.5
牛	双凹圆盘状	5.1	6.0
绵羊	双凹圆盘状	5.0	9.0
山羊	双凹圆盘状	4.1	14.4
猪	双凹圆盘状	6.2	7.0
鸡	卵圆形	7.5 ~ 12.0	3.5

注：红细胞的数量除跟动物种类有关外，还随年龄、性别和机体的生理条件等情况而异，如幼年动物比成年动物多，公畜比母畜多，运动时比安静时多，生存在高山的比生存在平地的多，饲养条件好的比饲养条件差的多等。

表 15 主要家畜粪肥量及其成分比较

畜别	日产粪肥量/千克	年产粪肥量/千克	粪便成分/%					氮、磷、钾总含量/%	年产氮、磷、钾总量/千克
			水分	有机质	氮	磷	钾		
牛	29.64	10 818.6	77.5	20.3	0.34	0.16	0.40	0.90	97.37
马	13.14	4 796	71.3	25.4	0.53	0.28	0.53	1.34	64.27
猪	6.25	2 281	72.4	25.0	0.45	0.19	0.60	1.24	28.29
羊	1.30	475	64.6	31.8	0.83	0.23	0.69	1.75	8.21

注：引自杜刚，1996 年《养牛与牛病防治》。

表 16　常见肉类蛋白质的必需氨基酸含量及利用率

氨基酸	鸡蛋		猪肉		牛肉		羊肉	
	含量 /%	利用率 /%	含量 /%	利用率 /%	含量 /%	利用率 /%	含量 /%	利用率 /%
色氨酸	1.5	88.2	1.33	86.6	1.14	72.5	1.31	88.2
苯丙氨酸	6.3	93.2	3.86	93.3	4.02	90.2	3.72	93.3
赖氨酸	7.0	91.8	7.98	93.3	8.83	92.8	7.67	91.8
苏氨酸	4.3	90.8	4.80	92.8	4.18	89.3	4.79	90.8
蛋氨酸	4.0	95.4	2.58	92.5	2.40	91.4	2.50	95.4
亮氨酸	9.2	94.3	7.16	93.4	8.49	92.8	7.15	94.3
异亮氨酸	7.7	93.1	4.82	92.4	5.27	92.5	4.60	93.1
缬氨酸	7.2	91.1	4.81	89.3	5.48	90.6	4.74	91.3

注：引自王新华等，1998 年《动物性食品卫生检验学》。

表 17　主要畜禽肉类的化学成分

项目	水分 / %	蛋白质 / %	脂肪 / %	糖类 / %	灰分 / %	备注
猪肉（肥瘦）	29.3	9.5	59.8	0.9	0.5	
猪肉（肥）	6.0	2.2	90.8	0.9	0.1	
猪肉（瘦）	52.6	16.7	28.8	1.0	0.9	
牛肉（肥瘦）	68.6	20.1	10.2	0.0	1.1	
牛肉（肥）	43.3	15.1	34.5	6.4	0.7	
牛肉（瘦）	70.7	20.3	6.2	1.7	1.1	
羊肉（肥瘦）	58.7	11.1	20.8	0.8	0.6	
羊肉（瘦）	67.6	17.3	13.6	0.5	1.0	
羊肉（肥）	33.7	9.3	55.7	0.8	0.5	
马 肉	75.8	19.6	0.8	—	—	
驴 肉	77.4	18.6	0.7	—	—	
兔 肉	77.2	21.2	0.4	0.2	1.0	
鸡 肉	74.2	21.5	2.5	0.7	1.1	食部
鸭 肉	74.6	16.5	2.5	0.5	0.9	食部

注：引自王新华等，1998 年《动物性食品卫生检验学》。